Henri Vincenot

# Die Sterne von Compostela

# HERDER spektrum

Band 4852

## Das Buch

Jehan ist Lehrling: er rodet Bäume, um das Land urbar zu machen für den Feldbau – als Lebensgrundlage für die Menschen, die im 13. Jahrhundert in dem kleinen Tal im Burgund wohnen, in dem auch ein Kloster entstehen soll. Und sein Interesse gilt der Baukunst – nicht der der kleinen, dunklen Holzhäuser. Sondern der der groß aufragenden Kathedralen mit ihrem Himmelsgewölbe aus Stein.

Geheimes Wissen keltischer Druiden und christliche Vorstellungen haben sich beim Bau der Kathedralen verbunden. Dabei geht es nicht nur um Statik, Materialkunde, Raumgeometrie und Handwerk, sondern auch um mystische Aspekte, um tiefe religiöse Dimensionen dieser Arbeit: Gebäude zu schaffen, die die Krafte der Erde und kosmische Strömungen bündeln, verstärken und harmonisieren, damit sich in ihnen die Wandlung von Materie zu Geist vollziehen kann. Der Weg zu diesem Wissen ist weit, er führt für den Lehrling Jehan auf eine Initiationsreise nach Santiago de Compostela – und wieder nach Hause zurück in das Tal im Burgund, in dem er an dem Bau des Zisterzienserklosters mitarbeiten wird. Und wie er inspiriert wird für ein Gebäudes mit Säulen der Erde und einem vollkommenen Gewölbe, so werden auch Leserinnnen und Leser mitgenommen in eine lebendige, farbige, ferne Welt. Ein spannender Roman und ein authentischer Blick ins Mittelalter.

## Der Autor

Henri Vincenot, geboren 1912 un Dijon, gestorben 1985 in Commarin, studierte Wirtschaftswissenschaften, erste Romane. Mit über 60 Jahren übersiedelte er ins Burgund, wo seine Hauptwerke entstanden – darunter *Les Etoiles de Compostelle*.

# Henri Vincenot

# Die Sterne von Compostela

Roman

Aus dem Französischen von Eva Zieburra

Herder

Freiburg · Basel · Wien

*Für Bernard Pivot*

Gedruckt auf umweltfreundlichem,
chlorfrei gebleichtem Papier

Alle Rechte vorbehalten – Printed in Germany
Verlag Herder Freiburg 2000
© Verlag Herder 1993
© der französischen Originalausgabe: Editions Denoel 1982
Titel der Originalausgabe: Les étoiles de Compostelle
Herstellung Freiburger Graphische Betriebe 2000
Umschlaggestaltung und Konzeption:
R·M·E München / Roland Eschlbeck, Liana Tuchel
Umschlagmotiv: Psalter von Canterbury, 13. Jahrhundert
ISBN 3-451-04852-3

# Inhalt

ATLANTISCHER OZEAN

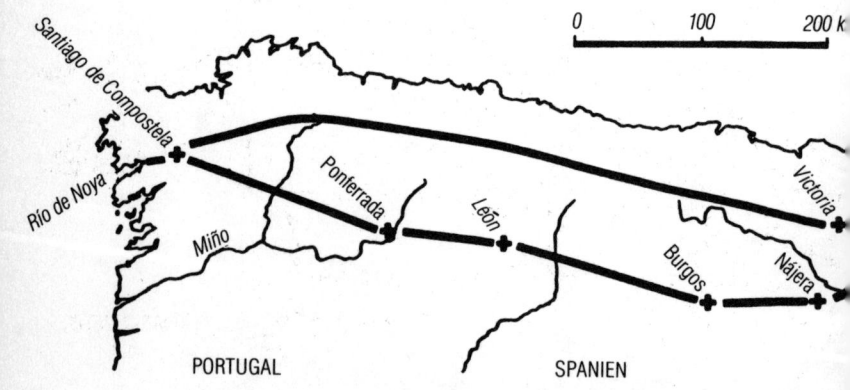

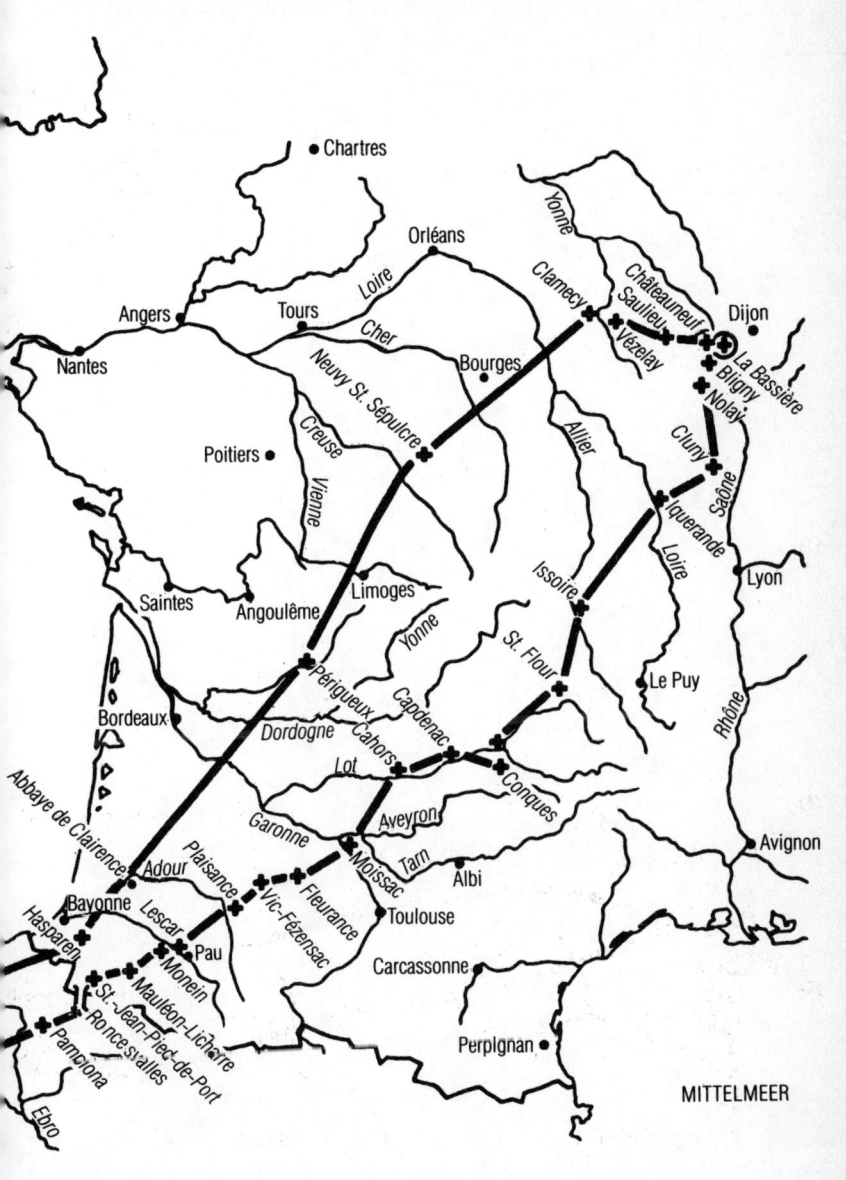

MITTELMEER

## Vorwort

Wenn ich, wie in diesem Buch, eine Geschichte erzähle, gibt es immer Leute, die bewundernd ausrufen: „Was Sie für eine Phantasie haben!"

Ich frage sie dann: „Was ist denn nach Ihrer Meinung diese berühmte Phantasie, nicht nur die meine, auch die seine, ihre oder die der anderen?"

Und alle geben ungefähr die gleiche Erklärung:

Die Phantasie sitzt in einem Lappen des Gehirns, der bei begabten Menschen, zu denen man auch den Romanschriftsteller zählt, besonders stark ausgebildet ist. Oder sogar, daß die Einbildungskraft eine Art zusätzliches Organ sei, das sich ebenfalls im Schädel besonders der Langköpfigen befinde, weil bei ihnen mehr Platz dafür sei als bei den anderen. Ein inneres Organ also oder eine Drüse, eine Art Mark mit einem Eigenleben, das, plötzlich durch besondere Einflüsse angeregt, ein seltsames Produkt auszuscheiden beginnt, das ziemlich monströs und verdächtig, andererseits aber auch wunderbar ist und jedenfalls zweifellos ganz spontan auftritt.

Man erlebt also eine wirklich ‚spontane Schöpfung'.

Diese Drüse hat man, oder man hat sie nicht. Entweder ist sie winzig, zusammengeschrumpft in einer Ecke, verkümmert und steril, so daß man alle Mühe hat, auch nur die einfachsten Sachen zu erzählen, z. B. wie man am Morgen seinen Kaffee kocht.

Oder sie ist enorm, diese Drüse, unkontrollierbar wuchernd, und man schreibt Romane, erzählt Geschichten, in denen man nur einsammelt, was sie einem im Überfluß schenkt. Eigentlich braucht man sich nur an seinen Schreibtisch zu setzen, die Feder zu ergreifen, die richtige Schreibposition einzunehmen, und schon beginnt die besagte Drüse zu funktionieren. Man muß dann lediglich die Schreibhand führen.

Wenn diese Drüse riesig und ihre Sekretion reichlich ist, so ist man ein großer Romanschreiber. Wenn sie klein, mickrig und launisch ist, so ist man ein Federfuchser, ein Tintenkleckser, ein Skribifax, ein Schriftsteller ohne Atem und ohne Talent.

Und wenn man keine hat, so ist man ein normaler Mensch und braver Bürger, der gerne denen zuhört oder ihre Bücher liest, die eine haben und sie zu gebrauchen wissen.

Ich aber, liebe Leute, halte das für vollkommenen Quatsch und für weit entfernt von der Wahrheit!

Für mich ist die Phantasie eine Art großes Sammelbekken, ein Reservoir, das auf geheimnisvolle Weise (die nur scheinbar geheimnisvoll ist) von unendlich vielen Strömen, Flüssen, Bächen, Rinnsalen und Quellen gespeist wird. Ja, das ist es – Quellwasser unterschiedlicher Stärke und verschiedenen Ursprungs, das von ganz nah oder von weit her kommen kann und sich in dem Reservoir sammelt, bis es überläuft, oder unaufhaltsam die Deiche sprengt und sich ergießt. So entsteht das geschriebene, gesprochene oder gedachte ‚Werk‘, das sich wie eine Überschwemmung verbreitet.

Aber welcher Art sind diese Bäche und Quellen, die es speisen?

Wenn ich mir beim Schreiben zusehe oder mich meine Geschichten erzählen höre, so gewinne ich mehr und mehr die Gewißheit, daß ich meinen Personen begegne oder besser, daß sie mir begegnen, zu mir sprechen oder sich meines weißen Blattes, meiner Stimme oder sogar meines Körpers bemächtigen.

Manchmal kommen sie von ganz nah und von gestern, ein anderes Mal von weit her und aus dem Abgrund der Zeit...

Sie diktieren mir ihre Gedanken, ihr Tun und Lassen...

Ja mehr noch: Ich werde sie. Ich bin sie.

In einer Art Traum, der immer am frühen Morgen zwischen Schlaf und Wachen über mich kommt, bin ich dieser Jehan le Tonnerre, den ich eines Tages in mich aufgenommen habe, als ich von der Höhe der ‚Mönchsheide‘ aus in das kleine Tal der Arvault hinunterblickte und das keltische Kreuz auf dem First der Apsis der sehr alten Abteikirche von Labussière sah, das sich hell von dem grünen Samt des Waldes abhob; auf dieser Kirche, die der heilige Bernhard im burgundischen Bergland erbauen ließ.

Dort hat sich Jehan le Tonnerre mir aufgedrängt. Ich sah ihn, wie er mit seinen Brüdern und Schwestern Haselnüsse pflückte. Ich sah, wie er dem alten Propheten begegnete, und irgendwie sah ich mit seinen Augen und redete mit seinem Mund, so daß ich dachte, und ich denke es immer noch, daß ich er war und er – ich.

Warum bin ich ihm nach sieben Jahrhunderten begegnet? Warum ihm und keinem anderen? Warum dort und nicht woanders? Und: wie?

Ich fand die Antwort, als ich nach dem Diktat von Meister Gallo, ohne etwas davon zu verstehen, in diesem Buch die Konstruktion des keltischen Kreuzes beschrieben habe, das aus den Kreisen von Keugant, von Abred und von Gwenved hervorgeht. Meister Gallo sagte, und ich habe es dementsprechend auf Seite 184 niedergeschrieben, daß im Kreis Keugant, wo nichts existiert außer Gott, die Seelen im Chaos umherirren, daß sie dann in den Kreis von Abred eintreten, der der Kreis des irdischen Lebens ist, wo sie einen Körper annehmen und sich ihr Schicksal zwischen den Kräften des Guten und Bösen abspielt. Wenn sie versagen, kehren sie ins Nichts zurück, um dort zu warten, bis Gott sie von neuem ins Abred entläßt, um zu versuchen, in einem anderen Körper und einem anderen Leben das Ziel zu erreichen und die vollkommene Glückseligkeit im Kreis Gwennwed zu verdienen, wo sie die ständige Gegenwart Gottes genießen können. Dies ist die druidische Konzeption vom ewigen Leben.

So habe ich gedacht, daß ich nach einem Zeitraum von siebenhundert Jahren die Wiedergeburt von Jehan le Tonnerre im Kreis von Abred bin.

Ja, ich bin dessen sogar gewiß, denn alles, was ich in diesem Buch erzähle, stand so klar und deutlich vor meinem geistigen Auge, alles was Jehan le Tonnerre und die anderen Personen seiner Umgebung taten, war so logisch und folgerichtig, sogar die Probleme der Raumgeometrie, denen ich selbst in meinem Leben nie Aufmerksamkeit geschenkt hatte, ließen sich mit erstaunlicher Leichtigkeit lösen, auch die Betrachtungen des Propheten über Land, Leute und Bauwerke, die ich nie gesehen habe, waren so einleuchtend, präzise und genau, daß ich schließlich davon überzeugt bin, sie mit den Augen Jehan le Tonnerres gesehen, mit seinen Händen berührt, mit seinen Lungen eingeatmet zu haben.

Wie anders sollte man dieses merkwürdige Zusammentreffen von Umständen erklären, diese aufgefundenen Dokumente, diese unerwarteten, oft paradoxalen Feststellungen, diese manchmal verwirrenden Berichte über eine Epoche, die von der unseren so verschieden ist, über eine Gedankenwelt, von der ich keine Ahnung hatte, als daß sie mir von der Stimme Jehan le Tonnerres in meinem Traum vor Morgengrauen diktiert worden sind?

Aber warum habe ich mich entschlossen, das alles zu erzählen? Und warum habe ich für die Niederschrift genau die gleiche Zeit (vier Jahre) gebraucht, die zwischen dem Anfang und dem Ende dieses ungewöhnlichen Abenteuers von Jehan le Tonnerre, dem kleinen Waldroder aus der Hauländerkommune von Sankt Gall in Burgund, verstrichen ist?

## Die Sterne von Compostela

Als sie den Rand der Lichtung erreicht hatten, von wo aus sie das Tal zu ihren Füßen überblicken konnten, blieb der Anführer der Gruppe, Jehan le Tonnerre, plötzlich stehen und schaute gespannt in den Abgrund.

„Was siehst du?" fragte ihn Trébeulot, der ihm auf den Fersen folgte. Jehan le Tonnerre antwortete nicht. Mit zusammengekniffenen Augen, weil die Mittagssonne ihn blendete, starrte er hinab.

„Also was gibt's da zu sehen?" wiederholte Trébeulot ungeduldig.

„Ich sehe, was du siehst. Du brauchst nur hinzugucken!" Trébeulot beschattete mit der Hand seine Augen und schaute.

Die andern, die mit Säcken und Körben beladen erst jetzt herankamen, legten ihre Lasten ab und blickten auch hinunter. Ganz am Ende des Tals, wo die Wasser der Arvault in einer Art Sumpf stockten, bevor sie sich mit denen der Ouche vereinigten, sahen sie ein Gewimmel von vielen Menschen mit Ochsen- und Pferdegespannen.

An den Abhängen zwischen den Bäumen glitzerten die flinken Wasser der Arvault durch das Grün der Minze. Die großen Buchsbäume sahen aus wie dicke, dunkle Tiere, die sich zu Füßen der Eichen ins Unterholz kauerten, und dort, ganz am Rande des kleinen Flusses, karrten Leute Steinfuhren aus der hochgelegenen Bergschlucht des Raimbeû herab, andere schütteten Erde auf, und wieder andere wurden gerade mit dem Bau von Hütten auf einem Erdwall fertig, der sich an kleinen Felsen entlang am Fuße des Sonnenhanges hinzog. Versteckt hinter den starren Ästen eines Schwarzdornbusches, beobachtete die ganze Bande dies Treiben. Keiner sagte ein Wort. Jehan le Tonnerre wagte als erster zu sprechen:

„Die Mönche!…"

Ja, die Menschen, die im Talgrund schafften, waren wirklich Mönche. Wenn sie auch ihre Kutten aufgeschürzt und die Spitzen ihrer Kapuzen unter die Gürtelkordel gesteckt hatten, so erkannte man sie doch sofort, denn man hörte nichts anderes als das Geräusch ihrer Werkzeuge. Die Leute dieser Gegend haben eine große Klappe, sie können keinen Schlag mit der Hacke tun, ohne dies nicht in alle vier Winde mit weithin hallender Stimme hinauszuschreien, um gleich darauf lauthals über jeden zu spotten, wenn er die Nase hebt. O ja! Einen Bauplatz in diesem Land hört man schon von weitem!

Dieser hier dagegen plapperte nicht lauter als ein Karpfenteich. Man hörte höchstens das Knirschen der Wagenachsen und manchmal den Befehl eines Gespannführers, aber niemals einen Fluch.

„Nur die Mönche können soviel Arbeit mit sowenig Lärm verrichten", bemerkte ein Mädchen in spöttischem Ton.

„Eine Arbeit, die zu dir nicht passen würde", stichelte Jehan, der den Schalk im Nacken hatte.

„Klar", sagte das Mädchen, indem es eine Haselnuß mit den Zähnen knackte. Alle lachten, während Jehan sich vorbeugte und die Brauen zusammenzog, um besser sehen zu können.

„Das sind die von Azeraule", sagte er. „Ich erkenne sie wieder. Der dort, der die Erdklumpen aufschichtet, ist Bruder Alric, der Schweinehirt von Azeraule, der mit den Schweinen redet."

„Er ist unfähig, das Schweigegebot zu halten", lästerte das schwatzhafte Mädchen.

„Genausowenig wie du", sagte jemand. Wieder lachten alle, sie selbst noch lauter als die andern.

„Aber was machen die hier?" fragte ein Junge.

„Man könnte meinen, daß sie sich an der heiligen Quelle niederlassen wollen", antwortete ein anderer.

Ein wenig abseits, dort wo die Arvault von Erlen gesäumt wurde und das Gras besonders grün war, hütete ein Mönchlein, so mager wie ein Grashüpfer, eine Herde Kühe.

In diesem Moment richtete sich ein weißhaariger Mann, der ganz in der Nähe zwischen hohen Kräutern gekauert hatte, unvermittelt wie ein Teufel vor ihnen auf, schwang seinen Stock und rief: „Ja, sie lassen sich dort nieder! Ja, Jehan le Tonnerre, sie werden sich dort einrichten!"

Alle schrien bei seinem Anblick erschreckt auf, die Älteren jedoch gingen auf ihn zu.

„Der Prophet, der Prophet!" kreischten die drei Kleinsten besonders laut, weil sie ein wenig verängstigt waren, indem sie sich hinter den Rücken der Großen versteckten.

Der Prophet, denn er war es wirklich, hob einen mit Pilzen halbgefüllten Korb auf und kam heran.

„Du sammelst Pilze?" sagte Jehan le Tonnerre, um das Gespräch einzuleiten.

Der andere beachtete ihn nicht, sondern fuhr fort:

„Ja, das sind die Mönche von Azeraule, die von ihrem steinigen Berg herabgestiegen sind. Ich habe ihnen gleich gesagt, daß sich niemand da oben halten kann. Alles krepiert und vertrocknet. Das Übel dringt aus dem Boden…"

„Das ist das Land des Teufels, er versteckt sich in der Tiefe, und sein Geifer dringt aus der Erde!"

Der Alte erwiderte zornig: „Sein Geifer – oder was anderes. Der Teufel – oder ein anderer. Der Teufel hat bei euch Leuten aus der Kommune einen breiten Rücken. Das Plateau von Azeraule liegt auf einem schlechten Erdstrom, das ist alles. Daran kann niemand etwas ändern, weder euer lieber Gott noch ein anderer."

Die Jungen lachten heimlich. Sie wußten, daß man den Propheten nicht auf dieses Thema bringen durfte, weil man riskierte, sich dann eine Predigt anhören zu müssen, die bis zum nächsten Morgen dauerte. Jehan le Tonnerre fiel ihm daher ins Wort und sagte:

„Schön sind deine Pilze, Prophet, schöne Blaufüßchen, die hat der Regen von gestern herausgebracht."

Aber der Alte hielt an seinem Thema fest. Seine Ohren waren so rot wie Reizker, als er fortfuhr: „Wenn sie auch Mönche sind, müssen sie doch wie andere Sterbliche den Erdströmen Rechnung tragen. Seit Menschengedenken, und sogar schon früher, haben viele versucht, da oben zu leben. Niemand hat es geschafft. Alles hat immer mit Pest und Cholera geendet. Die Häuser sind eingestürzt, die Dachsparren sind verfault, und die Kühe haben verworfen. Von gebrochenen Beinen oder Menschen, die von Bäumen erschlagen, vom Blitz getötet wurden, nicht einmal zu reden. Ich habe ihnen dies alles gesagt. Aber haben sie mir überhaupt zugehört? Sie haben ausgerufen: ‚Wir kommen mit unserem Kreuz, unsern Psalmen für den Ewigen, wir widerstehen den dämonischen Kräften! Wir besiegen sie, weil Gott mit uns ist!' Das haben sie gesagt…"

„Sie haben dennoch gerodet, urbar gemacht, gebaut und das Lob Gottes gesungen", stimmte Jehan ihm zu. „Ich habe sie gehört!"

„Ja, aber jetzt geh hin und sieh, was übriggeblieben ist! Sie sind gezwungen, von dort herabzusteigen, die weiße Pest hat sie dezimiert, ihr Vieh streckt alle viere von sich, ihre Kapelle ist eingestürzt, ihre Hütten sind verkohlt. Alles ist verloren, darum sind sie heruntergekommen."

„Aber das Land, wo sie anscheinend bauen wollen, gehört doch nicht ihnen, sondern dem Herrn von Marigny", bemerkte Jehan, der trotz seiner 15 Jahre schon viele Dinge begriff.

Der Prophet wählte vorsichtig seine Worte, indem er ihnen hinter vorgehaltener Hand anvertraute: „Der Herr von Marigny hat ihnen das ganze Tal der Arvault als Eigentum geschenkt, wirklich geschenkt! Und sogar noch die drei anderen Täler mit allem, was dazugehört, Wälder, Felsen, alles! Er hat es ihnen für sein Seelenheil geschenkt."

Alle schwiegen.

„Der Marigny muß viel Vergebung brauchen, wenn er den besten Teil seines Landes den Gottesleuten schenkt", sagte Jehan.

Der Prophet lachte glucksend wie ein Truthahn, dem er ein wenig ähnelte. „Er muß auch schlau und ein guter Rechner sein. Hast du mal daran gedacht, was die Mönche aus den drei Tälern machen werden? Hast du gesehen, was sie aus den Sümpfen von Cîtaux gemacht haben?"

„Nein, ich bin niemals weiter als bis Vergy und Ternant gegangen."

„Also urteile nicht vorschnell. Solange du nicht gesehen hast, wie sie im großen Saône-Tal auf der anderen Seite des Berges, keine 5 Meilen von hier entfernt, den Sumpf trokkengelegt, die Auen und Brachen entwässert, das Land urbar gemacht und gepflügt und das Fieber in nur 20 Jahren verjagt haben, solange du das nicht gesehen hast, Söhnchen, kannst du auch nicht die doppelte Rechnung des Marigny verstehen. Hör mir gut zu, mein Junge, die beste Art, das Land aufzuwerten, ist – einen Mönch zu pflanzen. Nun weißt du's. Und besonders diese dort unten, mein Junge!"

„Die Zisterzienser?" fragte einer.

„Ja, genau – die von Cîtaux – hart und glühend vor Eifer. Härter noch als die von Benedikt – die Cluniazenser!"

„Noch härter? Wirklich?"

„Und leistungsfähiger, weil strenger. Streng zu andern, aber in erster Linie auch zu sich selbst."

Die sechs jungen Leute, die sich um den Propheten geschart hatten, hörten ihm zu, ohne viel zu verstehen. Einer von ihnen sagte:

„Sie sind aber doch wohl keine besseren Waldroder als wir?"

„Ihr seid tüchtige Holzfäller, das ist sicher", antwortete der Prophet, „aber wenn ihr den alten gallischen Wald entwurzelt und verbrannt habt, wißt ihr nichts damit anzufangen. Ihr kratzt gerade die oberen Erdschichten ein wenig auf, um einige Handvoll Körner säen zu können. Eure Gemeinschaften sind bekannt! Ihr seid von Attilas Geschlecht! Gut, um Breschen in den Wald zu schlagen und alles herauszureißen. Auch die Zisterzienser reißen aus und brechen ein, aber man muß sehen, was sie danach aus dem Land machen."

„Aber Prophet, könntest du uns erklären, was sie dort tun?"

Der Prophet machte ein geheimnisvolles Gesicht und sagte nur: „Es ist bald Tagundnachtgleiche! Die Äquinoktien, mein Junge, und wenn sie ihre Kirche bauen wollen, müssen sie sich jetzt darum kümmern."

„Ich sehe genau, daß die dort mit Bruder Alric dabei sind, ihre Hütte zu bauen", bemerkte Jehan le Tonnerre. „Sie haben recht, wenn sie heute nacht im Trocknen schlafen wollen. Der andere weiter hinten treibt sein Vieh zusammen, aber jene da drüben, die Weißen, was machen denn die?" Und er zeigte auf eine Gruppe von Mönchen, die weiße Kutten trugen, während die sechs anderen kastanienbraun gekleidet waren.

„Das sind die Priester, die Eingeweihten, die Wissenden...", sagte der Prophet, schloß halb die Augen und nickte mit dem Kopf, während die Kinder ihre Augen weit aufsperrten, hinunterstarrten und ihm nicht mehr zuhörten.

„Die Ströme der alten Erde sind zahlreich und unterschiedlich. Derjenige, der nicht weiß, denkt, daß sie ganz verworren sind, aber sie, die Weißen, sie wissen!..." Der Alte kratzte sich die Nase, die picklig und violett wie eine dicke Brombeere aussah, und fügte mit einer Grimasse der Geringschätzung hinzu: „Sagen wir, sie glauben zu wissen, aber sie haben wenigstens das Verdienst, daß sie nach dem Wissen suchen."

Das erneute Schweigen wurde durch das Kreischen einer Bande Eichelhäher unterbrochen.

„Hörst du die Eichelhäher?" fragte der Prophet. „Sie sind absolut nicht mit der Ankunft der Mönche einverstanden.

Sie ahnen schon, daß ihr Gebiet drastisch eingeschränkt wird. Sie wissen auch genau, daß diese Leute dort nur an Festtagen Fleisch essen und daß dies öfter vom Eichelhäher als vom Rind stammt."

„Pfui Deibel!" rief ein Junge. „Eichelhäherfleisch schmeckt gallebitter!"

„Sicher, der Eichelhäher schmeckt bitter, aber die Mönche glauben, daß sie sich dadurch das Paradies verdienen."

Nun nahm der Prophet seinen Korb mit Blaufüßchen und lief den Hang hinab, wobei er behend über die Mannschildbüschel hinwegsprang und ein Lied sang. Eines von jenen Liedern, die niemand mehr verstand, weil sie von Menschen erzählten, die alle Welt aus dem Gedächtnis verloren hatte.

Jehan le Tonnerre war einen Moment lang verblüfft, wie er ihn so mit langem, wehendem, grauem Bart davonhüpfen sah. Dann drehte er sich zu seinem Kameraden um und sagte: „Das ist alles schön und gut, aber es ist fast Mittagszeit, wir wollen unsere Kiepen zu Ende füllen und schnell zur Gemeinschaft zurückkehren."

Sie begannen wieder zu pflücken, denn das war eine ihrer alljährlichen Aufgaben. Gleich nach den Herbstäquinoktien zogen sie in Gruppen an den Waldrändern entlang und machten auf den Lichtungen die Runde, um die Haselnüsse zu ernten. Sie machten die großen Körbe so voll, daß ihnen die Rückkehr schwerer fiel als der Hinweg; besonders da sie sich über dem „Tal der Buchsbäume" (= La Bussière) befanden, das mehr als 2 gallische Meilen vom Werk- und Wohnplatz ihrer Gemeinschaft entfernt lag.

Sie waren zu siebent. Jehan, der Älteste, marschierte als erster. In der Hand hielt er einen Haselstock, mit dem er auf den Boden schlug, bevor er den Fuß aufsetzte, um die Schlangen zu verscheuchen. Wenn ein Jüngerer ihn überholte, rief er ihn mit seinem Stock zur Ordnung, so als wollte er ein ausbrechendes Schaf zurücktreiben. „Los, nach hinten mit dir!"

Die Jungen trugen zu zweit die Körbe, angefüllt mit schönen rotbraunen Haselnüssen. Die Mädchen hatten diese in Leinenbeutel gesteckt, die an ihrem Gürtel befestigt waren und bis auf die Schenkel baumelten. Bald erreichten sie die Lichtung der großen Brandrodung, an deren Ende sich die Umfriedung des Gemeinschaftsgutes befand. Die Gebäude lagen Richtung Süden an einem kleinen Abhang, von wo aus man die Türme des neuen Schlosses der Herren von Chaudenay vor dem dunklen Hintergrund des alten Morvan-Gebirges deutlich erkennen konnte.

An diesem Tag kamen sie über die Vaux-Juns, und nachdem sie die großen Brandplätze des Vorjahres passiert hatten, erreichten sie das Tor.

Sie sangen aus vollem Halse, als sie eintraten, schütteten die Haselnüsse aus Kiepen und Säcken in den Schuppen und erreichten den Gemeinschaftsraum gerade noch rechtzeitig, um das ‚Amen' nach dem Tischgebet mitsprechen zu können. Der Meister betrachtete sie wie Schafe, die Bocksprünge machen und sagte:

„Gerade noch geschafft, he? Ein bißchen später und ihr hättet mit den Schweinen essen müssen!"

So war es in der Kommune Sitte: Wer nach dem Tischsegen kam, fand seine Portion im Schweinetrog.

„Das kommt daher, weil wir den Propheten getroffen haben", sagte Jehan.

„Den Propheten? Von ihm kriegt ihr keine Suppe, daran müßt ihr denken", entgegnete der Meister, der mit dem Schneiden und Verteilen des Brotes beschäftigt war, und fügte hinzu: „Was hat er euch erzählt, der Prophet?"

„Er hat über die Mönche gesprochen."

„Die Mönche?"

„Ja, sie sind in der Bussière und bauen ihre Hütten am Flußufer. Man könnte meinen, sie wollen sich dort festsetzen. Der Herr von Marigny hat ihnen das Land für sein Seelenheil geschenkt."

„Für sein Seelenheil? Wohl eher, um sein Gut urbar machen zu lassen. Hier gewinnt er Neuland, und das Paradies bekommt er als Draufgabe – vielleicht!" sagte Jehans Vater, Martin-le-Bien-Disant – der „Schönredner", mit scharfer Stimme. Worauf seine Frau, Jehans Mutter, in sanftem Ton antwortete:

„Rede nicht schlecht vom Marigny, er ist ein würdiger Mann."

Alle schwiegen, um die Suppe zu schlürfen, die die Meisterin aufgetragen hatte. Danach aber brach der Redestrom so plötzlich hervor, als hätte man alle Schleusen geöffnet. Alle sprachen zur gleichen Zeit: über die Mönche, über den Fehlschlag von Azeraule, über den Erfolg von Citeaux, über ihre Art, zunächst mit kleinen Deichen den Bergbach zu stauen und anschließend das lehmige Schwemmland zu kultivieren. Der Meister sagte abschließend:

„Die Mönche werden unsere Nachbarn sein. Ich ziehe solche Nachbarn dem Herrn von Marigny vor. Das kann ich euch sagen!"

„Topp!" sagte Martin der Schönredner. „Sie halten den Marigny am Zügel. Wenn er zu sehr aufmuckt, verdammen sie ihn in ihre Hölle. Er muß schon auf dem rechten Wege bleiben."

„Ein Segen, sie dort zu sehen. Man kann Gott dafür danken!" fügte der Meister hinzu.

„Amen", antworteten alle mit leiser Stimme.

Sie saßen dort aufgereiht an jeder Seite des großen Tisches, den sie aus einem mächtigen, in der Mitte gespaltenen Eichenstamm zurechtgehauen hatten. In das dicke Holz hatte jeder für sich eine schüsselförmige Vertiefung eingegraben, in die die Frauen das Essen füllten. Nach den Mahlzeiten wurde alles mit einem großen Eimer Aschenlauge gewaschen. Das war die Art, wie man in der Kommune Geschirr spülte. Es war ein würdiger Anblick, wenn die Meisterin zwischen den zwei jüngsten Frauen stand, den Deckel des Kessels hob, die Kelle in die Suppe tauchte und die Portionen ernsthaft, wie der Priester bei der Messe, austeilte. Sie war wirklich der Priester, die Hohepriesterin dieser Versammlung, die zweimal täglich zusammenkam um miteinander zu kommunizieren, indem sie an dem gleichen Mahl teilnahmen, das sie ihnen, mit Hilfe der anderen Frauen, die die Diakone, Subdiakone und Meßdiener dieser Zeremonie waren, bereitet hatte.

Zum gegenwärtigen Zeitpunkt waren es 21 Personen. Es gab 24 Vertiefungen im Tisch, weil die Kommune einmal 24 ‚parsonniers‘ (so nannte man die Mitglieder) gehabt hatte. Jetzt, nach einem Tod durch Unfall, einem Tod durch Krankheit und dem freien Fortgang eines Mädchens, das sich außerhalb der Kommune verheiratet hatte, blieben noch 21 übrig: 6 Kinder, von denen Jehan der älteste war, 7 Frauen und 8 erwachsene Männer. Das waren nicht viele für die Rodungsarbeit in diesem rauhen Land mit seinen dichten Wäldern.

Der Hausherr schnitt das Brot und das Fleisch. Das war sein Amt. Er nahm für sich den schlechtesten Teil, jedenfalls war das seine eigene Behauptung, und meistens stimmte sie auch; außer beim Kaninchen, da nahm er den Kopf, den alle anderen Männer ebensogern gehabt hätten.

Im ganzen war es eine gute Gemeinschaft, wo alles nach jahrhundertealten Regeln, wahrscheinlich wie schon zur Zeit des keltischen Clans der Eduenser, ablief. Am Tisch wurde wenig gesprochen und nur wenn der Herr eine Frage stellte. Im allgemeinen waren die Menschen, die den Wald urbar machten, schweigsame Leute, gewöhnt, allein zu arbeiten und mit zusammengebissenen Zähnen die Spitzhacke, die Axt und den Dreizink zum Wurzelausreißen zu schwingen.

Aber an diesem Tag hatten die Mönche ihre Zungen gelöst, denn deren Ankunft in dieser Waldwildnis war ein großes Ereignis. Man wußte vom Hörensagen, daß die großen Urwälder mit ihrem Gewirr von Stämmen und stachligem Unterholz, diese tiefen Dickichte immer mehr verschwanden und die großen Herren immer gesitteter wurden aus Furcht vor dem berüchtigten Satan, den die Mönche irgendwo in der Tiefe in Reserve hielten, um die Heiden zu strafen. Es war offensichtlich, wo die Mönche sich niederließen, wurde die adlige Sippschaft (Gott weiß, woher die eigentlich stammte) zahm wie Lämmer, darüber waren sich alle einig.

Man sah sich den Haufen Haselnüsse an: „Wir brauchen noch drei- oder viermal soviel", sagte der Meister, „denn im nächsten Jahr werden sie rar sein." Er erkannte das an der Art, wie sie sich aus der grünen Umhüllung lösten.

„Was für eine Arbeit, die alle zu knacken!" seufzte ein Mädchen.

„Da hilft nichts", sagte die Meisterin mit Nachdruck. „Wir haben schon jetzt nicht mehr genug Öl. Wir müssen so schnell wie möglich eine neue Pressung machen." „Wir warten bis sie abgetrocknet sind, und dann setzen wir sofort die Presse in Gang", bestimmte der Meister.

Die Kinder stießen Freudenschreie aus. Sie liebten es, wenn Hasel- und Walnüsse gepreßt wurden, weil man ihnen die abgebröckelten Stücke der Ölkuchen überließ, die sie so gierig aßen, daß sie eine Woche lang davon verstopft waren. Am leckersten schmeckten sie, wenn die Meisterin die Lade mit dem Honig öffnete: „Honig und Preßkuchen von Nüssen, ein unvergleichlicher Leckerbissen!"

Dann teilte der Meister jedem seine Aufgabe für den Nachmittag zu, und die Männer streckten sich im Schatten des Birnbaums, in dem die Elster nistete, aus, um die traditionelle Mittagsruhe zu halten. Die Kinder gingen wieder in Richtung des Buchsbaumtales, da die Mönche und ihr Tun sie stärker als die Haselnüsse anzogen.

Sie traten aus dem Wald und sahen ganz am Ende des Tals den Propheten, der inmitten der weißen Mönche herumzappelte wie ein Wurm in einer Schale Federweißer. Sie ließen ihre Säcke und Körbe zurück und waren im Nu dort unten. Zwar wagten sie sich nicht zu nahe heran, denn diese

Männer-ohne-Frauen, die über die Pforten des Paradieses und der Hölle befehlen konnten, schüchterten sie nicht nur ein, sondern machten ihnen sogar etwas Angst. So lauschten sie dem Gespräch von weitem. Eigentlich redete nur der Prophet, wobei er mit großen Gesten gen Sonnenaufgang und -untergang, nach Norden und Süden zeigte, den Fuß auf den Boden stampfte und sich selbst sehr wichtig nahm.

Im allgemeinen lachten alle, wenn der Prophet bei seinen Weissagungen in höheren Sphären wandelte. Aber diese Priester lachten nicht, sondern hörten sich ruhig die lange Rede an, was den Propheten noch selbstsicherer machte. Aber unterstanden die weißen Männer nicht dem Schweigegebot?

Wenn ich sage: ‚Weiße Männer‘, so übertreibe ich etwas, weil ihr Gewand aus ungebleichter Wolle grob gewebt war, so daß es die Farbe der fedrigen Blüten vom Spierstrauch hatte, der an den Flüssen wächst, aus denen man einen schmerzlindernden Balsam gewinnen kann, wenn man weiß, wie man den Absud daraus richtig bereitet. Außerdem war der Saum ihrer Gewänder schlammverkrustet, obgleich sie sie hochgerafft hatten, so daß man sah, wie die Hosen aus grobem Hanfleinen um ihre mageren Beine schlotterten.

Jehan le Tonnerre spitzte die Ohren, indem er mit einer Geste seinen Kameraden Schweigen gebot. Aus der Kapuze seines Umhangs holte der aufgeregte Prophet einen Apfel – einen frischgeernteten Apfel, den er zweifellos aus einem Obstgarten im Vorbeigehen geklaut hatte. Er hatte ein Reis vom Haselstrauch geschnitten, es zugespitzt und damit den Apfel der Länge nach durchbohrt; dann hatte er eine Ameise gefangen, sie auf den Apfel gesetzt und sofort den Apfel um diese Achse von rechts nach links rotieren lassen. Die Mönche folgten der Aufforderung des Propheten und beugten sich vor, um besser beobachten zu können.

„Seht!“ schrie der Alte, „schaut genau hin. Die Ameise läuft im Sinne der Umdrehung. Sie läuft gen Sonnenuntergang, in gleicher Richtung wie die Wanderzüge der armen Menschen auf dieser Erde. Immer nach Westen! Die armen unwissenden Heloten! Aber die Eingeweihten, die Wissenden folgen ihnen nicht. Sie lassen sich nicht mit dem Strom treiben. Im Gegenteil, sie wenden sich ihm zu, um sich von ihm durchdringen zu lassen. Wie konstruiert ihr denn eure Kirchen und eure geweihten Stätten, wenn nicht gen Sonnenaufgang? Und wenn ihr die Messe lest, wendet ihr euch nicht in diese Richtung? Und öffnet ihr nicht eure Handflächen, um die unschätzbare Gabe zu empfangen, und baut ihr nicht einen gedeckten Gang?"

„Einen gedeckten Gang?"

„Ja! Genau wie unsere Meister der großen Steinsetzungen! Und zu dem gleichen Zweck. Aber ihr Ignoranten habt keine Ahnung!"

„Einen gedeckten Gang?"

„Zum Teufel ja! Euer Kirchenschiff mit seinen zwei Pfeilerreihen und seinem Gewölbe, dem Steindeckel, all das führt zur Apsis. Na bitte, mein Junge, das ist der perfekte Dolmen. (Er sprach es taol = Tafel und men = Stein aus.) Mit seiner Krypta, der Grotte, wo... also wo sich... also wo sich befindet..." Der Prophet schien verwirrt und schwieg plötzlich. Dann faßte er sich wieder und fuhr fort:

„Und wenn ich sage: gen Sonnenaufgang, so vereinfache ich die Dinge für die Unwissenden, weil ich sehe, daß ihr nicht viel wißt. Und trotzdem fühle ich, daß ihr die Abteikirche, euren Dolmen, nach den besten Gesetzen über unserer heiligen Quelle errichten werdet. Nicht ganz genau gen Osten orientiert, sondern mit der Abweichung, die euch auferlegt wird durch... also bedingt ist durch..." Wieder schwieg er, zögerte, um schließlich geringschätzig fortzufahren: „Ihr tut diese Dinge, ohne den Sinn zu kennen, aus der Routine, die ihr von euren schwarzen Brüdern, denen von Cluny, übernommen habt. Später vielleicht werdet auch ihr verstehen."

Die Patres schüttelten die Köpfe, und einige braune Brüder, die sich neugierig genähert hatten, schauten verdutzt drein.

„Aber dieser Apfel? Was soll der darstellen?" fragte ein Priester mit feinem Lächeln.

„Na, das ist die Erde! Er stellt die Erde dar", brummte der Prophet.

„Aber unterstellt Ihr etwa, daß die Erde ein Apfel ist?" warf ein anderer Priester ein.

„Eine Kugel, ja! Die Erde ist eine Kugel, die um sich selbst im Äther kreist!" Die Priester schauten sich gegenseitig erschrocken an.

„Brüder!" rief der Alte, „ihr habt doch wohl aufmerksam die Bibel und die Heiligen Schriften gelesen? Das ist doch euer Beruf!" „Sicher", sagte ein Mönch. „Also, was habt ihr davon behalten? Abraham, der sein Kind massakriert? Joseph, der von seinen Brüdern verkauft wird, und andere Greuel? Habt ihr nicht im Buch Hiob Kapitel 22, Vers 7 gelesen: ‚Derjenige, der über dem Erdball thront'? – Und bei Samuel, Kapitel 2, Vers 8: ‚Denn Jehovas sind die Angeln der Erde, und auf sie hat er seinen Globus gesetzt'? Was nützt es, wenn die Propheten dies verkündet haben und ihr es nicht wissen wollt, meine kleinen Brüder? Man braucht kein großer Gelehrter zu sein, um zu wissen, daß die Druiden das auch schon wußten. Sie hatten es von den mächtigen Bewohnern der Atlantis und den Baumeistern der großen Steinsetzungen, die es wie wir machten: Sie stellten sich dem Strom entgegen und schauten nach Sonnenaufgang. Dahin orientierten sie ihre großen Steine, ihre gedeckten Gänge, die Vorläufer der taol-men, in die der Mensch hineinging – dem Strom entgegenschreitend – badend im spiritus mundi. Aber sie wußten warum, und ihr, ihr wißt es nicht... wenigstens nicht alle. Denn ich sage euch, in Wirklichkeit gibt es einige unter euch, die die Weisheit der Druiden geerbt haben."

Der Prophet schwieg. Er schaute sie fast feindselig an und sagte:

„Aber soll ich vor Tauben singen? Was soll ich Blinden zeigen? Und werdet ihr mich nicht als Häretiker behandeln?"

Die Priester blieben stumm. Plötzlich schien der Prophet, der ganz in sich zusammengeschrumpft und dreckig wie eine Wildsau war, zu wachsen und zu strahlen, wie verwandelt von einem geheimnisvollen inneren Feuer.

„Geht doch lieber zu eurem Bruder Bernhard, dem Rothaarigen, dem Sohn der Aleth de Fontaine, eurem zukünftigen Herrn, der vor noch nicht so langer Zeit mit einem Viertelhundert befreundeter adliger Herren an der Tür eures eigenen Mutterhauses in Citeaux Einlaß begehrte. Er weiß oder besser er fühlt, er ahnt es. Geht zu ihm und fragt, was er von den Gesprächen mit den Rabbinern, mit denen er Umgang pflegt, wie man sagt, behalten hat; und warum er seine Nächte ohne Schlaf verbringt und warum..."

Der Prophet redete jetzt nur noch mit den Lerchen. Die Patres waren zuerst vorsichtig von ihm abgerückt und dann fortgegangen. Sie rafften ihre Kutten, ergriffen Fäustel und schlugen damit Pflöcke in den Boden, nachdem sie die Dimensionen mit geraden Stangen und einem dreizehnmal geknoteten Seil abgemessen hatten. Nur einer wagte zu den anderen zu sagen:

„Dieser Mann ist seltsam. Wir werden über ihn mit Vater Abt sprechen." Und sie begannen, jeder für sich, ein ‚sursum corda' zu rezitieren.

Aus diesem Grund kehrten Jehan le Tonnerre und seine Gefährten erst sehr spät, und mit einem ganz kleinen Korb voller Nüsse, in die Gemeinschaft von Sankt-Gall zurück. Außerdem blieben sie bald hier, bald dort stehen, um die ersten schwarzen Brombeeren zu naschen, die an den östlichen Hängen reiften; jenem magischen Orient, von dem der Prophet so gerne sprach, aus dem die Sonne und das Licht entsprangen und der seinen Namen und seinen Glanz den Weinbergen gegeben hatte, die die Mönche von Ci-

teaux auf der anderen Seite des Berges an der Vouge ange-
pflanzt und wunderbar gepflegt hatten, an einem Ort, den
man Vougeot nannte.

Als sie den Gemeinschaftshof erreicht hatten, wagten sie
ein Lied zu singen. Ihre Lippen waren rotverschmiert vom
Saft der Brombeeren, ebenso wie die Wangen der Mädchen, auf denen die Jungen aus Spaß die Beeren zerquetscht
hatten. Aber kaum hatten sie drei Töne von sich gegeben,
kamen die Frauen heraus und machten ihnen Zeichen, still
zu sein: „Scht! Scht!" Sie schwiegen, kamen durch die Tür
und verstanden sofort. Der Meister wand sich in Schmerzen auf der gestampften Erde und knirschte mit den Zähnen. Zwischendurch schrie er wie ein Hengst in der Brunst
und rollte sich am Boden.

Die vier Frauen wollten ihn packen und aufs Bett legen,
in dem er gewöhnlich mit seiner Frau im Gemeinschaftssaal
schlief; in einem abgesonderten Gelaß, das eines Tages ein
Pilger, der von Compostela und noch weiter herkam, ‚Al-
cova‘ genannt hatte. Die Araber, so erzählte er, die er in
Iberien kennengelernt hatte, benutzten dieses Wort, um damit ein kleines Haus zu bezeichnen. Damals fanden das alle
sehr komisch, und seitdem nannte man aus Spaß dieses mit
Lederwänden abgeschlossene Bett: Alkoven. Darin verbrachten der Meister und seine Frau die Nacht wie in einem
Zimmerchen, ohne doch den Gemeinschaftssaal verlassen
zu müssen.

Als man ihn dorthin tragen wollte, richtete sich der Meister auf und brüllte: „Nein, ihr Weiber, nein! Man wird
mich nicht vor Sonnenuntergang in einem Bett sehen. Laßt
es euch gesagt sein! Das ist mir noch nie passiert, und das
wird mir auch nicht passieren!"

Aber der nächste Anfall, der ihm, wie er sagte, die Eingeweide im Leib verknotete, warf ihn wieder zu Boden. Vor
den Augen der entsetzten Frauen und Kinder wand er sich
auf den Wildschweinfellen, die vor dem Alkoven lagen.
Seine Frau war schon im Begriff, eine Mischung aus Ho-

lunderbeeren, schwarzen Johannisbeeren, Mauerpfeffer, Quecken, Mädesüß, Weißdorn und Kirschstielen in Wasser zu kochen. Dabei rief sie den Kindern zu:

„Lauft schnell und holt eine große Handvoll schöner schwarzer Wacholderbeeren. Wir lassen ihn so viel davon kauen, wie er kann", und indem sie sich zu ihrem Mann umdrehte: „Du mußt dich damit abfinden, Mathieu, so schnell wird es nicht besser werden." „Ich weiß", stöhnte der Meister. „Es muß eine richtige Überschwemmung in deinem Bauch geben, um das Übel auszutreiben. Je mehr du pißt, umso schneller wirst du geheilt sein." „Ich weiß. Ich weiß", knirschte der Meister mit zusammengebissenen Zähnen.

Die Männer, die zum Essen hereingekommen waren, wagten keinen Fuß zu rühren. Sie standen aufgereiht, wie die Schafe vor ihrem Leitwidder, der in einen Brunnen gefallen war.

„Los, Männer! Schaut euch das nicht an! Ein Mann, der leidet, ist kein schöner Anblick. Geht an eure Arbeit, schaut nicht auf den Meister in dieser unwürdigen Lage." Dann schrie er erneut auf: „Ich werde krepieren! Bei Gott, ist das möglich! Ich werde platzen! Miserere mei Domini!" Und plötzlich in ruhigem Ton: „Martin, du übernimmst die Führung." „Bah, das ist nicht nötig. In einer Stunde bist du wieder obenauf und kräftig wie ein junger Hirschbock."

„Halt den Mund! Ich sage dir: Du übernimmst die Leitung! Morgen gibt es zu tun, und ich werde das Übel noch nicht ausgepißt haben."

Darauf drehte er das Gesicht zur Wand, die Nieren der Glut im Herd entgegengestreckt. Man gab ihm einen guten Liter des Absuds zu trinken und eine Handvoll Wacholderbeeren, die er wie wild kaute, wobei er vor Schmerzen heulte; und man bedeckte ihn mit drei großen Schaffellen, weil er zitterte. Und Martin übernahm die Führung, betete den Segen und schnitt das Brot.

Die Gemeinschaft? Darüber muß jetzt wohl gesprochen werden, denn ich sehe schon, wie ihr Mund und Nase vor lauter Verständnislosigkeit aufsperrt.

Alle diese braven Leute, denen man nachsagte, daß sie aufgrund ihrer unvermeidlichen Blutsverwandtschaft etwas beschränkt seien, lebten, um den Wald zu roden. Man gab ihnen ein Stück alten Waldes, und in 20 Jahren machten sie daraus fruchtbares Land. So war das vielleicht seit mehreren tausend Jahren. Niemand wußte, wie lange schon, denn natürlich wurden diese Wilden, die stark wie Stiere und scheu wie Rehe waren, von den Einwohnern der Städte und Dörfer auf Abstand gehalten. Kein Chronist schrieb ihre Geschichte, aber ihr Ansehen war groß und rein, und die adligen Herren, die sie auf ihrem Land einsetzten, damit sie es rodeten, ent- oder bewässerten, wußten sie wohl zu schätzen. Als Entschädigung waren sie von Steuerabgaben, Fron- und Wachdiensten befreit, und auf ihr Hab und Gut erhob der Herr keinen Rechtsanspruch. Wenn der von allen ‚parsonniers‘ gewählte Meister oder die Meisterin starben, wurde sehr schnell ein anderer gewählt. Der Meister teilte die Arbeiten und Werkzeuge zu. Die Meisterin war verantwortlich für die Wäsche, die Nahrung, die Heilkräuter, das Kleinvieh und den Geflügelhof.

Bleibt zu bemerken, daß die Meisterin nur selten die Ehefrau des Meisters war. Keiner hatte persönlichen Besitz, alles gehörte allen. Selbst wenn ein Mitglied nach 15 Jahren die Kommune verlassen wollte, so konnte er gehen, aber mit leeren Händen. Nur seine Kleider, die zwar auch der Gemeinschaft gehörten, durfte er behalten, weil man nicht wagte, ihn nackt laufen zu lassen.

Die Kommune von Sankt Gall bestand aus 22 Personen, die Kinder miteingerechnet. Da waren zuerst der Meister und seine Frau Jaquette, dann die Meisterin und ihr Mann. Alle waren vor ungefähr 70 Jahren in der Kommune geboren worden. Außer ihnen gab es noch drei Ehepaare, deren

Namen im Lauf dieser Geschichte noch erwähnt werden. Jedes dieser Paare hatte 2 lebende Kinder, nachdem sie je eins bei der Geburt und im Säuglingsalter verloren hatten.

Es genügt zu sagen, daß Jehan le Tonnerre der älteste Sohn eines dieser Paare war. Der Meister und seine Frau hatten 2 Söhne: Zacharias und Jesajas, zwei hebräische Vornamen! Ich frage euch, ob das passend ist für zwei Kerle mit Haaren und Schnurrbärten wie Kuhschwänze und graublauen Augen? Die Meisterin und ihr Mann hatten noch zwei Kinder bei sich, einen Jungen und ein Mädchen. Das dritte hatte die Gemeinschaft verlassen, weil der Herr von Blancey sie wegen ihres schönen Busens, ihres Hinterteils, das dem einer jungen Stute glich, und ihrer haselnußbraunen Augen geheiratet hatte. Schließlich gab es noch zwei Junggesellen: Le Trébeulot, der Sohn von zwei ,parsonniers‘, die bei der Arbeit verunglückt waren, und ein Einzelgänger, der von sich aus in die Gemeinschaft gekommen war. Man hatte ihn vor 15 Jahren vor allem deshalb aufgenommen, weil er stark wie zwei Ochsen und ebenso dumm war und weil in einer Gruppe von Waldrodern immer Platz für einen unschuldigen Trottel ist, vorausgesetzt er ist stark. Dieser nannte sich Daniel, und seine Unschuld schützte die ganze Gemeinschaft.

Der Vollständigkeit halber muß gesagt werden, daß Trébeulot ein Böttcher war. Und für diejenigen, die nicht wissen was das ist, und ich bin sicher, daß es heute viele davon gibt, muß ich sagen, daß ein Böttcher ein Mann war, der mit einem Spezialwerkzeug dicke Eichenäste so spaltete, daß eine Art Brett entstand, dick wie die Hand eines Holzfällers, das nach der Bearbeitung entweder dazu diente, Tonnen daraus zu machen, oder, und davon ist hier die Rede, zur Dachschalung verwendet wurde.

Diese Dinge müssen erklärt werden, weil die Leute von heute, unwissend wie Diplomingenieure nun einmal sind, sonst kein Wort von dem großen Abenteuer des Jehan le Tonnerre verstehen würden.

Also – nachdem der Meister ein halbes Faß Kräutersud getrunken und zwei Hände voll Wacholderbeeren gekaut hatte, schlug sich die Meisterin an die Stirn und sagte:

„Aber, daß ich daran nicht eher gedacht habe! Man muß den Heiler holen."

Das war ein Mann im Dorf, der die Menschen gegen Bezahlung heilte. Er hatte gute Mittel gegen jedes Übel. Kaum gesagt, stürzte sie schon zum Verschlag, wo die Hühner sich gerade zur Nacht niederließen. Sie ergriff eines mit fester Hand, tastete es ab, während das ganze Federvieh einen Höllenlärm veranstaltete, und nahm es mit.

„Hier, Jehan", sagte sie, „nimm dieses Tier. Umwickle ihm Flügel und Füße und bringe es schnell zum Heiler. Er hat ein Elixier gegen die Schmerzen."

Jehan war schon auf der Schwelle und ging eilig weiter, als die Tochter von Thibault, Reine, herbeisprang. „Ich komme mit!" Sie ließ ihren Eltern nicht einmal Zeit: „Aber..." zu sagen. Man hörte sie schimpfen, als sie davongingen und „Reine, Reine, komm zurück!" riefen.

Sie hieß Reine wie das junge Mädchen, das man einst im nur zehn Meilen entfernten Alésia gemartert hatte, weil sie sich einem Centurio der Besatzungsarmee verweigerte. Oder so ähnlich.

Sie war dem Jungen schon auf dem Schleichweg vorausgeeilt, der als Abkürzung zum Dorf benutzt wurde. Sie lief vor ihm, und er roch den Moschusduft, der ihr eigen war. Bei jeder kleinen Bewegung breitete er sich um sie aus, und wenn sie die Arme hob, um Früchte zu pflücken, oder den Korb auf dem Kopf trug, empfand der Junge ein Schwindelgefühl, als ob er trunken wäre, und nicht nur er, sondern auch alle anderen Männer, die in ihre Nähe kamen. Natürlich sagten die Frauen von ihr: „Sie stinkt", aber das war nicht die Ansicht der Männer, die dieses Parfum einsaugten wie Likör.

Es war dunkel geworden und sie mußten durch den Wald. Sie hörte auf zu rennen und ließ sich von Jehan einholen, der kräftig ausschritt. Sie trottete an seiner Seite und faßte seine Hand. „Ich habe Angst", sagte sie. „Brauchtest ja nicht mitzukommen", meinte Jehan, der diese Art Angst schon erwartet hatte. „Doch, ich mußte kommen. Ich sehe dich fast gar nicht mehr, seitdem ich mit den Frauen arbeite. Du, du gehst zum Pflücken, oder du hilfst den Männern, und wir sehen uns nie allein." Er schwieg, und sie fuhr mit einer Stimme, die sanft wie Mandelmilch war, fort: „Erinnerst du dich noch, wie wir zusammen Brombeeren gepflückt haben?" Er schwieg noch immer.

„Anscheinend gehst du jetzt öfter zu den Mönchen?" fing sie wieder an. „Ja, ich bin dort gewesen." „Hüte dich vor diesen Männern ohne Frauen! Das ist nicht natürlich, das sind keine gesunden Menschen."

„Nicht nur sie leben ohne Frauen. Schau dir Daniel an oder die drei Eremiten, die in den Grotten von Peux-Petu und im Johannisbeertal leben, denk an den Propheten..."

„Man kriegt schon Läuse, wenn man die bloß ansieht!"

„Ja, aber man kann etwas von ihnen lernen, und die Mönche haben keine Läuse." „Doch, doch, sie sind voll damit! Man hat es mir erzählt!"

Sie gingen ein wenig langsamer. Reine drückte Jehans Hand mit aller Kraft. Ihre feuchte, sanfte Haut klebte an der des Jungen.

„Ich bin müde." „Brauchtest nicht mitzugehen." „Wollen wir uns nicht ein bißchen hinsetzen?" „Sich hinsetzen? Mitten in der Nacht? Wo du Angst hast und der Meister sich zu Tode schreit? Ist es denn bei Gott möglich, daß die Mädchen sowenig Hirn haben!"

Sie strömte beim Weiterlaufen eine ganze Wolke ihres heißen Duftes aus und sagte: „Laß dich von diesen Leuten nicht einwickeln!" Und meinte damit die Mönche. Sie war 18 Monate älter als er und spielte manchmal die Rolle der großen Schwester – und manchmal die der Verführerin. Mit einer Schamlosigkeit, die ihn überrumpelte, wußte sie es immer wieder einzurichten, daß sie mit ihm alleine war.

Bald erreichten sie die Scheunen des Dorfes. Jehan kam nur ungern in dessen Nähe, denn die Dorfbewohner verspotteten nicht nur die Leute aus der Kommune, sondern pöbelten sie oft rüde an, weil sie die ‚parsonniers‘ als Wilde und geistig Zurückgebliebene betrachteten. Man lachte über ihre Naivität und ihre Kleidung. Denn daß sie alles selbst machten, ihre Stoffe webten, zuschnitten, nähten, rafften und nie etwas von den Handwerkern kauften, sah man auf den ersten Blick. Wenn man einen schlecht angezogenen Mann oder eine Frau sah, sagte man: „Er ist ausstaffiert wie ein ‚parsonnier‘!" Selbst ihre Lebensart und Nahrung gaben ihnen einen anderen als den gewöhnlichen Geruch. Wenn sie durch die Straßen gingen, folgte ihnen meist eine Horde Kinder, die ihnen Spottnamen nachriefen, und besonders gern liefen sie hinter Reine her, die sie nicht ‚Reine‘, sondern ‚Saba‘ nannten. Sie wollten wahrscheinlich auf die Königin von Saba anspielen, die es nach Auskunft der Bibel mit den Böcken getrieben haben soll. Jedenfalls machte man einen Bogen um ihre Arbeitsplätze, wenn man zufällig im Wald in ihre Nähe kam.

Sie erreichten das Haus des Heilers und gaben ihm das Huhn.

„Ich kann weder Hand noch Fuß rühren", sagte er ihnen. „Ich kann also nicht zu euch kommen, aber beschreibt mir, woran er leidet, und ich werde euch ein Mittel geben. Ich sehe schon", sagte er, als sie ihm alles erklärt hatten. „Das ist ein Stein, der nicht aus ihm hinaus kann. Gebt ihm hiervon einen Löffel voll bei Sonnenaufgang, einen zur Zeit des Morgengebets, einen zur Zeit der Messe, einen zur Vesper und einen zur Complet." Und er reichte ihnen eine große Phiole voll mit einer ziemlich dicken, bernsteingelben Flüssigkeit.

Sie kehrten unverzüglich und ohne zu sprechen nach Hause zurück. Sie war feucht wie eine galoppierende Stute und strömte einen immer stärkeren Geruch aus. Er, aufgewühlt von diesem Duft und dieser Feuchtigkeit, fragte sich, ob das ein Geschenk Gottes oder eine Falle des Teufels sei.

Reine aber war ganz einfach glücklich, Hand in Hand mit diesem Jungen zu gehen, der ein bißchen jünger war als sie, den sie aber seit seiner frühesten Kindheit hübsch fand.

Sie gaben die magische Phiole der Meisterin, die, nachdem sie dem Kranken einen Löffel voll verabreicht hatte, murmelte: „Das ist ganz einfach Öl, genau wie das, was ich ihm schon gegeben habe."

Der Meister gab ihr ein Zeichen und stöhnte zwischen zwei Krampfanfällen: „Ja, das ist Öl, aber es ist noch etwas anderes darin, was ihm einen komischen Geschmack gibt."

Alle rochen daran und kamen überein, daß darin ein wunderbarer Balsam sei, der einem beim bloßen Einatmen schon das Gefühl gäbe, von allen Leiden geheilt zu sein – den vergangenen, gegenwärtigen und zukünftigen.

Am nächsten Morgen setzte sich das Räderwerk des Schicksals in Gang. Es war ein Schicksal, das sich seit langem vorbereitet hatte und sich nun folgenschwer auswirkte, wie ihr noch sehen werdet.

Die Meisterin war gerade dabei, mit den Schlüsseln in der Hand, die Kästen mit Mehl, Brot, Wäsche, einen nach dem anderen zu öffnen und den Frauen ihre Arbeit anzuweisen, als man den Hufschlag zweier Pferde auf dem Hof hörte. Es war Seguin, der Gutsverwalter des Herren von Chaudenay, der mit einem etwa fünfzigjährigen weißen Mönch heranritt. Dieser hatte sein Habit aufgeschürzt und zeigte zwei lange, nackte, behaarte Beine, die auf jeder Seite des Pferdes herabbaumelten.

„Ich möchte den Meister sprechen", sagte Seguin.

„Er windet sich in Schmerzen", antwortete die Meisterin in schroffem Ton.

„Das ist doch sonst nicht seine Art", meinte Seguin.

„Das ist eine Art, die man schnell annimmt, wenn die Blase zum Steinbeutel wird. Sie kniete kurz nieder und küßte das Gewand des Mönches, der nicht darauf achtete. Sie gingen direkt zum Alkoven, in dem der Meister zitternd lag. „Guten Tag", grüßte Seguin. „Der Herr von Chaudenay hat dem Abt von La Bussière Bauholz versprochen. Sie brauchen es dort für ihre heilige Konstruktion. Ihr habt sicher fünf- bis sechsjährige Eichen, die brauchbar sind." „Daran fehlt es nicht. Wendet euch an Martin, der jetzt die Leitung hat. Er wird sie euch zeigen", sagte der Meister. „Aber sie sind noch unbearbeitet in der Rinde, sollen wir sie für euch behauen?"

„Das werden meine Brüder machen", sagte der Mönch lächelnd. „Aber es fehlen uns vielleicht ein paar Dechsel und Hobel."

„Und Leute, die der Länge nach sägen können, nehme ich an", sagte Meister Mathieu, „beim Psalmensingen lernt man nicht das Spiel mit der Klobsäge." „Täuschen Sie sich nicht", erwiderte Seguin, „ich habe Fratres und selbst Patres am Werk gesehen, die sie gerne in Ihrer Mannschaft haben würden, Meister Mathieu."

„Schon möglich", räumte der Meister ein. „Wir borgen euch gern einige Werkzeuge, aber ihr müßt sie uns noch vor dem St.-Martins-Tag zurückgeben, denn an diesem Datum beginnen wir mit dem Holzfällen. Dann brauchen wir all unsere Leute." „Wir werden bis dahin genug Arbeitskräfte haben, die mit anpacken", versicherte ihm der Pater. „So, geht zu meinen Männern, sie sind im großen Holzschlag, sie werden euch die Stämme zeigen, und ihr könnt sie euch selbst auswählen."

Die zwei Reiter erreichten die große Rodung, wo Jehan le Tonnerre Reisig bündelte und Äste zu Kleinholz zerhackte. Das war die erste männliche Arbeit, die man dem großen Jungen anvertraute. Der Pater erkannte ihn wieder: „Wir haben dich seit deinem Besuch mit dem alten Graubart, den ihr den ‚Propheten' nennt, nicht wiedergesehen."

Das war der Ruf, den Jehan heimlich erwartet hatte.

„Wie heißt du?" „Jehan le Tonnerre."

Der andere zuckte zusammen: „Oho! Der heilige Johannes! Und warum ‚le Tonnerre' (= der Donner)?" „Ich weiß nicht", antwortete Jehan. „Das sollte man aber wissen!" Johann führte ihn bis ans andere Ende des Arbeitsplatzes, wo die Männer mit einer Geschicklichkeit, die den Pater entzückte, Stubben auf Blockwagen luden.

„Ja, das ist eine gute Rasse", bestätigte Seguin, „wir sind froh, daß wir sie auf unseren Ländereien haben. Sie machen seit Jahrhunderten die Waldrodung in Gemeinschaftsarbeit. Dickköpfig wie wilde Maultiere, aber tapfer."

Jehan hätte gern dem Pater einige Fragen gestellt, besonders über die Art, wie sie die Meßinstrumente benutzt hatten. Aber im Moment sprach der Pater mit Martin, der ihn die rohen Stämme aussuchen ließ, die man in die Nähe eines riesigen Meilers gerollt hatte, der mit kleiner Flamme schwelte. Als er damit fertig war, sagte der Pater, bevor er ging, zu Jehan:

„Der Junge wird uns doch wieder in La Bussière besuchen?"

„Vorsicht!" scherzte Martin, „verführt uns nicht unsere Jungen! Hört ihr! Wir brauchen sie, um unsere Nachfolge zu übernehmen. Die Waldroder sind schnell verbraucht; ihr wißt es wohl, und der Nachwuchs ist dünn gesät. Drei Jungs sind uns nur geblieben. Drei – um uns alle zu ersetzen, das ist nicht viel! Die anderen sind schon vor langer Zeit hinter den großsprecherischen Haudegen hergezogen, und man hat sie niemals heimkehren sehen. Heutzutage denken die Jungen nur daran, in die Welt zu ziehen! Jedem, der eine Tonsur hat und ihnen mit blumigen Worten zuruft: ‚Mutig, meine Kerlchen! Kommt mit mir, um das Grab Christi zu befreien!', dem folgen sie. ‚Bleibt doch nicht im Dreck hinter euren Kühen, in eurem armseligen Land, zum Teufel – lebt!' Schon sind sie weg. Sie glauben alles, was man ihnen erzählt, vorausgesetzt, daß sie fortkommen, und wenn man ihnen Mädchen am Rande der Straße und Sonne bei Tag und Nacht verspricht, dann laufen sie dem ersten besten Angeber hinterher. Für die Arbeit – keiner mehr!"

Martin erhitzte sich gewöhnlich am Feuer seiner eigenen Rede: „Das Grab Christi? Das ist für einige nur ein schöner Vorwand, um sich aus der Haut der anderen, die sie eingewickelt haben, bei den Ungläubigen ein Königreich zuzuschneiden. Das gelobte Land? Aber es ist hier unter euren Fußsohlen! Ihr vernagelten Holzköpfe! Es wartet hier auf eurer Hände Arbeit, damit es blühen kann. Das heilige Land – das ist dort, wo man geboren ist!" Und Martin stampfte mit dem Absatz auf den Boden, wobei er so rot wie ein reifer Apfel wurde. Der Pater, der das Holz befühlte, tat so, als ob er nicht zuhörte. Er wendete sich an Jehan und antwortete indirekt:

„Ich spreche nicht davon, diesen Jehan le Tonnerre ins Land der Ungläubigen zu schicken, sondern aus ihm einen guten Zimmermann zu machen. Es wird ihm vielleicht gefallen, die Zimmerei zu erlernen."

„Bevor man daran denkt, aus ihm einen guten Zimmermann zu machen, soll er erst mal ein guter Waldroder werden", antwortete Martin eigensinnig. „Er ist im Wald geboren und für den Wald gemacht."

„Genau", sagte der Pater abschließend, „das Zimmerwerk kommt aus dem Wald." Die zwei Reiter spornten die Pferde, nachdem der Mönch noch mit seinem ewigen Lächeln zu Johann gesagt hatte: „Er kommt uns doch trotzdem wieder besuchen, dieser hl. Johannes?"

„Bestimmt", antwortete Jehan.

Und so wurde Jehan le Tonnerre in Versuchung geführt.

Als er wieder beim Reisigbündeln war, spürte er plötzlich ein Kribbeln in den Waden, und als er es nicht mehr aushielt, schlich er sich fort, stolperte durch das Geröll zum Buchsbaumtal und näherte sich dem Bauplatz der Mönche. Er wollte den Männern dort, den ‚Männern ohne Frauen‘, wie Reine sagte, die so erstaunliche Dinge unternahmen und vollbrachten, von denen die Trockenlegung des Sumpfes in der Saône-Ebene nicht die geringste war, bei der Arbeit zusehen. Die Art, wie sie ihre Arbeit organisierten, das Schweigen, mit dem sie sich umgaben, die Gesänge, die das Werk unterbrachen, all das kam ihm sonderbar vor. Er fühlte, daß diesen Männern, die unbeweibt blieben, die Kraft innewohnte, all das von der Erde zu nehmen, was sie bereit war, den Menschen zu geben.

Aber sagte man ihnen nicht vor allem nach, daß sie, ohne Aufhebens, den Stolzen, und seien sie noch so widerspenstig, die Kandare anlegten und den bissigsten Blutsaugern die Fangzähne abfeilten, indem sie ihnen ewige Qualen im Höllenfeuer des Teufels androhten? Das gab selbst den Ehrgeizigsten und Hochmütigsten zu denken, während sich die einfachen Leute ihre von Hacke und Hammer schwieligen Hände schadenfroh rieben.

Eines Tages, vor Sonnenaufgang, schirrten die Männer fünf Paar Ochsen ins Joch, führten sie hinunter ins Buchsbaumtal und brachten den Mönchen das bestellte Bauholz.

Jehan le Tonnerre gehörte zur Begleitmannschaft. Als die Stämme am Boden aufgeschichtet waren und alle andern zur Morgensuppe in die Kommune zurückkehrten, blieb er dort und versteckte sich, um alles beobachten zu können. Welch ein Schauspiel!

Alle Mönche waren zur Stelle – die Weißen und die Braunen. Auch der von Marigny, der Herr und Besitzer der Ländereien, der diese Domäne den Mönchen geschenkt hatte, war dort mit seiner Frau und einem Viertelhundert seiner Leute, unter denen Jehan den Verwalter Seguin erkannte, zugegen. Sie standen auf einer ebenen Plattform aus aufgeschütteter Erde, die sorgfältig mit Pflöcken abgesteckt war. Es gab auch eine Gruppe von Burschen, die mit Lederriemen gegürtete Kapuzenmäntel und seltsame Mützen trugen. Einige hatten die Kapuze über den Kopf gezogen, denn es wehte ein frisches Herbstlüftchen an diesem Tag im September. Das gab ihnen das Aussehen von Mönchen, denen man die Kutte in Kniehöhe abgeschnitten hatte. Den anderen hing die Kapuze am Rücken herunter, und man sah den runden Topfschnitt ihrer Haare. Verblüfft bemerkte Jehan an ihrem linken Ohr einen goldenen Ohrring und auf dem Gugelrevers eine Stickerei, die einem Gänsefuß ähnelte.

Im Gegensatz zu den Mönchen, die wie gewöhnlich schwiegen, sprachen diese mit lauten, volltönenden, ja schmetternden Stimmen. Derjenige, der der Bauleiter zu sein schien, war gerade dabei, acht Männern, die einen 8 bis 9 Meter langen, geraden Stamm heranschleppten, seine Anweisungen zu erteilen. Sie schrien Worte, die Jehan nicht verstand, weil sie eine ihm unbekannte Sprache benutzten. In kurzer Zeit hatten diese Leute, die ihre Sache verdammt gut zu verstehen schienen, den Stamm aufgerichtet. Er wurde in ein ausgemauertes Loch gesteckt, das Jehan bis dahin nicht bemerkt hatte, und den Zurufen des Bauleiters entsprechend, der sich etwa 20 Schritte entfernt hatte und mit einem Senkblei visierte, von 4 Männern an 4 Ecken mit

kurzen Schlägen festgekeilt. Er schien dabei auf die genau
vertikale Ausrichtung größten Wert zu legen, indem er
diese von den 4 Kardinalpunkten aus immer wieder erneut
kontrollierte.

In diesem Moment hörte man einen so lauten Schrei, daß
es Jehan le Tonnerre kalt den Rücken herunterlief; dann sah
man den Propheten aus dem Dickicht den Berghang herun-
terstürzen. Er hatte die beiden Arme erhoben, den Kopf mit
einem weißen Schleier bedeckt und stimmte nun beim Näherkommen einen feierlichen Gesang an. In der Gruppe
wollte ein Lachen aufkommen, das aber sogleich erstarb,
als er die festgestampfte Plattform mit hochgestreckten Armen, verdrehten Augen und psalmodierendem Munde betrat. Er erstarrte etwa 15 Meter vor der aufgerichteten
Säule, den Blick auf ihre Spitze gerichtet, die die Form einer
gleichschenkligen Pyramide hatte. Da verstummte er
plötzlich. Er hatte den großen Mund weit wie ein Schleu-
sentor geöffnet, so daß sich sein einziger Zahn starr aufgerichtet aus dem Zahnfleisch erhob, und zeigte mit zornigem
Finger auf die Säule.

„Aus Holz?" schrie er, „aus Holz?" Man meinte, er
würde anfangen zu weinen, als er fortfuhr: „Aus Holz? Ihr
Gesellen? Aus Stein muß die Säule sein. Die Säule, die die
Beziehung zwischen Erde, Sonne und den Sternen veran-
schaulicht!"

„Bringt den alten Mann zum Schweigen!" sagte sanft der
Vater Abt zu zwei Brüdern, die dem Propheten an jeder
Seite unter die Arme griffen und fortzuziehen versuchten.
Aber er schien schwerer zu wiegen als ein Karren voll Erde,
weil sie ihn nicht von der Stelle bewegen konnten, während
er jammerte:

„Die Säule! Die Säule! Das ist die erste der Erde entspros-
sene Manifestation des Tempels! Die erste Verbindung
zwischen dem Ort, wo wir sind, und dem Himmel, der um
uns kreist, muß ein Stein sein! Verdammte Werwölfe! Aus
Stein diese Säule!"

Zu den zwei Brüdern hatten sich noch vier andere gesellt, aber selbst zu sechst gelang es ihnen nicht, auch nur einen seiner Füße zu heben.

„Aber wer ist dieser Mensch?" fragte der Prior ruhig. Daraufhin geschah etwas, woran sich Jehan für alle Zeiten erinnern sollte. Der Prophet hob den rechten Zeigefinger und sagte mit schwerer Stimme: „Ich bin Scottus Eriginus." „Scottus Eriginus? Der Häretiker?" „Derselbe, in Person!"

„Scottus Eriginus, der die Lehren aller Kirchenväter in Zweifel gezogen hat? Derjenige, der die reale Wandlung verneinte und behauptete, daß die Messe nichts anderes sei als eine Feier zur Erinnerung an das letzte Mahl, das Christus mit seinen Jüngern am Abend vor seinem Tod eingenommen hatte?" „Er selbst, in Person!" wiederholte der Prophet. Die Mönche sahen sich gegenseitig bestürzt an, während der Prior, so ruhig, als ob er sagte: ‚Zwei und zwei macht vier‘, mit beschwörender Stimme ausrief: „Aber Scottus Eriginus ist seit langer Zeit tot, vielleicht seit vier Jahrhunderten!" Der Prophet begann lauthals zu lachen, und der Abt fuhr fort:

„Ja, Scottus Eriginus, der Abt von Malmesbury, ist seit langem tot, getötet von seinen Mönchen wegen seiner Irrlehren!"

Der Prophet lachte noch immer: „Ha, ha, ha, der Druide von Malmesbury ist nicht tot! Ich hatte mich mit meinen Mönchen ins Einvernehmen gesetzt, um die andern glauben zu lassen, daß sie mich getötet und meinen Leichnam verbrannt hätten. Aber ich setzte nach Armorika über, und hier seht ihr mich noch ganz frisch und lebendig vor euch! Ha, ha, ha! Und wenn ihr meine Beule..." Und er begann sich zu entblößen. Der Abt hob die Schultern und sagte:

„Dieser Mann ist ein Narr, schafft ihn fort!"

Währenddessen waren die andern mit der Ausrichtung dieser umstrittenen Säule fertig geworden, und der Abt zeigte langsam mit dem Finger auf den Gebirgszug von Beû am östlichen Horizont. Eine schwere Wolke, weiß wie Schaum, drohte über die helle Stelle zu ziehen, wo die Sonne geboren wurde. Der Vater Abt intonierte nun einen Gesang, den die Mönche im Chor aufgriffen, wobei sie starr aufgerichtet die Flächen der offenen Hände nach Osten kehrten. Der Himmel leuchtete wie weißes Gold. Die Wolke schien sich aufzulösen, während sie über das Hochtal hinwegzog, und auf dem Höhepunkt des Gesanges durchbrach ein Lichtpfeil den Raum zwischen einer Buchengruppe und einer kleinen Felsklippe, die den Samtmantel des Waldes durchschnitt. Zwei kleine Nebelflokken, die zur Linken schwebten, färbten sich rosa, und dann plötzlich erschien der blendende Bogen der Sonne.

Mönche und Laien waren eilig auseinandergegangen. Der Abt, einen Pflock in den Händen, ging auf den Punkt zu, wo der schwache, kaum sichtbare Schatten des Obelisken hinfiel. Feierlich stieß er den Stab dort, wo der Schatten des äußersten Punktes der Säule erstarb, in den Boden, während die Mönche den letzten Vers des Psalmes ‚Gloria Patri' anstimmten, den Jehan zum ersten Mal in seinem Leben hörte.

Der Abt zeichnete mit dem Ende seines Krummstabes ein großes Kreuz auf den Erdhügel und schrieb auf einen Balken des Kreuzes mit dem gleichen Stab alle Buchstaben des lateinischen Alphabets, und die Mönche intonierten einen ernsten, monotonen Gesang, wobei Jehan le Tonnerre mit weitgeöffneten Augen dem wunderbaren Steigen und Fallen der Melodie lauschte.

Anschließend folgte der Abt der Prozession seiner weißen Mönche. Sie zogen singend paarweise hinter dem Jüngsten her, der ihnen ernst voranschritt und ein Kreuz aus blinkendem Metall hoch erhob, das ein anderer rückwärtsschreitend beweihräucherte. Jehan le Tonnerre blieb wie angewurzelt mit offenem Munde stehen. Er hatte sich während der Zeremonie kaum aus seinem Versteck hervorgewagt. Jetzt aber eilte er zum Propheten, der auf dem Boden saß und wie aus einem Traum zu erwachen schien. Er empfing den Jungen, indem er ihm die Hand entgegenstreckte.

„Du warst dabei?" fragte er, dann, ohne eine Antwort abzuwarten, fuhr er mit leiser Stimme fort: „Der Schatten der Säule markiert die erste Begrenzung des heiligen Ortes. Dort wird sich das Ritual entfalten. Das ist die erste Tafel... die erste Tafel." Er wiederholte dies, als ob er ein Wiegenlied sänge, die Augen ins Leere gerichtet, während von seiner Lippe ein wenig Speichel floß. Plötzlich veränderte sich sein Blick, die Stimme wurde schneidend:

„Aber an den Äquinoktien! Warum die Äquinoktien?" Er erhob sich mit einem Ruck und ging zu dem, der der Bauleiter zu sein schien, griff ihn am Kittel und schüttelte ihn wie einen Pflaumenbaum. „Warum zur Tagundnachtgleiche, Bruder, warum?" Johann dachte, daß der andere, ein kräftiger Kerl, den alten Narren barsch anfahren würde, aber dieser antwortete ihm brav wie ein Schüler seinem Lehrer, allerdings im Ton freundlicher Herablassung:

„Wir haben selbstverständlich auch an den zwei Sonnenwenden im vergangenen Jahr und an den Äquinoktien im Frühling Maß genommen. Mach dir keine Sorgen!" „Aber warum hat man mir nichts davon gesagt? Ich wohne in der Grotte der Peutte-Combe. Ihr hättet zu mir kommen sollen", sagte der Prophet. „Das ist weil..." „Und diese Holzsäule!" bestürmte ihn von neuem der Alte, „warum aus Holz? Man braucht den Stein, um..." „Aber das Kreuz Christi war auch aus Holz, nicht wahr? Das Holz ist rein", unterbrach ihn der Meister in trockenem Ton, „und der Schatten des Holzes ist von gleicher Art wie der des Steins. Worauf es schließlich ankommt, ist die Begrenzung des Bezirks, und mit ihr kann ich ebensogut meine drei Tafeln konstruieren."

„Die drei Tafeln!" sagte der Prophet ehrfürchtig. „O ja! Die drei Tafeln! Dem Himmel sei Dank! Die drei Tafeln..."

„Wie dem auch sei", unterbrach ihn der Meister des

Werks und zog seine Strümpfe wieder hoch, die ihm bei den vorangegangenen Übungen herabgerutscht waren, „ich hatte schon Angst, daß der Himmel diesen Morgen bedeckt sei und die Sonne hinter den Wolken aufgehen würde."

Der Prophet schaute nun den Männern zu, die das Material vorbereiteten. Der Abt hatte sein Meßgewand, die Stola, den Krummstab und die kleine weiße Mitra abgelegt und kam mit großen Schritten auf den Meister zu, der sein Seil mit den dreizehn Knoten entrollte und die Pflöcke auf dem Boden bereitlegte. Der Alte wiederholte schulmeisterlich: „Ja, die drei Tafeln! Die rechteckige Tafel, die quadratische und die runde Tafel! Ja, mein Freund, die drei Tafeln!" Und jetzt begann er zu singen: „Drei Tafeln haben den Gral getragen: Eine rechteckige Tafel, eine quadratische Tafel, eine runde Tafel, alle drei haben die gleiche Fläche, und ihre Zahl ist $2-1$."

„Sei doch still, alter Merlin!" sagte ein Arbeiter, der das Seil mit den 13 Knoten entrollte. „Und die Säule", schrie der Prophet nochmals. „Die Säule? Ich will wissen, welche Höhe ihr eurer Säule gegeben habt, ihr Bande von blinden Fledermäusen!" Er wandte sich an eine imaginäre Zuhörerschaft, die riesengroß sein mußte, denn er brüllte: „Die Höhe der Basissäule ist die Hauptsache! Ihr wärt wohl imstande zu vergessen, daß das Rechteck mit der Proportion $1:2$ eine Wurzel hat gleich der einer Diagonale gleich der Wurzel aus 5... und wenn ihr zu dieser Diagonale die Breite des Rechtecks hinzuzählt und ihr diese Länge durch 2 dividiert, so erhaltet ihr?... Ratet mal, was? Oh, oh! Ihr erhaltet... aber ich sage euch nicht, was man erhält. Krauht nur weiter in der Kloake eures Unwissens herum, ihr Nichtsnutze! Ihr seid meines Wissens nicht würdig! Perlen vor die Säue!"

Dann ging er fort, eingehüllt in den weißen Schleier, den er sich über den Kopf geworfen hatte, und wiederholte: „Perlen vor die Säue... Perlen vor die Säue!" Er nahm den

Weg Richtung Chaux, und Jehan le Tonnerre lief ihm hinterher, um ihn einzuholen, denn es war der gleiche Weg, der auch ihn nach Hause führte.

Als sie gemeinsam bei der Gemeinschaft ankamen, empfingen sie zwei der Frauen mit erhobenen Armen: „Na, wo kommt ihr beiden denn jetzt her?" Und zu Jehan: „Wir warten schon auf dich, damit du uns beim Nüsseknacken zum Ölpressen hilfst, und du, du bummelst mit dem Herrn von Peutte-Combe herum! Du wirst schon sehen, was du von der Meisterin kriegst!" „Ich unterstehe schon lange nicht mehr den Frauen. Ich gehöre jetzt zu den Männern!" antwortete er stolz.

In der Ofenkammer hörte man das Geräusch der kleinen Holzklöppel, mit denen die Haselnüsse auf einem Klotz mit kurzem Schlag geknackt wurden. Klack – klack – alle Mädchen und Kinder hatten ihren Spaß daran und lachten. „Nicht so doll!" schrien die Frauen, „ihr zerbröselt ja alles, dann kann man die Krümel nicht mehr von der Schale trennen", und die Klöppelschläge wurden leiser, ebenso wie das Lachen. Eine sagte: „Und ihr habt noch Lust zu lachen, während der Meister sich zu Tode schreit?" „Ist er krank?" fragte der Prophet. „Er hat Koliken – ja, Nierenkoliken hat er!" „Armer Kerl! Habt ihr es schon mit Öl versucht? Das läßt die Steine besser gleiten."

„Ja, wir haben ihm schon welches eingegeben, aber jetzt ist keins mehr übrig, deswegen knacken wir Nüsse." „Liebe Leute, ich muß euch sagen, das Öl tut gut, wenn der Stein noch in den Eingeweiden sitzt, aber wenn er schon am Pinkelhahn angekommen ist, dann hilft es nichts mehr, dann kommt Freude auf! Ich habe einen ausgepißt, der war groß wie eine Schlehe. Ich weiß, wie das ist." Er machte eine Pause und fuhr dann in doktoralem Ton fort: „Das einzige Mittel ist, den Stein im Innern der Blase zu schmelzen." „Und du kennst das Rezept?" „Ja, ich kenne es. Ich werde euch sofort einen Absud machen."

„Knack lieber Nüsse", antwortete die Frau, und während sich alle wieder an die Arbeit machten und die Kleinsten die Schalen auslasen, sagte sie: „Und der erste, den ich beim Naschen erwische, muß morgen früh vor Tag den Schweinestall ausmisten, du vor allem, Prophet!"

Beim Knacken der Nüsse dachte Jehan le Tonnerre an die erstaunlichen Dinge, die er bei den Mönchen gesehen hatte. Er fragte den Propheten: „Warum ist es nötig, den Schatten der Säule zu messen? Warum haben sie das Seil mit den dreizehn Knoten ausgerollt? Und warum... und warum...?"

Der Prophet hörte ihm zu, schob die Zungenspitze zwischen die Lippen und machte: „Tz – Tz" oder murmelte in seinen Bart: „Na ja... weil... sie wissen schon, was sie tun." Die andern sahen ihn respektvoll an, aber weil Jehan immer weiter in ihn drang, stieß er, um der Sache ein Ende zu machen und um sich von der Neugier der anderen zu befreien, schließlich hervor: „Weil es eben Eingeweihte sind, darum! Und weil man eine Kirche nicht wie einen Schweinestall baut, darum! Man muß nicht glauben, daß man eine Kirche irgendwo hinsetzt wie ein Hund seine Kacke, darum! Die Kirche ist ein präzises Instrument, dessen Höhe, Länge, Breite und Rauminhalt in Harmonie mit Himmel und Erde genau aufeinander abgestimmt sein müssen. Wenn eines dieser Dinge fehlt oder falsch ist, funktioniert es nicht, und es ist dasselbe, als ob man in eine Scheune eintritt. Wenn das Bauwerk nicht am richtigen Ort gebaut wird und zum Beispiel dem Erdstrom den Rücken zuwendet, so bleibt das Brot Brot, der Wein ein Krätzer und die Menschen Heiden. So, das ist es, was ich damals sagen wollte, und dafür hat man mich zum Tode verdammt." „Die Menschen? Der Wein? Was spinnst du uns wieder vor?" fragte man ihn. „Ja, es findet keine Transsubstantiation statt, das ist es!"

„Transsubstan... was?" „Transsubstantiation!... Der spiritus mundi ist nicht da, wenn du durchaus willst, daß ich es dir sage, und du kannst ruhig deine Psalmen singen, du bleibst trotzdem nur in dieser Welt und kannst in die andere nicht eindringen." Alle schauten den Propheten, erstaunt über so viel ungewöhnliches Wissen, an. Das war auch der Grund, warum kein Mensch, wirklich niemand, am Anfang einer seiner Sätze voraussagen konnte, wie er ihn beenden würde. Aber jetzt hatte er sich plötzlich in sich selbst zurückgezogen und schubberte sich mit geballter Faust wütend den Rücken.

„Aber, Prophet, du sagst..."

„Ich habe schon zuviel gesagt und dabei Perlen vor die Säue geworfen, und daß ich zuviel gesagt habe, werde ich mir so lange vorwerfen, bis ihr alle gestorben seid."

„Aber Prophet, du wirst vor uns sterben, du bist ja schon halb vertrocknet!" Spöttisch schaute er in die Runde. „Das ist eine andere Sache", sagte er mit wissender Miene, „wir werden uns in zwei- bis dreihundert Jahren wieder darüber unterhalten."

Und die Nüsseknackerei begann von neuem. „Schneller, schneller", mahnte die Frau, der die Meisterin die Aufsicht übertragen hatte, „wir müssen noch vor heute abend eine Pressung fertig haben, damit der Meister sie trinken kann und nicht noch eine Nacht die Höllenqualen erdulden muß."

„Eine Pressung aus frischen Nüssen", rief der Prophet, „das ist schade drum! Das Öl fließt besser und ist fruchtiger, wenn die Kerne in der Schale ein wenig ranzig geworden sind. Das ist wie mit den alten Jungfern, wenn man ein bißchen wartet, bekommt die Frucht erst Geschmack!"

„Halt doch den Mund, du geiler Bock, was weißt denn du schon von alten Jungfern!" „Ich kenn mich aus, und ich kann dir sagen, daß gerade sie das meiste Vergnügen haben, wenn sie meine Beule berühren." „Sei still und sprich nicht von diesem scheußlichen Ding!" „Du weißt nicht, wovon du redest", sagte der Alte, „weil du sie noch nicht gesehen hast." „Ich will sie auch nicht sehen! Pfui Deibel!" „Du hast unrecht, Sybille, weil sie sehr hübsch anzusehen ist." Sybille wurde rot wie ein Borsdorfer Apfel, und indem sie ihre Röte in der Bluse zu verbergen suchte, sagte sie: „Oh, wie eklig, wie dreckig der Alte ist! Pfui, pfui, wie schmutzig!"

„Meine Beule ist aber nicht schmutzig, ich wasche sie jeden Tag." Alle Mädchen kreischten wie die aufgeschreckten Hühner, während die Jungen grinsten: „Also los, zeig uns schon deine Beule, damit wir sie endlich sehen." Aber in diesem Moment trat die Meisterin ein. „Also, wo sind die Nüsse?" fragte sie. „Das Wasser ist heiß, die Mühle und die Presse sind bereit, beeilt euch!" „Ich bewundere", sagte der Prophet, der sich nun wieder anständig benahm, mit gesetzten Worten: „Ich bewundere eure Gemeinschaft, Frau Meisterin, alle gehorchen euch aufs Wort und verstehen sich darauf, alles in der Kommune selbst zu machen."

„Muß auch so sein", sagte die Herrin und trug mit Hilfe der Jungen den Nußkorb zur Mühle. Der Prophet blieb allein im Ofenzimmer mit Reine zurück, die unschuldig ihre Röcke in Ordnung brachte. Der Alte näherte sich ihr ohne weiteres. „Laß mich dir deine Strümpfe schön glätten, das wird deinen Beinen schmeicheln." „Ich habe keine Strümpfe", sagte das Mädchen und lief ihm lachend davon. „So laß mich deine Haut berühren, das wird mir guttun." „Hu! Der alte Dreckfink!" „Zur Belohnung zeige ich dir meine Beule!" „Die habe ich schon gesehen, deine Beule, darauf brauchst du dir nichts einzubilden!" Sie hatte sie wirklich schon gesehen, als er ihr beim Heimtreiben der Ziegen einmal einen enormen Leistenbruch gezeigt hatte, der sehr weit hinunterreichte und der, da er ihn gern entblößte, eine Art lokaler Sehenswürdigkeit war. „Die Leute kommen sogar von Dijon, um sie zu beschauen!" Reine wich ihm geschickt aus, indem sie sagte: „Wie ist das bei Gott nur möglich, daß ein so weiser Mann so schmutzig ist!"

Er ergriff seinen Weißdornstab, der mit Kerben verziert war, und näherte sich dem großen Kessel, in dem die Rüben für den Brei kochten. Er griff sich eine im Vorbeigehen, und nachdem er gepustet hatte, biß er mit seinem nackten rosa Zahnfleisch hinein, das aussah wie die Schenkel eines sechs Wochen alten Säuglings.

Beim Aufstehn am nächsten Morgen spürte Jehan le Tonnerre wieder das Kribbeln in den Beinen. Er würde zu den Mönchen zurückkehren! Die Säule, der Schatten bei Sonnenaufgang und all die Maße, die man um diesen Schatten genommen hatte! So viel gelehrten Hokuspokus, um ein Gebäude zu errichten! Das alles machte ihm die Zunge trocken, denn er hatte den Eindruck, daß diese Leute dort – wirklich merkwürdige Leute – das Universum ganz nach ihrem Sinn ab- und wieder aufbauten, was Beachtung verdiente.

Als der Meister bei der Morgensuppe, die man vor Sonnenaufgang einnahm, die Arbeit verteilte, war Jehan sehr froh, als er ihn sagen hörte: „Du, Tonnerre, du kehrst zu den Reisigbündeln zurück, bis Allerheiligen brauchen wir sechshundert!"

Der Arbeitsplatz befand sich dort, wo man im letzten Winter die Bäume gefällt hatte. Jehan stellte sich neben einen enormen Reisighaufen, griff nacheinander das Astholz, schnitt es mit der Hiepe über dem Bock auf die passende Länge und legte es auf den Reisigbündler. Wenn das Bündel die richtige Größe hatte, drückte er den Hebel herunter, klemmte ihn ein, blockierte den Hebel, griff eine lange, biegsame Rute, die er mit dem Absatz festhielt und zur Schlinge drehte; wenn diese fest genug war, umwickelte er damit das Reisigbündel, steckte das Ende durch die Schlinge und zog, bis es nicht mehr ging, dann drehte er den Rest der Rute so lange, bis er sich an der Schlinge verknotete. Während er so einen Handgriff nach dem andern in der gehörigen Ordnung ausführte, begleitete er diese Kraftanstrengung mit einem grollenden Knurren, das ihm seinen Beinamen: le Tonnerre, der Donner, eingebracht hatte. Bis zu jenem Tag hatte er diese Arbeit geliebt. Sie war wie ein Kampf mit den Zweigen, die er packte und fesselte. Jedes Bündel war ein kleiner Sieg, und wenn sich am Abend die aufgehäuften Bündel in beachtlicher Höhe langhin erstreckten, war er glücklich. Überdies arbeitete er auf einem Abhang, der durch die Holzschläge kahl geworden war und von wo aus man nun das Tal der Ouche und dahinter den anderen Abhang sehen konnte, auf dem einzelne Waldflächen stufenweise ansteigend übereinander lagen.

Er war dort allein. Die Männer rodeten auf der anderen Berglehne. Wenn er innehielt, schweifte sein Blick über den weiten Horizont, vor dem der blaue Rauch seines Feuers aufstieg. Aber an diesem Tag sah er nichts. Er legte seine Hiepe auf den Holzblock, schaute sich um, ob ihn jemand beobachtete, rannte in halsbrecherischen Sprüngen über das Geröll, und in weniger als einer Viertelstunde kam er über dem klösterlichen Bauplatz an. Was er dort sah, erstaunte ihn dermaßen, daß er stehenblieb, sich hinter einem Hagebuchengebüsch versteckte und beobachtete.

Unten, auf dem festgestampften Hügel, wo die Säule aufgerichtet war, konnte er eine Zeichnung auf dem Boden erkennen. Es war ein Rechteck, zweimal so lang wie breit, und in dies war ein Quadrat so eingezeichnet, daß die Diagonale des Quadrats die längste Mittellinie des Rechtecks bildete. Die Zeichnung war so angelegt, daß sich die Säule auf dieser Mittellinie befand. Man hatte an allen Schnittpunkten der Linien Pflöcke eingesteckt, und diese schöne Zeichnung konnte nun der Junge auf seinem Ausguck von oben betrachten. „Und die Säule", dachte er, „was spielt sie für eine Rolle, diese Säule, die man gestern mit großem Pomp errichtet hat? Sie muß doch für etwas gut sein! Man gibt sich schließlich keine so große Mühe für nichts." Er schaute genauer und sah: Der Schatten, den sie gestern früh bei Sonnenaufgang auf den Boden geworfen hatte, entsprach genau dem nordwestlichen Winkel des Rechtecks und war der kurzen Seite des Rechtecks gleich. Das war alles, was er sah beziehungsweise verstand. Natürlich hatte er nicht die wissenschaftlichen Bezeichnungen im Kopf, die ich, der Erzähler, hier benutze, denn er kannte diese Worte noch nicht. Aber die Sache selbst konnte ihm nicht entgehen, denn er hatte eine schnelle Auffassungsgabe, klaren Verstand und ein gutes Augenmaß für die Entfernungen. Außerdem sah er das Kommen und Gehen der Männer auf dem Hügel. „Ich erkenne die weißen und die braunen Mönche", sagte er, „aber die andern, die so aussehen, als ob sie genau Bescheid wüßten, die Männer mit den Ohrringen, wer mögen die wohl sein?"

Und er sauste wie ein Wirbelwind ins Tal, weil ihn irgend etwas anzog wie das Licht die Mücken. Er selbst machte diese Bemerkung zu dem Propheten, den er neben dem Feuer fand, wo in großen Kesseln das Essen für alle Männer brodelte. „Das Licht!" rief der Prophet, „mein Lieber, du weißt nicht, wie recht du hast! Es handelt sich hier wirklich um das Licht. Bist du ganz allein darauf gekommen?" Und der Alte gestikulierte dabei ganz aufgeregt. „Das Licht, dessen Mutter die Sonne ist, die lebensspendende Sonne. Es ist die große Manifestation göttlicher Macht! Es ist die direkte Ausstrahlung Gottes!" Dann stützte er sich schwer auf Johanns Schulter.

„Der Barddas! Das große Buch der keltischen Überlieferung sagt: ‚Als Gott seinen Namen aussprach, brach zusammen mit dem Wort das Licht hervor. Durch das Licht wurde das Leben erschaffen, und täglich erneuert sich die Schöpfung kraft des Lichtes. Im Winter, wenn das Licht schwächer wird, ist auch das Leben langsamer und schwächer, aber wenn das Licht neu geboren wird, erneuert sich auch das Leben, genau dann, wenn wir das Fest der Auferstehung des Menschensohnes feiern!"

Sie gingen langsam Seite an Seite. Der Alte stützte sich schwerer und schwerer auf Jehan, so daß er von dem Gewicht niedergedrückt wurde. Und diese Last wurde schließlich so groß, daß er einen Moment glaubte zusammenzubrechen.

„Und ich frage dich, Jehan, wer kündigt die Wiederkehr des Lichtes an?" Fuhr der Prophet fort, der wie immer Frage und Antwort gleich selbst besorgte: „Der Hahn! Darum fügen wir einen Hahn, als Symbol des Lichtes, in den Bau dieser Kirche ein, und darum setzen wir einen Hahn auf die Turmspitze unserer Gebäude. Ich sage dir, du wirst es sehen, sie setzen einen Hahn ganz obenauf. Es werden Hähne auf allen Kirchturmspitzen von Ewigkeit zu Ewigkeit zu sehen sein, per omnia saecula saeculorum – Amen."

„Also beten sie die Sonne an?" fragte Jehan.

„Das wieder nicht! Sie ehren den einzigen, alleinigen Gott im Licht der Sonne. Nicht die Sonne ist Gott, du darfst das nicht durcheinanderbringen. Die Sonne ist nicht göttlich, aber das Abbild einer seiner Eigenschaften. Ihre Strahlen sind hell, stark und klar, so ist sie das Vorbild aller Wissenschaft und höchster moralischer Redlichkeit. Später wirst du auch den Rest der alten Traditionen von mir lernen, die uns von den Druiden überliefert wurden."

„Von den Druiden?" murmelte Jehan, geschwächt von der Last, die der alte Narr seinen Schultern aufzwang. „Ja, den Druiden!" Jehan le Tonnerre fühlte, wie seine Beine zitterten. Die Hände des Propheten drückten ihn fast zu Boden. „Bei Gott, Prophet, du zerquetschst mich ja! Was hast du bloß gegessen, daß du so schwer bist."

„Und das ist nicht alles", fuhr der Alte fort, als ob er nichts gehört hätte, „der kosmische Strom vereinigt sich mit der Wuivre, und ihre Union verbindet Himmel und Erde miteinander. Es ist der gleiche Gedankengang – Platon hat es gesagt – und Aristoteles auch: Das Licht ist eine Folge von kleinen Partikeln, die sich gegenseitig anstoßen, und wenn man sie einzufangen versteht... Ah! Bübchen, wenn man sie einzufangen versteht..." Und der Prophet drückte stärker und stärker auf die Schultern von Jehan. „Hör auf, Prophet, hör auf! Du brichst mir das Rückgrat!"

„Das ist die große Schlange, diejenige, die Flügel hat, wenn sie vom Himmel herabkommt, und die keine Flügel hat, wenn sie aus der Erde emporsteigt. In der Mythologie meines Landes gibt es ein ganzes Regiment männlicher Heiliger, die die von ihnen gezähmte Schlange an der Leine führen, es sind: Sankt Armel, Sankt Derien, Sankt Méen, Sankt Pol, Sankt Car, Sankt Curvin, Sankt Kerneau, Sankt Mahorn, und selbst eine weibliche Heilige, Sankta Margaretha, die diesem Monster, das man die Wuivre nennt, den Halfter angelegt hat. Jetzt gibt es sie nur noch in der bretonischen Legende, aber hier findest du eine Fülle von Ortsnamen, die an die Wuivre erinnern. Diese Schlange ist natürlich nur eine bildliche Vorstellung, die den Strom symbolisiert, der Himmel und Erde verbindet; um ihn einzufangen und zum Heil der Menschen nutzen zu können, muß man die dafür geeigneten Stellen in seinem Verlauf kennen. Und die Kumpane, die du dort siehst, machen nichts anderes als die Männer der ‚großen Steinsetzungen'. Sie suchen die besten Plätze, um der Schlange eine Falle zu bauen und sie zu zähmen."

Während dieser Worte waren sie bei drei Männern angekommen, die auf der Plattform das Seil mit den 13 Knoten handhaben, dieses berühmte Seil, das in 12 gleiche Abschnitte unterteilt war. Sie legten 3 Abschnitte auf eine Seite, 4 auf die andere und schlugen die 5 letzten so herum, daß sie die beiden anderen miteinander verbanden. So erhielten sie ein Dreieck mit den Seiten 3, 4 und 5.

„Was machen sie da?" fragte Jehan. „Sie teilen den Raum in vier gleiche Teile, wie du siehst", antwortete der Prophet beiläufig. Auf diese Weise lernte Jehan le Tonnerre, daß man den Raum mit 3, 4, 5 viertteilt, und das spielte keine geringe Rolle bei seinem Entschluß, sich, in einer kleinen Ecke versteckt, weiter dort aufzuhalten. Denn zu sehen, wie man den Raum mit einem dreizehnmal geknoteten Seil in vier gleiche Abschnitte teilt, um eine Falle für die große Weltenschlange zu bauen, war es wohl wert, daß man dafür seine Reisigbündel liegenließ und riskierte, bei seiner verspäteten Ankunft am Gemeinschaftstisch mit Prügeln empfangen zu werden. Er zog sich also hinter einen Stapel Steinblöcke zurück und beobachtete die Gesellen, die hier mit Meißel und Stichel am Werke waren. All diese Geschäftigkeit betäubte ihn, der bisher nur in den Wäldern und Rodungen gelebt hatte, von denen hier und da scharfer Brandgeruch aufstieg.

Wenigstens hundert Menschen arbeiteten auf der Baustelle und fast ebenso viele Zugtiere. Etwa 30 Ochsengespanne fuhren dauernd zwischen dem Steinbruch von Thuetys, von wo sie die Steine herunterbrachten, und dem Bauplatz hin und her. Dabei sangen die Treiber mit lauter Stimme ein Lied, dessen Worte sie je nach den Umständen selbst erfanden, und dieser ununterbrochene poetische Gesang hielt die Tiere in Bann, machte sie folgsam und wakker. Man hörte sie bis hinauf ins Gebirge, wo die Steinbrecher das gute freie Gestein fanden. Die Compagnons mit den Ohrringen auf dem Bauplatz antworteten ihnen, indem sie den Kehrreim aus voller Brust mitsangen, wobei die ‚Hau-Rucks‘, die die gemeinsame Kraftanstrengung erforderte, wie rhythmische Unterbrechungen klangen.

Das war eine andere Sache als die einsamen Rodungsplätze der Gemeinschaft, wo man allein war wie ein fünfjähriger Keiler unter Gottes weitem Himmel. Hier roch man den Schweiß der anderen, hörte ihre Stimmen, atmete ihren Hauch. Selbst die Mönche sangen alle drei Stunden ihre Psalmen in dieser seltsamen Sprache, mit der sie sich offenbar an Gott wandten, und in einem Rhythmus, der einem die Gedärme im Bauch zusammenzog. Sie sangen sicher am besten. Das lag wohl an der langen Übung und vielleicht auch an jenem hochaufgeschossenen jungen Mönch mit blauen Augen und roten Lippen, der mit einer Stimme den Ton angab, die einen erschauern ließ, und der, indem er seine rechte Hand leicht bewegte, die Stimmen der andern im Raum zu modellieren schien.

Kaum war der Gesang mit einem ‚Amen' beendet, kehrten alle Patres und Fratres, Mönche und Mönchlein wie die Besessenen an die Arbeit zurück. Nun wieder schweigsam wie Karpfen, und selbst die größte Anstrengung brachte sie nicht zum Schwitzen. „Dort", dachte Jehan le Tonnerre, „geht wirklich etwas Außergewöhnliches vor! Woher nehmen sie nur die Kraft, wenn sie nur Rüben essen? Meine ‚parsonniers', die sich mit Speck vollstopfen, sind im Vergleich zu denen lahme Enten! Und in der Kommune passiert nie etwas Neues. Man dreht sich im Kreis. Was mich anbetrifft, so sähe ich mich lieber hier in dieser Gesellschaft. Sein ganzes Leben nur zu roden, Wurzeln und Dornenbüsche herauszureißen – ich frage euch – was soll das? Hier dagegen…"

Wie er so in Gedanken versunken dastand, kam der Abt vorbei. „Sieh da, unser Johannes, Sohn des Donners, ist zurückgekommen!" sagte er lächelnd. „Ich wußte wohl, daß er nicht lange warten würde, dem Ruf zu folgen." Jehan stotterte einige Worte, denn dieser kahle, magere Mann mit einem Schädel, rosig wie der Arsch eines Ferkels, der von dem kurzgeschnittenen Haarkranz umgeben war, imponierte ihm. „Nicht wahr?" insistierte der Mönch.

„Ich bin nur mal zum Zuschauen gekommen", sagte Jehan schließlich verlegen. „Du willst nur zusehen?" „Ich störe nicht, ich gucke bloß", wiederholte Jehan. „Du kannst mehr tun, wenn du willst. Du kannst dich an der Arbeit beteiligen." „Ich kann nur roden, Reisig bündeln, Holz hacken, Brombeeren, Kornelkirschen, Nüsse und Elsbeeren pflücken…" „Du kannst hier viel mehr lernen, wenn du dich aufs Holzhacken verstehst." „Die Holzarbeit, ja, damit fange ich an, mich auszukennen." „Also die schönste Holzarbeit ist die Zimmerung, mein Junge, wir brauchen gute Zimmerleute auf den Bauplätzen der Abteien!" „Was haben sie zu tun?" „Sie bauen auf Erden die

Pforte des Himmels. Die Pforte, durch die alle eintreten sollen, um das Königreich zu gewinnen, mein Sohn!"

„Man hat mir gesagt, daß ihr eine Falle für die große Schlange baut, die vom Himmel bis in die Erde hineinreicht." Der Mönch sah Jehan in die Augen. „Das war wohl wieder der Prophet, der dir das erzählt hat?" Jehan antwortete nicht, und der Mönch sagte in verändertem Ton: „Wenn du willst, geh zum Baumeister. Er wird dir eine Arbeit zuweisen. Sieh dort! Es ist derjenige mit der großen Mütze auf dem Kopf, dort bei denen, die die Stämme der Länge nach sägen."

So wurde Jehan auf der Baustelle angenommen, und man teilte ihn den Erdarbeitern zu. „Das nennt ihr Zimmerei?" sagte er, wobei er in den Graben hinabstieg, in den das Wasser einsickerte. „Erst mal nach unten, du heuriger Hase", sagte einer der Gesellen, „später nach oben!" „Wer sich erniedrigt, wird erhöht werden", spottete ein anderer, und alle lachten. Jehan machte es wie die andern, er hackte und schippte. Die lehmige Erde, schwer wie Blei, die er aushob, warf er mit einer Drehung der Hüften auf eine Plattform, die sich in halber Höhe befand, von wo ein anderer Schipper sie aufnahm und an die Oberfläche beförderte. Sie waren etwa 20 Paar Männer, die sich in einen Graben von drei Ellen Breite einwühlten.

Diese ungewohnte Arbeit machte ihn schnell kaputt, so daß er gerne den Bauplatz verlassen hätte, aber er wollte sehen, wie man die Falle für die große Schlange herstellte, also machte er weiter. Um zwölf Uhr, nachdem die Mönche ein sehr schönes kleines Lied in dem Kauderwelsch gesungen hatten, das, wie man sagt, die Sprache der Römer gewesen sei, wurde Pause gemacht, und alle drängten zu den Kesseln, in denen ein dicker Brei aus Rüben und Hafermehl dampfte. Den Compagnons (und Jehan sah, daß sie alle einen Gänsefuß auf den Kragen gestickt hatten) wurde außerdem eine Schüssel mit dicker Milch und Mischbrot gereicht. Die Mönche begnügten sich mit den Wasserrüben.

„Die halten die Schippe nicht bis zum Abend, wenn sie nur das in den Bauch kriegen", dachte Jehan, der einen Magen wie einen durchlöcherten Bettelsack hatte. Er dachte auch an die Abreibung, die er bei seiner Rückkehr zur Gemeinschaft bekommen würde, weil er das Mittagsmahl versäumt hatte.

„Aber gut", beschloß er, „ich habe wenigstens gesehen, was diese ‚Männer ohne Frauen' (er hatte kein weibliches Wesen erblickt) mit ihrer Sonne, ihrem Seil mit 13 Knoten und ihren drei Tafeln alles machen können." (Hatte der Prophet nicht gesagt: ‚Der Gral wird von drei Tafeln getragen – der rechteckigen, der quadratischen und der runden Tafel?')

Als er mit seinem Brei fertig war, gesellte er sich zu den Arbeitern, deren Mäntel mit dem Zeichen des Gänsefußes bestickt waren. Wenn der Meister sie um sich versammeln wollte, rief er: „He! Ihr Pédauques!" Was „pied-d'oie, Gänsefuß" bedeuten sollte, wie jeder weiß. Oder er nannte sie: „die Jacques", was die Abkürzung von „Kinder des Meister Jakob" war. Nach dem Essen überfiel Jehan die Müdigkeit, und er streckte sich wie alle Jakobsbrüder auf dem Boden aus, denn es war sehr heiß. Er erwachte, als die Glocke die Mönche zum Vespergebet rief. Sie sangen im Wechsel zwischen Alten und Jungen eine lange Litanei von Psalmen. Die Jakobsbrüder nahmen nicht daran teil, sondern fingen währenddessen wieder an zu arbeiten, bis schließlich am Abend die Mönche im Kreis um die Baustelle zogen, wobei sie einen merkwürdigen Dialoggesang anstimmten, der in der Stille der einbrechenden Nacht seltsam widerhallte. Der völlig erschöpfte Jehan ließ sich auf ein Strohbündel fallen und schlief sofort ein.

Als er beim Morgengrauen erwachte, befand er sich in einer Hütte, die aus Reisig gemacht war, das man mit Ruten zu Gebinden verflochten und mit dicken Erdschollen bedeckt hatte. Durch die einzige Öffnung, die auf den Bauplatz führte, hörte er die Stimme seines Vaters, die laut die der anderen übertönte, mit denen er sich heftig stritt. Er sagte: „Wir haben da oben schon zuwenig Männer, und nun macht ihr uns noch einen abspenstig!" „Wir haben ihn nicht abspenstig gemacht, er ist von allein gekommen", antwortete der Abt freundlich. „Vielleicht, er ist mit seinem Feuerkopf wohl imstande dazu, aber ihr habt nichts getan, um ihn wieder zur Vernunft zu bringen. Ihr hättet es aber tun müssen. Als Männer Gottes wäre es eure Aufgabe gewesen, jeden, und besonders die Jungen, an ihre Pflichten zu erinnern. Aber unter dem Vorwand, daß ihr die Soldaten Christi seid, werbt ihr im Gegenteil jeden schamlos an: ‚Los, nur mutig! Es ist für Gott!' Und uns, den Waldrodern, bleiben nur die Alten zum Ausreißen und unsere Augen zum Weinen! Ich bitte euch, ihn mir zurückzugeben!"

Der Mönch antwortete freundlich lächelnd in sanftem Ton, so daß Jehan ihn nicht verstehen konnte. Aber die väterliche Stimme erhob sich dafür um so lauter: „Berufung! Der Ruf! Welcher Ruf? Der Ruf Gottes? Ihr hört ihn, wie es euch paßt, diesen Ruf, ihr Priester! Ich sage, daß Gott ihn zur Gemeinschaft ruft, wo seit zwanzig Jahren mehr Mädchen als Jungs geboren wurden. Das ist nicht der Moment, einem die Kutte überzuziehen. Zimmermann? Ihr braucht Zimmerleute? Aber wir können einen kräftigen Waldroder nicht verlieren! Und mein Sohn, Jehan le Tonnerre, wird ein guter Waldarbeiter werden, wenn ihm erst der Bart sprießt, was nicht mehr lange dauern kann. Ich werde ihn holen und zurückbringen, wenn nötig mit Fußtritten! Ihr seid ihn mir schuldig, ihr Mönche! Er gehört zu uns, nicht zu euch!"

„Er hat sich von selbst zu den Compagnons gesellt, und wir haben geglaubt..." „Vielleicht, aber nur aus Neugier! Das war sein ‚Ruf'! Er wollte seine Nase in alles stecken! Das ist typisch für ihn! Ihr braucht vielleicht Leute, um eure Arbeit zu machen, aber wir können keinen von unserer Gemeinschaft verlieren!" Und dann erhob er seine Stimme noch lauter:

„Ich bin gekommen, das sage ich euch, um ihn zu holen, und nicht, um mit euch zu diskutieren! Mit eurem lieben Gott habt ihr immer recht. Aber wenn euer Sohn ungehorsam ist, denkt ihr etwa auch, das sei wegen des lieben Gottes? He? Es ist wohl eher der Teufel! Ja! Und außerdem habt ihr keine Söhne! Keine Kinder! Es ist leichter, die der anderen zu nehmen! Ich will es! Das sage ich euch! Ich hole ihn ohne Umwege zurück! Gebt ihn heraus! Er gehört zur Gemeinschaft von Sankt Gall, nicht zu eurer!"

Und so weiter... Jehan kannte das alte Lied. Auf diesem Gebiet war sein Vater unschlagbar. Er konnte stundenlang brüllen. Wenn er seine Ochsen schalt, hörte man ihn im Umkreis von drei gallischen Meilen. Jehan riskierte ein Auge. Er sah, daß sein Vater den Stock aus Kirschbaumholz in der Hand hielt. Mmm – das war nicht der Moment, ihm zu begegnen! Lieber schnell abhauen! Er war schon über der Geröllhalde, als er noch von ganz unten die Stimme seines Vaters heraufschallen hörte.

Er erreichte die Kommune im Laufschritt. Als er die Mauern des Hofes sah, hörte er ein lautes Tohuwabohu. Die Hunde heulten, die Frauen schrien. Er verdoppelte seine Geschwindigkeit. Auf dem Hof angekommen, sah er vier Schlingel, die sich an die Mauer preßten und von den vier Hunden verbellt wurden. Die Frauen hatten Heugabeln in den Händen, und der Meister stand im Hemd, unter dem die langen nackten Beine herausstakten, und schwang einen Dreschflegel. Er schrie: „Man hat euch Gesindel beim Befummeln unserer Mädchen erwischt!" Reine heulte in einer Ecke der Strohscheune in ihre Schürze. Die Frauen schrien auf, als sich der Meister den Fremden, die lange schmutzige Haare und verzauste Bärte hatten, näherte und die Hunde anstachelte. „Ich werde es euch geben, euer heiliges Land! Man wird euch kreuzlahm schlagen, wie räudige Füchse!" Die andern hielten mit ihren Stöcken die Hunde auf Abstand und sagten nichts, denn die Angst preßte ihnen die Kiefer zusammen. Die Tiere knurrten bissig.

„Ah! Man will das Grab Christi retten und das Heilige Land befreien? Und unterwegs hebt man den Mädchen die Röcke und raubt ihnen die Blume auf dem Hühnerhof!" „Wir haben dem Mädchen nicht unter die Röcke gegriffen, wir haben ihr gar nichts geraubt! Wir kamen nur vorbei, wollten etwas zu trinken erbitten. Wir sind auf dem Weg nach Jerusalem! Ehrlich!"

„Nach Jerusalem? Über die Kommune von St. Gall, die weit abseits mitten in den Bergen, versteckt hinter Wäldern liegt? Ihr wollt wohl die Dörfer vermeiden, wo der Wächter euch zur Rechenschaft ziehen könnte? Und warum Jerusalem? Wahrscheinlich um aus eurer Pfarrei zu fliehen, aus der man euch verjagt hat!" „Nein, wir haben alles verlassen, um dem Ruf unseres Glaubens zu folgen, und unsere nackten Füße bluten, um die Sünden der Menschen zu büßen." „Ihr seid wohl eher vor der Arbeit davongelaufen. Die heutige Jugend findet schöne und fromme Entschuldigungen für ihre Faulheit!" Der Dreschflegel hatte sich gesenkt, die Heugabeln auch. Die Stimmen wurden sanfter. Le Trébeulot stotterte wie gewöhnlich, als er sagte: „Wir kennen die heiligen Eingebungen von Jungen wie euch!" Und die Meisterin fügte hinzu: „Klar – es gibt immer irgendwo ein Grab Christi zu retten, wenn man dort, wo man geboren ist, keine Lust hat zu arbeiten. Wenn das Grab Christi in den Ländern des ewigen Eises liegen würde, wäret ihr weniger eifrig, dorthin zu gehen. Es ist immer im Süden, wo man etwas retten will!"

Der Meister fragte in gemäßigtem Ton: „Habt ihr Durst?" „Es ist heiß!" „Ihr seid alle gleich!" fing der Meister wieder an. „Erst wollt ihr fortgehen und herumziehen, aber dann schreit ihr: ‚Zu Hilfe! Wir haben Durst! Wir haben Hunger! Liebe Leute, macht uns satt!' Wovon ernährt ihr euch?" „Von der Mildtätigkeit guter Menschen."

„Na also! Meine Damen und Herren, wir empfehlen uns eurer Gutherzigkeit! Wir erlösen das Grab Christi, also ernährt uns, tränkt uns, ihr braven Dummköpfe! Und darüber hinaus findet sich hier und da auch ein bereitwilliges Mädchen. He? Und wer befiehlt, wer führt euch?" „Wir treffen in Avignon mit Jungen von überallher zusammen und ziehen weiter nach Arles. Dort vereinigten wir uns mit den Jungen und Mädchen, die aus dem Languedoc, Aquitanien, den Herzogtümern Quercy, von Navarra und noch von weiter her kommen." „Aber wer führt euch an?"

„Ein wunderbarer Mann – ein gewisser Jakobus!" „Ein gewisser? Wohl nicht so gewiß! Glaubt mir, ihr jungen Leute! Ich habe schon viele so fortgehen sehen! Sie alle sagten, daß sie sich einem gewissen ‚Ich-weiß-nicht-wem' anschließen wollten. Und wenn sie mit wunder und verfaulter Seele zurückkehrten – und ich spreche nur von denen, die wiederkamen – die andern waren an der Pest, der Skrofulose, der Lustseuche gestorben, hatten viele befleckte Hände, befleckt mit dem Blut von Priestern, Juden, Leprakranken, Frömmlern und Bürgern, die sie auf ihrem Wege massakriert hatten. Alles unter dem Vorwand, das Grab Christi befreien zu wollen."

„Wir", antwortete der Schmutzigste der vier, „wir sind Schüler von Joachim." „Wer ist denn das schon wieder?" fragte die Meisterin. „Das ist ein Mann, der das Ende dieser Gesellschaft, die vom Geld regiert wird, will." Der Meister unterbrach ihn: „Ihr habt Durst? Ihr habt Hunger? Wir haben gutes Wasser, und wir haben Gerstensuppe, das ist alles. Kommt herein! Eßt und trinkt!" Während sie aßen, fuhr der Meister fort: „Ihr sagtet also, daß ihr das Ende der Gesellschaft wollt?" „Der Gesellschaft, die vom Geld regiert wird, der Kirche, die korrumpiert ist!" „Gesellschaft und Kirche? Also von allem? Ihr wollt das Ende von allem?" „Ja, von allem, was stinkt, was ranzig und verkommen ist!" „Ach! Nur ihr allein seid wohl sauber und wohlriechend? Also warum habt ihr versucht, dieses Mädchen zu vergewaltigen?" „Wir haben gar nichts versucht! Sie winkte uns ‚Kuckuck' mit Händen und Augen, also haben wir ihr nett geantwortet…" „Sieh mal an!"

Jehan le Tonnerre, der dies alles hinter der halboffenen Tür mit angehört hatte, trat jetzt ein, ohne sich bemerkbar zu machen. Er schlüpfte unter den Rauchfang, wo er sich ruhig auf der halbrunden Bank niederließ.

„Zum Beispiel ihr hier", fuhr der Anhänger Joachims fort, „ihr arbeitet für einen Herrn, und hinterher kommt er, um Abgaben von euch zu erpressen und euch mit Fronarbeit zu belasten. Er hat kein Recht dazu!"

„Nein, junger Mann", schnitt ihm der Meister das Wort ab, „wir sind von allen Abgaben, jedem Fron- und Wachdienst befreit!" „Nicht möglich!" „Doch, junger Mann, weil wir in einer Kommune leben, und wenn ich sterbe, was sicher bald sein wird, hat der Herr auch kein Anrecht auf meine Hinterlassenschaft. (Das Recht der toten Hand.) So ist es bei uns, den Eduensern, bei den Arvernen und es scheint auch bei den Ruthenen."

In diesem Moment traten die anderen Männer ein. Martin schimpfte sofort, ohne zu grüßen, los: „Und was machen die hier bei uns? Noch mehr Leute, die den ‚Ruf' gehört haben? Die Gott nachlaufen? Oder dem Teufel? Was suchen sie? Nehmen vorne einen Teller Suppe an und klauen hinten im Vorbeigehen ein Lamm?" „Nein", sagte der Meister, „diese Herren sind Weltverbesserer! Sie wollen die Gesellschaft und die Kirche zerstören!" „Das neue Reich!" rief einer der vier aus. „Und sie wollen die Sonnenländer besuchen, wo sich Wanzen und Aussatz wohl fühlen, und uns großzügig beides hier einschleppen. Aber um die Nacht zu verbringen, braucht ihr nur zu den Mönchen hinuntergehen. Die lassen euch in ihren Hütten schlafen, wenn euch die Läuse nicht stören." Damit zogen die vier Strolche von dannen.

So entging Jehan diesmal der Prügelstrafe, denn Martin der Schönredner ergoß seinen Zorn auf alle diese Narren Gottes, Hungerleider und Verführer, die, wie er sagte, in Wirklichkeit nur Otterngezücht und Galgenvögel seien.

Am nächsten Tag bekam Jehan le Tonnerre trotz allem

seine Abreibung mit dem Kirschholzstock. Auf der Welt geht nichts verloren, und was Recht ist, muß Recht bleiben. Aber man darf nicht glauben, daß ihn das davon abhielt, zum Bauplatz zurückzukehren. Er nahm Picke und Schippe wieder auf und stieg in den Graben hinab, der sich dem erwähnten, merkwürdigen Grundriß entsprechend verlängerte. Zwar war ihm nicht ganz wohl dabei, aber er wollte noch mehr wissen. Man stellte nicht solche Berechnungen an, bewegte nicht so viel Steine und Erde, ohne eine feste Idee im Hinterkopf, und er fühlte, daß man, um auf den Grund des Geheimnisses zu kommen, mit den niedrigsten Arbeiten beginnen mußte.

Jedes Mal, wenn er zur Kommune zurückkehrte, wurde er von seinem Vater empfangen, der sich an ihm müde geprügelt hatte, aber auch vom Meister, der ihm eines Tages sagte: „Wir werden dich noch ein paar Tage ernähren, aber das kann nicht dauern. Entweder du rodest und ißt hier, oder du arbeitest bei den Mönchen und erbittest von ihnen Bett und Nahrung."

„Dann gehe ich morgen zu den Mönchen!" hatte er geantwortet.

„Du Undankbarer!" sagte seine Mutter, „hier bist du gefüttert, gepflegt und fett gemacht worden wie ein kleines Ferkel, und jetzt, wo du im Alter bist, diese Mühe durch deine Arbeit zu lohnen, willst du sie andern geben!"

„Ich habe bei meiner Mutter gesaugt, aber jetzt bin ich abgestillt", sagte Jehan, „ich bin schon seit langem kein Säugling mehr, außerdem kann ich nicht mein ganzes Leben in der Gemeinschaft bleiben. Ich habe dort unten im Tal ein anderes Lied gehört..." „Den Ruf! Du hast den Ruf vernommen", schimpfte sein Vater, „komisch, daß man immer den Ruf hört, der von weit her kommt, aber für den aus der Nähe ist man taub!" Die anderen Männer murmelten zustimmend, die Frauen schwiegen. Doch die Meisterin sagte: „Laßt ihn in Ruhe, ihr Männer, er wird darüber nachdenken."

Jehan nützte die Pause, um zu sagen: „Ich gehe zu den Jakobsbrüdern! Ich will sehen, wie sie die Falle für die große Schlange bauen!" Die Mädchen quietschten erschreckt. „Die große Schlange? Das ist eine andere Sache! Hast du hier nicht genug Vipern?" fragte Zacharias, „daran fehlt es uns doch wirklich nicht!" „Ich werde gehen", wiederholte Jehan, wobei er mit dem Kopf ins Leere stieß. „Sie haben dich fest am Haken, die Weißröcke, he? Sie brauchen Knechte für ihre Arbeit, während sie ihre Lieder singen, das ist weniger anstrengend!"

„Meister, halt den Mund", wagte die Meisterin zu sagen. „Es ist nötig, daß sie das Lob Gottes singen und für uns beten!" Darauf sagte der Meister langsam mit erhobener Stimme: „Wenn er geht, muß er alles hier lassen; alles, was die Gemeinschaft ihm gegeben hat. Den Stoff seiner Kleider habt ihr Frauen gewebt, aus der Wolle und dem Hanf, die ihr gesponnen habt – nicht war? Also muß er alles zurückgeben, das ist die Regel." „Er kann doch nicht ganz nackt fortgehen", traute sich Jacquette, die Frau von Gislebert, zu sagen. „Nicht ganz nackt! Aber wenn die Mönche oder die Jakobsbrüder ihm Kleidung gegeben haben, muß er kommen und seine Aussteuer der Gemeinschaft zurückbringen. So ist das! Er hat bis jetzt noch nicht einmal die Kraft, sich seine Strümpfe zu verdienen!" „Darf ich, als sein Vater, auch meine Meinung sagen?" fragte Martin der Schönredner. „Sicher!" „Also soll er auch seine Pantinen hier lassen, denn Zacharias hat sie ihm aus dem Holz der Gemeinschaft geschnitzt." Wie immer wußte man nicht so genau, ob er es ernst meinte, aber Jehan erhob sich bereits, zog seine Pantinen aus und sagte, indem er zur Tür ging: „Die Schuhe laß ich euch. Erlaubt mir nur einen Stecken vom Holz der Gemeinschaft zu nehmen, damit ich die Vipern erschlagen kann, die ich treffen werde, die Vipern der Gemeinschaft!" Dann ging er.

Er hatte noch nicht die Umzäunung hinter sich, als Reine auf ihn zusprang: „Also du gehst wirklich fort?" „Wie du

siehst." „Und du gehst zu den ‚Männern ohne Frauen'?"
„Wenn man dich hört, könnte man wirklich glauben, ein
Mann ohne Frau sei ein Ungeheuer!" „Ich glaube, was ich
glaube! Kommst du wieder?" „Ja, um die Klamotten zurückzubringen, die ich am Leibe trage, und die euch gehören." „Kommst du auch andere Male? Oft? Ohne dich, der
immer wütend ist, wird man sich hier langweilen. Deine
Wutausbrüche wirken komisch auf mich, wenn du tobst,
kriege ich eine Gänsehaut zwischen den Schenkeln. Und die
mit den Gänsefüßen, die haben doch Frauen? Das sind keine
hochmütigen Priester?" „Ich habe keine einzige gesehen!"
„Das ist nicht christlich! Ich an deiner Stelle wäre mißtrau-
isch!" „Die haben schon recht! Es gibt keine größeren Kletten als die Frauen. Wenn sie ohne sie auskommen, um so
besser für sie!"

Als er bei den Mönchen ankam, gab es schon wieder etwas
Neues. Alle waren bei der Arbeit, aber unter einer jungen
Ulme diskutierte der Prophet aufgeregt mit drei Mönchen
und dem Abt. „Ich habe genug von Euren Griechen und
Römern! Hört mal zu – man kann keinen Pup lassen, ohne
daß er von ihnen nicht schon doppelt gepupt wurde! Und
die Hebräer! Und die Bibel! Aber lange vor Christus gab es
schon eine Offenbarung, die der von Israel überlegen war –
meine kleinen Brüder! Sie kam nicht aus dem Osten, sondern aus dem Westen! Und die Druiden haben sie vom Gott
des Meeres empfangen, das nur um zu sagen, daß sie von
der anderen Seite kam! Und wenn ihr es wissen wollt, von
den Druiden haben Pythagoras und Platon die Wissenschaft
von den Zahlen erlernt! Und die Compagnons, die ihr hier
habt, kennen die Quadratur des Kreises!" Interessierter als
sie zu zeigen wagten, traten die Patres näher an ihn heran.
„Die Quadratur des Kreises, sagt Ihr?"

„Ja, der Übergang von der runden Tafel zur quadratischen Tafel!" „Wir wären neugierig das zu sehen!" „Das ist
einfach", sagte der Prophet stolzgeschwellt, aber mit be-

scheidener Miene. „Ihr nehmt den Kreisumfang, um die Länge zu bekommen. Diese Länge dient als Basis für ein Dreieck, dessen Höhe gleich dem Radius des Kreises ist. So bekommt Ihr ein Dreieck mit der gleichen Fläche wie der Kreis." „Ihr glaubt das?" fragte ein junger Pater.

„Ob ich es glaube? Sagt lieber, ich bin davon ebenso überzeugt wie von der Präzession der Tag-und-Nachtgleichen."

„Aber die quadratische Tafel – wie bekommt Ihr die?" Der Prophet schaute den jungen Priester an, der die Frage so gestellt hatte, als ob man ihm Saubohnen verkaufen wollte, die nicht weich kochten. „Wie ich von diesem Dreieck ausgehend ein Quadrat mit dem gleichen Flächeninhalt bekomme? Also liebe Patres, was nützt es euch, den heiligen Benedikt als Meister zu haben? Fragt das doch mal euren Abt. Ich bin sicher, er weiß Bescheid, ebenso wie er die Symbolik des Radkreuzes kennt, des Kreuzes der Eduenser. Unser Kreuz, das viel älter als das christliche ist." Die Patres schauten sich gegenseitig an, als sähen sie den Antichrist persönlich vor sich.

„Ich schockiere euch – was?" fragte der Prophet. „Aber ihr könnt beruhigt sein. Die Tatsache, daß es mehrere Offenbarungen vor der von Christus gegeben hat, mindert in meinen Augen den Wert der seinen nicht im Geringsten. Das habt ihr, meine kleinen Brüder, bloß noch nicht begriffen!" Der Prophet holte Luft und fuhr fort: „Glücklicherweise – glücklicherweise gibt es unter euch auch einige, die das Wissen haben. Und besonders einer von euch, ich will seinen Namen nicht nennen, aber ihr kennt ihn gut... er wird noch von sich reden machen! Es ist noch nicht lange her, da ist er mit seinen dreißig Freunden an eure Klosterpforte gekommen, und jetzt hat ihn schon der Bischof von Langres zum Abt von Clairvaux eingesetzt. Haltet euch gut fest, der wird euch noch die Flöhe aus den Kleidern schütteln!"

Jehan kam zu den stark beschäftigen Jakobsbrüdern zurück. Sie waren dabei, eine große Fläche zu ebnen, indem sie einen dicken Brei aus gelbem Sand, der aus dem Gebirge stammte und besonders kalkhaltig war, und Wasser auftrugen und sorgfältig glatt strichen. Sie nannten das: ‚Reißboden‘. Als alles soweit getrocknet und gehärtet war, daß man es gerade noch mit dem Fingernagel einritzen konnte, zogen sie ihre Holzschuhe aus, liefen mit bloßen Füßen darauf herum und entwarfen mit Hilfe von Zirkel, Richtscheit und dem dreizehnmal geknoteten Seil den Grundriß. Aber wie würde es aussehen, was sie da mit einer Eisenspitze auf der Mörtelplatine anrissen? Das wollte er zu gern wissen.

Etwas weiter entfernt war der Sägeplatz. Die bearbeiteten Eichen erfüllten die Luft mit ihrem Duft. Jchan kannte diesen Geruch nach Gerbsäure und Moos sehr gut, und er gefiel ihm viel besser als der der feuchten Erde, die er am Grunde seines Lochs aufwühlte. Ein Compagnon glättete mit dem Zugmesser eine Eichenbohle. Er trat näher: „Das würde ich viel lieber machen, als wie ein Maulwurf in der Erde zu buddeln.“ „Geh nur dein Loch graben, du Stift!“ sagte der andere, „wenn du damit fertig bist, werden wir sehen!“ „Ein Loch zu graben, das ist etwas für die Leute aus dem Tal, nicht für einen Gebirgswolf wie mich“, sagte er in arrogantem Ton. „Ha, ha! Und was kann der kleine Wolf mit seinen zehn Fingern machen?“ fragte der andere. „Ich bin Waldroder!“ erwiderte er stolz.

So kam er Anfang Oktober auf den Holzbauplatz. Er begann am Schleifstein, wo ein merkwürdiger Mann mit einer Muschelschale an seinem Lederhut alle Werkzeuge anschärfte. Jehan le Tonnerre mußte die Kurbel des Schleifsteins drehen. Das war die vorgeschriebene erste Aufgabe jedes zukünftigen Zimmermanns.

Der alte Werkzeugschleifer hatte weiße Haare und einen goldenen Ohrring. Man nannte ihn ‚Alter Hund‘. Er wohnte in den Hütten der Zimmerleute. Diese Häuschen waren besser gebaut als die übrigen und von den andern abgesondert.

Eines Tages brach infolge einer technischen Diskussion ein Streit aus. Es gab keine Schläge, aber ein Gerangel. Der ‚Alte Hund' hatte einen der Jakobsbrüder am Wickel und schüttelte ihn. Man trennte die beiden, denn der Jakobsbruder war ein kräftiger Kerl, der den Zimmermann um Haupteslänge überragte. Aber der ‚Alte Hund' rief ihm folgende Worte zu:

„Du wirst einen Hund nicht sein Handwerk lehren! Denn wir waren es, die den Tempel Salomons gebaut haben!"

Worauf der andere antwortete: „Ich weiß, aber einer der Unsrigen war auch dort. Er hat die Säule errichtet, die seinen Namen trägt!"

„Aber ihr habt so schlecht gearbeitet, daß man euch vom Bauplatz gejagt hat!"

Es fehlte nicht viel und ein allgemeiner Kampf wäre ausgebrochen. Aber der Prophet kam aus einer Ecke hervorgeschossen, wo er wohl geschlafen hatte, und beruhigte alle, indem er sagte: „Scht, Scht Compagnons! Nicht vor allen Leuten!" Und dann fügte er noch einige barbarische Silben hinzu, die magisch wirkten, denn sie traten mit beschämter Miene zurück.

„Prophet!" fragte Jehan, als er den Eremiten traf, „was hast du ihnen gesagt, um alle zu beruhigen?" Der Alte kratzte sich am Kopf, der ganz verkrustet war. „Mein Kind", sagte er zögernd, „das ist ein Geheimnis, aber ich sehe voraus, daß du es doch eines Tages erfahren wirst, also kann ich dich auch gleich einweihen. Ich habe gesagt: ‚FOS und ZOË'. Fos heißt ‚Licht' und Zoë bedeutet ‚Leben', und wenn man es so schreibt...", er beugte sich nieder, nahm ein Stöckchen und machte eine Zeichnung in den Staub des Weges: „so sind diese Worte im Kreuz das Symbol für die gegenseitige Durchdringung von keltischer und christlicher Tradition, die beide zu einer Einheit verbindet". „Ich verstehe überhaupt nichts!" sagte Jehan, „auch nicht dein Gekrakel!" „Ein drei Monate altes Kalb kann sehen, daß diese Worte um den Buchstaben Ω Omega ein Kreuz bilden. Aber glaub nicht, daß das St. Johannes im Prolog seines Evangeliums erfunden hat. Das nicht! Als er schrieb: ‚Am Anfang war das Wort und das Wort war bei Gott... In ihm war das Leben, und das Leben war das Licht der Menschen...' hatten die Druiden schon lange vor ihm gesagt: ‚Pa rouas Doué e Hano, dre eul lavar, gant ar gere, tarzas ar sklerijen hag ar vuez da lavarout eo: araog ne ea ebet nemet Doué, hen e-unan. Gant ar lavar etwa e tarzas ar sklerijen hag ar vuez hag an den, ha pep all en buez'..."

„Und was soll dieses Abrakadabra bedeuten?" fragte Jehan.

$$F$$
$$Z\ O\ E \qquad Z\Omega H$$
$$S$$

„Als Gott seinen Namen aussprach, brachen mit dem Wort Leben und Licht hervor. Was bedeutet, daß es vorher nichts Lebendiges gab als Gott allein. Aus IHM sprudelte mit dem Wort, Licht und Leben, der Mensch und alles was lebt, hervor." „Aber Prophet, woher weißt du diese Dinge?"

„Ganz einfach aus den heiligen Schriften und dem großen Barddas, dem Buch der keltischen Überlieferung, mein Sohn!" Und der Prophet wiederholte noch einmal die beiden Sätze. Als er fertig war, sagte Jehan: „Es ist komisch, die beiden Sätze sagen eigentlich das Gleiche, aber ich verstehe viel besser, was dein Barddas, als was Johannes der Evangelist sagt."

„Das ist normal, Johannes der Evangelist war ein nervöser und komplizierter Semit. Du, mein Sohn, bist ein Kelte, und du verstehst was klar, einfach, gesund und voller Licht ist. Bei den armen Juden ist alles kränklich, verdreht und dunkel." „Den Juden?" „Ja, den Hebräern, die den Zimmermann gekreuzigt haben."

„Pfui!" sagte Jehan, „die waren aber böse! Läßt man sie deshalb in den Städten abgesondert wohnen?" „Ja, deshalb und wegen anderer Dinge..." „Erzählst du sie mir?" „Ja, eines Tages werde ich sie dir erzählen!"

Jehan le Tonnerre blieb mit offenem Mund, schlaffen Armen und hängenden Schultern stehen. Sein Körper war wie tot, aber in seinem Kopf war eine Feuerkugel, die sich drehte, wie der Blitz, den er zwei Tage zuvor in die große Eiche der Godots hatte einschlagen sehen. „Und die Jakobsbrüder wissen dies alles?" fragte er schließlich. „Natürlich wissen sie es!" „Und ‚Alter Hund' auch?" „Zweifellos! Aber die Mönche wissen es nicht, sagen wir es gibt einen, der weiß..." „Welchen?" „Er ist nicht hier. Er reist durch die Welt." „Der hat aber Glück!" „An einem Tag präsidiert er auf dem Konzil von Troyes. Am andern sucht er Abälard auf, um ihn zur Vernunft zu bringen. Ich denke, er will ihn überreden, den fleischlichen Genüssen mit einer Frau, einer gewissen Heloïse, zu entsagen. Er gründet neue Klöster. Er hat seine ganze Verwandtschaft ins Ordenshabit gesteckt, und jetzt fabriziert er Mönche am laufenden Band. Ich glaube, im Moment ist er im Languedoc!" „Was macht er dort?" Der Prophet machte eine ausladende Geste, die sowohl seine weitreichenden Kenntnisse, als auch das enorme Ausmaß seines Unwissens andeuten konnte. Trotzdem antwortete er:

„Er bekämpft die Häresien, die dort unten hartnäckiger als Quecken wachsen." „Häresien?" „Ja, er bekämpft sie!" „Sind diese Biester böse?" Der alte Narr lächelte verschmitzt. „Gott kennt nicht die Zahl seiner Freunde, aber auch nicht die seiner Feinde. Das ist die bewegende Größe Gottes. Und in dem unermeßlichen Abgrund dieser Größe wachsen die Häresien wie giftige Blumen; und wer sie abschneiden will, mein Junge, muß bis zum Kinn in den Morast reinkriechen, ja, sogar bis zur Schnauze, oft gelingt es ihm niemals wieder herauszukommen. Er wird selbst zum Häretiker!..." Er lachte, als Jehan sagte: „Das ist aber gefährlich!" Und der Prophet fügte hinzu: „Gott ist gefährlich!"

Bei diesem Gespräch dachte Jehan: „Ach! Wie ist es doch hier so viel kurzweiliger als in der Kommune, wo man den ganzen Tag Reisig bündelt, oder stumpfsinnig die Wurzeln herausreißt oder den Schwarzdorn verbrennt, um für den Herren von Chaudenay das Land urbar zu machen, zusammen mit den parsonniers, die nur ihre Axt zu schärfen verstehen und den Frauen, die die Zeit damit verbringen, Kirschen in Honig zu kochen oder Speck mit Kohl. Und erst die Gespräche! Immer nur über ihre Geburten, ihre Tage, ihre Koliken – das ist alles!"

Während er so sinnierte, war der Prophet, schnell wie ein Iltis und ebenso stinkend, verschwunden. Da hörte er hinter sich die Stimme des Abtes, der sich gerade einen großen Karren voll Abfällen auflud wie der letzte der Laienbrüder, weil er mit dem niederen Dienst an der Reihe war.

„Was hat dir der alte Narr erzählt?" „Eseleien!" „Und außerdem?" „Ich kann es Euch wirklich nicht sagen, denn wenn er geredet hat, versuche ich oft noch stundenlang herauszukriegen, was er eigentlich gesagt hat." „Du mußt ihm nicht zuhören!" „Ja, aber das, was er erzählt, ist schön!" „Aber du verstehst es doch nicht?" „Nein, aber er hat mir gesagt, daß sehen, hören und merken ausreicht."

Nach einem Schweigen fragte der Abt: „Wer ist dieser Mann eigentlich?" „Er ist der Prophet!" „Warum nennt ihr ihn so?" „Weil er alles sagt, damit er sicher sein kann, alles vorher gesagt zu haben. So kann er immer behaupten: ,Ich habe es euch schon angekündigt!' Eben genau wie die Propheten!" Der Abt schluckte seinen Speichel, als ob ihm eine Schüssel mit Gänseklein an der Nase vorbeigegangen wäre, ohne daß er zulangen konnte.

„Aber von wo kommt er? Wo lebt er?" „Er haust in der Grotte von Peutte-Combe. Woher er stammt? Wenn Ihr auf ihn hört, kommt er den einen Tag von dort, und den nächsten von noch weiter her. Man versteht dann gar nichts mehr." „Von weit her?" „Ja, aus dem Land der Wälder, wo die Sonne untergeht." „Aber aus welchem Land?" „Einem Ort, der sich ‚Trehorhenteuc' nennt, sicher ist das auch eine Erfindung von ihm. Ein anderes Mal sagt er, daß er aus Merlins Reich käme." „Merlin?" Der Mönch riß vor Schreck die Augen auf. „Ja, irgend so etwas, ja – ein Mann, den er ‚den Zauberer' nennt, und er erzählt... er erzählt... er erzählt so schöne Geschichten, daß man keinen Fuß mehr vor den andern setzen kann. Zum Beispiel, die von Pwyll..." „Von Pwyll?" „Ja, ich werde sie Euch erzählen: Der König der Anders-Welt tauschte mit einem irdischen König den Platz, um mit einer Erdenfrau ein Kind zu zeugen. Er trifft diese Frau, und die Frau, die Rhyamon heißt, wird von ihm befruchtet, ohne daß er sie berührt. Und sie gebiert einen Sohn." Johann hielt mit leuchtenden Augen inne und fragte: „Ist das nicht schön?" Der Pater hatte keine Zeit, seine säuerlich verkniffenen Lippen zu öffnen, denn Jehan fuhr begeistert fort: „Also das Kind hieß Pryderi... und was für Abenteuer er bestand! Zum Beispiel ließ ihn der König der Anders-Welt entführen und hielt ihn in der Anders-Welt gefangen. Aber er kehrte wieder zu den Menschen zurück – wie neu erstanden."

„Aber", sagte der Abt, „das ist eine abscheuliche Imitation der Geschichte von Jesus, geboren aus der Jungfrau Maria mit Wirkung des heiligen Geistes! Das ist sein Tod, seine Auferstehung!..."

„Ja! Ja! Der Prophet sagt, es sei die gleiche Geschichte, aber seine ist scheinbar viel älter als die andere. „Du darfst ihm nicht zuhören! Jehan, du darfst ihm nicht mehr zuhören!" sagte der Pater hart.

„Aber er ist so sanft, so gut! Mein Vater sagt, daß er nicht mal einem tollen Wolf etwas zuleide tun könnte. Er weiß alles und er betet!"

„Er betet?" „Ja, und er legt sich schwere Kasteiungen auf, indem er eine komische Suppe ißt, immer die gleiche und immer aus demselben ungewaschenen Kessel. Er verbringt ganze Nächte in Betrachtung der Sterne und schläft auf trockenem Laub, mit Läusen, die so groß wie Grillen sind."

„Du darfst ihn nicht besuchen, Jehan!" wiederholte der Abt mit strenger Stimme, „Du darfst nicht!" „Wegen der Läuse?" „Natürlich, natürlich wegen der Läuse!" sagte der Priester, ergriff die Holmen seiner Karre und setzte sie dann wieder ab: „Aber wer hat ihm all diese Geschichten erzählt?" fragte er. „Er hat mir gesagt, daß er sie von einem gewissen Etienne Harding gehört hätte." „Etienne Harding? Unserm alten Prior von Citeaux? Diesem heiligen Mann? Er will ihn gekannt haben? Dieser Prophet ist ein Schwindler! Ein gefährlicher Schwindler! Wirklich Etienne Harding? Der heilige Prior von Citeaux?" „Ja, ganz recht, der Prior von Citeaux hat er gesagt..."

Der Vater Abt hob schnell die Karre an und rannte los, wie ein Hengst, den eine Bremse unter dem Schwanz gestochen hat.

Als Johann zum ‚Alten Hund' zurückkehrte, bekam er als Empfang einen kräftigen Arschtritt, weil er die Zeit vertrödelt hatte, danach fragte der Alte: „Was hast du denn dem Vater Abt erzählt, daß er so Reißaus nahm?" „Pff! Nichts Besonderes – eigentlich nur die Geschichte von Pwyll, Rhyamon und Pryderi, die mir der Prophet erzählt hat."

Der ‚Alte Hund' knurrte und sagte dann: „Dreh, mein Füchslein, dreh, dreh! Wir müssen noch alle diese Zwerchäxte schleifen, jetzt ist nicht Zeit zum schwatzen!" Und Jehan drehte die Kurbel, wie ‚Alter Hund' es ihm beigebracht hatte, nicht zu schnell und nicht zu langsam und schön gleichmäßig. Es war am selben Tag, daß der ‚Alte Hund' selbst die Kurbel drehte und Jehan bat, die Eisen zu nehmen und sie zu schärfen. Er zeigte ihm, wie man gehörig mit zwei Fingern der rechten Hand auf die Klinge drückt und wie man den einzig richtigen Neigungswinkel zum Schleifen der Zwerchäxte bekam, der von dem für das Schärfen von Breitbeilen und Dechseln ganz verschieden ist, wie jeder weiß.

Der Meister der Gemeinschaft starb während des Winters an Harnvergiftung. Jehan war seit seinem Fortgang nur einmal zurückgekehrt, um der Kommune seine Sachen zurückzubringen. Er fürchtete die Mißbilligung der parsonniers und noch mehr das Wiedersehen mit Reine, denn dieses Mädchen, mit dem er doch zusammen aufgewachsen war, hatte einen starken Eindruck bei ihm hinterlassen. Ihr Bild suchte ihn in den Nächten heim, und oft wälzte er sich lange auf seinem Lager aus Stroh und welkem Laub, um sich von der Erinnerung an sie und besonders an ihren zauberhaften Duft zu befreien. Dieser Geruch war fast unangenehm betäubend, aber er fand ihn überall wieder, besonders bei Heilkräutern wie Mädesüß und Schachtelhalm, aber auch in den Trüffeln, die die Frauen in Salzwasser einlegten. Ein ungestümer Duft.

Er kam in der Kommune von St. Gall an, als die Mitglieder gerade dabei waren, den Nachfolger des Meisters zu wählen, noch bevor dieser begraben wurde. Alle waren sehr ernst. Nicht so sehr wegen der Gegenwart des Todes, sondern wegen der Feierlichkeit des Wahlaktes, durch den sie sich einen neuen Meister geben würden, was seit 40 Jahren nicht mehr geschehen war. Es war in der Tat schwierig, ihn zu ersetzen, denn er war ein Mann mit großer Erfahrrung. Er hatte 9 Päpste begraben (von denen mindestens einer falsch war), und er war ein guter Menschenführer gewesen. Der Schwachsinnige weinte unaufhörlich seit dem frühen Morgen und schluchzte in einer Ecke zum Steinerweichen. Schließlich tröstete ihn die Frau des Meisters, indem sie sagte: „Komm, komm Daniel, wir haben hier keine Zeit zum Weinen. Es gibt so viel Arbeit!"

Außer Reine, die sich ihm entgegenwarf und die Gelegenheit nützte, ihn zu küssen, kümmerte sich niemand um Jehan. Er sah den Leichnam, machte ein Kreuzzeichen, blickte in dieses Gesicht mit der spitzen Nase und erkannte den Mann nicht wieder, um den man weinte.

„Das ist nicht er, der tot ist", dachte er, „das ist nur eine Hülle, die dort liegt. Er selbst ist woanders." Dann setzte er sich in eine Ecke.

Alle Männer und Frauen nahmen mit Ausnahme der Kinder an der Wahl teil. Sie warteten im Vorhof und kamen einzeln mit einer weißen Bohne in der Hand in den Gemeinschaftsraum. Dort legten sie die Bohne in den Napf von demjenigen, den sie zum Meister wählen wollten. Am Ende trat als erster Martin, der Schönredner, dem der Meister seine Vollmachten übertragen hatte, gefolgt von allen andern, wieder ein. Sie zählten die Bohnen. Es gab 16 in der Schale von Martin, Jehans Vater. So wurde er gleich beim ersten Wahlgang der Meister von St. Gall. Als ihm dies bewußt wurde, veränderte sich seine Stimme. Er, der immer eine große Schnauze gehabt hatte, sprach nun leise mit demütigem und schüchternem Gesicht.

Als Jehan le Tonnerre fortging, schien ihm alles verändert, die Gebäude, die Ställe, die Brunnen, die Strohscheune, der Holzhaufen und selbst die Bergrücken, die sich vom Winter violett gefärbt aus den mit Nebel angefüllten Tälern erhoben, wie schwarze Inseln im hellen Meer.

Was sich nicht verändert hatte, war Reines Feuer. Sie erwartete ihn immer am gleichen Ort, an der Kreuzug zweier Wege, von denen einer nach La Bussière hinunterführte, und der andere ein alter, sogenannter ‚gallischer' Saumpfad war, den manchmal Gruppen von Reisenden oder Pilgern benutzten. Der Wald war dunkel und eisig an diesem Dezembertag. Reine, Schultertuch und Arme hoch über der

Brust gekreuzt, die Hände warm in den Achselhöhlen, versteckte etwas unter der Schürze. Es war ein großes Stück mageren Specks. „Ich habe es aus dem großen Pökelfaß genommen. Niemand hat mich gesehen." „Und wenn es die Meisterin merkt?" „Unmöglich! Es ist zweidrittel voll von der großen Sau, die wir vor Weihnachten geschlachtet haben. Mit dem Speck kann man zweihundert Christen satt machen!"

Er nahm den Speck und erwartete, daß sie von ihm etwas zum Dank haben wollte. Sie wollte – und als sie sich an ihn schmiegte, empfand er ihren Duft wie ein Parfum, oder vielleicht war es seine Nase, der dieser Fleischgeruch gefiel und ihn nun wunderbar fand. Er machte ihn ganz verwirrt, so daß er sich befreite und davonrannte. Erst hundert Schritte weiter wendete er sich um. Auch sie war gerannt und blickte im gleichen Moment zurück wie er.

Der Winter verging. Ein Teil der Bautrupps war in eine Gegend gezogen, die sich Molesmes nannte, wie es schien, hatten sie dort eine andere Baustelle. Diejenigen, die hiergeblieben waren, füllten die Löcher, die sie in die Erde gegraben hatten, mit Mauerwerk auf, welches an den Ekken der geometrischen Figur, die einem großen liegenden Kreuz ähnelte, besonders verstärkt wurde. Sie versenkten eine enorme Masse gemauerter Steine, während die Zimmerleute sie vor Regen und Frost durch ein Ständerwerk schützten, das sie mit Stroh deckten. Die Bauleute nannten das: ‚Die Fundamente legen‘.

Der Prophet allerdings behauptete, als er mit Jehan sprach, daß diese Gräben nur gemacht worden seien, um den ‚Kontakt‘ zu finden. Er sagte mit leiser Stimme:

„Sie werden dir sagen, daß sie es tun, um einen festen Grund zu legen, auf dem sie solide bauen können. Laß sie reden und denke wie ich, daß dadurch unser Bauwerk am richtigen Platz in der Erde gut verankert wird, damit es seine Arbeit verrichten kann."

„Welche Arbeit?" fragte Jehan.

Ohne ihm direkt zu antworten, betonte der Prophet: „Die Kraft kommt von unserer Mutter, der Erde!"

„Aber welche Kraft?" „Diejenige, die den Menschen erneuert und verwandelt!" Der Fragerei überdrüssig sagte Jehan seufzend: „Prophet, man versteht kein Wort von dem, was du sagst!"

„Ja, das ist gut möglich. Man hat euch seit Alésia so mit Blindheit geschlagen, daß es zum Erbarmen ist!" antwortete der Alte, der nun wieder bei seinem Lieblingsthema war. „Und es ist nicht die heutige Kirche, die diese Dinge wieder ins Lot bringen wird!"

„Man hat uns mit Blindheit geschlagen? Aber wer denn?"

„Ach, wenn ich dir das alles erzählen soll", sagte der Prophet verdrießlich, „dann stehen wir noch morgen früh hier, sind vom Reif verkrustet und glatt zum Wegschmeißen."

„Aber wenn du mir wenigstens ein bißchen mehr sagen könntest?" Der Alte räusperte sich und sagte etwas lauter:

„Du willst es? Also werde ich es dir sagen. Man hat uns, die Gallier, nach allen Regeln entmannt! Zuerst die Cäsaren..."

„Die Cäsaren?"

„Ja, Cäsar, der ganz unglaubliche Lügen über uns verbreitet hat, über unsere Führer, über unsere Wahrsager und Druiden, bevor er begann, sie zu verfolgen und sie abzuschlachten wie Vieh. Dann hat er die Namen unserer Orte und Dörfer verändert, so daß sich niemand mehr zurechtfand. Und dann kam die Kirche..."

„Die Kirche?"

„Ja, mein Kleiner, die Kirche, die nach und nach alle ewigen Feuer unserer Jungfrauen gelöscht hat. Alle diese Leute, die sich Christen nennen, aber in Wirklichkeit die christliche Lehre verabscheuen. ‚Sagt euch von den Gütern dieser Welt los! Lenkt euer Streben auf das himmlische Leben!' sagen sie, aber es gibt niemand, der gieriger Güter und Ehren zusammenrafft als sie!"

Der Prophet hatte seine langen Haare vor das Gesicht gezogen und schien zu weinen. Jehan le Tonnerre stützte das Kinn in die Hand und schaute den schmutzigen Alten an, dessen Bart um den Mund herum, aus dem so wunderbare Reden kamen, ganz verfilzt war.

„Wie kannst du es mir erklären, Prophet, warum du, ein Weiser unter den Weisen, so arm bist, daß du wie eine graue Eidechse in einem Felsenloch hausen und dich von Pastinakenwurzeln ernähren mußt?"

„So ist das Gebot, mein Sohn, diejenigen, die sich bemühen, den Schleier zu lüften, den die Menschen über das Gesetz der Ursachen und Wirkungen gebreitet haben, sind zur Armut verpflichtet. Diejenigen, die leidenschaftlich nach höherer Erkenntnis streben, vernachlässigen die Dinge des alltäglichen Lebens, wie du weißt, und für sie, glaub mir, schmecken Pastinakenwurzeln ebenso köstlich wie die

Keulen eines Perlhuhns." Mit leiser Stimme fügte er noch hinzu: „Und es ist auch die Regel, daß man sie mißachtet."

„Aber wo bringt dich das alles hin, Prophet?"

„In die Himmelssphäre, wo es keine Sterne gibt, weil man selbst ein Teil des Lichtes wird", antwortete der alte Schwätzer in ekstatischem Ton.

„Wirst du dich dort auch trauen, der ganzen Welt deine Beule zu zeigen?" fragte Jehan, der eine spitze Zunge hatte, wie alle Leute unserer Gegend.

An einem Sonntag im Februar, als auf dem Bauplatz, wie es sich gehörte, die Feiertagsruhe eingehalten wurde, war Jehan le Tonnerre wieder, wie in jeder Woche, zur Grotte des Propheten hinaufgeklettert, um sich mit ihm zu unterhalten; denn er fand die Gespräche mit dem Alten, den die andern einen Narren nannten, wunderbar. Sie hielten sich auf der Mönchsrodung auf, von der aus man das ganze Tal übersehen konnte, als sie plötzlich auf dem Weg, der an der Ouche entlang flußaufwärts führte, einen erstaunlichen Geleitzug bemerkten. „Schau nur!" rief der Prophet, und dann verharrten sie sprachlos mit weit vorgestreckten Köpfen. Sie sahen eine Sänfte, die von zwei kräftigen Zugpferden getragen wurde. Vor ihr ritten zwei Mönche und dahinter zwei andere als Seitendeckung. Ungefähr ein Dutzend Männer gingen zu Fuß oder saßen auf tänzelnden Pferden von unterschiedlichem Wert. Zehn Fuß hinter ihnen folgten drei Burschen mit auf dem Rücken verschnürten Säcken und Bündeln, die bei einem von einer Laute, beim andern von einer Trommel gekrönt waren. Der Dritte war offenbar eine Frau. Es handelte sich ohne Zweifel um drei Spielleute und Gaukler, die im Schutz der Karawane von Ort zu Ort zogen.

Die Vorhänge der Sänfte waren so gerafft, daß man den Reisenden, der sich in Wolfspelze eingehüllt darin befand, erkennen konnte.

„Es ist Bernhard", flüsterte der Prophet.

„Bernhard?" „Ja, Bernhard von Clairvaux, der Abt von Citeaux, der Rotschopf!"

Und dann rannte der Prophet los, den Hang hinunter, wobei er behende über die Büsche sprang. Jehan folge ihm so gut er konnte und rief: „Bei Gott, Prophet, wenn du auch keine Zähne mehr hast, springen kannst du wie ein junger Bock!"

Er erreichte den Weg, als der Zug gerade um die Ziegelei herumbog, die die Mönche einrichteten, um die angrenzende Tonschicht nutzen zu können. Die beiden zogen sich hinter einen Haselstrauch zurück, um von hier aus alles besser zu beobachten. Die Gruppe näherte sich schnell, trotz der breiten Schlammspur, die die Steinfuhren hinterlassen hatten. Die Mönche waren stumm wie gewöhnlich, aber die Fußgänger und Reiter unterhielten sich lebhaft miteinander und sprachen vom Frost der letzten Nacht, während andere beim Gehen Psalmen murmelten.

Als die Sänfte an ihnen vorbeikam, konnten Jehan und der Prophet den im Innern ausgestreckten Mann, von dem man nur den Kopf sah, näher betrachten. Er hatte sehr blasse Haut und eingefallene Wangen, deren Knochen durch zwei rote Flecken markiert wurden. Der unbedeckte Kopf war oben rasiert, so daß nur ein Kranz aus sehr feinen, rötlichen Haaren übrig blieb. Sie waren von einer Farbe, die man bei Pferden als ‚fuchsrot' bezeichnete. Als er seine Hand ausstreckte, um die Felle fester an sich zu ziehen, sahen sie, daß diese lang, weiß und fein war.

„Es ist wirklich Bernhard", murmelte der Prophet. „Ich frage mich, was er hier vorhat."

„Wahrscheinlich unsere Arbeit begutachten", meinte Jehan.

„Erschöpft wie er ist?"

„Erschöpft! Wovon denn? Was tut er denn? Nichts! Die Arbeit machen doch die Mönche, besonders die Laienbrüder und die Compagnons."

„Was er tut? Du, Jehan le Tonnerre, kannst dir das nicht vorstellen! Immer ist er auf Wegen und Straßen! Nun ist er schon seit bald sieben Jahren unterwegs! An einem Tag tritt er in Angoulême gegen Gérard, den mächtigen Anführer der Kirchenspaltung in Aquitanien auf. Einen Monat später findest du ihn in Genua oder Pisa, um zwischen dem Kaiser und dem Papst, den Bischöfen und den Stadträten oder zwischen Roger von Sizilien und Innocent II. zu vermitteln. Man fragt sich, wie er es schafft, so schnell zu reisen und ohne Unterlaß zu verhandeln, er, der fast am Verrecken ist! Und jetzt ruft man ihn auch noch nach Rom, um die Affäre mit dem Papst und dem Anti-Papst zu regeln!"

„Der Anti-Papst?"

„Mmmh, ich sollte lieber schweigen, um dir, dem armen Waldroder, den Seelenfrieden zu bewahren, denn was hast du schon mit diesen Geschichten zu tun, aber wenn du eines Tages ein Kind Meister Jakobs werden willst, mußt du es doch wissen. In Rom hat man zwei Päpste gewählt!"

„Zwei Päpste! Du kannst mir viel erzählen!"

„Doch – zwei Päpste – den richtigen und den falschen, vielleicht auch zwei falsche, wer weiß? Einer würde genügen, vorausgesetzt es ist der Gute. Und wen holt man sich, um die Sache zu entscheiden? Natürlich unsern Bernhard! Los – auf geht's – marsch!"

„Aber er marschiert ja nicht. Er liegt in seiner Sänfte!"

„Hast du eine Ahnung! Er macht drei gallische Meilen in der Sänfte und dann drei Meilen zu Fuß, und so kommt er plötzlich nach Trier oder nach Flandern oder in die Toskana. Und das alles hindert ihn nicht daran, auf dem Wege noch eine reiche Menschenernte einzubringen, brave Männer, die ihm folgen, und die er in nomine patris et filii zu Mönchen macht..."

„Aber warum folgen sie ihm so ohne weiteres?"

„Ah, das, mein Sohn, ist schwer zu sagen. Wer weiß? Vielleicht um ein Weib zu verlassen, das einen drangsaliert. So ein Eheleben muß manchmal ganz schön hart sein. Aber hauptsächlich, weil Bernhard wie Merlin ein Zauberer ist. Man darf sich von seinen Predigten nicht einfangen lassen. Wenn du ihm zuhörst, wirst du betört und folgst ihm..."

Der Prophet wiederholte kopfnickend: „Ja, ein Zauberer!"

Jehan sperrte Mund und Ohren auf: „Und wie geschieht das?" fragte er.

Der Prophet riß sich jetzt ernsthaft zusammen: „Wie? Ja wie? Das ist unsagbar, nein, nein, nein, es ist unerklärlich. Er redet, und du fühlst dich bis ins Innere aufgewühlt. Du sagst dir: ‚Es ist wahr! Er hat recht!' Oder du sagst gar nichts, sondern folgst ihm einfach."

Der Prophet erhob sich, schüttelte den Kopf wie ein schlecht gesatteltes Pferd und sagte: „Bernhard von Fontaine? Vielleicht ist er ein Bote? Ja, ich glaube, er ist ein Wanderer zwischen den Welten! Meine Brüder glauben, daß die großen Wanderer alle tot sind und es keinen mehr gibt, daß die heiligen Sendboten, die die Entsagung verkünden, verschwunden sind, oder daß man ihnen, wenn sie erscheinen, zwar in einem Winkel der Seele ein paar Segensworte gönnt, um dann aber rasch wieder zum Fressen, Saufen und zur unrechtmäßigen Bereicherung zurückzukehren. Holla! Du bist ja plötzlich so still geworden!" Wie im Fieberwahn phantasierte der Alte weiter:

„Aber es macht mich krank! Ja, mein Junge, es macht mich elend zu hören, wie man uns seit über tausend Jahren vorwirft, daß wir Traumwelten aus Legenden bauen, wo doch unser Wissen so fest begründet ist wie der Fels von Tom Belen! Sieh dir an, was sie aus Merlin gemacht haben – einen geilen Greis – dabei ist er ein Fürst der Erkenntnis. Und Viviane? Hast du gehört, was sie aus Viviane gemacht haben? Eine verkommene Hure! Dabei ist sie unser leuchtendes Sybol der Weisheit, deren Liebe sich Merlin durch sein Wissen und seine Einsicht endlich verdient hat. Man sagt auch, daß er zuletzt in einem dreckigen Loch voller Schlangen und Kröten gelebt hat, dabei ist er in den Wald von Broceliande zurückgekehrt, wo er sich an der Quelle der ewigen Jugend labt, nachdem er den Orden der Tafelrunde gegründet und denen, die ihm zuhörten, die Wahrheit und Erkenntnis gegeben hat, um sie zu überliefern und ihr Dauer zu verleihen. Das ist es, was auch ich zu tun versuche. Ich, der stinkende Dachs."

Der Prophet nahm einige Handvoll der gefrorenen Erde und streute sie sich aufs Haupt, dabei zog er die Rotze wieder hoch, die an seiner langen Nase hing. Er befand sich nun in prophetischer Trance, hatte die Augen verdreht und die Arme ausgebreitet. Jehan hörte ihm verständnislos zu, während er fortfuhr:

„Seit einem Jahrtausend werden wir durch ihre Lügen lächerlich gemacht! Ich sehe es! Ja, ich sehe es deutlich voraus! Die Menschen werden, um unsere Offenbarung zu verdunkeln, unsere Symbole so verfälschen, daß sie wie Katzenfraß werden. Du wirst es erleben! Eines Tages wird man Liedchen singen, in denen unser Gral zu einem Gefäß voll süßlichem Parfum herabgewürdigt wird, und Lancelot, Parzifal und die andern wird man für alle Ewigkeit zu Kasperlefiguren degradieren. Du wirst es sehen! Du wirst es erleben..."

Er sprach nun von Dingen, die Jehan nicht mehr verstand, darum kam er auf Bernhard von Clairvaux und seine Schüler zurück, die ihn mehr interessierten:

„Und was macht der Bernhard mit all den Leuten, die er gepackt hat?"

„Er macht Mönche aus ihnen! Er verteilt sie auf seine Abteien, und wenn es in den Klöstern nicht mehr genug Platz gibt, gründet er ein neues. Ich bin sicher, daß er diejenigen, die du dort siehst, zur Verstärkung auf unseren Bauplatz mitgebracht hat. Ob Reiche oder Arme, Geistliche oder Laien, Mächtige oder Erbärmliche, er kleidet die einen in weiße, die andern in braune Kutten und dann los an die Arbeit! Baut zuerst die Kapelle und kriecht selber derweile in Notbaracken oder schläft im Dreck unter den Sternen, aber zuerst wird gerodet und die Kapelle gebaut!"

„Warum die Kapelle?"

„Er sagt, daß Gott als Erster ein Haus haben muß. Aber ich weiß genau, daß man ihn anders verstehen muß..."

„Und wie muß man ihn verstehen?" fragte Jehan sofort.

Der Prophet dachte nach, während er sich am Ohr kratzte: „Man muß zuerst die Kirche bauen."

„Also ist es am wichtigsten, daß die Psalmen gesungen werden?"

„Nein, das Wichtigste ist, daß man die Kraft der Erde einfängt, wenn möglich an einem Ort, wo sie mit der Kraft des Himmels zusammentrifft..."

„Die große Schlange?" fragte Jehan mit einem Grinsen.

„Ja, die große Schlange! Du kannst ruhig darüber lachen, aber Bernhard hat das sehr genau verstanden. In diesen Bau, der euer Werk ist, werden die Mönche siebenmal am Tag hineingehen und sich im kosmischen Kraftstrom baden..."

„Nicht möglich!"

„Die Schwierigkeit liegt nur darin, daß man wissen muß, wo man baut und wie? Wo und wie – ubi et commodo – wie sie in ihrer Sprache sagen. Ja, das ist die Frage."

„Und er, der Bernhard, er weiß es?"

„Er kommt her, um uns danach zu fragen. Aber ich glaube, er weiß schon ziemlich viel. Er hat die Artusdichtungen in der Bibliothek seines Vaters gelesen und wieder gelesen. Ich weiß, daß sie sich dort befinden und nicht in den Klöstern, wo man sie ausgemerzt hat. Er ist imstande alles oder fast alles zu wissen. Es ist sicher kein Zufall, daß ein in der großen geistigen Schule des Bernhard von Clairvaux ausgebildeter Kleriker aus der Champagne im Begriff ist, ein Werk über die ‚Suche nach dem heiligen Gral' zu verfassen. Ich hoffe nur, es möge Gott gefallen, daß er unsere Botschaft nicht zu sehr entstellt! Sicher ist es auch kein Zufall, daß Bernhard seinen Onkel, den Herrn von Montbard, mit sieben Rittern unter dem Vorwand nach Jerusalem geschickt hat, daß sie die Wege zu den heiligen Stätten sichern sollen, in Wirklichkeit aber den Auftrag haben, in den Ruinen des salomonischen Tempels herumzuschnüffeln. Und schließlich hat es auch seinen Grund, daß er alle Rabbiner im Herzogtum Burgund ausgefragt hat. Er wollte alles über die jüdische Kabbala wissen, um vergleichen zu können. "

Der Prophet holte tief Luft und fügte mit halbgeschlossenen Augen in einem fast beängstigenden Ton hinzu:

„Und es hat auch seinen Grund, daß er hierher kommt, um den alten Propheten zu treffen!"

„Dich! Er will dich treffen?" frage Jehan, wobei er in Lachen ausbrach.

„Ja! Ja! Ja! Man hat ihm gewisse Sachen berichtet, die haben ihm einen Floh ins Ohr gesetzt. Seit zwanzig Jahren ist er auf der Suche, vielleicht wird er heute das finden, was ihm noch fehlt, die andere Kabbala, die unsrige, die keltische Überlieferung. "

Jehan le Tonnerre wußte nicht mehr genau, ob er wieder lachen oder staunen sollte. Der Alte war während der letzten Worte mit großen Schritten in Richtung Bauplatz gegangen. Er nahm die Abkürzung, die zwischen den Felsen hinabführte. Als sie am Werkplatz ankamen, sahen sie die Reisenden inmitten der Mönche, die sie empfingen und sie zu den provisorischen Unterkünften führten. Als sie alle beide am Platz auftauchten, löste sich einer der weißen Mönche aus der Gruppe und lief auf sie zu.

„Geh nicht fort!" sagte er zum Propheten, „unser Abt Bernhard ist gekommen und will dich sehen!"

„Sehr gut!" antwortete der Prophet ruhig, „ich habe ihn erwartet!"

Der Vollständigkeit halber muß ich noch berichten, daß die Gemeinschaft von Sankt-Gall Jehan le Tonnerre von den Mönchen wieder angefordert hatte, damit er während der Zeit, wo die Bauarbeiten aufgrund der in diesem Jahr besonders starken Schneefälle ruhten, bei den großen Holzschlägen und beim Zersägen der Stämme mithelfen konnte.

So fand er ab Ende Dezember und den ganzen Januar hindurch die Tischgemeinschaft der Kommune wieder. Er wurde brüderlich aufgenommen, um ihm zu zeigen, daß man ihm seinen Fortgang nicht mehr übel nahm. Er aß hier viel mehr und viel besser als bei den Bauhandwerkern, und das war sein ganzer Lohn, denn in der Gemeinschaft gab es keine Bezahlung.

Als er zu den Mönchen zurückkehren wollte, weil ihn diese für die Wiederaufnahme der Bauarbeiten brauchten, erwartete ihn Reine an der gleichen Stelle, wo sie sich auch sonst versteckte, um ihn zu überraschen. Sie stellte sich ihm in den Weg und zog etwas unter ihrem Umhang hervor. Es war ein Paket, das sie ihm übergab.

„Ich habe es für dich gewebt", sagte sie schüchtern. Er faltete es auseinander. Es war ein aus grober Wolle gewebter, ärmelloser Überwurf, dick und fest wie ein Teppich.

„Oh! Das wird mir den Bauch schön warm halten!" sagte er, wobei er vor Aufregung ganz rot wurde.

„Nicht nur den Bauch, den Rücken auch!" sagte das Mädchen und fügte noch hinzu: „Und außer Brust und Rücken auch alles andere. Ich habe eine dicke Strähne meiner Haare hineingesponnen."

„Aber die andern", fragte Jehan beunruhigt, „ich hoffe sie sind dir nicht böse, weil du die Wolle der Gemeinschaft genommen hast. Die Herrin ist streng, ich weiß es, sie wird dich schlagen!"

„Ich habe es heimlich gewebt", versicherte ihm Reine, wobei sie sich an ihn kuschelte. Sie hat nichts gemerkt. Ich habe meine Haare hineingewirkt, damit sie dich umschließen und beschützen..."

Jehan wußte nicht genau, wie es geschehen war, aber zum ersten Mal hielt er Reine fest in seinen Armen, während sie ihn mit einer Kraft an sich drückte, die er ihr gar nicht zugetraut hätte. Er ließ seine Hände über ihren Körper gleiten, vom Nacken herunter bis zu den Lenden, die sie geschmeidig wölbte, um ihn so fest, wie sich Efeu um einen

Baum schlingt, an sich zu pressen. So verharrten sie einige Augenblicke. Ihr Duft, der ihm vor zwei Monaten bloß gut gefallen hatte, berauschte ihn jetzt vollkommen. Sein Gesicht war in ihre unter der Haube hervorgequollenen Haare eingeschmiegt, die er durch seine Liebkosungen verschoben hatte. Er drückte seine geöffneten Lippen hinein und fühlte sich versucht, in ihren Hals zu beißen.

Dann rissen sie sich ebenso stürmisch voneinander los, wie sie sich umarmt hatten. Er drückte den Überwurf fest an sich und rannte mit aller Kraft fort. An der Wegbiegung hielt er inne und sah zurück. Sie stand starr wie ein Zaunpfahl und preßte die Hände auf ihre kleinen Brüste, da rannte er so schnell er konnte weiter.

Als er in die Bauhütte kam, wo er mit dem 'Alten Hund' und vier anderen Zimmerleuten schlief, schnarchten diese um die Wette. Als er seinen Kasel ausbreitete, um sich damit zuzudecken, brummte der ‚Alte Hund' geringschätzig:

„Du stinkst nach Frau!"

Und Jehan fühlte sich geschmeichelt.

Jehan le Tonnerre sah den Propheten lange Zeit nicht wieder. Dabei war er gespannt, ihn zu sprechen. War er mit Abt Bernhard fortgezogen? Oder war er in seine Grotte zurückgekehrt, um über das Gespräch nachzusinnen, das er mit diesem seltsamen Menschen geführt hatte, den man überall mit Prinzen und Erzbischöfen auf eine Stufe stellte? Oder war er ganz einfach irgendwo am Fuß einer Eiche erfroren?

Inzwischen kamen die Arbeiten wieder in Gang. Trotz der Märzfröste, die in unserer Gegend besonders hart sind, begann der Bauplatz zu summen wie ein Brummkreisel. Was ihm am meisten auffiel, war die Eile, die der Baumeister zu haben schien, um bis zum Frühling mit der Holzbearbeitung fertig zu werden. Das Holz? Wollte man denn ein Gebäude aus Holz errichten?

Man besäumte und richtete Balken, Pfetten, Sparren und Platten in solchen Mengen zu, daß sie für den Bau der Arche Noahs ausgereicht hätte, und trotzdem arbeiteten die Steinhauer noch immer mit Brecheisen und Bohrmeißel in den Steinbrüchen dort oben, um den schönen Kalkstein zu gewinnen.

Eines Tages schließlich trat der Prophet wieder in Erscheinung. Natürlich gerade in dem Moment, als die Glocke des Bauplatzes das Mittagessen ankündigte.

„Na sowas", dachte Jehan, „er ist gewachsen! Gewachsen und verjüngt! Erneuert!"

In Wirklichkeit hatte er nur ganz einfach einen reinen Mantel und saubere Hosen an. Vielleicht waren sie sogar neu. Mit Sicherheit hatte er sich aber tüchtig geschrubbt und das Gesicht gewaschen. Er, der sonst immer rannte, als ob er es eilig hätte, die Dinge zu Ende zu bringen, kam diesmal langsam, ja feierlich heran. Jehan wäre ihm am liebsten gleich entgegengesprungen, um ihn auszufragen, aber wenn der ‚Alte Hund' beim ersten Glockenschlag mit der Arbeit aufhörte, mußte Jehan zunächst alles in Ordnung bringen und die Klingen vom Schmirgelschlamm reinigen, bevor er essen gehen durfte. So verlangte es die Disziplin des Zimmerplatzes. Als er schließlich die Werkbank verlassen konnte, sah er den Propheten nicht mehr. Schließlich entdeckte er ihn unter der Überdachung, wo er sich mit den Priestern unterhielt, die sich auf Böcken und Brettern hingehockt hatten, um zu essen. Gewöhnlich sprachen die Mönche während des Mahles nicht, aber es schien, als ob sie diesmal die Regel brachen und dem Propheten Fragen stellten. Dieser antwortete ihnen gestikulierend. Jehan, der seinen Napf gefüllt hatte, näherte sich vorsichtig der Gruppe und war sehr erstaunt, als er endlich hören konnte, was er sagte: „Die Säulen des salomonischen Tempels waren 18 Ellen hoch, und ein Faden von 12 Ellen war das Maß um jede Säule, und jede war von einem 5 Ellen hohen Kapitell gekrönt."

„Und woher habt Ihr diese Zahlen?"

„Aus dem dritten Buch der Könige, mein Freund."*

Daraufhin wurde es relativ still, denn man hörte nur noch das Schlabbern der Mönche, mit dem sie ihre Rübensuppe aßen.

„Aber was die Bibel nicht sagt, meine Brüder", fuhr der alte Mann sehr aufgeregt fort, „daß die Säulen des runden Tempels von Stonehenge (ich spreche von den großen Steinen des großen Kreises) auch das Zahlenverhältnis von 18, 12 und 5 aufweisen."

„Von welchem Tempel sprecht Ihr eigentlich?" fragte schüchtern einer der Priester.

„Von Stonehenge, Pater, in Großbritannien."

„Den kennen wir nicht", sagte eine bescheidene Stimme.

„Dabei kommt von dort unser Licht der Erkenntnis",

---

* Der Prophet macht sich hier über die Unwissenheit der Mönche lustig. Ein 3. Buch der Könige gibt es nicht. Diese Angaben finden sich dagegen im 1. Buch der Könige, Kap. 7, V. 15 u. 16. (A. d. Ü.)

warf der Alte frech ein. „Ihr solltet es eigentlich wissen, denn von dort stammt euer erster Lehrmeister Estienne Harding!"

Alle schwiegen.

„Außerdem", fuhr der Prophet fort, „wie ich schon eurem Abt neben anderen Sachen gesagt habe, hatte der Schaft mit einem Umfang von 12 Ellen = 72 Handbreiten demnach einen Durchmesser von 23 Handbreiten, und die Gesamthöhe der Säule betrug also das sechsfache ihres Umfangs."

Man hörte, wie die einzelnen Schlucke der Suppe geräuschvoll in die hohlen Mägen der Mönche plumpsten, und der Prophet fuhr ruhig fort:

„Wahrscheinlich haben sich schon die Menschen des Altertums nach den Maßen des menschlichen Körpers gerichtet und dabei festgestellt, daß seine Breite etwa ein Sechstel seiner Länge betrug, was sie veranlaßte, den Säulen des Tempels die sechsfache Höhe ihrer Breite zu geben."

Alle schienen zerstreut dem Schrei eines Milans zu lauschen, der hoch in der eisigen Luft seine Kreise zog; aber man bemerkte doch, wie sie die Ohren spitzten, als der Prophet selbstgefällig fortfuhr:

„Aber dies alles ist für unser Vorhaben nicht von großer Wichtigkeit. Ich habe ihm erzählt, daß man selbstverständlich bei unseren Baubruderschaften die Überlieferung der druidischen Erkenntnisse finden kann. Das schien ihn lebhaft zu interessieren."

„Aber von einer Organisation der Bruderschaften unter der römischen Besatzung ist uns nichts bekannt", sagte der Vater Abt.

„Ihr wißt vielleicht nichts, weil ihr nur die lateinischen Texte befragt. Aber ich weiß aus der mündlichen Überlieferung, daß es z. B. hier bei euch in Autun in glücklichen Zeiten einen Orden der Bauleute gegeben hat, dem die Dendrophoren oder Zimmerleute, die Cantonaires oder mystischen Maurer und die Faber oder Schlosser* angehört haben. Und dieser Orden, meine Brüder, der in der Vorzeit wurzelt, hat sich bis auf uns fortgepflanzt." Die Stimme des alten Narren bekam nun einen besonderen Klang. Er wurde rot wie Klatschmohn und erhob sich von seinem Platz.

„Und alle die Compagnons mit den Ohrringen, den Muscheln und den Gänsefüßen, die hier beschäftigt sind, haben zu eurem Glück das Wissen der Druiden. Und, verehrte Patres, ihr habt auch das Glück, gerade heute einen derjenigen vor euch zu sehen, deren Auftrag es ist, die Überlieferung weiterzugeben..." In diesem Moment schien der Prophet einen Erstickungsanfall zu bekommen. Er verfärbte sich violett und brach auf dem Boden zusammen. War er berauscht? Aber wo hätte er Wein trinken können? Auf wenigstens drei Wegstunden im Umkreis ließ sich keine Traube ernten! Vielleicht war er aber auch in Windeseile von den Weinbergen im Osten zurückgekommen, von jenen gesegneten, dem Sonnenaufgang zugewandten Hängen auf dem Weg nach Citeaux, wo die Reben ein so köstliches Getränk ergaben?

Er erholte sich von seiner kleinen Agonie schon nach kurzer Zeit und war wieder frisch wie ein Fischlein, aber da ihm nun niemand mehr zuhörte, blieb er stumm und wärmte sich mit verschlossenem Gesicht am Kohlebecken, während die Mönche das Dankgebet sangen.

Am Abend hätte Jehan ihn gerne getroffen, um ihn zu fragen, was der Abt Bernhard von ihm hatte wissen wollen, aber er konnte ihn nicht finden. Er war verschwunden.

Eines Tages sagte der Bauherr zu Jehan: „Du hast nun so viele Werkzeuge geschärft, mein Junge, daß du es jetzt auch wagen kannst, sie zu benutzen." Er führte ihn zu einem

---

* Dendrophoren v. griech. δενδφοφοφεῖα = Äste oder Bäume tragen Cantonaires v. lat. canton = der Quaderstein. Fabres v. lat. faber = Schmied, aber auch der Handwerker im allgemeinen (A. d. Ü.)

Zimmermann, der gerade damit beschäftigt war, Zapfen-löcher in einer ganzen Serie von Kanthölzern auszustechen. Der Mann richtete das Holz ohne vorherigen Entwurf zu, indem er die Stoßaxt mit bewundernswerter Geschicklich-keit in das Holz trieb. Jeder Schlag streifte beinahe seine Füße, die nur mit Leinenbinden umwickelt waren. Dann setzte er die Arbeit mit der Zwerchaxt fort, die er mit bei-den Händen führte. Man mußte es gesehen haben, wie er damit die Löcher ausputzte!

Jehan beobachtete ihn starr vor Staunen. Mit dem Werk-zeug dieses Mannes schien alles ganz einfach zu sein. Es schien ihm, als ob auch er nur den Griff der Zwerchaxt oder des Beitels zu fassen brauchte, damit sich das Holz seinem Willen fügte. Der andere sagte zu ihm:

„Du schaust nur zu, Zimmerer! Du schaust zwei Tage lang nur zu. Du beobachtest und stellst Fragen."

Der Mann hatte weiße Haare und braune Haut. Man nannte ihn einfach ‚Gänsefuß‘, was die Gattungsbezeich-nung aller dort anwesenden Zimmerleute war, oder auch ‚Pedauque‘, was in ihrer Sprache dasselbe bedeutete.

Jehan sah ihn zwei Tage lang die Zapfenlöcher stemmen und stellte Fragen. Zu seiner Linken, seiner Rechten, vor ihm und hinter ihm besäumten die ‚Hunde‘ Baumstämme. Sie hielten ihr Breitbeil im richtigen Winkel zur Schaukel-bewegung ihrer Körper, so daß sich die flache Wange fest an den Stamm preßte und die Holzspäne in alle Richtungen flogen. Und während der ganzen Zeit sagte Jehan le Ton-nerre zu sich selbst:

„Im Steinbruch oben an der Schlucht von Raimbeû ge-winnen sie das Gestein. Selbst hier gibt es Steinmetze, die damit anfangen, die Steine zu glätten und in enormen Hau-fen aufzustapeln. Also will man doch ein Haus aus Stein und nicht ein Haus aus Holz bauen. Wozu soll dann diese mächtige Eichenzimmerung gut sein? Er konnte sich nicht länger zurückhalten und sprach mit ‚Gänsefuß‘ darüber. Der andere kratzte sich so lange den Kopf, bevor er zu sprechen begann, daß Jehan einen Moment lang glaubte, er bekäme nie eine Antwort. Schließlich entschloß sich der Zimmerer zum Reden:

„Der Stein, der Stein, zum Deibel ja, man macht alles aus Stein. Aber vorher muß man das Schiff bauen!"

„Ein Schiff?"

„Ja, ein Schiff!..."

„Also gut", dachte Jehan, „nun also ein Schiff!"

„Du wirst schon sehen", fuhr der andere fort, „du wirst es schon sehen, das Schiff, ja!" Und dann begann er aus vollem Halse ein Lied zu singen, das ungefähr so ging:

„In der Barke von Sankt-Peter
Trinken wir Noahs Wein!
Im Schiff von Sankt-Peter
dessen Kiel zu oberst muß sein.
In die Erde gerammt sind die Masten aus Stein.
In der Nacht, der gekrönten, im Schiff von Sankt-Peter
Trinken wir Noahs Wein."

Ich gebe hier nur eine Strophe wieder, aber es gab noch viele andere, noch geheimnisvoller als diese, in ihnen wurde mit schönen Worten das Schiff des heiligen Petrus und das Holz besungen, jenes Holz, aus dem das Kreuz, das Instrument des Heils gemacht worden war. Die Melodie ähnelte den Hymnen, die die Mönche sangen, nur daß alle statt des abschließenden ,Gloria Patri...' ein vielstimmiges ,Ha! Ha! Ha!' ausstießen.

Jehan konnte den Sinn dieses komischen Liedes der Compagnons und die Weissagungen des Propheten besser verstehen, als er eines Tages auf dem Zimmerplatz beim Aufschlagen dieses ,umgekehrten Schiffes' zusah, während die Zimmerleute, die ,Hunde' genannt wurden, Stück für Stück den Abbund herstellten. Es war wirklich das Gerippe eines Schiffes! Der runde Kiel war nach oben gekehrt, und die Bordwände erhoben sich mehr als sechs Meter über dem Boden. Allerdings gab es einen Unterschied: es hatte keinen Vordersteven! Statt dessen endete das Schiff an der Ostseite in einer vierteiligen kreuzweisen Verbindung, die an eine glatte Holzwand stieß, welche der aufgehenden Sonne zugekehrt war.

„Man brauchte das Ding nur umzudrehen und das oberste zuunterst kehren, so hätte man Noahs Arche", dachte Jehan.

Diese ganze Schiffskonstruktion war mit Hilfe der großen Zapfen verbunden, die Jehan und vier andere Lehrlinge im Frühjahr unter der Anleitung eines ‚Hundes‘ herstellen mußten. Die Wölbung des Schiffsrumpfes bestand aus Eichenbrettern, deren Abmessungen von den Meistern auf dem Schiftplatz mit Hilfe des Zirkels und des dreizehnknotigen Seils bestimmt worden waren. Jehan hatte beim Anreißen der bogenförmigen, gleich langen Hölzer zugesehen, die sich von jeder Seite emporschwangen und erst sehr hoch im Himmel aufeinanderstießen. Man nannte diese Figur den ‚Dreischnitt‘, weil man den Raum zwischen den beiden Borden des Schiffes in 3 gleiche Abschnitte einteilte:

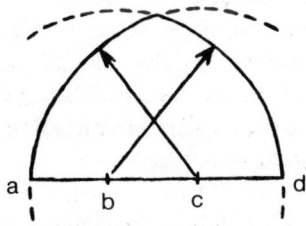

AB, BC und CD. Dann steckte man die Zirkelspitze zuerst bei B und dann bei C ein und schlug die beiden Bögen mit den Radien BD und CA, die sich am Scheitelpunkt schnitten. Wenn man unter dem aufgerichteten Holz hindurchging, bildeten diese beiden Bögen ein harmonisches Gewölbe, das auch dem Blätterdach der hohen Bäume im Wald ähnelte. Ja, man glaubte, wenn man im Inneren war, eine Allee von großen Bäumen zu sehen, und die Zimmerleute mit den Ohrringen nannten das Ganze ‚den goat‘. Als Jehan sie nach dem Grund fragte, wurde ihm geantwortet, daß dieses Wort ‚der Wald‘, ‚das Holz‘ bedeute. Aber in welcher Sprache? Das konnte ihm niemand sagen. Aber was bedeuten schon Worte? Die Sache selbst war schön und forderte Bewunderung, und Jehan war sehr stolz bei dem Gedanken, daß dieses Werk, dessen Nützlichkeit er zwar noch nicht einsah, aus den Bäumen gemacht worden war, die die Gemeinschaft von Sankt-Gall gefällt und bei deren Zurichtung er selbst mitgeholfen hatte. Es war als solches herrlich und duftete gut, denn all dieses vom Werkzeug des Menschen geschlagene und bearbeitete Holz strömte ein Parfum aus, das Jehan genau kannte und das ihn berauschte – den Duft des *Tannins*.

Auch der Prophet versäumte nicht dort hinzugehen, denn je mehr das Holzskelett Form bekam, um so lebhafter wurde er. Von dem Geruch der Suppe angelockt, die man den Compagnons servierte, kam er unter dem Vorwand, seinen Schüler unterrichten zu wollen, um sich zu stärken. Man gab ihm einen Eßnapf voll, den er gierig wie ein magerer Hund ausschlürfte, dann ließ er sich einen Nachschlag geben, dem er prompt das gleiche Schicksal bereitete, und gleich danach begann er zu schwatzen, während sich die Nacht herniedersenkte. An einem Abend sagte er mit triumphierender Miene:

„Ah, es ist gut, daß Bernhard meine Ratschläge berücksichtigt hat!“ Und als Jehan ihn lachend mit Fragen bombardierte, um ihm weitere Erklärungen zu entlocken, sagte er:

„Er wird die Apsis seines Tempels befreien!“

„Und warum?“

„Um sie der aufgehenden Sonne, dem Licht zu öffnen, statt sie, wie bei den alten Heiligtümern, die nach der Sonnenseite hin fensterlos wie ein Backofen sind, auszuschließen. Er, Bernhard, hat verstanden, daß seine Kirche wirklich eine Sonnenpforte, eine Pforte des Lichtes werden soll." Die Compagnons und die ‚Hunde' hatten sich unauffällig genähert und schwiegen, um besser zuhören zu können. An einem anderen Abend hatte er den ‚Drei-Schnitt'-Riß ‚der gedrückten Spitzbogen' bemerkt und gesagt:

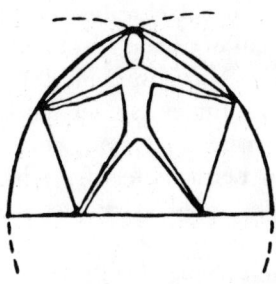

„Endlich kann sich der Mensch unter dem Gewölbe aufrichten!" Und er hatte mit dem scharzen Dorn, den er als Zahnstocher benutzte, auf der festgestampften Erde des Reißbodens eine einfache Zeichnung gemacht. Sie zeigte einen Spitzbogen, in welchen er ein gleichseitiges Fünfeck einzeichnete. Und in dieses Pentagon zeichnete er ohne weitere Erklärung einen kleinen, aufrechten Mann, der Arme und Beine spreizte. Der Kopf war in den oberen Winkel des Fünfecks eingeschrieben, die Arme befanden sich in den beiden seitlichen Ecken, der eine links, der andere rechts, und die zwei auseinandergestellten Füße standen in den unteren Winkeln. Mit glücklichem Gesicht betrachtete er lange diese Zeichnung und wiederholte voller Begeisterung: „Der aufrechte Mensch! Der aufrechte Mensch!" Dann wendete er sich zu den Zimmerleuten, die natürlich streng getrennt von der Gruppe der Steinhauer ihre Mahlzeit einnahmen und sagte so etwas wie: „Bravo ihr Dendrophoren! Bravo ihr Goaten!"

Jehan verstand diese Worte nicht, obgleich er mit beiden Ohren zuhörte, denn der eine – Dendrophoren – war vom Namen der Druidenschule in Autun abgeleitet, den man später den Zimmerleuten gegeben hatte, weil ihr Zeichen ein Baum war. Das andere – Goaten – war ein Wortspiel mit der keltischen Vokabel goat = Wald und dem griechischen Wort ‚goetiou‘, das man mit ‚Zauberer‘ übersetzen kann, und das wahrscheinlich die Wurzel des Wortes ‚gotisch‘ ist, welches wir heute falsch schreiben und falsch anwenden. Aber ich glaube, daß der Prophet der einzige war, der das wußte, vielleicht mit Ausnahme eines Mönches, der zufälligerweise vorbeikam, mit einem verständnisvollen Funkeln im Blick kurze Zeit innehielt und diesen teuflischen alten Narren verstohlen betrachtete, der wirklich erstaunliche Dinge sagte, und es wohl verdiente, daß der große Abt Bernhard ihn aufsuchte.

Ohne Umschweife hatte der Prophet dann den ernsten und lehrhaften Ton aufgegeben, mit dem er gewöhnlich über diese Dinge sprach, und einfach um einen dritten Napf voll Suppe gebeten. „Die Suppe von unten“, präzisierte er, von dort, wo sich die schweren und darum nahrhaftesten Stücke natürlicherweise angesammelt hatten. Er begann sie geräuschvoll und mit großer Hast herunterzuschlingen, was einen der Gesellen veranlaßte, ihm zuzurufen:

„Mann, verschluck dich nicht! Man wird dir deine Suppe schon nicht wegnehmen!“

Der Prophet schluckte erst seinen Happen herunter und antwortete dann:

„Kamerad! Man sucht keinen Streit mit einem Mann, der beim Essen ist!“ Und dann fügte er noch hinzu: „Besonders wenn dieser Mann den Brand des ersten Kirchenschiffs von Vezelay miterlebt hat.“

„Ist das wahr? Du warst dabei?“ fragte der Steinmetz, der Alberic hieß.

„Am 27. Juli 1120 war ich in der Kirche der heiligen Magdalena ganz hinten im nördlichen Seitenschiff der Basilika, zu Füßen des Pfeilers, dessen Basis eine Schlange ist, die sich in den Schwanz beißt. Hast du je diesen Pfeiler gesehen?"

„Ob ich ihn gesehen habe?" rief der andere und brach in Lachen aus, „ich selbst habe ihn mit meiner Feile und meinem Meißel ausgearbeitet!"

„Wenn ich dich recht verstehe, bist du auch nicht von gestern?" sagte der Prophet.

Der andere warf sich in die Brust und sagte mit lauter Stimme:

„Ich war Lehrling auf dem Bauplatz von Vezelay um 1104, als man die erste Basilika eingeweiht hat!"

Von diesem Moment an war eine normale Unterhaltung nicht mehr möglich, denn die beiden Männer taten so, als ob sie sich wiedererkannt hätten und waren beim ‚Erinnerst–du–dich' und ‚Weißt–du–noch' angekommen.

Jehan wäre es allerdings lieber gewesen, daß man ihm die Anwesenheit der Schlange-die-sich-in-den-Schwanz-beißt an der Basis des ersten Pfeilers im nördlichen Seitenschiff der Basilika der heiligen Magdalena in Vezelay erklärt hätte; denn allmählich machten ihn diese seltsamen Zeichen, mit denen die Compagnons aller Schattierungen die Gebäude anfüllten, die sie überall errichteten, sehr neugierig. Aber versuch doch mal mit zwei Männern ein vernünftiges Wort zu reden, wenn die beiden sich wiedererkannt haben und sich an ihre goldene Jugend erinnern!

Er hätte auch gern gewußt, was der Prophet am Tage des berühmten Brandes, über den man in der Gesellschaft häufig sprach, in der Basilika gemacht hatte. Aber sein Wissensdurst wurde nicht gestillt.

Mittlerweile hatte es angefangen zu schneien. Es war der letzte Schnee, der ‚Kuckucksschnee', wie man ihn nannte, zart wie die Blütenblätter des Mandelbaums. Die Männer, die seit Ostersamstag draußen aßen, hielten es nicht einmal für nötig, die Kapuzen über den Kopf zu ziehen. Sie erhoben sich alle auf einmal und machten sich wieder an die Arbeit, während die Mönche stehend mit wolkenan erhobenen Köpfen das Dankgebet sangen und sich dann wieder der Urbarmachung des Tales der Arvault widmeten.

Die Maurer und Steinhauer begannen gleich nach Ostern, das in diesem Jahr frühzeitig war, mit der Arbeit. Sie hatten noch Verstärkung von der Baustelle Sankt-Andoche in Saulieu bekommen. Es waren ungefähr zwanzig Kerle, die den überlegenen Eindruck machten, als ob sie alles wüßten. Man sagte, daß es unter ihnen keinen gäbe, der nicht mindestens drei Kapitelle ausgearbeitet hätte. Jeder kannte sie genau, nur sie selbst sprachen nie darüber.

Mit abschätziger Miene hatten sie die Entwürfe auf dem Reißboden betrachtet. Für sie war das geringe Arbeit. Cluny war ihr Meisterwerk, und sie hatten Saulieu ‚gemacht‘, das, wie jeder weiß, einen Höhepunkt der Steinmetzkunst darstellt. So behaupteten sie wenigstens.

Die Kirche jedoch, die man ihnen hier anbot, war im Gegensatz dazu einfach und schmucklos.

„Und ich wette, daß die Kapitelle nackt wie Krugärsche sein sollen!" rief einer von ihnen verächtlich.

„Ein Sauerampferblatt an jeder Ecke des Abakus und fertig!" sagte ein anderer.

„Ein Sauerampferblatt!" spottete ein dritter. „Machst du Witze? Bei den weißen Mönchen ist ein Sauerampferblatt schon Ausschweifung!" Alle lachten: „Unnötig hier die feinen Werkzeuge auszupacken! Fäustel und Meißel genügen!" hieß es von allen Seiten.

Um diese Unterhaltung besser zu verstehen, muß man wissen, daß der „Abakus" eines Kapitells die viereckige Deckplatte ist, die das Kapitell krönt. Was das ‚Sauerampferblatt‘ angeht, so bezeichneten sie damit das sehr einfache Blatt, das man an den zisterziensischen Säulenkapitellen findet und das den Übergang vom runden Schaft der Säule zu der quadratischen Form der Deckplatte ermöglicht und das die komplizierten Menschen einer späteren Zeit der

Verirrungen ‚Lotusblatt' genannt haben. Man weiß allerdings nicht warum, denn in unserem Burgund hat es nie Lotuspflanzen gegeben, soweit ich weiß, nicht mal in den Sümpfen von Citeaux. Die burgundischen Steinmetze haben dieses Motiv immer ‚Sauerampferblatt' genannt. Und warum auch nicht? Ein junges Sauerampferblatt ist sehr schön, wenn es sich im Morgentau bei den ersten Sonnenstrahlen entfaltet.

Die Mönche hörten sich schweigend, mit undurchdringlichem Lächeln diese Baustellenscherze an und gingen mit feierlichen Schritten weiter.

Bei allen Bruderschaften, und besonders bei den ‚Kindern des Meisters Jakob', hatte Citeaux einen schlechten Ruf – und wahrlich zu Recht. Der Abt Bernhard hatte etwas geschaffen, was die bösen Zungen ‚den Geist der engen Pforte' nannten. Nach der ornamentalen Ausschweifung von Cluny wollte er nicht nur zu baulicher Schlichtheit zurückkehren, sondern auch zu einer tugendhafteren Gesellschaft. In Anlehnung an die Worte des heiligen Matthäus im 6. Kapitel, Vers 7 und 8: „Und wenn ihr betet, sollt ihr nicht viel plappern wie die Heiden. Denn sie meinen, sie werden erhört, wenn sie viel Worte machen", hatte Abt Bernhard etwa gesagt: „Wenn ihr die Steine beten laßt, so quält sie nicht mit dem Stichel, indem ihr nutzlose Ornamente anbringt wie die Heiden. Sie beten kraft ihrer Materie, sie beten mit ihrer Gestalt, sie beten durch ihr Gewicht, sie beten mit ihrer Ausrichtung, und eure eitlen Bilder können dem nichts hinzufügen – im Gegenteil!"

Natürlich waren die wahren Bildhauer damit nicht einverstanden, für sie kam das einer Verhöhnung der großen Meister von Autun und Cluny gleich. Aber Bernhard war von anderer Art, und sein Erfolg beruhte gerade auf diesem großen Verlangen nach Reinheit und Strenge. Wenn ihm so viele Menschen, und besonders die Jugend, folgten, das weiße Habit anzogen und sich den Kopf rasierten, so taten sie das als Reaktion auf die Ausschweifungen des Jahrhunderts, um zu dem einfachen, harten Leben zurückzukehren, das er predigte.

Wie dem auch sei, die ‚Kinder des Meister Jakob‘ machten sich trotzdem tüchtig an die Arbeit, bevor sie nach Issoire, Brioude, Le Puy, Conques und wenn möglich nach Compostela weiterzogen, so daß die Mauern schnell wuchsen, wobei die Handwerkerlieder mit den Psalmen der Mönche abwechselten. Wenn auch die Compagnons die bewußte Ablehnung der symbolischen Elemente bedauerten, mit denen sie sonst gewisse Teile ihrer Bauten zu überhäufen liebten, so freute es sie doch, hier einen freien, reinen, klingenden Stein zu finden, von feinem Korn und schöner Farbe. Andererseits wurde auch gerade deshalb ihr Zorn erregt. Was? So ein schönes Material! So gut zu bearbeiten, so willig, so bereit, ihre Geschicklichkeit zur Geltung zu bringen und ihre Kenntnis der keltischen Symbole zu offenbaren. Statt dessen mußte man hier nur bescheiden einen nackten Stein auf den anderen setzen! Das war ein Skandal und führte zu langen Diskussionen beim Abendessen am Feuer. Wenn der Prophet hinzukam, ging es erst recht hoch her. Der alte Narr konnte sich bis zur Weißglut aufregen und endete immer mit einem Bravourstückchen. Eines Abends, als sie ihn zum Äußersten getrieben hatten, kam er wieder auf sein Lieblingsthema:

„Im Ganzen ist euer Abt Bernhard auf dem richtigen Wege, nämlich dem der Druiden, die auch meinten, daß die Bildwerke überflüssig seien, daß man die Götter nicht darstellen sollte, wegen der Leichtigkeit, mit der die Dummköpfe die Materie, die ein Symbol des Geistes ist, für den Geist selbst halten könnten.“

Eines Morgens war Jehan le Tonnerre gerade dabei, mit dem Breitbeil eine Stütze abzuvieren, als er Reine, die Reine der Gemeinschaft ankommen sah. Sie sprang den Pfad der Ziegen ebenso behende wie diese herunter. Er schabte weiter mit seinem Werkzeug hin und her, aber da er sie dabei anschaute, riskierte er, sich in den rechten Knöchel zu hauen, der besonders in Gefahr war, weil das Eisen zwischen ihm und dem Holz entlanggeführt wurde.

Das Mädchen schien ihm die Schönste von allen zu sein, und obgleich sie noch weit entfernt war, meinte er schon diesen Duft zu spüren, der ihn in den Nächten heimsuchte, und in seiner Brust spürte er den harten Schlag einer Glocke.

Reine nahm an, daß die klösterlichen Breimahlzeiten aus Rüben und Hafer nicht geeignet waren, ihm die nötige Spannkraft zu geben. Sie kam daher heimlich, wie sie sagte, um ihm Weißkäse, Speck und Honig zur Stärkung zu bringen. Leider war sie in ihrer lebhaften Art so übermütig herumgesprungen, daß der Honig ausgelaufen war und nun mit Speck und Käse in ihrem Bündel eine zähe Marmelade bildete. Allerdings war das nicht weiter schlimm, denn Jehan war in dem Alter, wo der Magen alles verdaut, egal in welchem Zustand und in welcher Reihenfolge.

Er ließ das Breitbeil fallen, sprang von dem Kantholz herunter und führte Reine zu den Bauhütten, wo er sein Strohlager hatte. Sie hatte ihn umfaßt und stellte sich auf die Zehenspitzen, um seinen Hals zu küssen, und war ganz erstaunt, als sie bemerkte, daß sie jetzt Mühe hatte, seine Lippen zu erreichen.

„Du bist so groß geworden, daß man es kaum glauben kann", sagte sie bewundernd und stellte freudig fest, daß er nun wie ein Mann aussah, wodurch ihr Altersunterschied verwischt wurde.

„Das kommt von der Arbeit auf dem Bauplatz", sagte er bescheiden, „die Zimmerei macht stark."

Sie betastete seine Arme und seine Brust und fügte hinzu: „Du bist auch kräftiger geworden!" Dann rieb sie ihre Stirn an Kinn des Jungen und stellte schließlich fest: „Und du piekst!"

Während sie so herumschäkerte, sah man die Sänfte herankommen, die Jehan so gut kannte. Hinter den wegen der kühlen Luft zugezogenen Vorhängen sah Jehan das bleiche Gesicht von Abt Bernhard. Er kam auf den Bergpfaden in Begleitung von einem Dutzend Mönchen aus Citeaux herüber. Jehan sagte zu Reine:

„Versteck dich schnell, da kommt der Chef!"

Er trat einen Schritt vor, um das Mädchen hinter seinem Rücken zu verbergen, aber sie lugte über seine Schulter, um diesen rothaarigen Mann zu sehen, von dem alle Welt sprach. Der Zug kam dicht an ihnen vorbei und hielt dann in einiger Entfernung an. Eine magere Hand wurde im Vorhangschlitz sichtbar, die ein Zeichen machte. Ein junger Mönch eilte heran, beugte sich ins Innere der Sänfte, dann ging er auf die beiden Jugendlichen zu:

„Frauen dürfen nicht in den Klosterbereich!" sagte er trocken.

„Das ist meine Schwester, die mir was zum Essen gebracht hat", antwortete Jehan.

„Frauen dürfen nicht in den Klosterbereich kommen!" wiederholte der Mönch und ging weg.

Das Mädchen war schon weit. Sie lief wie eine Verrückte in der Radspur eines Wagens, der mit einer Steinladung herabkam. Dann verschwand sie.

Jehan hatte Knie wie Watte. Er folgte der Sänfte, die im Schritt der Pferde zum Bauplatz hinüberschaukelte. Sie verhielt, als sie die ersten Gerüste erreichte. Der Vorhang teilte sich, und Abt Bernhard stieg aus. Mit zwei Schritten stand er neben einem Gesellen, der beim Ausloten war. Der Abt beugte sich über das Mauerwerk und zeigte auf einen Stein an der Basis der Sockelmauer. Man hörte seine Stimme, die zugleich sanft und doch sehr bestimmt klang: „Es ist normal und heilsam, daß ihr euch in euer Werk selbst einbringt, aber graviert euer Zeichen auf die Seite des Steins, die im Mauerwerk verschwindet, so daß es nicht sichtbar ist."

„Ich kann es wegschlagen, wenn Ihr wollt", sagte der Geselle.

„Nein, das ist unnötig. Es ist gut, daß euer Eichenblatt ein Teil des Bauwerks wird, aber unter der Bedingung, daß man es nicht sieht." Und dann fügte er noch milde hinzu:

„In Vezelay haben es eure Compagnons zu auffällig rund um das Triforium in Augenhöhe eingraviert. Ich möchte, daß solche Eitelkeiten hier an diesem Kultort, der ausschließlich dem Gebet dienen soll, nicht vorkommen. Denn der Tempel, den ihr hier errichtet, ist ein Instrument der Erneuerung und nicht des Verderbens."

Er wendete sich zum Gehen mit den Mönchen an seinen Fersen, aber dann kehrte er noch einmal um und ging zu der Gruppe der Compagnons und Laienbrüder, die sich gebildet hatte: „Ihr baut die Pforte des Himmels!" sagte er ernst. Darauf ging er, ohne noch einmal in die Sänfte zu steigen, auf die Baracken der Mönche zu.

Als der Zug verschwunden war, kam Jehan zurück, um dieses Eichenblatt zu sehen. Er sah es wirklich, eingegraben in das Fleisch des Steines, der ganz bescheiden seine Aufgabe im Mauerwerk des Sockels erfüllte. Da lief ihm ein Schauer den Rücken vom Nacken bis zum Steißbein herunter, und in seiner Seele wurde es so hell, als ob sich ein großes Tor vor ihm weit geöffnet hätte.

Zur Zeit der Abendsuppe tauchte der Prophet wieder auf. Er kam von einer Betteltour durch die Dörfer des Tales zurück, bei der er die Barmherzigkeit der Leute zum Heil ihrer Seele angeregt hatte. Auf dem Bauplatz, wo jetzt schon sein eigener Eßnapf und Becher für ihn reserviert war, lud er sich selbst mit den freundlichen Worten ein: „Wo es für hundert reicht, langt es auch für hundertundeinen." Er setzte sich als letzter in die Reihe und schlabberte wie ein Ferkel am Trog. Jehan erzählte ihm die Sache mit dem Mädchen und dem Eichenblatt. Beim Zuhören frohlockte der Prophet, ohne jedoch dabei auch nur einen Bissen zu verlieren.

„Gut so", sagte er, während er weiterfraß, „gut! Gut!" Dann, als er den Löffel hinlegte:

„Ich habe es immer gesagt, dieser Bernhard ist ein Lougarou!"* Jehan war sprachlos vor Überraschung.

„Ja, er ist der wiedergeborene Gott Lug", fügte der andere hinzu.

„Der Gott Lug?"

„Ja, derjenige, nach dem die Hauptstadt des Primas von Gallien ‚Lugdunum' benannt worden war. Lug, unser Gott mit der langen Hand, derjenige, der als Vorbild für den Christus im Tympanon von Vezelay gedient hat."

„Na gut, noch eine andere Geschichte!" seufzte Jehan, dem es jedesmal schwindlig wurde, wenn der Prophet anfing zu spinnen.

„Nur Geduld! Geduld! Diese Geschichte erzähle ich dir zu passender Zeit", sagte der Alte.

Während der Prophet versuchte, sich noch einmal seinen Napf mit den Resten füllen zu lassen, zermarterte sich Jehan sein Hirn, indem er wiederholte: „Der Gott Lug? Das Tympanon von Vezelay? Die lange Hand? Die Schlange-die-sich-in-den-Schwanz-beißt? Was soll das alles?" Dann, als der Prophet grunzend zurückkam:

„... und die Frauen, Prophet? Reine hat hier nichts Böses getan, sie hat mir nur Speck und Weißkäse gebracht. Warum hat man sie verjagt?"

Der Prophet drehte sich lebhaft um:

„Die Frau? Warum hier keine Frau sein darf?" Er kratzte sich die Nase und wackelte mit dem Kopf. „Auch die Druiden hatten keine Frauen. Es gab zwar Druidinnen, aber in getrennten Klöstern. Du – glaub ja nicht... Sie waren Jungfrauen, vollkommene und wahrhaftige Jungfrauen!"

„Hast du dich davon überzeugt?"

„Sie legten das Gelübde der bedingungslosen Keuschheit ab."

---

* ‚Lougarou' ist eigentlich mit ‚Werwolf' zu übersetzen. Da das in diesem Kontext aber keinen Sinn ergibt, habe ich die französische Vokabel beibehalten. (Anm. d. Übers.)

„Ebenso wie die Nonnen, soweit man weiß?"

„Zweifellos wie die Nonnen, aber die Nonnen, die ihr Gelübde brechen, werden nicht mit dem Tode bestraft, glaub' ich."

„Und die Druidinnen wurden?"

„Ja, mein Junge, sie wurden!"

Worauf er murmelte: „Zu diesem Preis gäbe es wohl nicht viel Frauen in unseren Nonnenklöstern, wie?"

„Still, du Lästermaul!"

Plötzlich änderte der Alte Gesicht und Stimme. Ein bestimmter Gedanke ging ihm durch den Kopf. Er nahm sich Zeit, ihn reifen zu lassen und tat dann ernst sein Orakel kund:

„Die Frau? Der berufene Mann muß sie meiden, wenn er seine Aufgabe erfüllen will. Wenn er das nicht kann, soll er zum Weib zurückkehren. Er soll sie befruchten und fünftausendsechshundertdreiundzwanzigmal wieder befruchten, wenn er das schafft, damit sie beide die Welt bevölkern; aber dann muß er auf seine hohe Mission verzichten, die nur der jungfräuliche, oder besser, der frauenlose Mann erfüllen kann. Er muß seine große Aufgabe andern überlassen, die der Priesterkaste angehören."

„Der jungfräuliche Mann?" grinste Jehan, „so jungfräulich wie du, der vor den Mädchen der Gemeinschaft die Hosen herunterläßt und auch vor andern?"

Nun geschah etwas, was Jehan sich niemals vorgestellt hätte: Der Prophet fing an zu schluchzen. Er zog seine langen, schmutzigen Haare vor das Gesicht.

„Oh! Drücke mich nicht in den Staub, mein kleiner Bruder! Oh! Auch ich war berufen, aber die Frau hat mich verführt! Niemals kann ich mich genug kasteien, um das zu sühnen! Darum habe ich mein Land verlassen! Darum bin ich in die Wildnis gegangen und habe mich gezwungen, am Grund dieser Höhle in Kälte und Ungeziefer zu verfaulen. Ich wählte sie extra, weil sie nach Norden gewandt ist, damit niemals die Sonne hineinschaut, die Sonne, derer ich nicht würdig bin! Ich bin gewandert und gewandert, bis ich in diese Täler und Berge gelangte. Ich wußte, daß ich mein Ziel erreicht hatte, als ich sah, daß hier die Wasser in drei Richtungen flossen. Ja, ich habe mir gesagt: ‚Hier ist die Wasserscheide! Hier kann ich mich erneuern. An der Quelle von Peutte–Combe, wo ich mich laben und in die ich hineintauchen kann, finde ich…‘"

„Wirklich? Du tauchst ins Wasser? Du? Es kann also passieren, daß du dich wäschst?"

„Ich wasche mich nicht, du blöder Kerl! Die Römer, die haben sich gewaschen. WIR dagegen, wir tauchen ins Wasser, um uns zu reinigen. Das ist nicht das Gleiche. Für sie war das Wasser nur Materie. Für uns ist es ein Element des großen Werkes."

„Schon wieder die Römer! Was haben die armen Römer damit zu tun?"

„Die Verfolger! Die Rohlinge! Die Barbaren! Sie, die dein Vaterland zerstört haben!"

„Es ist immerhin schon tausend Jahre her, daß das geschehen ist." Der Prophet wurde immer hitziger, während Jehan ihn mit einem kleinen Lächeln in den Mundwinkeln ansah. Der Alte schimpfte immer weiter auf diese Teufel von Römern, die, wie er sagte, die Druiden massakriert und die Hüterinnen des Feuers…

Man mußte es gehört haben, wie er das ‚römische Lumpenpack‘ heraufbeschwor, das sich mit Feuer und Schwert auf dieses Land stürzte, nachdem Cäsar und die andern alle tapferen Männer getötet hatten. „Er hat dies die ‚Befriedung Galliens‘ genannt, und um sich von der Schuld zu befreien, sah er sich genötigt, ein Buch voller Lügen zu schreiben. Man spricht von ‚Befriedung eines Landes‘, wenn man alle vernichtet hat, die denken können! Ha! Ha!"

Er endete mit einem schönen Satz, in dem er bewies, daß die Römer historisch, nationalistisch, praktisch, politisch und juristisch dachten, während die Denkweise der teueren Kelten phantastisch, kosmisch, philosophisch, moralisch und mystisch war. Woraus sich die immense Überlegenheit der zweiten über die ersten folgern ließ, und er fügte hinzu:

„Die Römer? Diese armen Leute, die es nötig hatten zu schreiben, um sich auszudrücken!"

Ich berichte dies, so gut ich kann in der klaren Sprache von heute, der Prophet dagegen benutzte alte Ausdrücke, die jetzt vollkommen in Vergessenheit geraten sind, und er gab sich keine Mühe, sich verständlich zu machen. Auch Jehan hatte den Faden verloren. So kehrte er zu den einfachen Dingen zurück.

„Aber wenn du so versteckt lebst, Prophet, was wird dann aus all deinem Wissen? Wenn du es im Dunkel einschließt, wird es schimmeln und kropfig werden, wie du selbst, und es wird nichts und niemand etwas nützen."

Die Tränen des Propheten hörten ebenso plötzlich auf zu fließen, wie sie gekommen waren. Er lächelte und rollte mit den Augen:

„Irrtum, mein Sohn, mein Wissen dient! Ich gebe es weiter, es wird nicht sterben. Im Gegenteil! In Wirklichkeit, in Wirklichkeit sage ich dir, werden unzählige Tempel nach meinen Angaben gebaut, in denen die Welt ihre Erneuerung finden wird... Wie zur Zeit der großen Steinsetzungen! Es werden bald überall mehr und mehr vollkommene Bauten an Stelle der Dolmen entstehen."

Dann flüsterte er Jehan ins Ohr: „Mein Wissen? Es dient Bernhard! Aber sage es niemand! Bernhard konsultiert mich im Geheimen, und er folgt meinem Rat. Er hört mich an und sagt zu mir: ‚Dir ist es zu danken, Prophet, daß die Weisheit der Druiden unser Christentum belebt, indem sie es mit ihrem kosmischen Sinn durchdringt'."

Jehan ließ den guten Mann weiter reden, weil nun nichts mehr aus ihm herauszubekommen war. Man mußte ihn seiner Faselei und seinen obskuren Erregungen überlassen. Jehan sagte beim Weggehen:

„Du hast mal wieder den Wein Noahs getrunken! Das nennst du dann ‚Selbstabtötung'!"

Als Jehan den Holzweg entlang ging, wo die Wagen seit Sonnenuntergang nicht mehr fuhren, fand er sich unversehens vor dem Schiff wieder; diesem Skelett eines unvollkommenen, umgekehrten Bootes, dessen Kiel nun 10 Meter über dem Boden im letzten Abendlicht lag. Ein Geheimnis auf seinem Wege.

Warum dieses wunderbare Gerüst? Warum diese sorgfältig behauenen Steine? Warum dieser Bauplan, den man nach dem morgendlichen Schatten der Säule berechnet hatte? Warum die Wahl des Standortes über der heilenden Quelle, die einst Belisama geweiht war? Warum arbeiteten die Bauleute mit so verbissenem Eifer an diesem Wunderding und hatten nichts dagegen, in Dreck und Kälte zu schlafen, anstatt zuerst dafür zu sorgen, daß sie selbst gut untergebracht waren?

Als er sich endlich sehr spät in der Nacht aufs Stroh rollte, versuchte er vergeblich, sich diese Fragen zu beantworten, aber er beschloß so lange auf dem Bauplatz zu bleiben, bis er alles wußte und begriff, daß er hier an einer großen Sache beteiligt war, die er zwar nicht verstand, von der er aber vollkommen besessen war.

Aber kaum war er richtig eingekuschelt, als ihn ein Duft beunruhigte und am Schlafen hinderte. Dieser Geruch kam von dem Leinentuch, in das Reine ihre Geschenke gewikkelt und das er in sein Bündel am Kopfende des Bettes eingerollt hatte.

Dieses Leinentuch roch nach Reine. Und mit dem Duft kam ihm die Erinnerung an das Mädchen. Die Erinnerung an ihre Berührung. An ihre Mädchenhaut, die ihm die Wange und den Hals gestreichelt hatte. An diese Hand. An diesen feuchten Mund mit dem Atem einer geöffneten Blüte. An diese Haare, in die er vor drei Monaten, als sie ihm den Überwurf gab, hineingebissen hatte.

Die Erinnerung war so deutlich, daß er glaubte, sie wäre wirklich bei ihm eingerollt im gleichen Stroh. Sie umschloß seine Beine mit den ihren. Ihr Bauch berührte den seinen, dargeboten wie eine Opfergabe, die er zurückwies, ohne zu wissen warum.

Er drehte sich auf die andere Seite, aber sie rollte sich mit ihm herum, und er fand sie wieder, als ob sie an ihm festklebte, wobei sie fordernder und williger zugleich wurde. Er warf sich erneut herum, aber sie kam ihm zuvor, und diesmal preßte sie ihn so fest zwischen ihre Schenkel, daß er kaum noch atmen konnte. Sie schnaufte dabei wie eine Kuh, die kalbt. Er spürte, wie ihn sein eigenes Feuer verzehrte.

Er stand auf, draußen fiel der Morgentau. Er rannte wie ein gehetzter Hase über den Bauplatz, bis er sich am Ufer der Arvault befand. Aber das Mädchen verfolgte ihn. Sie war so nahe, daß er die Glut ihres Fleisches spürte. Da hörte er das Plätschern des Wassers, das unter dem kleinen Wehr hervorquoll, welches man zum Baden der Pferde an einer Umleitung der Arvault gebaut hatte. Er suchte sich die tiefste Stelle und warf sich ins eiskalte Wasser, in dem er einige Augenblicke herumplantschte, dann durch den Schlamm watete und zitternd in seinen nassen Sachen zu den Hütten zurückkehrte, wo die Gesellen im Chor schnarchten.

In diesem Moment läutete die Glocke zum Morgengebet. Er traf die Mönche, mager und gegerbt wie saure Heringe, die sich Gebete murmelnd, paarweise zum Bauplatz begaben, wo sie nun ihre Messen am Ort des späteren Chores unter dem Baugerüst sangen, dort, wo sich die zwei Ströme vom Himmel und aus der Erde trafen, wie der Prophet versichert hatte.

Die Mönche konnten nicht umhin, ihn zu bemerken. Mehrere zeigten ihre Überraschung, als sie ihn so tropfnaß sahen. Einer von ihnen, der als letzter alleine ging, lächelte ihm freundlich und verständnisvoll zu. Dann aber beeilten sie sich, wieder diese Art von Ekstase zu erreichen, die ihnen den etwas einfältigen Ausdruck der Erwählten vom Tympanon in Vezelay verlieh.

Als Jehan, dessen Phantasien sich verflüchtigt hatten,

nun zum Trocknen in den Wärmeraum ging, wo noch die Wäsche vom letzten gemeinsamen Waschtag hing, erinenrte er sich wieder an das Gesicht des Mönches, der ihm zugelächelt hatte. Es durchfuhr ihn wie ein Schlag: „Bei Gott! Das war ja Abt Bernhard!" dachte er laut.

Unter dem feinen Regen, der langsam nachließ, stimmten die Mönche die Psalmen des Morgengebets an. Mehrere Gesellen, die vom Gesang erwacht waren, erhoben sich vom Lager, der Prophet befand sich neben Jehan. Er hatte wahrscheinlich die Nacht in der Krippe bei den Kühen verbracht, denn überall hingen Grashalme an ihm. Alle waren still und lauschten. Im Dämmerlicht des frühen Morgens intonierte die Stimme des Vorsängers, klar wie das Wasser der heiligen Quelle, die erste Strophe der Hymne:

„Ad regias dapes – Es sitzen beim königlichen Festmahl,

Stoles amicti candidis – mit weißen Kleidern geschmückt..."

Alle Stimmen waren so fließend, so losgelöst, so himmlisch, daß sie in eins verschmolzen. Ja, man hätte schwören können, daß nur ein einziger Mann das musikalische Thema variierte, leicht wie der schwache Schimmer, der sich im Osten erhob. Der äolische Rhythmus schwang sich auf wie ein Schrei über fünf kurzen Neumen, die in Sprüngen bis in den Himmel zu steigen schienen, um dann in den drei letzten tieferen Tönen, die sich mit dem Murmeln des Flusses vereinigten, auszuklingen.

Als der Vers: „Sparsum cruorem postibus..." anhob – das Zeichen des Blutes an den Türen ließ das Schwert des Engels zurückweichen – gab der Vorsänger mit der Hand ein Zeichen für die Verlangsamung des Tempos und die Dämpfung der Stimmen; nun hielten sogar die jungen Blätter der Erlen still.

Jehan wagte kaum zu atmen. Aber der Prophet raunte ihm ins Ohr:

„Das erinnert mich an den Wechselgesang, den man in

meiner Jugend in Tréhorhentic im Wald von Brocéliande angestimmt hat."

„Zum Teufel mit deiner Jugend! Hör lieber zu!" schimpfte Jehan.

„Ich wollte nur sagen, daß sie uns kopiert haben", meinte der Prophet zaghaft.

„Ja, man weiß es schon! Ihr andern, ihr Druiden, habt alles erfunden, alles vorausgesehen, alles vorausgesagt! Aber jetzt sei still und hör zu!" Der Prophet lauschte mit albern verzogenem Gesicht, naiv gespitzten Ohren, geschlossenen Augen, wiegendem Kopf und einem kleinen Lächeln auf den Lippen. Während des Wechselgesangs am Ende der Hymne wiederholte er:

„Ja, ja! Das gleicht genau dem, was mir mein Meister, der Eremit von Boqueho beigebracht hat. Es ist zweifellos die gleiche Melodie, aber auch die Worte besagen dasselbe – das gemeinsame Mahl aus dem unerschöpflichen Kessel, bei dem die Gruppe in weißen Gewändern ihre Einheit besiegelt, und das sie befähigt, jene andere Welt zu gewinnen, aus der die Seelen gekommen sind und in die sie zurückkehren –."

Ermüdet von dem Geschwätz des Alten, füllte Jehan le Tonnerre den Ofen der Wärmekammer auf, bis dieser zu glühen begann. Während er in die Flammen blickte, fühlte er, wie der Schlaf ihn übermannte. Wohlig ließ er sich von der schwingenden Bewegung des Gesanges einlullen. Er merkte nicht einmal, daß das Gebet beendet war, die Mönche in einer langen Reihe Hacken und Pickel aufgenommen und mit den Rodungsarbeiten begonnen hatten. In der Zeit zwischen der Matutin und der Messe sangen sie die Laudes und nahmen ihr Frühstück ein, das aus einer dicken Bohnensuppe bestand, die in den Bäuchen laute Blähungen verursachte, worüber sie herzlich lachen mußten.

So jäteten sie fröhlich die angeschwemmte, schwarze, weiche Erde, die den Talgrund oberhalb des Bauplatzes füllte. Dort begannen sie mit ihren Anpflanzungen, die später und noch sehr lange, ‚das Gartenfeld' genannt wurden. Je weiter sie dabei am Abhang hinaufkamen, um so röter und kiesiger wurde der Boden. Sie stellten ihre Rodung dort ein, wo sie die weiße Erde erreichten, die nur noch gut genug war, um Kräuter für die Schafe, Haselnußsträucher und Schwarzerlen hervorzubringen. Dort hütete der Bruder Schäfer bereits seine Herde. Noch höher kam man in das Reich der Eichen und Buchen, jener Bäume, die das Symbol der Baubruderschaft von Autun – der Dendrophoren – waren.

Von der Höhe des Baugerüstes beobachtete Jehan dies alles mit klopfendem Herzen. Von den Holzverstrebungen in den Himmel gehoben, konnte er mit einem Blick die bewaldeten Bergrücken sehen, deren steile, von weißen Felsen markierten Hänge sich kreuzten und so aussahen, als ob sie von oben herab in den Fluß tauchten. In der Mitte dieser Wildnis weitete sich die Lichtung am Zusammenfluß der beiden Bergbäche und der zwei Fuhrwege von Tag zu Tag mehr aus. Hier wimmelte es von Mönchen in hochgeschürzten Kutten, von singenden Gesellen, den Brüdern mit dem Gänsefuß und von brüllenden Fuhrleuten, die mit den Peitschen so laut knallten, daß es von den Hängen noch weit zurückschallte. Entlang der Wege hatten Leute ihre Hütten gebaut, die an den Bauarbeiten beteiligt waren. Ja! Er fühlte, daß er hier an einer großen Sache mitwirkte.

„Es war weiß Gott richtig, daß ich die Gemeinschaft verlassen habe!" sagte er zu sich selbst, um sich ein gutes Gewissen zu geben, denn da oben leistete man zweifellos auch nützliche Arbeit, aber hier fühlte man sich von einer inneren Begeisterung getragen, die etwas anderes war als Tapferkeit und Pflichterfüllung. Vor allem aber wehte hier ein besonderer Geist, der ihm tief in die Eingeweide drang und ihn dazu trieb, über sich selbst hinauszuwachsen, dessen genaue Bestimmung ihn aber in Verlegenheit gebracht hätte.

Von seinem hohen Ausguck konnte er auch besser den Fortgang der Maurerarbeit beurteilen. Er sah, wie die Umfassungsmauern zu ihm emporwuchsen. Er sah auch die zehn enormen Pfeiler, angeordnet in zwei Reihen zu je fünf auf jeder Seite, und die vier Säulen, die die Vierung markierten, deren Aufgabe er noch nicht zu bestimmen wußte. Er stellte daher viele Fragen, auf die ihm nach und nach die Kollegen, aber vor allem auch die Dinge selbst antworteten.

Einige Zeit später, am Tag vor Mariä Himmelfahrt, stand der Baumeister hinter Jehan und war dabei, mit dem Zirkel sich kreuzende Linien auf dem Boden anzureißen. Jehan le Tonnerre schaute verstohlen über die Schulter und hörte zu, wie er den Steinmetzen, den ‚Kindern des Meister Jakob‘, seine Anweisungen gab. Plötzlich wendete sich der Meister an Jehan:

„Los Kleiner, laß mal dein Stemmeisen fallen und hilf mir das Seil spannen!" Das Seil war dieses magische Maß, mit dem man den Raum in drei, vier, fünf, sechs oder sieben teilen konnte, vorausgesetzt man wußte, wie man die zwölf Abschnitte richtig verteilte. Bisher hatte es Jehan le Tonnerre nie gewagt, dieses magische Seil zu berühren. Er hatte sich damit begnügt, es nur von weitem zu betrachten, denn es flößte ihm großen Respekt ein. Dabei benutzten es die Compagnons ständig.

Der Baumeister zeigte seinen Eingeweihten, in welcher Weise er den Zuschnitt der Steine wünschte. Winkel, Richtscheit und Zirkel waren die einzigen Hilfsmittel, mit denen er hier auf dem Boden den Bauriß ausführte, der in realer Größe die Form jedes Steines des Rippengewölbes festlegte. Heute können das wahrscheinlich nur noch die wenigen Geister verstehen, die die Chance hatten, der Diktatur der Mathematik und der verdummenden Bequemlichkeit der Computer zu entgehen.

Die Kinder des Meister Jakob standen überlegend und fragend um ihn herum. Sie äußerten ihre Meinung und griffen dann wieder zu Hammer und Meißel.

Jehan sah sich plötzlich allein dem Baumeister gegenüber, und ganz überrascht von seiner eigenen Kühnheit, wagte er ihm die Frage zu stellen, die ihm nun schon seit fast einem Jahr auf der Zunge brannte:

„Also wird dies doch ein Gebäude aus Stein?"

„Aus was denn sonst?"

„Aus Holz! Ich sehe überall nur Holz, und die Zimmerleute scheinen alles zu bestimmen. Sie sind die Könige des Bauplatzes!"

Der Meister schnitt eine Grimasse: „Aber die Steine, von denen man ganze Wagenladungen aus dem Steinbruch herunterbringt, was glaubst du wohl, wofür die gut sind?" sagte er.

„Genau, das frage ich mich auch, vielleicht um damit einen breiten Weg zu pflastern?"

Der Meister antwortete mit einem kleinen Lachen:

„Nein, du Stift, alles wird aus Stein sein, das ist unvermeidbar. Es wird ein Schiff aus Stein. Von Steinen unter Spannung, mein Junge! Und deshalb haben deine Brüder, die Zimmerleute, ein Schiff aus Holz gebaut, um die Konstruktion des Gewölbes zu ermöglichen."

„Des Gewölbes?" „Der Decke aus Stein! Von dieser Höhe ab (er zeigte auf die Stelle, wo sich die Kapitelle befanden) werden sich die Mauern einander nähern, bis sie hoch oben am Scheitelpunkt zusammenstoßen."

„Aber wie kann das halten? Bei unserm Holz ist das klar, es wird verzapft, aber die Steine?"

„Das ist das Hauptproblem, mein Junge, und dafür sind wir hier. Es hält durch das Zusammenspiel von Schwere und Form der Steine. Die beiden Schubkräfte müssen in ein vollkommenes Gleichgewicht gebracht werden. Unsere Aufgabe ist, dies genau zu kalkulieren, daß ist eine sehr alte Wissenschaft."

„Aber warum, zum Teufel, muß man die Sache so kompliziert machen? Warum legt man nicht einfach Querbalken von einer Mauer zur anderen und verbindet sie mit

Sparren, so daß man eine flache Decke wie in unseren Häusern bekommt?"

„Das ist eine wichtige Frage!"

„Vor allem wäre das weniger schwer!" beharrte der Lehrling. „Wenn man nur an die Ackerei denkt, die nötig ist, um alle diese Steine da oben raufzubringen, sie zu bearbeiten und sie dann schräg aneinander zu schichten, damit die Mauern sich im Gleichgewicht treffen. Das ist doch Wahnsinn!"

„Genau", unterbrach ihn der Meister, „es muß sehr schwer sein, wie du sagst." „Warum?" fragte Jehan.

„Man braucht Gewicht. Man braucht zwei Schubkräfte. Der Stein muß gespannt sein wie die Saite einer Laute."

„Aber warum muß es?..."

„Die Lasten, die Kräfte und auch die Form!"

„Die Form?" „Ja, diese gebogene Form des Steingewölbes, die auf den Menschen einwirkt."

Der Meister brach ab, denn er hatte es eilig. „Wir sprechen ein anderes Mal darüber, die Arbeit drängt."

Jehan stellte die gleiche Frage einem Compagnon, der vertrauenswürdig aussah. Dieser zögerte erst und sagte dann lachend: „Frag doch mal deinen Propheten danach. Es müßte schon mit dem Teufel zugehen, wenn der nicht seinen Senf dazugeben könnte."

Offenbar ging die Frage über seinen Horizont. Er wußte, daß ein Gewölbe nötig war, er konnte die Form der Steine errechnen und sie zurechthauen, er kannte die Art und Weise, mit der man sie verbauen mußte, und das war alles. Aber das konnte er gut, gut wie alle Compagnons, die das Eichenblatt als Zeichen trugen, sie, die Kinder des Meister Jakob.

Am Abend, während die Mönche die Vigilie von Mariä Himmelfahrt sangen, fand Jehan den Propheten, der inmitten von einem Dutzend Gesellen saß und sich lauste. Sie lagerten im Gras um einige Krüge herum, die sicher nicht mit dem Wasser der heiligen Quelle gefüllt waren, denn es ging lebhaft zu.

Sie sprachen gerade über Bauten, und der Prophet, der immer zu allem was zu sagen wußte, erzählte, wie er auf der Bußwanderung von seiner Heimat Goello gen Osten andachtsvoll alle heiligen Hügel aufgesucht hatte: den meerumtosten Berg des heiligen Michael und seines Bruders Tom Belen, den von Carolles, der der alte Ker Hoel der Bretonen war, den von Arranches, den von Mortain, den von Domfront, dann die von Chârtres, von Montmartre, von Laon und schließlich den von Vezelay. Was hatte er wohl noch nicht gemacht, gesehen, gefühlt?

Jehan, der von den vielen Andeutungen ganz ungeduldig geworden war, sprang mitten in die Diskussion und stellte überstürzt die brennende Frage:

„Prophet, der du alles und noch mehr weißt, sag mir, warum man ein Gewölbe und keine flache Decke baut? Ich frage Dich!"

Die Männer drehten sich aufgeregt auf ihrem Graslager um, und der Prophet schien seinen Adamsapfel verschlukken zu wollen. Er schnellte hoch wie der Teufel aus dem Weihwasser und schaute Jehan streng an. Dann zeigte er mit ausgestrecktem Arm auf ihn:

„Compagnons, hier seht ihr den Jehan le Tonnerre, der alles wissen will, bevor er alles gelernt hat!"

„Eben! Unterrichte mich doch! Ich stelle die Frage: ,Warum gebt ihr euch solche Mühe, das Haus der Mönche zu überwölben, wo es so viel einfacher wäre, eine Balkendecke zu legen? Es mangelt uns hier doch nicht an Eichen!"

„Weil wir hier kein normales Haus bauen, junger Mann! Hast du nicht gesehen, daß die neue Basilika der heiligen Magdalena von Vezelay mit einem Steingewölbe gedeckt ist? Und Saulieu? Und Autun? Und Chapaize? Und Anzy? Und..." „Ich kenne nichts von alledem. Ich kenne nur Sankt-Gall, das ist alles! Ich bin keiner, der überall herumkommt wie ihr!"

„Darum sei dir Vieles verziehen..."

„Man hat mir gesagt, daß du mir eine Antwort geben könntest. Ich verstehe nicht, warum man sich solche Mühe macht, wenn man die Kirche auch mit einer Holzdecke und einem Dauch auf den Mauern vor Regen schützen könnte."

Der Prophet ließ ein Knurren hören, das er für ein Räuspern ausgab:

„Hört euch das an!" brüllte er. „Der Regen! Als ob es sich hier um Regen handelt! Wirklich um Regen! Mein Junge! Das Gewölbe über den Mauern und Pfeilern ersetzt ganz einfach den Dolmen (er sprach es ,taol-men' aus), den schweren Deckstein unserer Hünengräber, der oben auf die aufgerichteten Steine gelegt wurde... In Wirklichkeit", fuhr der Prophet fort, während er mit der rechten Hand ein Zeichen machte, um das entstehende Gemurmel zu beruhigen, „in Wirklichkeit, sage ich euch, sind diese Basiliken und Kirchen, wie ihr sie nennt, nichts anderes als perfektionierte Dolmen! Mittel um die Erneuerung des Menschen durch..."

Man hörte das Folgende nicht mehr, weil seine Stimme im lauten Lachen der Compagnons unterging, wie eine Kerzenflamme, die ein Gewitterschauer auslöscht. Es nützte nichts, daß er sich erhob, herumhüpfte, die Arme schwenkte und schrie: „Seid still ihr Idioten! Hört mir zu! In Wahrheit, sage ich euch, suchen wir hier..." und er spulte wieder seinen alten Gedankenfaden ab, „... die tellurischen Ströme einzufangen, sie durch das Gewölbe zu verstärken und so zu leiten, daß die Pilger sich darin ,baden' und erneuern können." Das, so sagte er, sei das Geheimnis der Baumeister, und die Anrufung aller Heiligen des Paradieses und der Gottesmutter könnte dem nichts hinzufügen.

Aber niemand hörte ihm mehr zu. Jeder gab seinem Krug einen langen Kuß und wand sich vor Lachen.

In diesem Moment kam ein Zug am Tor der Umfriedung an. Es waren sieben Reiter. Sechs trugen lange weiße Umhänge, die auch die Kruppen der Pferde bedeckten und nicht nur die Schilde und Schwerter, sondern auch die Steigbügel verbargen.

„Die Tempelritter!" flüsterte einer der Gesellen.

Die Gruppe war schmutzbespritzt, denn es hatte bei Sombernon ein Gewitter gegeben, ihr Gruß mit erhobener Hand wirkte streng. Der Mantel des siebenten Ritters war schwarz, aber ebenso lang wie die der anderen.

„Die guten Ritter vom Templerorden!" wiederholten die Compagnons. Sie ritten nun zu den Baracken der Mönche hinüber. Die Pferde waren schwer. Sie wären als Zug- und Arbeitspferde geeignet gewesen, wenn man sie nicht von vornherein zum Reiten abgerichtet und von Kummet und Zugseil befreit hätte. Es waren zuverlässige und gut ge- nährte Reitpferde. Man sah es an der nervösen Art, wie sie die Hufe setzten und an ihren gewölbten Hälsen.

Als sie zur Rechten der Bauhütten angekommen waren, schlugen sie mit einer gleichzeitigen Bewegung die weiten Umhänge zurück, so daß man ihre Ausrüstung sehen konnte: den am Sattelknauf befestigten Helm, das Schwert, das am Kettenhemd klapperte, und den zugespitzten Schild, der den Dolch verdeckte. Auf diesem Schild er- kannte man ein Rad, in das ein Kreuz eingeschrieben war, das man schon damals das ‚Templer-Kreuz' nannte.

Der Prophet sagte, daß es nichts anderes sei als das Rad mit acht Speichen, der achtstrahlige magische Kristall, der Rit- ter der Tafelrunde.

Dieses ganze Geschirr schepperte wie Topfdeckel und kündete schon von weitem das Nahen der Truppe an.

„Es ist nicht erstaunlich, daß sie so starke Pferde brauchen, um das ganze Eisenzeug zu tragen", sagte ein Geselle.

Auf Kommando stiegen alle Tempelritter zugleich ab, sie hatten rasierte Köpfe und struppige Bärte, was bei den andern ein spöttisches Grinsen hervorrief, denn es war dem Geschmack der Zeit genau entgegengesetzt. Bei den Gesellen hörte man leises Kichern, aber als sich der Sergeant, der Mann im schwarzen Mantel, mit strengem Blick umdrehte, senkten alle die Köpfe und nahmen die Arbeit wieder auf.

Es war das erste Mal, daß Jehan die ,armen Ritter Christi' oder die Tempelritter, wie man sie seit kurzer Zeit nannte, sah. Sie hatten mit dem Vater Abt eine Besprechung und nahmen dann an der Complet teil. Sie standen stocksteif, getrennt von den andern in einer Gruppe zusammen und lauschten erstaunt einem Gesang, der, wie es hieß, neu war. Es waren nicht die Worte, die aus Cluny stammten und von denen Jehan nichts verstand, sondern die Melodie, die Bernhard von Clairvaux komponiert hatte, wie sich die Gesellen gegenseitig zuflüsterten. Andere allerdings behaupteten das Gegenteil.

Alles was Jehan feststellen konnte, war, daß ihm diese Melodie zwar in ein Ohr hineinging, aber nicht mehr aus dem anderen herauskam. Sie blieb in ihm, senkte sich an der Wirbelsäule entlang in seinen Körper und erfüllte ihn bis zu den Fingerspitzen. Sie begann mit einem zarten Ruf über vier ausgewählten Noten, die im Lauf der Melodie immer wiederkehrten, um am Ende in drei langen Liebesseufzern auszuklingen.

Jehan konnte sich nicht enthalten zu sagen: „Oh, wenn ich für eine Frau singen würde, so wählte ich diese Melodie!"

Der ,Alte Hund' sah ihn an: „Das Lied ist wirklich für eine Frau geschrieben", sagte er ernst.

„Diese Männer, die auf Frauen verzichten, singen für eine Frau?"

„Sie wenden sich an die Frau vor allen Frauen: Unsere liebe Frau, Jungfrau und Mutter!"

Und der Prophet, der in der Nähe stand, fügte hinzu: „Sie singen für Belisama, die vom Sonnengott ohne Berührung befruchtete Erde. Für Rhyamon, die göttliche Mutter, jungfräuliche Gattin des Königs Bran, die herrlich und frei auf der Insel Avallon lebt, der Insel mit den wunderbaren Äpfeln, wo man das Gefühl für die Zeit verliert. Sie singen von der Hoffnung, ihr dort zu begegnen. Hör was sie sagen: ‚Wir grüßen dich, Königin, unser Leben, unsere Hoffnung, unser Heil!'"

Als die Hymne beendet war, kommentierte der Prophet: „Der Abt Bernhard weiß, was er tut, wenn er die Gallier das Lob der Frau singen läßt. Das geht uns, die wir vor noch nicht so langer Zeit die ‚Jungfrau-die-gebären-wird' verehrten, unter die Haut."

„Du und deine Gallier! Immer wieder deine Gallier!" fiel ihm Jehan ins Wort, um ihn auf einen neuen Gedankengang zu lenken und ihm Zeit zum Luftholen zu geben.

„Aber nicht nur die Gallier, du Dummkopf, auch Vergil (den du allerdings auch nicht kennst)", sagte der Prophet und begann zu deklamieren:

„Ultima cumari venit jam carminis deta
Magnus ab integro saeculorum nascitur ordo!"

„Bitte", unterbrach ihn Jehan, „sag mir das in einer Sprache, die ich verstehe."

Der Alte schloß die Augen und sprach:

„Das letzte Zeitalter der sibyllinischen Weissagung ist angebrochen! Nun beginnt die große Ordnung der Jahrhunderte von Neuem! Schon ist die Jungfrau wiedergekehrt. Schon steigt eine neue Rasse von den Höhen des Himmels herab. Dieses Kind, dessen Geburt das eiserne Zeitalter beschließen und das goldene zurückbringen wird. Die letzten Spuren unserer Schuld, wenn es noch welche gibt, werden für immer ausgelöscht, und die Welten werden von ihrem ewigen Schrecken befreit."

„Rezitierst oder erfindest du?" fragte Jehan le Tonnerre.

„Vergil hat das, lange bevor man von Jesus Christus sprach, geschrieben. Und die Druiden haben es noch vor Vergil gesungen. Rhyamon, die Pryderi gebar, obgleich sie Jungfrau war, das ist eine fixe Idee bei den Menschen."

Der Prophet war noch nicht am Ende. Er zog Jehan am Ärmel und führte ihn mit geheimnisvoller Miene zur Seite. Als sie bei den Bauhütten ankamen, begann er mit geschlossenen Augen zu singen, wobei er wie ein Tänzer mit den Hacken den Takt auf den Boden schlug:

„Apre cialli carti eti-heiont Caticatona, demtis si clotuvia.
Se demti tient. Bi cartaont Dibona Sosio, deei pia!
Sosia pura, sosio govisa, Sueio tient: Sosio pura heiont!
Teu oraiime: chzia atanto te, heizio attanta te
Compriate sosio derti! Noi pommio at eho tis-se potea.
Te priavimo atanta te i onte ziati mezio ziia
Teu! Ape sosio derti, demtis sie uziietiaont padva..."*

Jehan hielt sich die Ohren zu: „Was ist das für ein Kauderwelsch?"

„Kauderwelsch? Du Unglücklicher! Das ist die Sprache deiner Vorfahren, der Gallier! Aber es ist schon ein schlechtes Gallisch, das mit der Schrift herumgehurt hat und leider mit der römischen Schrift und ihrer Phonetik."

„Und was soll es heißen?"

„Ungefähr das Gleiche, was ich dir vorher in Latein vorgesungen habe. Es richtet sich an die Jungfrau Maria." Und

---

* Anm. d. Autors: Dieser Text, den der Prophet auswendig kannte, wurde auf 2 Tontafeln in lateinischen Buchstaben eingeritzt um 1887, also 740 Jahre später, in der Nähe von Poitiers gefunden. Die französische Universität hat sich nicht darum gekümmert. Es war eine deutsche Zeitschrift, die ‚Zeitschrift für keltische Philologie III, S. 308', die ihn veröffentlicht hat.

der Prophet übersetzte, wobei er wieder die Augen schloß, um besser in seinem Kopf lesen zu können:

„Um der Liebe des ewig beständigen Geistes willen, sei, oh Caticatona, eine Welle für Deine Diener. Eine kraftvolle Welle... Wir wenden uns heute zu Dir und beten Dich an. Wir trinken aus Deinem Brunnen, wenden uns zu Dir und bitten Dich mit dieser Opfergabe. Beschütze Deine Diener..."

Mit ein wenig verdrehten Augen bewegte sich der Alte tanzend im Rhythmus der Worte. Dann hielt er inne und sang, diesmal in lateinisch, einige Verse der Hymne, die die Mönche gesungen hatten:

„Ad te clamamus, gementes et flentes... ad te suspiramus... was besagt: Zu Dir rufen wir, zu Dir klagen und seufzen wir...»

„Aber wo hast du gallisch gelernt, Prophet?"

„In Trehorhentic, mein Junge, von meinem Lehrer, der es von seinem Lehrer hatte, der es von seinem Lehrer hatte, wie alle Kuldeer und Bewahrer der alten keltischen Tradition..."

Der Prophet ging mit geschlossenen Augen fort, plötzlich stolperte er über einen großen Stein und schlug der Länge nach hin.

## Die Erkenntnis

Was die Frauen angeht, so sollte bald eine ihren Auftritt im Tal der Arvault haben, und das kam so:

Man konnte jetzt überall von der Sonne verbrannte und vom Regen gegerbte Männer treffen, die behaupteten, aus dem Heiligen Land vom Kreuzzug zu kommen. Waren sie einst mit Fanfaren, Fahnen und Standarten ausgezogen, so kamen sie jetzt eher schweigend zurück. Manche waren rosig, frisch und fett, andere mager, verkommen und narbenbedeckt, je nach der Laune des Glücks. Manche kamen hoch zu Roß mit einem Troß von Bewaffneten und Sänften voll Reiseandenken, andere allein und zu Fuß. Solche waren schon öfter an der Baustelle vorbeigekommen. Sie wurden von den Mönchen aufgenommen und gefeiert wie Heilige oder Helden. Manchmal merkte man erst am nächsten Tag, daß sie verschwunden waren und mit ihnen ein Schaf oder Kleidungsstücke (aber niemals Werkzeuge). Man begriff allmählich, daß so ein Unternehmen wie ein heiliger Kreuzzug alle Arten von Leuten auf die Straßen brachte und daß man diesen Männern viel vergeben mußte, denn sie hatten alles aufgegeben und ihr Leben eingesetzt, um das Grab Christi zu befreien . . . jedenfalls behaupteten sie das.

Am Abend, nachdem sie tüchtig gegessen hatten und bevor sie sich in ihre Decken einrollten, erzählten sie die unglaublichsten Geschichten von schrecklichen Kämpfen, erstaunlichen Begegnungen und wundervollen Städten. Man lauschte ihnen fröstelnd, während die Nacht über die Lagerfeuer niedersank. Ah, wie schön und verlockend war doch das Heilige Land und alle die Länder auf dem Wege dorthin! Das waren nicht die von der Sonne gedörrten Gebiete, die auf dem Weg nach dem schrecklichen Süden gleich hinter Valence anfingen, jene Steinwüsten voller Schlangen. Das waren grünende Paradiesgärten, in denen frische Quellen sprudelten und wo man bei jedem Schritt auf goldhäutige Frauen traf, die in unbekannte Früchte bissen, so daß ihnen der Saft von den vollen Lippen an beiden Mundwinkeln herablief. Das einzige Hindernis für den tapferen Fremden war ihr Gatte, Vater oder Bruder, reizbar und eifersüchtig wie Kakerlaken. Aber es genügte, sie ohne Skrupel zu erschlagen (schließlich waren es Ungläubige), damit sich die Damen den schönen Blonden und den kekken Braunen aus dem Norden in die Arme warfen, denn alle Welt weiß, und wird es immer wissen, daß sie unwiderstehlich sind.

Wenn sich versehentlich die Mönche näherten, um zuzuhören und dabei ihr Seelenheil in Gefahr brachten, kam der Erzähler schnell auf die Heiligen Stätten, das Grab Christi, auf Golgotha und das freie Königreich Jerusalem zu sprechen; und auch auf die guten Geschäfte, die man dort noch machen konnte, obgleich die besten, nach harten Kämpfen eroberten Plätze nun in den Händen der Stärksten und Gerissensten waren.

An einem Abend aber, es war am 16. August, nachdem die sieben Tempelritter gerade Richtung Norden davongeritten waren, um ihre geheimnisvolle Erkundungsfahrt fortzusetzen, traf ein ziemlich merkwürdiger Troß am Bauplatz ein. Es war der Herr vom nahegelegenen Auxois, der gleichfalls aus dem Heiligen Land mit denjenigen von seinen Gefolgsleuten heimkehrte, die Pest, Hunger, Pocken und die sarazenischen Krummsäbel überlebt hatten. Er machte hier zum letzten Mal Halt, bevor er sein Schloß, seine Frau und diejenigen von seinen Kindern wiedersah, die der HERR in seiner großen Güte vor Pest, Cholera, der weißen und der schwarzen Lepra bewahrt hatte.

Er war vor sieben Jahren mit prächtigem Gefolge aufgebrochen und hatte seine Familie und seine Leibeigenen der Gnade von Strolchen überlassen, die sich ein Geschäft daraus machten, den kleinen und großen Wegen zu folgen und der Witwe, wenn nicht den Waisen zu Hilfe zu eilen. Man hatte sich wie alle und jeder mit Ruhm bedeckt, und um eine genaue und unvergängliche Erinnerung zu behalten, brachte man einige außerordentlich kostbare Gegenstände in den Satteltaschen und neue Philosophien im Kopf mit nach Hause. Es gab sogar in einer geschlossenen Sänfte einen Schatz, der so kostbar war, daß zwei bewaffnete Männer ihn bewachen mußten.

Die augenzwinkernde Heimlichtuerei um diese Sänfte machte Jehan le Tonnerre so neugierig, daß er sich bemühte, um sie herumzuschleichen, wobei es ihm so vorkam, als hätten sich die Vorhänge leicht bewegt.

Er tat so, als ob er den Erzählungen lauschte, aber aus den Augenwinkeln beobachtete er weiter diesen Wanderalkoven. Er glaubte sogar einen besonderen Duft wahrzunehmen, der ihn an Reine erinnerte. Schließlich meinte er, eine Hand und den Ansatz eines fleischigen Armes unter dem Vorhang hervorkommen zu sehen. Diese Hand hielt eine Vase, die sie leicht neigte, so daß eine laue Flüssigkeit auslaufen konnte.

Die Nacht war mondlos und sehr dunkel. Jehan glaubte, geträumt zu haben, aber die Düfte konnten seinem Geruchssinn nicht entgehen, der so fein war, daß er ein Wildschwein mit der Nase finden und in der Gemeinschaft manchmal das Trüffelschwein ersetzen konnte. Er hatte nun keinen Zweifel mehr, daß eine Frau unter dem Baldachin eingesperrt war.

Als man alle Feuer gelöscht und jeder sich in sein Stroh verkrochen hatte, blieb Jehan le Tonnerre ausgestreckt auf seinem Beobachtungsposten in der Nähe der Sänfte liegen. Der weibliche Duft raubte ihm den Schlaf. Er kroch sogar auf seinen Ellenbogen noch näher heran und war nun sicher, daß der Schatz, der hier eingeschlossen war, Schenkel und Brüste hatte.

Ein Mann kam in der Nacht herbei. Er trat mit Autorität in die Sänfte ein, während sich die Wächter entfernten. Jehan hatte den edlen Herrn Kreuzritter erkannt. Er hörte zuerst einigen Lärm von drinnen, dann nur noch Seufzer und kleine Schreie. Das gefiel ihm wenig. Er konnte das nicht länger ertragen und kehrte zu seiner Hütte zurück, wo alles schnarchte.

Kurz vor der Morgendämmerung stand er auf, um die Glut anzufachen, den Topf mit Suppe zu wärmen und jedem Gesellen seiner Hütte einen heißen Schöpflöffel voll zu bringen, wie es jeden Morgen beim zweiten Hahnenschrei seine Aufgabe war. Aber heute beeilte er sich mehr als gewöhnlich, schnell schlug er sich draußen in die Büsche, stieg im Geröll hoch und kehrte dann gegen den Wind zu der geheimnisvollen Sänfte zurück. Der Herr kam gerade heraus, zog seinen Überrock zurecht, pißte dann ausgiebig und stöhnend vor Erleichterung in Richtung Sonnenaufgang, dann ging er zu seinem Gefolge hinüber, wo mehrere seiner Pferde an der Kandare zerrten. Man hörte ihn nach seinen Reitknechten rufen, womit er das Signal zum Wekken gab. Kaum war er fort, da öffnete sich der Vorhang der Sänfte und ein nacktes Bein kam hervor, dann das andere und schließlich die ganze Frau. Sie schien sehr verängstigt zu sein. Sie hatte braune Haut, schwarze Augen und Haare. Als sie ihr Hemd auf die Hüften herunterließ, sah man ihre Brüste, die nicht rund waren wie die der einheimischen Mädchen, sondern seltsam länglich geformt wie Birnen und von einer dunkelbraunen Kokarde von der Größe einer halben Hand gekrönt wurden.

Sie warf rasche Blicke nach rechts und links, kehrte in ihr Tabernakel zurück, kam gleich wieder eingehüllt in ein langes Gewand mit Kapuze heraus, sprang in die Büsche und rannte los wie ein aufgeschrecktes Rehlein.

Jehan beeilte sich ihr zu folgen. Er kletterte zwischen dem Geröll hinauf, aber am Waldrand angekommen, blieb er ratlos stehen. Er drang aufs Geratewohl in den Wald ein, aber da er keine Anzeichen fand, mußte er schon nach hundert Schritten den Rückzug antreten. Außerdem läutete es auf dem Bauplatz zur Morgensuppe. So kehrte er um. Es machte ihm Spaß zu wissen, daß sie ausgerückt war, und er drückte ihr die Daumen, daß man sie nicht finden sollte.

Oben von seinem Gerüst aus konnte er sehen, daß im Lager des Kreuzritters wieder Ruhe herrschte. Während er mit dem ,Alten Hund' einen Sparren ausrichtete, beobachtete er mit einem Auge die leere Sänfte, wo eine neue Garde aufgezogen war. Es belustigte ihn, sie so vergeblich auf Posten zu sehen, und er nahm sich vor, so bald er konnte, nach dem Mädchen zu suchen.

Als man zur Messe läutete, hörte man bei den Kreuzrittern ein wütendes Gebrüll. Der Herr hatte die Sänfte leer vorgefunden und brachte nun alles auf die Beine, um die Gegend zu durchstreifen. Die Suche dauerte zwei Tage und blieb erfolglos. Der edle Verteidiger des Grabes Christi fluchte, tobte und brach schließlich, ein kleines, fremdes Wild im großen Wald von Azeraule zurücklassend, mit seiner Truppe auf.

Dieser Gedanke verdrehte Jehan den Kopf: Ein Mädchen, eine Fremde irrte allein durch das Gebirge, ängstlich und hungrig. Ein Mädchen mit ihren Brüsten konnte im wilden Gallien nicht überleben! Er dachte, daß sie ein Versteck in der Nähe einer Quelle gewählt haben könnte, und das brachte ihn sogleich auf eine Idee. Er wußte genau, daß es genügte, seine Suche auf drei oder vier Wasserstellen in der Nähe einer Grotte oder eines Abhanges zu beschränken.

Am Sonntag darauf machte er sich auf die Jagd. Er stieg die Berglehne hinauf und erreichte den Wald in der Nähe des großen Dickichts von Thueyt, wo kleine, steile Überhänge Unterschlupf bieten konnten. Dann stieg er zur Schlucht von Raimbeuf hinunter, wo drei Quellen rieselten. Er fand aber nichts.

Plötzlich fühlte er Hunger und dachte an den Propheten. Er schlug die Richtung der Felswand ein, wo dieser hinter einer Dornenhecke sein Lager hatte. Ein sehr leichter, blauer Rauch von trockenem Holz wies ihm den Weg. Der

Prophet war damit beschäftigt, ungefähr fünfzig Schnek-
ken in der Asche zu grillen. Als er hinter sich Schritte hörte,
ergriff er mit der einen Hand einen Knüppel, und in der
anderen hielt er seine Sichel.

„He was soll das?" rief ihm Jehan zu, „was willst du mit
den Waffen?" Der Alte empfing ihn verlegen.

„Und warum kommst du nicht mehr essen wie sonst immer, sondern brutzelst dir hier für dich alleine dein Futter,
mein Alter?"

„Ich kann diese Kost der Compagnons nicht mehr ver-
tragen – zu viele Rüben und zu viel Speck!"

„Komm doch mal und schau, was für ein Rehchen ich in
meiner Falle gefangen habe", sagte er spitzbübisch lächelnd, wobei er Jehan in die Grotte zog.

Am Ende der Höhle auf einem Haufen von Moos und
trockenem Gras sah er in der Dunkelheit zwei Augen glän-
zen.

„Donnerwetter!" sagte Jehan. „hier ist sie also!"

„Hi, hi, hi, ja! Hast du's gewußt?"

„Ich hätte es mir denken können!"

Dann näherte er sich dem Mädchen. Sie bot einen trauri-
gen Anblick, wie sie sich dort auf dem Heu zusammenge-
krümmt hatte.

„Kein fettes Wild!" sagte Jehan.

„Zum Teufel, seit sechs Tagen ißt sie nur Brombeeren
und grüne Kornellkirschen. In ihrem Bauch rumort es wie
in einem Rattennest. Sie schreit, so weh tut es ihr."

Jehan kam noch näher. Er hatte einmal versucht, eine
zwei Wochen alte Wildkatze in die Hand zu nehmen, genauso wurde er heute empfangen, mit ausgestreckten Krallen und gefletschten Zähnen. Er zog sich sofort wieder zurück.

Der Prophet reichte ihr vorsichtig eine Schale, in der die
vier Beine eines Igels in einer duftenden Soße schwammen,
und sagte:

„Komm iß doch! Aber so iß doch!"

Sie war zurückgewichen, ohne jedoch das Ragout aus den Augen zu verlieren, wobei ihre Nüstern zitterten.

„Komm!" sagte der Prophet, „lassen wir sie nachdenken und sich an den Geruch gewöhnen. Sie hat sicher noch nie an so einer Soße in ihrem Heuschreckenland geschnuppert."

„Ihr Land? Kennst du es?"

„Ich war noch nie dort, aber ich kann es mir vorstellen."

Das Mädchen in seiner Ecke faßte Mut, nahm eine Igelkeule zwischen Daumen, Mittel- und Zeigefinger und führte sie zum Mund.

„Sieh mal! Schau wie sie ißt!"

„Und hast du ihren Busen gesehen? Wie Birnen!" sagte Jehan.

„Das alles zeigt uns, daß der Kreuzritter sie von den Sarazenen mitgebracht hat. Er hat sie dort unten wahrscheinlich gegen ihren Willen gekauft oder geraubt, sonst wäre sie nicht ausgerissen und uns zugelaufen."

„Sie hat dich gerochen, Prophet! Sie hat sich gesagt: ‚Dort werde ich meinen Paladin finden. Er versteckt sich im Wald! Er ist dort! Ich rieche ihn!' Man muß sagen, daß man dein Lager schon von weitem riecht, du altes Wildschwein!"

„Selbst wenn sich der Weise im tiefen Wald versteckt, findet ihn jeder und kommt, um sich an seiner Quelle zu laben, sagte Mabinog, unser großer Meister."*

Das Mädchen hatte aufgegessen. „Was sie für einen Hunger hatte! Armes kleines Pfläumchen", sagte der Prophet.

Jehan ging zu ihr und gab ihr zu verstehen, daß er ‚Jehan' genannt wurde, nun sollte auch sie ihren Namen sagen. Sie hieß ‚Tebsima'.

Und plötzlich begann sie in einer Art Kauderwelsch zu sprechen, daß sie recht und schlecht verstanden. Sie flehte

---

* Mabinóg war ein Barde, der im 11. Jh. die Mythen der Kelten sammelte. (Anm. d. A.)

sie an, nichts zu verraten, es niemand zu sagen, daß sie hier
sei, daß sie weder den Kreuzritter noch seine Gefolgsleute
oder sonst jemand wieder sehen wollte. Daß, wenn der
Kreuzritter sie hier fände, er sie alle töten würde. Sie sagte,
daß sie sich hier im Warmen wohl fühle. Sie kuschelte sich
ins Heu und sagte:

„Hier gut! Sehr gut!"

Sie zog die Knie bis unters Kinn und kratzte sich mit der
Hand ihre bernsteinfarbenen Zehen. Auf ihre Arme und
Fesseln waren sieben schmale Bänder tötowiert, und in der
Mitte der Stirn hatte sie ein blaue Tätowierung, die wie eine
Lilie aussah. Sie aß gierig mehr als dreißig brühheiße
Schnecken.

„Man könnte annehmen, sie hätte das ihr ganzes Leben
lang gemacht!" sagte Jehan, der glaubte, daß Schnecken nur
im Herzogtum Burgund leben konnten. Sie hob den Krug
mit einer graziösen Geste auf ihre Schulter, um einen
Schluck zu trinken, wobei sie mit dem Hals eine Bewegung
machte, die wie ein Zucken der Wollust wirkte. Als sie den
Krug abstellte, sagte Jehan:

„Trink! Trink noch einmal, damit ich dir zuschauen
kann!"

Als sie voll gesättigt war, nahm sie wieder das Benehmen
eines geprügelten Hundes an. Sie hätte draußen etwas gehört, man sollte nachsehen. Das wäre bestimmt der Kreuzritter mit seinen Männern, die sie suchten, um sie zu erwür-
gen, nachdem man sie hundertundzwölfmal vergewaltigt
hätte.

„Nein, nein!" Versicherte der Prophet salbungsvoll.
„Hier hast du nichts zu fürchten! Du bist bei einem Mann
des Friedens und der Liebe!" Sie entspannte sich wieder und
knackte mit ihren Zähnen einer Füchsin frische Haselnüsse.
So aß sie ununterbrochen bis zum Abend, während sie erzählte. Ja, man hatte sie ihrem Vater abgekauft, aber als der
Kreuzritter sie gefaßt hatte, vergaß er zu zahlen. Er hatte sie
in der Sänfte gefesselt und mit Gewalt entführt, ohne mit

dem Geld herauszurücken. Als der Vater forderte, was ihm zukam, hätte ihm einer der Männer sein Schwert in den Bauch gestoßen. Man konnte ihren Reden entnehmen, daß sich das alles während der Belagerung von Nablus abgespielt hatte. Mit vor Entsetzen geweiteten Augen erlebte sie die schrecklichen Szenen von neuem, über die sie mit Gesten und halbverständlichen Worten berichtete. Ihr Stamm war zwischen die siegreich anstürmenden Truppen geraten. In ihrer Begeisterung hatten sie alle Männer erschlagen, während die Frauen für alles herhalten mußten. Sie sprach besonders von dem zügellosen Fußvolk, das, einmal betrunken, mit den Frauen machte, was ihm gerade einfiel, und sie sogar mit Messern von der Scheide bis zum Sternum aufschlitzte.

„Aber die Anführer?" fragte der Prophet, „wo waren denn die Anführer?"

„Führer? Viele, viele Führer!"

Und sie erzählte schreckliche Einzelheiten. Die christlichen Führer bekämpften sich gegenseitig und ihre Gefolgsleute auch. Normannen und Toulouser gingen mit Messern aufeinander los, vertrugen sich dann wieder, um gemeinsam zu plündern, und prügelten sich erneut um die Beute, besonders um die Frauen. Sie sagte, daß es bei den Kreuzrittern blonde und braune Männer gäbe, die sich mehr haßten als Moslems und Christen. Schließlich gab sie ihnen zu verstehen, daß sie Männer gesehen habe, die Leichen fraßen. Aber sie machte so übertriebene Gesten und hatte einen so theatralischen Gesichtsausdruck, daß man ihr kaum glauben konnte.

Jehan le Tonnerre knurrte von Zeit zu Zeit: „Aber nein! Das ist doch nicht möglich!"

Der Alte beruhigte ihn mit einer Handbewegung. „Laß sie! Laß sie ruhig erzählen, man hört ja schöne Sachen!"

Als sie endlich spät am Abend erschöpft und verstört schwieg, sagte er:

„Mich überrascht das überhaupt nicht! Wenn man sieht,

was hier überall geschieht, so kann man sich gut vorstellen, wozu sie dort unten fähig sind!"

„Aber die Ritter? Die Tempelritter und die Johanniter von Jerusalem? Wozu taugen denn die?"

Der Alte machte eine Geste mit der Hand, als ob er etwas über die Schulter werfen wollte: „Bah! Nicht mal die Besten sind viel wert! Und das Grab Christi hat einen breiten Rücken!"

Die Unterhaltung hatte eine Wendung genommen, die Jehan nicht gefiel. Er hätte lieber versucht, die Beduinenfrau aufzuheitern und zu fröhlichen Sprüngen zu veranlassen, denn ihr Hinterteil schien fürs Tanzen gut geeignet zu sein. Aber sie saß da und beweinte ihre Mutter, ihren Vater, ihre ganze Familie. Man mußte ihre Schluchzer hören, die von ‚ouili, ouili, ouili' und leisen Schreien, die aus ihrem Bauch aufstiegen, unterbrochen wurden. Es war ein süßer, kleiner Bauch, der die Farbe von Heidehonig hatte, und den man zwischen ihrem kurzen Jäckchen und ihrem an den Fesseln zusammengebundenen Rock hervorlugen sah.

Der Prophet und Jehan betrachteten geniert dieses schockierende Schauspiel eines Mädchens ohne Selbstbeherrschung. Der Alte rief aus:

„Arme Sarazenen! Mit unseren Frauen ist es schon nicht leicht, aber ihre scheinen, soweit ich sehe, noch einen Zahn schärfer zu sein! Nein, wirklich! Aus dem Süden kommt nichts Gutes!"

Jehan sah sprachlos zu, wie sie sich auf ihrem Lager wälzte und Anstalten machte, sich mit den Nägeln das Jäckchen zu zerreißen. Sie hätte ihnen ebensogut die Augen auskratzen können.

Der Prophet, der mit Leichtigkeit vom Besonderen zum Allgemeinen überging, sagte mit leiser Stimme, während sich sein Blick im weiten Blau der bewaldeten Hügel verlor:

„Und trotzdem, trotzdem, trotz dieses übertriebenen Wesens, das uns Männer verblüfft, ist die Frau die Herrin der Welt! Das weibliche Prinzip belebt die Kulthandlungen, die der göttlichen Mutter geweiht sind. Verehrungswürdige Mutter, Urgrund aller Dinge, Quelle allen Lebens, große Göttin, namenlose Mutter, heilige Mutter und Gattin des großen Gottes, ewige Rhyamon, ewige Isis, alle meine Hoffnungen, all meine Gedanken münden in diesem heiligen Namen. Ich erwache in ihr zu neuem Leben. Sie erschien mir einstmals in Gestalt der Venus, dann als die Belisama unserer Vofahren, und nun trägt sie die Züge der Jungfrau Maria..."*

Auf diese Weise hatte Jehan die Gelegenheit, seine Kenntnis von den Frauen zu erweitern.

„Lieber Gott! Mit unserer Reine von der Gemeinschaft ist es schon kein Zuckerschlecken, aber verglichen mit dieser dort ist sie ein sanftes Täubchen!"

Andererseits hätte er gern mit der Hand über diese Schenkel gestrichelt, um, wenn auch nur durch den Stoff, diese zitternde Beduinenhaut zu fühlen. Er erreichte sein Ziel unter dem Vorwand, sie trösten zu wollen. Er glaubte, eine brennende Glut zu fühlen, aber dem war nicht so. Die bernsteinfarbene Haut war kühl wie eine Hundeschnauze und fest wie die Keulen eines Zickleins. Sein ganzer Körper bäumte sich auf, straffte sich und gab nach wie eine gespannte Armbrust. Er wußte nicht, war es Schmerz oder Lust. Und ohne zu wissen warum, fühlte er sich total aufgewühlt. Als der Prophet das bemerkte, sagte er:

„Paß auf Junge! Steigere dich da nicht rein!"

„Das ist stärker als ich... Ich habe so großes Mitleid mit ihr!"

(Er nannte das ‚Mitleid'!) Der Prophet packte ihn fest an der Schulter:

„Jehan le Tonnerre, weißt du, was du jetzt zu tun hast? Du wirst dir an der Quelle ein bißchen kaltes Wasser ins

---

* Der große Kelte Gerard de Nerval benutzte in seinen inspirierten Versen sechshundert Jahre später die gleichen Worte. (Anm. d. A.)

Gesicht spritzen, um dir die Gedanken zu kühlen. Dann wirst du brav zum Bauplatz zurückkehren und schlafen. Bei Sonnenaufgang mußt du die Suppe für deine Kameraden wärmen. Vergiß das nicht!"

Jehan ging unter den großen Buchen der Peutte-Combe davon. Der Prophet rief ihm noch hinterher:

„Und eure Kirche? Wächst sie gut?"

„Sie wächst", antwortete Jehan, der es plötzlich eilig hatte.

„Weißt du, es würde mich nicht wundern, wenn sie eure Kirche der Jungfrau Maria weihen würden. ‚Unsere Liebe Frau der Buchsbäume' oder ‚Unsere Liebe Frau der Arvault'! Ja, du wirst sehen, sie werden sie ‚Notre Dame' nennen – die Frau! Immer die Frau!" Seine Stimme verlor sich in der kleinen Bergschlucht, auf deren Grund man die Quelle murmeln hörte.

Bevor Jehan den großen Topf mit der Suppe aufs Feuer setzte, beobachtete er beim Schneiden der Wurzeln und Kräuter den Himmel im Osten. Der Baumeister war auch schon aufgestanden. Er blieb eine Weile ohne etwas zu sagen hinter Jehan stehen. Dann legte er ihm die Hand auf die Schulter:

„Lehrling, du betrachtest den Himmel?"

„Ja, Meister, ich putze das Gemüse jeden Morgen vor Tag an der gleichen Stelle, und jeden Tag markiere ich hier auf dem Klotz mit meinem Messer den Punkt, wo die Sonne aufgeht, und bald wird sie an der gleichen Stelle stehen, wie am Tage, an dem Ihr im letzten Jahr die Säule errichtet habt."

„Also wirst du wissen, daß morgen die Äquinoktien sind, mein Junge."

„Ich bin also genau ein Jahr beim Bau?"

„Auf den Tag!" sagte der Meister. „Seit einem Jahr beobachte ich dich, wie du hier und dort Hand mit anlegst, und ich denke, daß du nun zu ernsthaften Dingen übergehen kannst."

Jehan hob den Kopf. Er hatte diesen Moment erwartet und sich darauf vorbereitet, trotzdem ließ diese Ankündigung sein Herz schneller schlagen.

„Zu ernsthaften Dingen?" fragte er.

„Ja, zum Weg der Erkenntnis!"

Das Wort fiel in der Kälte der Morgendämmerung wie ein Geierfalke auf einen Nesthasen. Jehan zitterte am ganzen Körper und konnte kein Wort hervorbringen. Der Meister hatte ihm schon den Rücken gekehrt und ging zum Bauplatz hinüber. Er drehte sich noch einmal um und sagte, während die ersten Sonnenstrahlen zwischen den Buchenzweigen hervorbrachen: „Zwei Lehrlinge, die in der letzten Woche gekommen sind, werden dich an den Töpfen ablösen. Du folgst ‚Le Gallo', der dich einweihen wird. Ich sage ihm Bescheid."

So begann Jehans Noviziat. Er hatte große Lust, sofort

zur Gemeinschaft hinaufzulaufen und es seinem Vater, seiner Mutter, Reine und allen andern zu erzählen. Aber was erzählen? Was sagen? Die Erkenntnis – was war das? Sie verstanden nichts davon. Also war es besser zu schweigen und sich im Stillen zu freuen.

Meister Le Gallo schnappte ihn sich im Vorbeigehen nach der Suppe.

„Komm mein Junge, laß das Eßgeschirr stehen!"

Und Jehan folgte ihm. Zuerst wagte er nichts zu sagen, denn Le Gallo war ein Koloß, rund und volltönend wie ein Faß. Ihn hörte man am besten, wenn er seine Mannschaft mit einem ‚Hoch – auf!' kommandierte. Seine Stimme hallte im Tal wider wie das Jagdhorn des Herrn von Marigny, aber den Rest der Zeit war er schweigsam.

Sie arbeiteten den ganzen Tag zusammen, und erst am Abend setzte Le Gallo sich hin und fragte ihn:

„Also du willst die Erkenntnis?"

„Ja!" antwortete der Junge, ohne recht zu verstehen, worum es ging.

„Ich werde dir den Bauriß beibringen", bekräftigte Le Gallo.

„Den Bauriß?"

„Das ist das Wissen, mit dem du den Raum teilen kannst. Eine zwei-, drei-, fünf,- sechs-, sieben- und neunfache Teilung... und in jeder Richtung, nach oben und unten. Das heißt in so viele Teile, wie du willst, denn wer zwei, drei, fünf, sechs, sieben und neun kennt, kennt alles." Darauf brach er in schallendes Gelächter aus und begann mit geschlossenen Augen einen Sing-Sang, der an die Litaneien der Mönche erinnerte:

„Zwei:  Das Gute und Böse, die einander entgegengesetzt sind.

Drei:  Die große Dreiheit, die drei Strahlen, das heilige Gleichgewicht.

Fünf:  Die Hand. Sie öffnet den goldenen Schnitt. Aus ihr entsteht die göttliche Proportion.

| Sechs: | Die Sonne. Die Geburt des Lebens und der Seele. Siegel Salomonis. Heiliges Hexagramm. Mutterschaft und Leben. |
| --- | --- |
| Sieben: | Summe der Dreieinigkeit und der vier Elemente. Einheit von Geist und Materie. Die sieben Ähren des Kreises von Gwenved. Die elf Körner und die siebzehn Knoten des Kreuzes der Druiden. Die vierundzwanzig Blätter der Mistel des Kreises von Abred. Das Produkt dieser Zahlen ist 31 416, die Schlüsselzahl. |
| Acht: | Der Stern von Bethlehem. Die acht Kreise des Kreuzes der Druiden, mit den zwei Kreisen von Abred und von Anouim, ewiger Kreislauf der Wanderungen in die Anders-Welt und ihre Dauer unter dem Einfluß des Lichtes, Schöpfer des Lebens. |
| Neun: | Drei mal die Dreiheit. Die neun Frischlinge des Barzhaz Breiz. Die neun Schwestern der Insel Avallon. Die neun Pflüge Lugs. Die neun Jungfrauen der Insel Sein. Die neun Kreise des druidischen Kreuzes. |

Das sind die Zahlen, die den großen Weg markieren und die man im Bauriß wiederfindet. Außerdem gibt es noch andere. Hör mir gut zu!

| Die Zahl 24: | Die man bei der Teilung des gleichseitigen Dreiecks in sechs gleiche Dreiecke erhält, und vergiß nicht: 4 mal 6 ist 24. |
| --- | --- |
| Die Zahl 48: | Dritte Schlüsselzahl des Buches Sohar. Zahl des Oktaeders: 8 Flächen und 6 Dreiecke pro Fläche. |
| Die Zahl 144: | Die 144 aufgerichteten Steine des Tempels von Stonehenge. Die 144 Fazetten des Smaragden vom heiligen Gral. |
| Die Zahl 528: | Die Summe des Tetraeders, des Ikosaeders und des Dodekaeders ist. |

Und schließlich die Zahl 2618 – Schlüsselzahl des Universums, die es ermöglicht, vom Kreis auf das Quadrat und umgekehrt überzugehen. Sie ist das Maß, nach dem die großen Steinsetzungen, die Taol-men und Menhire, die Pyramiden und der Tempel von Jerusalem errichtet worden sind."

Le Gallo holte tief Luft, öffnete die Augen und fügte hinzu:

„Alle diese Zahlen sind keine Quantitäten, sondern Symbole..."

Jehan hatte das Kinn auf die Fäuste gestützt und hörte sich das alles an. „Puh!" sagte er, „und das muß ich alles auswendig können, um den Bauriß zu erlernen?"

Le Gallo lachte: „Natürlich! Du packst dir das in eine Ecke deines Kopfes, und es wird dir helfen, das Universum zu begreifen. Danach ist alles einfach für dich..."

Jehan schüttelte sich wie ein junges Fohlen, das zu viel Hafer gefressen hat. Schließlich sagte er:

„Aber wie soll ich mir das alles merken und verstehen?"

„Es genügt zu wissen, um zu verstehen. Ich werde es dir erklären."

Jehan fühlte sich so erschlagen, wie früher, wenn er sich mit den Jungen aus Bouhey geprügelt hatte, die ihre Kühe auf die Wiesen der Gemeinschaft trieben. Er mußte ganz nach oben auf das Baugerüst klettern und dort einen tiefen Zug reiner Luft atmen, um wieder einen klaren Kopf zu bekommen. Mit Le Gallo trieb er die letzten Zapfen ein, denn noch am selben Abend sollte er mit den Kameraden aus seiner Bauhütte den Aufbruch nach Château-Neuf vorbereiten.

Das war ein Felssporn, der zwei gallische Meilen von der Abtei entfernt am anderen Abhang über die Schlucht ragte, durch die sich die Vaudenesse schlängelte, bevor sie sich mit der Ouche vereinigte, und mit dieser in der Saône nach Süden – ins Land der Wanzen – floß. Jehan von Chaudenay ließ dort auf den Ruinen einer alten Burg für seinen Sohn ein Schloß bauen, das im Gegensatz zum alten Schloß von Chaudenay, von wo aus sein Vater ebenfalls die Schlucht überschaute, wenn auch aus einem anderen Blickwinkel, schon jetzt das neue Schloß = Château-Neuf genannt wurde.

Le Gallo und seine Mannschaft sollten nun das Dach des neuen Baus aufrichten, der sich in Richtung Südwest erstreckte. Dies war ein Gefallen, den sie dem Herren erwiesen.

Die Maulesel wurden mit den Werkzeugen beladen, als sie sich an dem frischen Septembermorgen auf den Weg machten, längs der Arvault aufwärts zogen, durch den Wald am Nordhang stiegen und das obere Plateau erreichten. Sie kamen dabei nicht weit von Sankt-Gall vorbei, und Jehan wies sie auf den Rauch hin, der vom Gemeinschaftshof etwas südlich mitten im Wald aufstieg. Er schlug sogar vor, einen kleinen Umweg zu machen, ‚um meine Mutter zu umarmen‘, wie er sagte. Aber Le Gallo hielt ihn mit einer Geste zurück:

„Halt, mein Junge! Jetzt, wo du zur Bruderschaft gehörst, hast du nicht mehr Vater und Mutter. Merk dir das!“

Die andern Gesellen fügten spöttisch hinzu: „Schluß mit dem Saugen an der Mutterbrust! Du Stift!“

Er reihte sich wieder in die Kolonne ein und nahm mit einem Gefühl des Stolzes den Zügel des letzten Maultieres. Bald erreichten sie den Rand der Combe-Creuse und sahen mit einem Mal die hellen Mauern des Château-Neuf, die sich von den dunklen Hängen des Morvan abhoben, welche sich gestaffelt über das ganze Gebiet von Arnay bis Beuvray erstreckten.

Zur Linken sah man auf halber Höhe die kleinen Hütten der Leprakranken, wo im Moment, durch einen Bach von der Umwelt abgeschnitten, nur zwei Kranke in Quarantäne lebten. Man war nicht einmal sicher, ob sie wirklich die Lepra hatten, oder nur einfach Leute waren, die die Einsamkeit liebten.

Nach kurzer Zeit kamen sie in einen Obstgarten, wo die Frauen die letzten Pflaumen pflückten. Sie stimmten ein Lied an, um ihre Ankunft im Dorf anzukündigen, das sie durch das Bergtor betraten. Die Kinder liefen hinter ihnen her, um sie mit Jubel zu begleiten. Die Alten, die vor den Haustüren saßen, begrüßten sie mit erhobener Hand. Die Gesellen, die sich dieses Empfanges würdig erweisen wollten, hatten je zu zweit ein Maultier bestiegen und dankten höflich für die Begrüßung. Jehan war ganz aufgeregt, es war das erste Mal, daß er in dieses Dorf kam, ohne daß ihm alle Gören hinterherliefen und ihn verspotteten. Im Gegenteil, man jubelte ihm zu, und wer ihn erkannte, lächelte und winkte.

Ja, für ihn hatte ein neues Leben begonnen. Das war nun sicher, und es ergriff ihn ein großes Verlangen, zu reisen und sich überall zu zeigen.

Der Heiler, der ihm im letzten Jahr die Medizin gegeben hatte, war gerade dabei, das Holz für den nächsten Winter hereinzuholen. Als er seiner ansichtig wurde, machte er eine freundschaftliche Geste und rief ihm zu:

„Ah, Jehan le Tonnerre! Jetzt bist du aber gut ausgestattet!"

Doch Jehan hob nur würdig die rechte Hand zu einem höflichen Gruß.

So kamen sie bis zur Schloßmauer. Man hatte die alten Gräben der vormaligen Befestigung, die die Eduenser in den Fels gehauen hatten, erweitert und vertieft, so daß die zwei Mauern nun wie Felswände wirkten, die ebenso hoch und abweisend waren wie die Felsen von Beaume. Nachdem sie das Mauertor passiert hatten, kamen sie in einen gepflasterten Hof voller stattlicher Reiter und Maurergesellen, die gerade die Arbeit an den Gesimsen beendeten und die Mauerfugen des alten Palas verstrichen, den der Herr erhalten wollte.

Gleich nach ihrer Ankunft stiegen die Zimmerer nach oben, um die Maße zu nehmen. Jehan war mit den anderen hinaufgegangen, um die Werkzeuge zu tragen und die Seile zu ziehen. Was er dort von der Höhe aus sah, begeisterte ihn. In der strahlenden Septembersonne schimmerte das weite Land im Gegenlicht bis zum Horizont, wo ungefähr die Grenze des Herzogtums verlief. Jehan dachte, daß das Handwerk des Zimmermanns doch das Allerschönste sei, weil es einen so hoch hinauf führte, und daß es ein großes Privileg war, so viel weiter blicken zu können als alle andern, und zum Teufel, wenn er jetzt an Reine oder Tebsima gedacht hätte!

Und die Arbeit begann. Hier ging es nicht wie bei der Bussière darum, ein provisorisches Holzgerüst zu errichten, über dem die Maurer dann ihr steinernes Gewölbe bauen konnten. Hier handelte es sich um einen dauerhaften Dachstuhl – aber was für ein Dach! Und was für ein Gebälk! Es mußte die Bedeckung mit Kalksteinplatten, die bis zu fast einem Meter Dicke übereinandergelegt wurden, aushalten. Dieser schwere Schild aus flachen Steinen, die wie Karpfenschuppen angeordnet waren, mochte nach heutigen Maßen mehr als eine halbe Tonne pro Quadratmeter gewogen haben. War das nicht schließlich auch ein richtiges Gewölbe? Die Arbeit wurde noch dadurch erschwert, daß die Gebäude nicht über einem ebenen, rechtwinkligen Grundriß konstruiert, sondern der ungleichmäßigen Form der Felskuppe angepaßt waren. Sie hatten daher schiefe Winkel, Biegungen in verschiedene Richtungen, Unebenheiten, Schrägen und Niveauunterschiede, die zwar geschickt von den Maurern einander angeglichen worden waren, aber über die man nun das dreieckige Prisma des Dachstuhles errichten mußte, oder die Pyramiden der Turmkonstruktionen. Hier muß man wirklich etwas von der Teilung des Raumes verstehen, sagten die Compagnons und fingen an, ihre Breitbeile zu schleifen, um die Eichenstämme zu bearbeiten, die von zehn Ochsengespannen herangebracht wurden.

Hier wurden die Arbeiter aus der Schloßküche verpflegt, und schon bei der ersten Mahlzeit merkten die Compagnons, daß nun die Klosterdiät beendet war. Der Speck schwamm in der Suppe, und man zögerte nicht, ein Kalb oder ein Ochsenviertel am Spieß zu braten, von dessen Knochen und Sehnen sich noch eine Meute fetter Hunde ernährte, die ihren Anteil zu Füßen der Schmausenden erbettelten. Auch das Lager war weniger karg als in der Abtei. Natürlich bestand es auch nur aus Stroh, aber ist Haferstroh nicht das beste aller Betten? Aber hier war es frisch und schön im Trocknen aufgeschichtet, in den Leutehäusern, die die Zimmerleute des Landes erbaut hatten.

Gegen diese Zimmerleute mußten sich allerdings die Compagnons gleich am ersten Abend zur Wehr setzen, da diese sie ohne Umstände aufgrund eines banalen Wortwechsels angriffen. Ein Compagnon hatte nur lachend gesagt:

„Bei den Mönchen ist das ganze Jahr Fastenzeit."

Darauf hatten die andern gerufen: „Und ihr kommt nun, um euch hier sattzufressen und nehmt uns das Brot aus dem Mund!"

Woraufhin einer der Compagnons die Unvorsichtigkeit beging zu antworten:

„Aber die Arbeit, die jetzt noch zu machen bleibt, ist euch verboten wie den Eseln das Vaterunser!"

Solche Dinge mag keiner gern hören. Jehan prügelte sich mit Freuden für die Ehre der Bruderschaft, und der Kampf endete wie immer mit einem Sieg für beide Lager, und die Ehre war wieder hergestellt.

Trotz einer mit Schmerzen verbrachten Nacht machten sich die Compagnons bei Morgengrauen an die Arbeit, und gleichzeitig fing Le Gallo mit seinen Belehrungen an, indem er zu Jehan sagte:

„Aristoteles hat gesagt, daß die Philosophie bei den Kelten begann, daß Gallien der Lehrer Griechenlands war und daß Pythagoras sein Wissen unter ihrem Einfluß erweitert hat. Das kann man nicht oft genug wiederholen!"

Jehan verstand von diesem Satz nichts, denn alle erwähnten Leute waren ihm unbekannt, aber er verstaute ihn in seinem frischen Gedächtnis, bereit, ihn bei guter Gelegenheit zu wiederholen. Er fand ihn nicht nur schön, sondern auch gut geeignet, um die Leute zu erstaunen, und die Mönche so zu verwirren, daß sie ihr hochmütiges Schweigen aufgaben.

Kurze Zeit später verkündete Le Gallo mit der gleichen Trompetenstimme, mit der er das Aufrichten eines Gebindes kommandierte:

„Man hat mir gesagt, daß Abälard gestorben ist! Da wird der Vater Abt sicher zufrieden sein!"

„Abälard?" fragte Jehan, der immer nach Geschichten auf der Lauer lag, „wer war Abälard?"

„Ein Bretone", sagte Le Gallo, „ein Bretone wie dein Prophet."

„Und ebenso ein alter Schmutzfink?"

„Das ist derjenige, der gesagt hat: ‚Satan hat allein keine Macht über den Menschen. Er kann sie nur haben, wenn Gott es ihm erlaubt, denn Gott ist der Schöpfer und der Herr über alle Dinge…'"

„Das ist wahr!" sagte Jehan, „ich habe das auch immer gedacht!"

„Er hat auch gesagt: ‚Wenn die göttliche Güte den Menschen durch einen Akt des absoluten Willens retten konnte, aus welchem Bedürfnis, welcher Notwendigkeit, welchem Grund sollte sie dann dulden, daß der Sohn Gottes menschliche Gestalt annahm, so viel Elend litt, solche Prüfungen ertrug, geschlagen, bespieen und schließlich gekreuzigt wurde, um uns zu erlösen?'"

„Ich verstehe Euren Abälard sehr gut! Ich bin ganz seiner Meinung", stimmte Jehan zu.

„Und vor dem Gerichtshof, der ihn verurteilte, hat er gesagt: ‚Wie kann man denn behaupten, daß wir durch den

Tod seines Sohnes gerechtfertigt und mit Gott versöhnt sind, wo doch der Mensch ihn durch dessen Ermordung viel mehr beleidigt hat als durch das Essen der verbotenen Frucht?'"

„Oh ja!" sagte Jehan ganz fröhlich, als ob ihm der Prophet auf seine Weise die Quadratur des Kreises gezeigt hätte, „dein Bretone hat recht! Es erleichtert mich sehr zu denken, daß es die Hölle eigentlich nicht gibt!"

„Ich habe das niemals gesagt!" schrie Le Gallo. Aber Jehan dachte weiter nach und fuhr fort:

„Aber ich denke, wenn die Sünde Adams so groß war, daß Christus sterben mußte, um sie auszulöschen, was wäre dann für den Menschen die Buße für den Mord an Jesus?"

„Eben die Hölle!" grinste Le Gallo.

„Also kommen wir alle in die Hölle!" bestätigte Jehan unbefangen, „und wozu soll dann das Paradies gut sein?"

Der große Zimmermeister Le Gallo hatte den Zirkel hingelegt, die Hände auf die Hüften gestützt und betrachtete Jehan wie eine Henne, die einen Igel gefunden hat.

„Und um Euch zu sagen, was ich denke, Meister Gallo", fuhr der Lehrling fort, „das Paradies gibt es ebensowenig wie die Hölle, weil Gott gut, gerecht und barmherzig ist!"

„Seht euch diesen Eduenser an! Er ist kaum aus seiner Wildnis hervorgekrochen, da will er sich schon mit allen Kirchenvätern messen! Paß bloß auf, daß man dich nicht kastriert, du Kaninchen!"

„Mich kastrieren? Das möchte ich sehen!"

„Man hat aber Abälard kastriert!"

„Wirklich?" fragte Jehan.

„Ja wirklich! Jedenfalls soweit ich weiß. Manche werden dir sagen, er habe sich selbst kastriert, aber sicher ist, daß man ihn auf dem Konzil von Sens exkommuniziert hat. Nach dem Essen, denn das Konzil von Sens wurde durch eine große Fresserei unterstützt, brachte man das Buch von Abälard. Einer der Assistenten bekam den Befehl, es laut vorzulesen. Angeregt durch einen verborgenen Haß auf Abälard und voll vom Saft des Weinstocks (nicht vom himmlischen, sondern von dem, der den Patriarchen Noah hingestreckt und seine Blöße preisgegeben hatte), eröffnete der Mann die Lesung. Einige Augenblicke später hättest du die Prälaten auf ihren Sitzen zappeln, mit den Füßen trampeln und lachen sehen können; als ob es sich um ein fröhliches Fest des Bacchus und nicht um die reine Lehre Christi gehandelt hätte. Man trank sich zu, man leerte die Gläser, man lobte den Wein, der in Strömen in die pontifikalen Rachen floß, so daß Herz und Geist der Prälaten ertränkt wurden, und dann verdammten sie ihn. Siehst du, so wurde Abälard verurteilt!"

Le Gallo hatte sich heiß geredet.

„Wirklich Meister, man könnte glauben, Ihr wäret dabei gewesen!" Der Meister wurde ein wenig verlegen. „Nein", sagte er zögernd, „ich war nicht dort. Ich weiß es von einem aus meiner Heimat, der dabei war. Er heißt Berengar le Poitevin. Er hat es mir erzählt, und Berengar le Poitevin lügt niemals!"

Le Gallo seufzte so tief, daß der Bergfried von Château-Neuf einzustürzen drohte, dann nahm er wieder den Zirkel und sagte:

„Nun sind wir weit vom Bauriß abgekommen, den ich dir beibringen soll und der wichtiger ist als all diese Spitzfindigkeiten der Träumer und Schwärmer, die sich gegenseitig verurteilen, exkommunizieren usw. . . . Wir dagegen haben die Ehre, die Pforten des Himmels zu bauen, das Instrument zur Erneuerung! Das ist eine Wissenschaft, die ernster zu nehmen ist als die Theologie. Die Theologie? Das ist eine Erfindung Satans, um den Wein zu versäuern und das Brot vom Gründonnerstag zu verderben."

„Genau", sagte Jehan, der schon an etwas anderes dachte, was ihn beschäftigte. „Ich wollte einen Stern mit sieben Strahlen zeichnen, aber ich konnte es nicht. Es ist schwierig, den Raum in sieben Teile zu teilen."

„Kinderleicht!" rief Le Gallo aus, „das ist mit dem Druidenseil das Einfachste von der Welt!"

Er nahm also sein Seil von zwölf Ellen Länge, zählte drei, dann vier, dann fünf Abschnitte ab, und legte sie zu einem Dreieck, das folglich rechtwinklig sein mußte. Er zeigte auf den einen der spitzen Winkel und sagte:

„Hier hast du einen Winkel, der der siebente Teil eines Kreises ist."

„Ihr wollt damit sagen, daß eine Kreisfläche sieben Mal einen dieser Winkel enthält?" „Fast genau, die kleine Differenz muß man zwischen den sieben Winkeln etwas ausgleichen. So hat man mir das beigebracht, und du kannst dieses Problem noch 100 Jahre lang in jeder Richtung um und um wälzen. Du wirst zu keiner besseren Lösung kommen, und das sowohl auf der Fläche, wie im Raum, nach oben oder unten."

Jehan staunte. Der Meister hatte wieder den Zirkel genommen, um am Boden das erste Gebinde zu schiften. Nach einiger Zeit sagte er wie zu einem unsichtbaren Gesprächspartner:

„Das Seil der Druiden..."

„Ja, das Seil der Druiden! Ich habe solche Angst davor, daß ich es nicht zu berühren wage", sagte Jehan.

Es folgte eine Stille, in der man das Gurren der Tauben hören konnte.

„Hör den Turteltauben zu!" sagte der Meister, „sie kommen von der Insel der keltischen Offenbarung und fliegen jedes Jahr ins Land der christlichen Offenbarung. Genau wie wir stellen sie die Verbindung zwischen den beiden her, das ist der Vogel der Erlösung. Die Mönche haben ihn zum Symbol des Heiligen Geistes gemacht."

Sie lauschten einen Moment lang dem Taubenpärchen, das in den Bäumen ihren Wechselgesang der Liebe hören ließ, dann sagte Jehan:

„Sprecht, Meister!"

„Ja, die Zeit ist für dich gekommen! Unsere Vorfahren

haben freiwillig das Christentum angenommen, es aber mit dem Wissen der Druiden und der Gnosis angereichert. Die sächsischen Mönche, diese unermüdlichen Schwatzköpfe, haben es teilweise geschafft, unsere Religion an den offiziellen römischen Glauben anzukoppeln, wir aber sind treu geblieben und haben darum den Namen ,Kuldeer' angenommen. Im Jahr 926 haben wir, die kuldeeischen Baumeister, Erben der Erbauer der großen Steinsetzungen, von den Fürsten einen Freibrief erhalten, der uns zu freien Konstrukteuren und freien Maurern macht, d. h. wir sind niemand dienstpflichtig oder hörig. Und wir sind in einer geheimen Gesellschaft miteinander verbunden geblieben, die zwar den Papst ablehnt, jedoch christlich ist. Unser Christentum wird aber von der Philosophie und von dem Wissen der Druiden belebt und durchdrungen, und wir bauen nicht in der gleichen Art und Weise wie die Mönchsorden, die Rom unterworfen sind. So bewahren wir Schweigen über unsere Arbeit und hüten das Geheimnis. Das Schweigen und das Geheimnis! Das ist unsere Stärke, und wer es verletzt, ist ein toter Mann!"

Le Gallo hielt ein und richtete sich auf. Er hob zwei Finger, den Zeige- und den Mittelfinger der rechten Hand, und wiederholte:

„Ein toter Mann! Hast du das verstanden?"

„Ja, ich habe es gut verstanden!" bestätigte Jehan, wobei er zitterte. Der Meister fuhr fort und strengte sich an, leise zu sprechen:

„Die Kirche kennt nicht den Wert des Wissens der kuldeeischen Baumeister. Nur der Abt Bernhard verteidigt uns und versucht unsere Erkenntnisse zu nutzen, und das ist recht so. Sein Zisterzienserorden will der keltischen Tradition treu bleiben, für mich ist das klar ersichtlich. Er will das Wissen bewahren. Er vereinigt in sich sogar die drei Machtbefugnisse der Druiden: die geistliche, denn er macht die Päpste, die königliche, denn er befiehlt den Königen, und die baumeisterliche, denn er läßt seine Abteien an den heiligen Orten der Druiden errichten, die wiederum durch die ‚Wuivre‘ bestimmt waren, jenen Zusammenfluß der Ströme, die aus dem Boden quellen und denen entsprechen, die vom Himmel kommen. Er übernimmt sogar unsern Kult der Gottesmutter, wobei er sich listig zunutze macht, daß Christus von einer Jungfrau geboren wurde, was auch unserer Offenbarung entspricht; denn ganz unter uns, die Tochter Davids ähnelt unserer Jungfrau-die-gebären-wird wie ein Schluck Wasser dem andern.“

„Der Prophet hat mir das alles auch schon gesagt“, flüsterte Jehan, der wie ein Birkenblatt zitterte.

„Und nun hat er auch noch den Templerorden gegründet! Ich will tot umfallen, wenn ich lüge, die Tempelritter sind die neuen Druiden! Schau dir nur das Kreuz an, das sie auf ihren Schilden tragen, das ist das Rad mit den acht Speichen, genau wie das Kreuz der Druiden...“

Der Meister hatte etwas lauter gesprochen, und ein Geselle, der in der Nähe war, machte ihm respektvoll ein Zeichen, die Stimme zu senken.

„Ja, ja, ich schweige schon“, sagte er, „ich werde schweigen bis zu dem Tag, an dem der Triumph der freien Baumeister allen in die Augen springt. Übrigens haben auch die Benediktinermönche die Ohren gespitzt, als unser Bruder Witizza das schwarze Habit überzog und der Bruder Benedikt von Aniane wurde. Und schließlich hindert uns nichts, den Gesang der Barden anzustimmen!“

Und Le Gallo stimmte aus voller Brust die Hymne an, die Jehan schon auswendig kannte, weil er sie so oft auf dem Bauplatz von La Buissière gehört hatte, und die wir heute auch noch bei christlichen Begräbnissen oder am Ende von Jugendtreffen singen, allerdings mit anderem, modernem Text:

„Nehmt Abschied Brüder, ungewiß ist alle Wiederkehr...“

Ohne ihre Werkzeuge aus der Hand zu legen, sangen alle Freien Compagnons im Chor mit. Es war ein mächtiger, feierlicher, volltönender Gesang, denn die Musik der Barden ist voller Zauber. Manches von ihr findet sich auch in den besten gregorianischen Hymnen wieder, in ihnen allerdings wurde sie durch byzantinische Verzierungen und hebräische Lamentationen verfälscht. Am Ende der ersten Strophe bemerkte Jehan, daß auch er, getrieben von einer seltsamen Kraft, aus voller Seele mitgesungen hatte.

„Und eure Frauen? Die Frauen der Kuldeer, wie sind sie?" fragte Jehan, den der Gedanke an Frauen seit der schüchternen Umarmung von Reine und besonders seit der wilden Erregung bei Tebsima nicht mehr losließ. Le Gallo beantwortete seine Frage nur indirekt:

„Die Kuldeer sind keine Rasse. Es ist eine philosophische Schule. Jeder kann Kuldeer sein."

„Selbst die Sachsen, oder die Burgunder?"

„Ja, aber ich glaube, sie sind nicht dazu befähigt. Es liegt ihnen nicht im Blut. Obgleich es manche, wie der Zisterzienserabt Bernhard trotzdem schaffen."

„Und ich? Könnte ich es werden?" fragte Jehan.

Der Meister sah ihm ins Gesicht und sagte: „Du? Ja!"

„Woran merkt man das?"

Der Meister überlegte lange, bevor er antwortete:

„Das sieht man an deinen hohen Backenknochen, deinem runden Schädel, deinen ochsenschwanzähnlichen Haaren. Das sieht man an der Art, wie du die Dinge verstehst, oder besser, wie du sie fühlst. Das sieht man an deinem dickköpfigen Zorn und deiner plötzlich aufflammenden Begeisterung. Andere mögen dich und alle deiner Art deshalb für einen Hans-guck-in-die-Luft und einen Windbeutel halten, aber dahinter verbirgt sich die beharrliche Fähigkeit zu fabulieren, zu philosophieren, zu moralisieren und zu symbolisieren, abseits von jeder vernünftelnden Vernunft."

Jehan verstand nicht alle diese Worte, aber eine Stimme in seinem Inneren sagte:

„Wie recht hat er! Wie gut stellt er uns dar!"

Als sie die Fläche aus Lehm geglättet hatten, die ihnen als Reißboden diente, begannen sie mit den Entwürfen. Es handelte sich darum, auf der Ebene in natürlicher Größe die Gebinde zu schiften, diese Dreiecke, aus denen das Prisma des Dachgestühls zusammengesetzt wurde. Wie ich schon gesagt habe, waren es irreguläre Prismen, die sich meist in schrägen Winkeln, aufgrund der Nischen und Vorsprünge der Gebäude, durchdrangen. Mit einer Geschicklichkeit, die Jehan in Erstaunen versetzte, schafften sie das in einigen Tagen – zweiundzwanzig Gebinde, von denen nicht drei einander gleich waren. Das zweiundzwanzigste war noch nicht fertig, da richteten die Zimmerleute schon die Dollen, die Verstrebungen, die Ständer, Aufschieblinge, Dachsparren, die Kehlbalken, die Gratschifter, die Knaggen zu und sorgten dafür, daß die Schwellen an den richtigen Stellen hinter dem Sims auf die Mauer gelegt und für den Sparrenanschluß die Hirnschnitte ausgeführt wurden. Sie befestigten auch die Schwellen an den Mauerankern, jenen im Mauerwerk der Giebel und der Mauern im Innern des Hauses eingesenkten Haken.

Für diese Meister der Geometrie, die noch an ganz andere Zirkelkunststücke gewöhnt waren, war das ein Kinderspiel.

Wie gut sich die Unterweisung der Meister den Gegebenheiten anpaßte, wie zweckmäßig und praktisch sie war, kann man daraus ersehen, daß der Meister beim Anreißen dieser Dreiecke seinem Lehrling den ‚goldenen Schnitt‘ erklärte.

Die Neigung des Daches bildete mit der Horizontalen ein Dreieck, das der Chef folgendermaßen beschrieb: Er zeichnete ein Quadrat ABCD, piekte die Spitze des Zirkels in C ein und beschrieb den Bogen BO. Die schräge Linie OA war die gesuchte Dachneigung. Diejenige nämlich, die am besten für die Kalksteinplatten des Landes geeignet war. Wäre sie steiler, würden die Platten zu leicht abrutschen, wäre sie etwas flacher, würde das Wasser nicht mehr abfließen und bei starkem Wind ins Dach eindringen. Man mußte also die Neigung OA wählen, und der Meister fügte hinzu, daß das Dreieck ACO ein goldenes Dreieck sei.

„Womit man wiederum beweisen könne", sagte Le Gallo, „daß ein reguläres Fünfeck den goldenen Schnitt enthalte."

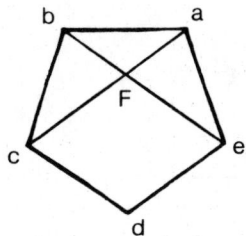

„Gegeben ist das reguläre Fünfeck ABCDE", sagte er. „Von den Winkeln A und B zeichnet man die Strecken AC und BE, die die Untersehnen der Winkel B und C sind. Sie schneiden sich im Punkt F. Und ich sage, daß dieser Punkt F sie folgendermaßen teilt..." und er schrieb mit der Spitze seines Zirkels $\frac{AC}{CF} = \frac{CF}{AF}$ und das, mein Junge, nennen wir die ‚Sublime Proportion', die die Geistlichen natürlich als die ‚Göttliche Proportion' bezeichnen, aber ich sehe darin nichts Unpassendes."

Jehan nickte mit dem Kopf, und seinem Naturell entsprechend spottete er: „Und alles das wegen eines Daches! Eines gewöhnlichen Daches auf dem gewöhnlichen Schloß des Herren von Chaudenay!" Und er lachte.

„Die ‚Göttliche Proportion' bestimmt alle unsere Bauten! Erinnere dich daran, mein Kleiner! Darum habe ich dir neulich vorgesungen: Fünf bringt den goldenen Schnitt hervor, sie öffnet die Göttliche Proportion!" Und der große Le Gallo fuhr mit leuchtenden Augen so begeistert fort, daß er ganz vergaß, seine Hosen wieder hochzuziehen, die gefährlich tief auf die Schenkel herabgerutscht waren und seinen enormen Bauch freigaben.

„Es wird noch besser, denn das reguläre Fünfeck enthält nicht nur den goldenen Schnitt, es kann auch umgekehrt aus ihm hervorgehen. "

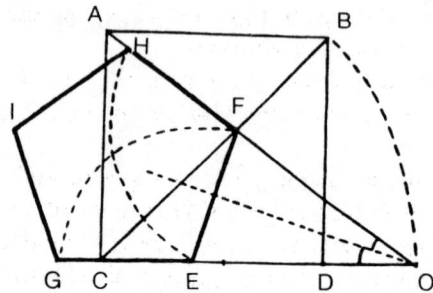

Er konstruierte noch einmal das goldene Dreieck AOC, zeichnete mit einer gepunkteten Linie die Winkelhalbierende von O, fällte dann von dieser das Lot auf die beiden Schenkel des Dreiecks und erhielt dadurch die Punkte EF. Stach dann zuerst die Spitze des Zirkels in E ein und schlug einen Bogen mit dem Radius EF, wodurch er auf der Verlängerung der unteren Kathete den Punkt G erhielt, das Gleiche wiederholte er in F, und erhielt auf der Hypothenuse des goldenen Dreiecks den Punkt H. Dann rief er triumphierend, als hätte er Luzifer persönlich besiegt: „Ich behaupte, daß GEFH die drei Seiten des Pentagramms ergeben, und nun ist es nur noch ein Kinderspiel, den Punkt I zu konstruieren, selbst ein Stift von 18 Jahren wird das kapieren!"

Jehan riß vor Erstaunen über die Leichtigkeit der Beweisführung Mund und Nase auf. Er wünschte, daß das immer so weiter ginge, denn es machte ihn ganz schwindelig.

Der große Gallo erhob sich wie mit einem Flügelschlag und sagte mit einem Klang in der Stimme, den Jehan noch nie von ihm gehört hatte, wobei er von einer Art Aura umgeben war:

„Unser goldener Schnitt nimmt eine herausragende Sonderstellung aufgrund seiner unendlichen Möglichkeiten ein, ebenso wie die erhabene Proportion, präge dir das gut in deinem Hirn ein. Denn in Wirklichkeit gibt es eine Menge bewundernswerter Dinge, sowohl in der Philosophie, wie auch in den Wissenschaften, die ohne sie niemals ans Licht kommen würden..."

Jehan hörte auf, in seine Faust zu beißen und fragte:

„Aber Meister, woher wißt Ihr, daß diese Dinge möglich sind?"

„Diese Gabe ist ihnen gewiß von der unveränderlichen Natur der höheren Prinzipien verliehen worden, welche so viele Festkörper, die in Form, Aussehen, Grundriß und Gestalt verschieden sind, zu einer irrationalen Symphonie aufeinander abstimmt. Das alles wird noch aus meinen Ausführungen hervorgehen, wenn ich dir die erstaunlichen Möglichkeiten dieser im goldenen Schnitt geteilten Linie beschreiben werde."

Dann unterbrach er sich: „Aber Geduld! Alles zu seiner Zeit! Arbeite!"

Man begann wieder mit dem Zurichten der Zapfen und dem Ausstechen der Zapfenlöcher an den Stellen, die der Meister angerissen hatte. Während er mit dem Beitel hantierte, fand der Meister es nötig hinzuzusetzen:

„Man wird dir sagen, daß diese Lehrsätze von Euklid oder irgendeinem Campanus (immer die Griechen oder die Römer) stammen. Das ist nur wieder ein Beispiel dafür, wie man die Lehren der Druiden in Vergessenheit gebracht hat. Denn sie waren es, von denen Euklid und die anderen ihre Erkenntnisse gewonnen haben, und nicht umgekehrt."

„Aber warum muß man das alles geheimhalten?" fragte Jehan.

„Wenn es allen ohne Unterschied anvertraut werden würde, diente es früher oder später zum Bösen. Das Wissen ist nur für diejenigen, die seiner würdig sind. Man wirft nicht Perlen vor die Säue!"

Am Sonntag wurde auf dem Bauplatz nicht gearbeitet, und die Compagnons wanderten die zwei gallischen Meilen bis zur Abtei, um die Messe zu hören. Vor allem aber auch, um das Bauwerk wiederzusehen, dessen Holzform ihr Werk war, denn sie fühlten die gleiche Sorge um dessen weitere Entwicklung wie Väter, deren Frauen ein Kind erwarten.

Sie gingen in Gruppen, mit dem Stock in der Hand, und summten vor sich hin. Den Stock, der einerseits das seltsame Symbol ihres gemeinsamen Wissens war, ihnen andererseits aber auch als kräftige Verteidigungswaffe diente, hatte sich jeder selbst aus Eschenholz geschnitzt. Jehan, der aufgrund seiner Stellung in der Bruderschaft noch nicht berechtigt war, einen Stock zu tragen, hatte sich trotzdem einen aus Kirschbaumholz gefertigt, der hart und schwer wie Eisen war. Im burgundischen Bergland nannte man das einen ‚raim‘, d. h. ‚Ast‘. Er trottete mit den anderen Lehrlingen meist vor den übrigen her und hielt dabei seinen Raim wie alle Männer aus seiner Kommune quer über der Schulter, immer bereit, ihn wirbelnd nach einem aufgescheuchten Hasen, Kaninchen oder einer Wildtaube zu werfen. Die Tauben kamen meist unbeschadet davon, selten aber die Hasen, denen der kreisende Stock die Beine brach. Jehan brauchte dann nur noch hinterher zu rennen, sich zwischen Steinen und Brombeerbüschen auf das Tier werfen, um es zu ersticken und es dann unter dem Überwurf zu verstecken; diesem kostbaren Überwurf, den ihm Reine geschenkt hatte und den er immer trug, weil er sich damit von ihren Haaren umstrickt fühlte, die sie mit hineingewoben hatte.

Hinter ihm lachten sich die Gesellen ins Fäustchen, wenn sie an das köstliche gemeinsame Mahl dachten. Dieses Mahl, bei dem die Gruppe wieder ihre Gemeinschaft am Tisch mit allen dazugehörigen Dingen feierte. Mit Schale und Becher, Brot und Wein, die sowohl als die unerschöpfliche Schale und der Becher der Weisheit des Königs Bran, die einen die Zeit vergessen ließen, angesehen werden konnten, aber auch als Becher und Patene, die Leib und Blut Jesu Christi enthielten und einem gleichermaßen das ewige Leben schenkten.

Das andere Mal konnte Jehan seinen Meister überreden, daß sie den Umweg über die Kommune von Sankt-Gall machten. Er sagte, daß er ihm seine Eltern und Geschwister vorstellen wollte, aber in Wirklichkeit wollte er Reine wiedersehen, ihren Duft einatmen und vielleicht eine Gelegenheit finden, um ihre Hände unter seinem Überwurf zu spüren, die ihm Hals, Rücken und Brust streichelten, was sie tun konnte, ohne daß es die anderen merkten.

Sie wurden in der Gemeinschaft mit Freudenschreien empfangen. Er stellte seinen Meister vor, dem man den Met des Hauses, den Stolz der Meisterin, anbot. Jehan näherte sich Reine, die ihn erwartete. Das erkannte man am Leuchten ihrer Augen, dem Schwung ihrer Lippen und der Fülle ihrer Bluse, oder besser ihres Inhalts. Sie gaben sich heimlich die Hände. Voll Wonne spürte er die sanfte Feuchte ihrer Handfläche in der seinen und sah ihre Schenkel unter dem Rock zittern. Allerdings wurde ihm die übertriebene Art des Mädchens, ihre kehlige Stimme, ihre feurigen Blicke bald lästig. Er war daher entsetzt, als der Meister die Einladung zum Essen annahm.

Aber die harmlose Freude, daß er nun beim Kochen der Kirschmarmelade zusehen konnte, entschädigte ihn für den Schreck. Es war gerade die Zeit, wo die Kornellkirschen, von den ersten Frösten aufgeweicht und schwarz wie Trüffeln, vom Baum fielen. Die Frauen und Kinder hatten sie geschüttelt und große Körbe voll aufgesammelt. Er sog mit Genuß den Duft der kochenden Früchte ein. Reine flüsterte ihm dabei zu:

„Erinnerst du dich? Vor zwei Jahren hast du noch die Kornellkirschen mit uns zusammen geerntet!" Dann, nach einem Seufzer, der ihm viel zu lang vorkam: „Warum bist du fortgegangen?"

Er tat so, als ob er sich lebhaft für das Blubbern des

Kirschmuses in dem großen Topf interessiere und antwortete nicht. Sie beobachteten, wie das eingekochte Mus mit frischem Honig gemischt, dann von den Frauen in Steintöpfe abgefüllt und mit einem Löffel voll Bienenwachs übergossen wurden. Zuletzt kam noch ein Löffel voll Nußöl darauf. Beides zusammen ergab einen luftdichten Deckel auf jedem Töpfchen. Die Zubereitung nach diesem Rezept kannte Jehan seit seiner Kindheit.

Sie kehrten am späten Abend nach Château-Neuf zurück. Der Meister schwankte ein wenig, denn er war nicht an den Met gewöhnt, den die Frauen der Gemeinschaft brauten und der etwas stark war, wie man zugeben muß.

Ganz anders verlief der Sonntag von Allerheiligen. Sie gingen zur Messe, die auf Jehan mit ihrem triumphierend freudigen Introitus großen Eindruck machte. Besonders berührte ihn aber die Botschaft, die der Apokalypse des Heiligen Johannes, des Namenspatrons von Jehan le Tonnerre, entnommen war. Obgleich die Psalmen auf lateinisch gesungen wurden, ließen schon die wenigen Worte, die er verstand, Jehan erschauern, und dies um so mehr, als der Meister ihm beim anschließenden Spaziergang die Passagen übersetzte, die er nicht verstanden hatte.

Die kosmischen Emotionen bewegten ihn noch, als er Reine begegnete. Sie wußte ohne Zweifel, daß er kommen würde, denn sie hatte das Band gelöst, das ihre weiße Leinenbluse am Hals zusammenhielt, und ließ wie selbstverständlich drei Haarsträhnen unter ihrer Haube hervorlugen. Zwei über jedem Ohr, und eine so wild wie möglich in ihrem Nacken. Ihre Haare waren von einem goldenen Braun, wie das Fell eines Marders, und es war schade, daß sie unter der Haube versteckt sein mußten, aber so war es die Sitte für erwachsene Mädchen. Es gab auch noch andere Anzeichen an ihrer Kleidung, in ihrem Benehmen und der Art, wie sie die Hüften schwenkte, aus denen ihr Wunsch zu gefallen und die Blicke sowie die Berührungen des Jungen herauszufordern deutlich wurde. Er aber stand noch so stark unter dem Eindruck der Apokalypse, der Gesänge, die er gehört, und der Worte, die ihm der Meister auf dem Wege gesagt hatte, daß er ihr eine lange Predigt über das Heilige und dessen Zusammenhang mit dem Kosmos, dem Licht und der Zahl hielt. Bei seiner Schwärmerei vermischte er die Offenbarungen von Meister Gallo, Worte, die er nur halb begriffen hatte, mit der gewohnten Sprache seiner Hauländerkommune. Reine hörte ihm mit großen Augen zu, und als er ihr auf seine Weise klarzumachen versuchte, daß das Leben aus dem Licht unter dem Einfluß des Wortes entstanden sei, brach sie in ein nervöses Gelächter aus, das fast in einem Schluchzen endete.

„Mein armes Brüderchen, dich haben die weißen Männer schon ganz eingewickelt und verschlungen!" Dann drehte sie sich um: „Was habe ich doch für ein Pech, mich in so einen Kerl zu vernarren!"

Sie nahm ihre beiden Brüste in die Hände, als ob sie sie abreißen wollte und rannte los, egal wohin, von einem inneren Sturm geschüttelt wie ein Baum zur Zeit der Äquinoktien unter einem schwarzen Himmel. Aufgewühlt folgte er ihr mit ausgestreckten Armen; er hatte den Wunsch, sie zu umfassen, sie an die Brust zu drücken und ihr alles zu erklären: die Kuldeer, den goldenen Schnitt, die göttliche Proportion, die Zahlen drei, fünf, sechs, sieben und neun. Aber plötzlich erinnerte er sich. „Das Geheimnis und das Schweigen sind unsere Stärke, und wer sie verletzt, ist ein toter Mann!" – Da wendete er sich um und ging zum Gemeinschaftshof zurück. Als sie merkte, daß sie nicht mehr verfolgt wurde, hielt sie inne. Der Sturm war vorbei, ihr Zorn verflogen, ganz ruhig kehrte sie heim.

Am 10. November war das Fest des heiligen Andreas, das von allen gefeiert wurde, denn er war der Patron des Herzogtums. Am nächsten Tag, dem 11. November, feierte man das Fest des heiligen Martin. Diese beiden Feiertage zählten zusammen mit den veränderlichen und unveränderlichen Festen und ihren Vigilien, dem Karfreitag, den

Sonntagen, den Sonnenwenden und Äquinoktien zu den 80 Tagen im Jahr, an denen die Compagnons Stemmeisen und Maurerkelle ruhen ließen und wo es eine Sünde war zu arbeiten.

Alle Mitglieder der Bauhütte stiegen zur La Bussière hinab. Die ersten Fröste umwölkten die Berge. Zwischen den kahlen Ästen tauchte die Abteikirche auf. Ganz hell schien sie aus der Erde zu wachsen. Der Baumeister hatte schon das Klosterviereck abgesteckt, das sich an die Südseite der Kirche anschloß, genau über dem Lauf der Quelle Belisa, die etwas weiter entfernt zusammen mit der Arvault den Fischteich bildete, in dem die Mönche Forellen und Karpfen züchteten.

Schweigend traten sie durch den Haupteingang in die Kirche ein, über dem die Archivolten noch nicht ganz fertig waren. Er wurde von zwei kleineren Türen flankiert, die sich mit ihm zur heiligen Dreizahl verbanden, welche symbolisch den Eingang des Tempels beherrschte. Jehan war besonders von der Länge des Baus beeindruckt. Vier Joche trugen die gesamte Länge von 50 Metern von der Vorhalle bis zum Ende des Chors. Die Breite des Hauptschiffs betrug 10 Meter und die der Seitenschiffe 7 Meter. Das ergab einen riesengroßen umbauten Raum, der in einem klaren Mißverhältnis zur Anzahl der Mönche stand, die sich hier versammeln sollten. Im ganzen waren es zweihundert, es gab aber Platz für mehr als tausend Menschen.

Als Jehan das leise zu seinem Meister bemerkte, antwortete Le Gallo:

„Das Gebäude hat die Dimensionen, die es im Hinblick auf alle astronomischen und tellurischen Gegebenheiten haben muß. Es ist das Ergebnis der Berechnungen des Baumeisters. Nicht die Zahl der Mönche in der Abtei, noch die der Christen in der Pfarrei sind wichtig. Wenn auch nur zwei hindurchgehen, so wird die Pforte des Himmels doch so sein, wie sie sein muß; oder denkst du, daß die Höhe des Kirchenschiffs etwas mit der Größe der Mönche zu tun hat?

Diese Maße und Zahlenverhältnisse manifestieren sichtbar die unsichtbaren Dinge, aus denen die Welt besteht, und veranlassen sie, auf den Menschen einzuwirken."

Kurz danach dachte Jehan daran, zur Kommune hinaufzugehen, Reine wiederzusehen und in der Gemeinschaft zu essen. Aber plötzlich packte es ihn, und ohne nachzudenken, schlug er die Richtung zur Prophetengrotte ein, dabei sagte er zu sich selbst: „Los, besuchen wir doch mal die Königin von Saba!"

Als er ankam, war er erstaunt, daß er den alten Narren nicht wie sonst auf dem langen Stein, der ihm als Bank diente, sitzen sah. Er näherte sich dem Eingang der Grotte, ging weiter, hörte leises Stöhnen und sah im Halbdunkel auf dem Mooslager eine unbestimmte Form, die sich bewegte. Zwei tätowierte Arme waren erkennbar, die einen zuckenden Rücken umschlossen hielten. Jehan blieb stehen. Er träumte nicht – der Prophet besorgte es gerade der Sarazenin mit voller Kraft. Ihm wurde schlecht, und er ging schnell hinaus, um sich zu übergeben. Als er sich in der Quelle das Gesicht wusch, sah er die Spiegelung einer menschlichen Gestalt im Wasser. Er schaute auf und blickte in das Gesicht eines Mannes, den er nicht wiedererkannte. Dieser Mann lächelte jedoch und sagte:

„Hallo Jehan le Tonnerre! Bist du gekommen, um deinen alten Freund zu besuchen?"

Das war die Stimme des Propheten, das Auge des Propheten, die Gestalt des Propheten, aber dieser hier war bartlos, und die gekämmten Haare wurden von einem schön geflochtenen Band aus Binsen hinten zusammengehalten. Sein langes Leinengewand war schneeweiß.

„Wie du siehst", sagte er, „habe ich mir den Bart abgenommen und meine Haare gekämmt. Ich bin nicht mehr der gleiche Mann! Diese Sarazenin hat mich um dreißig Jahre verjüngt!"

Jehan wußte nichts anderes zu sagen als:

„Na großartig! Um so besser!"

Als er die weißen Zähne, den Glanz der Augen, die Klarheit der hohen Stirn sah, die vorher von Bart und Haaren verdeckt gewesen waren, dachte er: „Aber er ist gar nicht so alt!"

Und als er beim näheren Betrachten auch seinen Geruch wahrnahm:

„Er ist auch nicht schmutzig und stinkig! Er ist sogar noch sehr schön!"

Und so kam es, daß Jehan das Wunder der Frau begriff. Nun verstand er den Kult der Muttergöttin, der Königin der Welt, die als Ursprung und Mitte, Bundeslade und Morgenstern in den klösterlichen Litaneien angerufen wurde.

A ls sie am nächsten Sonntag wieder wie gewohnt in den Klosterbezirk kamen, ereigneten sich mehrere Dinge, die für das Leben Jehans sehr wichtig waren. Als erstes sahen sie, daß nun, da der Bau über die Höhe der Kapitelle hinausgewachsen war, sich die Bewegung des Gewölbes über den Deckplatten anzudeuten begann.

Von jedem Pfeiler strebte ein Gurtbogen in die Höhe, der dem Tonnengewölbe Schwung und Struktur gab. Dementsprechend lagen die Steine dieser Bögen, die auf dem Reißboden einzeln entworfen, dann zugeschnitten und mit Zeichen versehen worden waren, die ihren Platz im Gewölbe angaben, aufgereiht am Boden. Als Jehan sie näher besah, erkannte er noch andere, kompliziertere Markierungen, die auf der Rückseite der Steine eingraviert waren. Der Empfehlung Abt Bernhards folgend, hatte jeder Compagnon in die von ihm bearbeiteten Steine sein persönliches Zeichen eingehauen. Damit brachte er sich gewissermaßen selbst in das Bauwerk ein, aber darüber hinaus hatte jedes Zeichen auch eine symbolische Bedeutung, wie zum Beispiel das S mit den zwei Pfeilspitzen, das die Schlange mit zwei Köpfen darstellte, die das Streben nach dem Ausgleich der Kräfte symbolisierte, oder das gleichseitige Dreieck. Man sah auch den Zirkel und das Winkelmaß, die Attribute des Architekten des Universums, die Helfer bei der Suche nach dem verlorenen Wort; oder das umgekehrte Pik-As, welches an die Amphore denken

ließ, in der die Fülle des Wissens gesammelt war, aber auch an die Hüften der befruchteten Frau. Weiter gab es den fünfstrahligen und den sechsstrahligen Stern, das Hexagramm, jenes große Druidensymbol der zwei verschlungenen Dreiecke, deren Spitzen in entgegengesetzte Richtungen wiesen, die den Geist (die zum Himmel gerichtete Spitze) und die Materie (Spitze nach unten) und ihre untrennbare, gleichgewichtige Vermischung im irdischen Leben des gewöhnlichen Sterblichen andeuteten. Das Sechseck konnte auch als Verkreuzung von Zirkel und Winkelmaß, den Meßwerkzeugen der Maurer, aufgefaßt werden.

Schließlich und immer wieder konnte man den Gänsefuß, bestehend aus drei oder vier Strichen erkennen, wie er auf die Kapuzenumhänge der ‚Pedauques‘ gestickt war. Dieses erste Zeichen der frühen Pilger nach Compostela wurde später zur Jakobsmuschel oder zur Lilienblüte umstilisiert, wodurchsich ein ‚gamaschierter‘ Gänsefuß her-

ausbildete, der das Symbol des heiligen Vogels des Königreiches von Thule war. Es gab noch zahlreiche andere Zeichen, die der große Gallo Jehan in aller Heimlichkeit erklärte. Während er Jehan einweihte, entstand hinter dem linken Vierungspfeiler eine lebhafte Diskussion. Ein Pater von La Bussière sagte in erzürntem Ton:

„Wer hat das hier gezeichnet? Man soll ihn sofort herholen!“

Meister Gallo und Jehan gingen schnell auf den Pfeiler zu. Der schöne Stein des Kapitells war für die weitere Bearbeitung mit einer Ligusterholzkohlenzeichnung versehen worden. Man erkannte im Zentrum einen Baum, der wahrscheinlich ein Apfelbaum sein sollte, denn er trug runde Früchte. Auf der einen Seite des Baumes stand ein Mann, auf der anderen eine Frau, die wohl einen Apfel in der Hand hielt. Den Hintergrund bildeten horizontale, gewellte Linien, die wie Meereswogen aussahen.

Der Compagnon kam rot und atemlos herbei. Man hatte ihn in der Nähe bei einem Bauernmädchen gefunden, der er von seinen Reisen erzählte, wie er sagte.

„Was soll das hier bedeuten?" fragte der Abt streng, indem er auf die Zeichnung hinwies.

„Ich habe meine Arbeit vorbereitet", sagte der andere. „Mir kam diese Idee, und ich glaubte, es recht zu machen, Hochwürden!"

„Und du hast wirklich vor, dies hier herauszubilden?"

„Bei Gott ja! Hochwürden!"

„Wie oft soll man es euch noch wiederholen: Abt Bernhard wünscht kein einziges Bildwerk an den Kapitellen oder Mauern oder sonstwo! Ist das jetzt klar?"

Der Baumeister kam herbei, um seinen Bildhauer zu entschuldigen:

„Er ist gerade von Vezelay gekommen, wo er bis jetzt gearbeitet hat. Er konnte es nicht wissen."

„Ich verstehe", sagte der Abt, „aber hier wollen wir keine symbolischen oder dekorativen Bilder, auch keine Darstellungen vom Paradies oder der Erbsünde!"

Der Compagnon machte ein pfiffiges und scheinbar verdutztes Gesicht:

„Aber Hochwürden! Das ist nicht das Paradies und auch nicht die Erbsünde!" sagte er.

„Ach nein? Aber was soll es sonst sein?"

„Sehen sie, Hochwürden, die gewellten Linien im Hintergrund? Sie stellen die Meereswogen dar und sollen andeuten, daß sich die Szene auf der Apfelinsel Avallon abspielt, wo die Seelen nach dem Tod in Frieden leben können. Es scheint mir, daß dies ein sehr schönes Thema ist, passend für die linke, die Evangelienseite des Chores."

„Aber diese Frau, die dem Mann den Apfel reicht, repräsentiert doch die Erbsünde?" meinte der Abt. „Wischt das sofort wieder ab und beschränkt euch darauf, Sauerampferblätter, wie ihr sie nennt, herauszubilden. Ihr könnt das sehr gut, und es ist auch schön!"

Der Abt ging mit großen Schritten davon, und der Bildhauer sagte so laut, daß man ihn gut verstehen konnte, zu seinen Brüdern:

„Die Erbsünde! Die Erbsünde! Es gibt doch gar keine Erbsünde! Seien wir doch mal logisch! Ein guter Gott kann doch nicht eine Erbsünde zulassen, die die ganze Menschheit bis zur Geburt des Heilandes verdammt!" Der Meister machte ihm ein Zeichen, um ihm anzudeuten, daß er diese Scherze nicht zu weit treiben solle, und alle lachten sich ins Fäustchen. Le Gallo zog Jehan zur Seite, und als sie alleine waren, sagte er mit leiser Stimme:

„Die Mönche haben gemerkt, daß wir meist keltische Symbole in ihren Kirchen abbilden, und manche lieben das nicht. Allerdings muß man zugeben, daß einige Skulpturen nicht mehr den Geist darstellen, der die Materie beherrscht, sondern nur noch die Materie, und sogar den Triumph derselben. Manche sind von einer beispiellosen Derbheit. Ich habe in Mauriac, einem Ort bei den Arvernern (wir kommen sicher eines Tages dorthin, und dann kannst du dich selbst überzeugen), Figurenreliefs gesehen, wie du sie dir nicht roher, brutaler und gemeiner vorstellen kannst, die keinen symbolischen Sinn mehr haben. Egal wer, macht egal was! Die Entwicklung bringt die Architektur so weit, daß sie sich vom Priestertum und vom Heiligen in der Kunst abwendet! Der Abt Bernhard hat das wohl bemerkt und reagiert entsprechend. Besser überhaupt keine Bilder als solche, die dem Geist und der Philosophie des Bauwerks widersprechen."

Le Gallo und Jehan setzten ihren interessanten Rundgang

weiter fort, als sie den Mönch erneut einen Schrei der Entrüstung ausstoßen hörten. Sie drehten sich um und sahen ihn, wie er vor einem Abhängling, den ein Jakobsbruder bearbeitet hatte, die Arme zum Himmel erhob. Es war wirklich ein bescheidener Abhängling, der sich am Ende des vierten Jochs in südlichen Seitenschiff am dunkelsten Ort der ganzen Kirche versteckte.

„Aber Bruder, was hast du hier gemacht?" fragte der Abt den Compagnon, der sich an der schwachen Wintersonne zu wärmen versuchte.

„Ich habe den Abhängling verziert, wie Ihr seht, Hochwürden! Er schien sich so nackt am Anlauf der Gewölberippe gar nicht wohlzufühlen, dem wollte ich mit ein paar Meißelschlägen abhelfen."

„Aber wenn ich mich nicht täusche, hast du hier gerade einen menschlichen Kopf herausgearbeitet?" fragte der Priester.

„Ja, Pater! Den Kopf eines Mannes, der Flammen speit, so stellen wir das ‚Wort' dar. Ja, das Wort, bevor es Fleisch wird, und diese Flammen, die sich am Ende in Äste und Blätter verwandeln, deuten auf das Wort und seine lebenspendende Kraft hin. Denkt an das, was der heilige Johannes in seiner Apokalypse..."

Der Pater sah etwas verstört aus, und der andere, der, je länger er redete, um so mehr in Schwung kam, fuhr fort:

„...und das ist noch nicht alles! Auf dem Abhängling gegenüber, auf der anderen Seite des Hauptportals werde ich einen knieenden Krieger ausmeißeln, der mit seinem Pfeil auf die Brust eines geflügelten Pferdes zielt."

„Ein geflügeltes Pferd!" rief der Pater entsetzt. „Mein Gott, was haben denn ein Krieger, ein Pferd mit Flügeln, Pfeil und Bogen hier zu suchen?"

Der andere lächelte fein und sagte mit leiser Stimme:

„Der Krieger mit seinem Bogen symbolisiert die Barbarei, die Unwissenheit, der versucht die Erkenntnis, die große Wahrheit, die er nicht versteht, zu töten. Das geflügelte Pferd stellt diese Erkenntnis, das Licht, das von oben kommt, dar."

„Was für eine Menagerie!" seufzte der Mönch.

Aber der Bildhauer fuhr fort: „Und ich setze diese Bilder an den Eingang der Kirche. So werden die Leute gleich beim Hereinkommen ein für allemal darauf aufmerksam gemacht, daß diese Lichtwahrheit vor den Unwissenden geschützt werden muß und nur denen zukommt, die sich um ihr Verständnis bemühen und die aufgrund dieser Willensanstrengung sowie ihrer Verdienste errettet werden..."

Der Pater gähnte mit erhobenem Kopf, woraufhin der andere amüsiert fortfuhr: „Und um Euch alles zu sagen, Pater, den Mittelpfeiler am Hauptportal würde ich an Eurer Stelle mit einem Wolf schmücken, wie die Fassade der Kirche von Seuillet."

„Einen Wolf! Großer Gott im Himmel und auf Erden! Warum, mein Sohn?"

„Ja, einen Wolf! Weil er das Tier des Lichtes ist, der Sonnengeist, eine der Verkörperungen von Belen..."

„Von Belen?" sagte der Mönch, indem er sich bekreuzigte, „der Wolf, den man auch auf manchen gallischen Münzen sieht?"

„Ja, aber dieser Wolf hier müßte wie in Seuillet, wo ich ihn selbst herausgearbeitet habe, eine Hostie im Maul haben. So wie mein Wolf die Hostie oder das Brot des Lebens apportiert, das die Nahrung des Geistes ist, so bringt uns das göttliche Licht die Erkenntnis der Wahrheit und Schönheit."

„Das ist sicher sehr geistreich", mischte sich jetzt der Abt mit einem verkniffenen Lächeln ein, „aber wozu soll es nützen, das alles darzustellen? Das kann die Geister verwirren, so daß sie es mit den alten Mythologien verwechseln. Man könnte euren Baum zum Beispiel für den der dendrophorischen Druiden halten, eure Äpfel für die von Avallon, euren Wolf für den von Belen, euren Esel, der die Leier schlägt, wie du ihn an der Kirche von Meillet dargestellt hast, für den von Barddas, der sicher die Sehnsucht der Seele nach dem göttlichen Wort symbolisiert, und die jungfräuliche Mutter für nicht mehr und nicht weniger als die Göttin Koridwen! Euer Lilienblatt für den Gänsefuß der Eingeweihten, eure Eule für die des druidischen Lehrmeisters oder noch schlimmer, für den Vogel der Pallas Athene, euren Hahn für das Wappentier der Gallier, eure Schlange für das Symbol der ach so mystischen druidischen Weltanschauung, euer geflügeltes Pferd..."

„Unser *weißes* geflügeltes Pferd!" unterbrach ihn der Compagnon, indem er das ‚weiß‘ besonders betonte.

„... für das Pferd von Pridery, oder der gallischen Göttin Epona..."

„Ohne Zweifel, und das ist genau das, was wir zeigen wollen!" beharrte der Bildhauer.

„Aber alles dies ist keltische Materie, mein Sohn, und wo bleibt die Religion von Christus, dem Sohn Gottes, unseres Heilandes, wenn sich diese ganze Menagerie über all unsere Wände ausbreitet? Wo bleibt sie? Frage ich dich."

Meister Gallo war näher getreten, und Jehan folgte ihm stets wie sein Schatten. Er wollte bei dieser Diskussion auch seinen Senf dazugeben, denn es war das erste Mal, daß er hier direkt mit einem der Mönche von Bernhard, den er bewunderte, ohne recht zu wissen warum, darüber sprechen konnte. Aber der andere eilte schon sichtlich aufgebracht davon, wobei er für sich selbst wiederholte:

„Aber diese Steinhauer, diese Compagnons denken wie Pelagianer, oder wie Hildegard von Bingen, oder wie Scottus Eriginus, oder noch schlimmer: sie gehören zur alten Clique des König Artus, die am Rande der Kirche und abseits von Rom weiterlebt! Was für eine teuflische Bande!"

Aber dann faßte er sich wieder:

„Aber wenn ich es recht überlege, unser Abt Bernhard hat sich auch nicht Rom unterstellt. Seine Abteien, wie die von Sankt Columban, sind nicht dem Papst, sondern nur den französischen Bischöfen Gehorsam schuldig." Dann wandte er sich nach einer Gedankenpause den Mönchen zu, die gerade den ersten Deich aufschütteten, der die Arvault kurz oberhalb der Klostermauer stauen sollte.

„Aber", fuhr es ihm durch den Kopf, „sind diese Baubruderschaften gefährlich? Unser Vater Bernhard scheint sie zu bewundern. Er hat uns gesagt, daß wir sie rückhaltlos anstellen können. Ich muß noch einmal mit ihm darüber sprechen. Dürfen wir denn ihre Spinnereien dulden?"

Und schließlich nach langen und tiefgreifenden Überlegungen:

„Andererseits sind ohne die Bruderschaften keine großen und guten Konstruktionen möglich! Wir sind daher auf sie angewiesen! Ohne die Arbeit dieser fabelhaften Zimmerleute und dieser erstklassigen Maurer, dieser ‚Gänsefüße‘ oder ‚Pedauques‘, dieser Kinder des Meister Jakob würde kein Gewölbe entstehen. Aber Gott allein mag wissen, wo sie eigentlich herstammen, oder vielleicht der Teufel? Wie dem auch sei, sie haben zweifellos ihre Geheimnisse, äußerst wichtige Geheimnisse! Und wenn ich sie bei der Arbeit beobachte, offenbart sich mir eine andere Auffassung von Arbeit, die nicht vom Fluch der Erbsünde belastet zu sein scheint. Wir Mönche erreichen die zunehmende Erleuchtung durch Askese und Gebet – sie gelangen auf dem Weg über die Arbeit dazu, oder besser, durch die Art, wie sie das Werk ihrer Hände begreifen. Ja, ja, ja! Sie sind nicht vom Fluch der Erbsünde betroffen! Denn die Arbeit ist für sie keine Strafe, sondern eine Belohnung. Vielleicht hat er mir deshalb vorhin gesagt, daß es keine Erbsünde gibt? Eine merkwürdige Sippschaft! Aber schließlich hat das wenig Bedeutung. Man darf nicht vergessen, daß uns Mönchen auf dem Konzil von Nicäa die Interpretation der Bilder in religiösen Bauten anvertraut worden ist. Also wer wird den Architekten und Bildhauern freie Hand lassen? Schließlich ist es unsere Sache zu bestimmen, und ihre zu gehorchen!"

O diese Sonntage! Es wurde Jehan bald klar, daß er an diesen Tagen des Herumstreifens mit Meister Gallo die Einweihung erfuhr, die so tiefgreifend war, wie er es erwartet hatte.

Sie wanderten mit großen Schritten und peitschten mit ihren Stöcken die trockenen Köpfchen der Kletten oder die stolzen Schirme vom Engelwurz. Der Meister füllte aus mysteriösen Gründen seine Taschen mit den herausgefallenen Samen, beugte sich dann über die frosterstarrten und vom Reif kristallisierten Blätter des Schellkrautes und zeigte sie seinem Schüler, indem er ihm deren Namen, ihre Verwendung als Heilmittel und ihre symbolische Bedeutung erklärte, so wie er selbst es von seinem Meister gelernt hatte. Dann sann er weiter nach und sagte:

„Aufgepaßt! Du findest diese Blätter auch auf dem Kapitell des dritten Pfeilers im südlichen Seitenschiff von Sankt Andoche in Saulieu. Traue nicht den Unwissenden oder besser den Irregeleiteten, die behaupten, das seien ‚groteske Akanthusblätter‘; wo es doch Blätter des Schellkrautes sind, die unser ‚wandernder Compagnon der Pflicht‘ dort so herausgearbeitet hat, daß jedes in einem Menschen- oder Tierkopf endet. Er wollte damit die Schöpfungskraft symbolisieren, jene mysteriöse Verbindung zwischen der unterirdischen und der pflanzlichen, der tierischen und der menschlichen Welt.

Das Kapitell soll uns diese Erkenntnis vermitteln, und die Blätter des Schellkrautes sind nicht zur Zierde da, sondern haben einen tieferen Sinn.“ Als sie weiter an den kleinen Wasserfällen der Arvault hinaufstiegen und über einen Teppich ausgezackter, vom Winter gebräunter Blätter gingen, kauerte sich der Meister hin.

„Das sind Erlenblätter, vom magischen Baum der Gallier“, sagte er, „dessen Holz sich in Richtung des unterirdischen Wasserstroms dreht. Du findest ihn auch in Saulieu, am dritten Pfeiler des nördlichen Seitenschiffs. Wir wollten damit deutlich machen, daß wir wirklich über der großen

Wuivre gebaut haben, und daß sie sich genau an diesem Punkt gabelt, worauf auch die zwei einander gegenüberstehenden Wuivren des ersten Pfeilers zur Linken hinweisen."

Wenn der Meister sprach, schien es Jehan, als ob sich die Natur vor ihm öffnete, wie die Kästen in der Kommune von Sankt-Gall, denen die Herrin Brot, Käse und Eier als Nahrung für die ganze Gemeinschaft entnahm. Der Baum wurde zum heiligen Baum der Gallier, der der christlichen Kirche die Essenz des Wissens brachte und ihr dank der Quelle lebendigen Wassers, die zwischen seinen Wurzeln hervorquoll, Kraft und Unvergänglichkeit verlieh. Diese klare Woge, von der der Meister zwar sprach, Jehan aber vergeblich auf die Erklärung ihrer symbolischen Bedeutung warten ließ.

Ein paar Schritte weiter, als sie die letzten bereiften Ritterlinge ernteten, scheuchten sie ein Wildschwein auf, das grunzend und mit wackelndem Hinterteil hervorbrach. Der Meister biß in die rohen Pilze und kam auf das Wildschwein zu sprechen, wobei er ohne Umschweife wieder bei den Kapitellen von Saulieu anlangte, die er sich nicht aus dem Kopf schlagen konnte.

Er schrie: „Hollaho!" dann wandte er sich an Jehan, „hast du den alten Druiden gesehen? Er war dabei nachzudenken, und wir haben ihn in seinen Meditationen gestört! Du findest ihn in der Basilika Sankt-Andoche von Saulieu – diesem Platz der Sonne wieder. Er ist auf dem Kapitell des vierten Pfeilers im nördlichen Seitenschiff. Mein Compagnon hat dort zwei dargestellt, die sich gegenüberstehen, und ein Mann hält beide am Schwanz fest." Meister Gallo brach in fröhliches Gelächter aus:

„Ich lache, weil ich die dummen Kleriker sagen höre: ,Seht Brüder, das sind zwei kämpfende Wildschweine, die von zwei Männern zurückgehalten werden!'"

„Irren sie sich?" fragte Jehan.

„Sie irren sich so sehr, daß es zum Heulen ist. Aber besser ist es, zu lachen! Das Wildschwein ist das Symbol des einsamen Druiden, wie du weißt, und der Mann, der es berührt, ist ein Eingeweihter. Um das ganz deutlich zu machen, hat der Frei-Maurer-Stein-Hauer ihn dargestellt, wie er in der anderen Hand den ‚Karfunkel‘, die ‚kleine Kohle‘, den ‚Kristall‘, das ‚Salz Christi‘ hält. Wenn du genau seine Hand betrachtest, so kannst du es sehen.“

Le Gallo blieb außer Atem stehen und schien schweigend mit dem Genuß seines Pilzes beschäftigt zu sein. Jehan fühlte genau, daß man ihn jetzt nicht weiter fragen durfte. So sagte er ruhig:

„Ich hätte ganz dumm geglaubt, es wäre ein Trüffelsucher. Sein Schwein hätte die Trüffel, die ‚kleine Kohle‘ entdeckt, und er zeigt sie vor, indem er ausruft: ‚Hier ist sie! Ich habe sie gefunden!“

Der Meister schaute ihn ernst an und sagte:

„Du hast auch recht! Ja, und es ist die gleiche Sache. Weil das Wildschwein die Trüffel findet, ist es zum Symbol des Druiden geworden, der sucht und findet.“

Ja, diese Spaziergänge, die Einweihungszeremonien glichen, machten wirklich den Sonntag zum Tag des Herrn. Und dann kehrten sie mit dem Stock über der Schulter, immer bereit ein Kaninchen zu erlegen, auf schmalen Pfaden zurück, um sich pünktlich zur Complet am Abhang über der Abtei einzufinden.

Zwischen den Ästen der hohen Buchen hörten sie die klare Stimme des Vorsängers, der das ‚Jube domine benedicere‘ über dem d – f des ersten gregorianischen Modus anstimmte, dieser absteigenden Quinte, die eines der menschlichen Maße ist. Auf welche die Stimme des Offizianten mit der vom Grundton aus absteigenden Quinte antwortete: ‚Noctem qui etam et finem perfectum concedat...‘

Was in der heutigen Sprache besagt:

„Daß der allmächtige Gott uns eine ruhige Nacht und ein glückliches Ende gewähren möge...“

Diese abgeklärt heitere Anrufung, die dem wechselnden Diskant der Psalmen vorausging, gab Jehan das Gefühl, als ob er im Frieden dieses Winterabends über dem Wald schweben und alles von sehr hoch oben erleben würde.

Anschließend gingen sie zum Bauplatz hinunter, wohin ihre Arbeit sie unweigerlich zog, um sie zu belohnen. Sie streichelten verliebt über das Holz der Rüstung, über die Verzapfungen und Ständer, dann über die Steine. Der Meister wies auf die Perfektion der Arbeit hin, zum Beispiel auf die kleine Wassernase, diese Tropfleiste an der vorderen Kante der Kaffgesimse, wodurch die schwarzen Wasserspuren verhindert wurden, die man heute so oft an Gebäuden sieht, die von Dummköpfen ausgeführt worden sind; oder auch auf den Neigungswinkel der Kopfbänder und die abgestirnten Zapfenanschlüsse. Der Meister zeigte Jehan, daß die Fundamentmauern aus besonders harten Steinen bestanden, die vom Perrières stammten, auf denen dieses scheußliche grüne Moos nicht wachsen konnte, das sich auf halbhartem Gestein so schnell verbreitet. Auch die Sockelmauern waren aus härteren Steinen als das Blendmauerwerk über den Gesimsen, damit es der Erosion besser widerstand.

Aus all diesem konnte Jehan ersehen, daß man die verschiedenen Einzelheiten nicht dem Zufall oder der Unkenntnis überlassen hatte, damit sie sich zu einem wunderbaren Ganzen zusammenfinden konnten. Sie mochten nur denjenigen mysteriös, überflüssig oder unverständlich vorkommen, die entweder nicht verstehen wollten oder konnten.

„... Diejenigen, die die Augen schließen und sich die Ohren zuhalten!" sagte der Meister mit zornig funkelnden Augen.

In Châteauneuf war die Arbeit nun bald beendet. Die Gebinde wurden Stück für Stück nach oben gezogen und vor Ort liegend zusammengesetzt. Man richtete sie mit Hilfe von Flaschenzügen auf und verband sie durch Pfetten und Binder miteinander. Darüber wurden die Sparren in die

Einschnitte der Fußpfetten gelegt, so daß wie durch Zauber ein unverschiebbares Dachprisma entstand, das bereit war, die enorme Last der Steindeckung aufzunehmen, die über dem gezimmerten Dachstuhl eine Art Gewölbe bilden würde, das genauso wie ein echtes seine magische Aufgabe erfüllen konnte.

Jehan sah, wie mit geschmiedeten Nägeln die Dachlatten aufgenagelt wurden, von denen manche sein Bruder Daniel, der Unschuldige, aus der Gemeinschaft zugesägt hatte, und wie die Dachdecker damit anfingen, die Steinplatten an den Rändern der Gesimse zu verlegen. Er beobachtete gebannt, wie die Männer mit den großen Händen die verschiedenen Lagen der Kalksteinplatten anordneten. Er war am frühen Morgen von einem Krach geweckt worden, der von dem unregelmäßigen Klingeln eines Glockenspiels überlagert wurde. Als er die Augen geöffnet und sich das Gesicht im eiskalten Wasser der Viehtränke gewaschen hatte, sah er die Dachdecker, wie sie einen Kalkstein nach dem andern nahmen, ihn vertikal in der linken Hand hielten und dann mit dem Hammer in der rechten kurz anschlugen. (Das erforderte einen verdammt festen Griff, denn jede Platte wog mindestens zwanzig Kilo!) Wenn es dumpf klang, warfen sie den Stein ins Tal hinab – das war der Krach. Wenn es sich aber klar und rein anhörte, war der Stein gut und wurde benutzt – das war das Glockenspiel.

Man mußte es gesehen haben, wie sie mit unheimlicher Geschicklichkeit die platten, kristallspröden Steine auf dem Schneidbrett mit dem Hammer bearbeiteten, indem sie ihre Oberfläche glätteten und abschrägten.

All dies wirkte zusammen, um über dem Holz, das die Zimmerleute nach den Regeln des goldenen Schnitts und der sublimen Proportion zusammengefügt hatten, einen mineralischen Panzer zu bilden, an dem das Wasser ablief, der aber das Licht und die kosmischen Kräfte einfing, um sie auf das ganze Gebäude einwirken zu lassen.

Jehan nickte mit dem Kopf. Meister Gallo, der seinen Bauch erhoben hatte und seinen Lehrling erwartete, um ihm beim Anlegen der langen und breiten Wollbinde zu helfen, sah ihn so im Zuschauen versunken stehen, überließ ihn einen Moment seiner Betrachtung und sagte:

„Es ist schön, jemand bei der Arbeit zuzusehen, der seine Sache versteht – nicht wahr?"

Jehan nickte noch einmal und murmelte: „So viel ist sicher, nicht jeder hergelaufene Hosenscheißer ist dazu fähig!"

Noch ganz fiebrig vor Bewunderung ergriff er das lange Ende des Flanelltuchs, entfernte sich rückwärtsgehend und hielt es gespannt, während es der Meister festhielt, sich wie ein Derwisch um sich selbst drehte und sich so darin einwickelte.

„Zieh, du Stift! Zieh!" schrie er, „damit es mir die Eingeweide zusammenhält und ich weder meine Nieren noch meine Gedärme verliere!"

Jehan zog, wobei er sich fest nach hinten stemmte, aber der Meister war doppelt so schwer wie er, so daß er den Stift mitriß, der über den Boden schlitternd herankam. Bald standen sie sich Nase an Nase gegenüber und befestigten wie jeden Morgen den Stoff sorgfältig unter den Achseln. Sie machten beide die gleiche Wendung, hoben die rechte Hand mit abgespreiztem Daumen, schlugen die Handflächen gegeneinander, verkreuzten für zwei Sekunden die Finger und sagten dabei mit leiser Stimme: „lavar ha sklerijen – Wort und Licht." Jehan wiederholte diese für ihn unverständlichen Worte jeden Morgen nach der Gürtungszeremonie, die daran erinnern sollte, daß auf dem Bau jeder den anderen braucht, vom Kleinsten bis zum Größten.

Nach einer Pause sagte der Meister:

„Merk dir, daß du niemals allein arbeitest, daß deine Arbeit ein Gemeinschaftswerk ist und daß deine Arbeit dazu beiträgt, die Stadt des Geistes auf Erden für die Menschen zu errichten. Und wenn du deine Arbeit schlecht machst, so schadest du dem Gemeinwohl deiner Compagnons und aller Menschen, die deine Brüder sind!"

So war der Meister Gallo!

An diesem Morgen sagte Le Gallo gleich nach der rituellen Gürtungszeremonie, daß man sich zum Aufbruch vorbereiten solle. Es ging also los.

Man wanderte weiter! Kaum war die Arbeit beendet, fühlten die ‚Gänsefüße' das Feuer am Hintern und dachten nur noch daran wegzukommen. Jehan hörte, wie ihm Compagnons immer häufiger zuriefen:

„Wir putzen die Platte, du Stift! Bald putzen wir die Platte!" Er verstand nicht, was sie meinten, und sie wiederholten:

„Es geht los, Kleiner, wir wandern, an Lichtmeß hauen wir ab!"

„Ich verstehe jetzt warum man euch ‚Passanten' nennt. Ihr redet immer davon, den Ort zu wechseln."

„Nein, Junge, du verstehst nichts. Man nennt uns ‚Passanten', nicht weil wir auf den Straßen weiterziehen, sondern weil mit uns das Wissen zieht, das wir weitergeben. Man darf das nicht verwechseln."

„Also gut, wir brechen auf", knüpfte Jehan an das Gesagte an, der nun auch von dem Wort ‚Aufbruch' angeregt wurde. „Aber wohin?"

„Setz einen Fuß vor den andern, und du wirst es sehen!" antwortete man ihm lachend.

Aber Le Gallo fragte ihn ernst: „Ziehst du mit uns, oder bleibst du hier? Du mußt jetzt wählen."

„Ich komme mit, ja, ich breche auf!"

„So wirst du mir jetzt dein Versprechen als Anwärter geben, daß du nicht fortgehen wirst, ohne das Wissen erlangt zu haben. Ich werde dir jetzt, während du es dir überlegst, die Stelle aus dem Buch der Könige hersagen, wo von den dreißigtausend Arbeitern auf dem Bauplatz des salomonischen Tempels die Rede ist. Sie unterstanden Hiram, einem geschickten, weisen und kenntnisreichen Meister…"

Und im Kreise der für den Aufbruch gerüsteten Compagnons rezitierte Le Gallo mit dem Stenz in der Hand die Textstelle, wo Salomon und Hiram jedem Arbeiter seine Anweisung und ein Losungswort gaben, dann erzählte er, wie es weiterging:

„Die drei schlechten Gesellen Halem, Sterkin und Hotherfut, denen man das Losungswort der Meister vorenthielt, töteten Hiram und wurden auf Befehl Salomons hingerichtet…"

Diese Versammlung fand auf dem Zimmerplatz statt, wo sie unter sich waren. Sie schauten Jehan fest an. Ihre Gesichter waren erschreckend.

„Hier ist ein Lehrling, der anfragt!" verkündete Le Gallo und wandte sich an den verschüchterten Jehan:

„Ihr fragt um Aufnahme an?"

„Ja, Meister."

Dann zitierte man ihm eine Art Regel, in der es hieß, daß er sich allen ehrbaren und ordentlichen Compagnons gegenüber solidarisch und respektvoll zu verhalten habe. Man fragte ihn besonders, ob er verspreche, nichts von seinem Gelöbnis noch von den Berufsgeheimnissen zu verraten. Daraufhin mußte er sein heiligstes Versprechen geben, über das erlangte Wissen und die Unternehmungen der Bruderschaft Stillschweigen zu bewahren. Er gelobte dies bei seinem Leben.

Er schwor, indem er die rechte Hand auf eine alte Pergamentrolle legte, die von den Compagnons wie eine Kostbarkeit gehütet wurde, und die, wie er erfuhr, eine Abschrift des Johannisevangeliums war. Er schwor, wobei er von den Haarwurzeln bis zu den Fußsohlen erschauerte, und er wußte nicht ob aus Furcht oder Freude.

Schließlich war alles zum Aufbruch bereit. Am Vorabend waren der Meister und Jehan noch einmal zur Gemeinschaft hinaufgestiegen, um Abschied zu nehmen. Sie kamen dort an, als die Jungen gerade die Bucheckern einsammelten, aus denen die Frauen ein herbes, starkduftendes Öl preßten. Alle waren im Buchenhain von Thueyt verteilt bei der Ernte. Jehan half ihnen, denn man soll andern nicht bei der Arbeit zusehen, das bringt Unglück. Sofort war ihm Reine auf den Fersen. Sie versuchte ihn einfach an den Enden seines Überwurfs zu fassen, um ihn, angelehnt an einen Holzstoß, mit ihren Armen, Beinen und Brüsten, die in den letzten Monaten eine erstaunliche Wichtigkeit und Persönlichkeit erlangt hatten, zu umschließen.

Jehan entzog sich ihr nicht. Im Gegenteil, er forderte sie sogar heraus und genoß noch einmal den Moschusgeruch des Mädchens, das triumphierend zu singen anfing, sobald ihre Lippen sich wieder frei fühlten. Man muß dazu sagen, daß ein Ostwind wehte, der die Mädchen erregt.

Schließlich in der Gemeinschaft, wo Reine mit verrutschter Haube, wehenden Haaren und geröteten Wangen angekommen war, hatte Jehan alle umarmt. Als er zu Reine kam, verzog sie den Mund und brach in Schluchzen aus. Alle lachten, nur ihre Mutter wurde wütend und zuckte mit den Schultern, als ob sie sich den Nacken ausrenken wollte.

Am nächsten Morgen zog die Karawane im Dämmerlicht los. Der frische Duft der blühenden Weißdornbüsche kitzelte ihre Nasen. Man folgte sofort dem Fuhrweg, der zur Vandenesse hinunterführte und sie an der Mühle überquerte. Von dort aus überblickte man das ganze Gebiet bis zu den ersten Erhebungen des Morvan, hinter denen der Berg Bibracte und seine beiden Brüder mit jedem Schritt, den Jehan machte, tiefer versanken. Er war wie berauscht. Jetzt passierte er die Barriere der Berge, die seit seiner Kindheit die Welt nach Norden und Westen hin begrenzt hatten. Es schien ihm, als ob er mit seinen Beinen nun in das wunderbare Unbekannte vordringen würde, das man ‚Anderswo‘ nannte, und wo alles, wie man weiß, besser ist als hier.

Die Gesellen marschierten singend neben ihren Maultieren, deren Glocken im Terzintervall mitklangen.

Sie hatten noch nicht den Fluß erreicht, als sich Jehan le Tonnerre umdrehte und seinen Vater hinter der Karawane ankommen sah, der sie im Laufschritt erreichte."

„Holla, holla!" schrie er, „nicht so schnell, ihr Kindesentführer!"

Er machte solchen Lärm, daß Meister Gallo anhalten ließ. Er ging auf ihn zu: „Was geht hier vor, Meister Martin?"

„Hier geht vor", antwortete Jehans Vater, der schnaufte wie ein Dachs, den man ausräucherte, „daß ihr mir meinen Sohn wegnehmt. Ich wiederhole: Zwei Arme, die uns in der Gemeinschaft fehlen! So etwas ist nicht erlaubt, und ihr nehmt ihn, weil er ein guter Arbeiter ist, ihr habt Zeit gehabt, das festzustellen. Ich bin sicher, ihr würdet ihn mir gerne wieder überlassen, wenn er sich als faul erwiesen hätte."

„Ja, er ist ein guter Arbeiter, das stimmt!"

„Also raubt ihr ihn mir und stehlt euch heimlich vor Tagesanbruch mit ihm davon!"

„Er hat selbst gewählt. ,Ich gehe mit euch', hat er gesagt und aufs Evangelium geschworen. Ich brauche mich nicht zu verstecken, wenn ich ihn mit auf die Wanderschaft nehme!"

Martin nahm seine Mütze in beide Hände, warf sie auf die Erde und trampelte darauf herum, wie es seine Art war, wenn er sein Ziel bei jemand zu erreichen versuchte, der stärker war als er.

„Aber nein, nein! Das ist doch bei Gott nicht möglich! Man zieht einen Jungen auf, pflegt und füttert ihn, man macht ihm tüchtige Arme und Beine, gibt ihm die Liebe zur Arbeit und Geschicklichkeit! Und dann kommt der erste beste, wickelt ihn ein und nimmt ihn ersatzlos mit. Aber das ist noch nicht alles! Eines unserer Mädchen will ihn für sich. Er gefällt ihr so gut, daß sie nachts von ihm träumt!"

„Meister Martin, es ist nicht meine Sache, eure heißen Mädchen zu verheiraten!"

„Aber für uns ist das sehr wichtig! Sie könnten ein Paar innerhalb der Gemeinschaft bilden. Wenn er fortgeht, müßte das Mädchen eine Verbindung außerhalb der Kommune eingehen, was viele Schwierigkeiten bereitet. Die zwei könnten uns gute kleine ‚parsonniers‘ machen, die unsere Nachfolge sichern würden…“

Jehan hielt sich hinter seinem Maultier versteckt, indem er so tat, als müßte er den Tragriemen enger schnallen.

Meister Gallo ließ ihn kommen und fragte ihn:

„Willst du in Sankt-Gall bleiben oder fortgehen?“

„Fortgehen!“ sagte Jehan mit erhobener Stirn.

„Also so ist das!“ sagte sein Vater, „du sagst dich von mir los!“

„Er sagt sich von niemand los“, warf Meister Gallo ein und stieg in den Sattel. „Er kommt eine zeitlang mit uns, bis ihm der Bart ein wenig länger gewachsen ist, und dann kehrt er zurück und macht eurem brünstigen Mädchen kleine Kommunarden. Sie braucht nur brav abzuwarten und es mit sich machen zu lassen.“

So verließ Jehan seine Wälder und Berge.

Schon nach den ersten Schritten am rechten Flußufer nahm er eine Veränderung am Himmel und auf der Erde wahr. Eine Meile weiter fühlte er, daß alles sich anderen Horizonten zuneigte. Er wußte nicht warum, aber der Meister machte ihn darauf aufmerksam:

„Schau gut hin, der Fluß, den du jetzt dort siehst, fließt nach Norden ins kalte Meer. Vorher in Châteuneuf floß das Wasser in Richtung Mittelmeer, hier scheiden sich zwei Welten!“

Dann drangen sie ins Tal des Armancon ein, der von links auf sie zufloß. Das Tal war wie ein Korridor mit einem breiten Heerweg, auf dem ein Strom von Menschen dahineilte wie auf einer Ameisenstraße. Jehan war ganz betäubt. Da oben auf den Waldwegen, die sich bei Sankt-Gall kreuzten, traf man kaum zwei verirrte Christen im Jahr. Hier sah er eine kaum unterbrochene Kette von Menschen, die Bettelsäcke trugen, und Wagen, auf denen Bewaffnete saßen, von denen sich manche ein Tuchkreuz auf die Vorderseite ihrer Mäntel genäht hatten. Alle zogen in die dem Weg der Compagnons entgegengesetzte Richtung – nach Süden.

„Das ist das Fieber der Kreuzzüge", sagten die Kuldeer spöttisch. „Man hat ihnen die Hucke voll geredet: ‚Ihr nennt euch Christen und bleibt hier, um euch die Fußnägel sauber zu machen, während die Ungläubigen auf dem Grab Christi Unzucht treiben? Nehmt das Kreuz, Freunde, nehmt das Kreuz!'"

Man hörte, daß tatsächlich fast alle aus Vézelay kamen, wo die Volksredner ihnen eingeheizt hatten. Manche erzählten, daß sogar Bernhard von Fontaine, der Abt von Citeaux, das Wort ergriffen hätte, was die Compagnons mit Unwillen erfüllte.

„Ich verstehe ihn nicht mehr", sagte Le Gallo enttäuscht. „Ich habe geglaubt, daß er unserer Überlieferung treu bleiben wollte, und nun zieht er aus, um die Kabbala der anderen zu suchen. Ich verstehe das nicht!"

Das war für Jehan unverständliches Hebräisch, aber er prägte es sich trotzdem in sein Gedächtnis ein, als sie weiter den andern entgegenzogen.

Sie sangen mehr oder weniger derbe Lieder, die sich in Hymnen verwandelten, wenn sie an Wegkreuzen vorbeikamen.

Vor so einem Kreuz, das an der Quelle errichtet worden war, wo sich heute die Kirche von St. Thibault befindet, machten die Kuldeer Halt. In der Nähe waren drei Holzhütten, wo die Kranken ihre Glieder in das heilende Wasser tauchen und davon trinken konnten. Sie kamen von weither, denn zu dieser Heilquelle pilgerte man schon seit Urzeiten. Das Kreuz war seltsam geformt und aus einem einzigen Steinblock herausgehauen worden. Es bestand aus einer dicken Steinscheibe, in die man einfach vier Löcher gebohrt hatte, so daß sich ein plumpes, gleicharmiges Kreuz hervorhob, wie man es auf der Zeichnung sieht. Wenn man genauer hinschaute, erkannte man, daß auf der Vorderseite des Kreuzes einige Schnörkel eingraviert waren, und wenn man diese noch näher betrachtete, sah man, daß diese Schnörkel sich kreuzende Schlangen darstellten. Aber diese Gravierungen waren von der Witterung schon so zerfressen, daß man sie kaum mehr erkennen konnte.

Jehan konnte sich nicht enthalten zu bemerken: „Dieses Kreuz ist auch nicht erst von gestern!"

Die anderen lachten:

„Nein, Kleiner, es ist noch viel älter als das!"

Le Gallo ordnete an, daß man hier Frühstückspause machen sollte. Er führte Jehan vor das Kreuz und sagte:

„Das ist das Kreuz der Druiden, von dem der Prophet dir erzählt hat. Es wurde vor der Geburt von Christus gemacht."

„Nicht möglich!" flüsterte Jehan, und der Meister sprach:

„Hier ist der rechte Moment, um dich in das Geheimnis einzuweihen, und hier am Kreuz ist auch der rechte Ort. Die Gesamtheit des druidischen Wissens über Erde und Himmel wurde in einer mythischen Lehre von der Abstammung der Götter zusammengefaßt, die dem Suchenden nicht nur die Ursprünge des Lebens, des Glaubens, der Unsterblichkeit der Seele, des ewigen Lebens und des einzigen Gottes enthüllt, sondern auch die Beziehungen, die zwischen der Gottheit und dem Magnetismus der Sonne, der Erde, der Menschen, Tiere, Pflanzen und Mineralien bestehen. In zwei Bildern ist ein Teil dieses Erbes zusammengefaßt: im Tierkreis und im Kreuz der Druiden. Der Tierkreis? Das kriegen wir später. Den erkläre ich dir zu passender Zeit, vielleicht wenn wir am ‚Ort der Sonne' = ‚Lieu de Soleil' = Saulieu vorbeikommen. Hier also erstmal das Kreuz der Druiden. Die Leute, die es bei der heiligen Quelle fanden, haben es auf einen Sockel gestellt und sehen in ihm das Symbol des Erlösers Christus. Es kommt aber von weiter her."

Der Meister holte Zirkel und Winkelmaß hervor und zeichnete in den Staub des Weges drei konzentrische Kreise, von denen jeder den dreifachen Durchmesser des vorhergehenden hatte: „Der erste Kreis ist der größte, er hat den Durchmesser 81, und das ist der Kreis von Keugant", sagte er. „Das ist das Chaos in dem nichts existiert außer Gott.

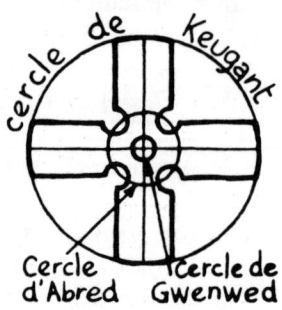

Cercle d'Abred    Cercle de Gwenved

Aus diesem Keugant schickt der einzige Gott die Seelen in den zweiten Kreis Abred, der einen Durchmesser von 27 hat. Das ist der Kreis des irdischen Lebens, wo das Schicksal der Seelen sich zwischen den Kräften des Guten und Bösen entscheidet. Der Wahl entsprechend, die sie getroffen haben, kehren sie entweder in den Kreis des Nichts, ins Keugant zurück, oder sie erheben sich in den dritten Kreis Gwenved, mit dem Durchmesser 9. In ihm ist die Vollendung in Gott. Hier ist der endgültige Sieg über das bestialische in uns und über die Versuchungen, denen wir im Abred ausgesetzt sind."

Er zeichnete nun zwei Durchmesser, die sich rechtwinklig im Kreismittelpunkt kreuzten. Dann zeichnete er zu jeder dieser beiden Linien je zwei Parallelen im Abstand von 8,5 Einheiten des Durchmessers, die zusammen ein gleicharmiges Kreuz (er betonte das ‚gleicharmig') mit einer Länge von 18 Einheiten bildeten, in dessen Mitte ein Quadrat von 18 Einheiten Seitenlänge eingeschrieben war. Jeden Winkel dieses Quadrats nahm Le Gallo nacheinander zum Zentrum und beschrieb darum einen Bogen mit dem Radius 4,5. Diese vier Kreise schnitten die Arme des Kreuzes an der Basis. Er richtete sich auf und sagte mit Nachdruck: „Und hier hast du das Kreuz der Druiden!" Jehan unterdrückte ein Lachen, denn er wollte den Meister nicht verärgern und fragte nur naiv:

„Aber warum diese 9, diese 27, diese 81? Warum 18? Warum 4,5? Warum diese ganze Zahlenansammlung, von der ich nichts verstehe?"

„Weil man aus den so konstruierten Kreisen und Kreuzen die gesamten Erkenntnisse der Druiden ablesen kann, wenn man die Nase hineinsteckt und darin herumschnüffelt."

„Ah, zum Teufel!" sagte Jehan, indem er das Kinn in die Hand stützte, „und wie?"

Der Meister erhob sich, bestieg sein Maultier und ließ aufbrechen. Jehan ging neben ihm her und hörte zu, während er fortfuhr: „Weil der Kreisumfang von Gwenved geteilt durch 9 das Maß des Druidenfußes ist – also wie viel?" Auf diese Frage begann Jehan verlegen zu stottern: „Es ist... öh... öh... öh..."

„Es ist 0,31415 und ein paar Zerquetschte! Ich habe dir neulich beigebracht, und du mußt es dir merken, weil es grundlegend wichtig ist, daß 31415 bei der Errichtung der großen Steinsetzungen von Carnac und Gavrinis in der Bretagne und von Karnak in Ägypten als Basisdimension gedient hat. Sie hat uns zur Quadratur des Kreises geführt und beherrscht auch die Konstruktionen unserer christlichen Heiligtümer. Wir halten daran fest!"

Die Karawane hatte ihren Marsch wieder aufgenommen. Jehan paßte seinen Schritt dem des Leittieres an, und dieser gleichmäßige Rhythmus, zusammen mit der monotonen Stimme des Meisters, versetzten Jehan in eine wunderbare Welt, die man für einen Traum halten konnte, die aber in Wirklichkeit ein Vorgeschmack auf diejenige war, die einen im Kreis Gwenved erwartete. Wobei es Jehan so vorkam, als ob man dort einfach durch seine Vorstellungskraft eindringen und frei herumwandern könnte.

Wie weit war er in diesem Moment von dem Gedanken an Reines duftende Samthaut entfernt! Er hörte die Stimme von Meister Gallo, der in seinen Belehrungen fortfuhr und vom nahen Dolmen in Autun erzählte, dessen Proportionen durch ihr Verhältnis zueinander auf seltsame Art an die platonischen Körper erinnern, von denen im ‚Critias‘ die Rede ist. Was einen andererseits nicht zu wundern brauche, denn die Druiden haben ja die griechischen Weisen initiiert. Die Druiden, jene Überlebenden von Atlantis!

So erzählte Le Gallo, über sein weißes Maultier gebeugt, das Jehan, der wie im Traum wanderte, am Zügel hielt. Erst drei Stunden später tippte sich Jehan mit dem Zeigefinger an die Stirn und rief aus:

„Die Schlangen! Meister! Die Schlangen, die auf dem Kreuz sind?"

„Nun gut, also was ist mit den Schlangen?"

„Sie sind das Symbol des schützenden, göttlichen Lichts, der Prophet hat es mir gesagt, und darum sind sie auf dem Kreuz!"

„Aber sicher, mein Junge", bestätigte der Meister in aller Ruhe. „Du bist mit dem Wundern noch nicht am Ende. Das Werk der Druiden enthält eine Botschaft, die ich dir Tag für Tag weiter offenbaren werde und die du ebenso an die weitergeben wirst, die du für würdig hältst. Man muß das alte

Wissen vom Wort des Lichtes, dem Schöpfer des Lebens erhalten. Seine Erwähnung im Prolog des Johannesevangeliums bestätigt meine Überzeugung, daß das keltische Weltbild der wichtigste Vorläufer des christlichen Weltbildes gewesen ist. Darum legen wir unsere Eide auf das Johannesevangelium ab. Wir sind Johanniter."

Er holte Luft und fuhr fort:

„Ich habe dir noch nicht alles gesagt, und ein einziges Leben reicht kaum aus, um alles zu sagen, so groß war die Erkenntnis der Druiden. Die vier kleinen Kreise, die ich an den Schnittpunkten der Linien des Kreuzes gezeichnet habe, repräsentieren auch die vier Elemente, aber die Druiden setzten noch einen fünften in den Mittelpunkt des Kreuzes, den sie die ‚Wuivre' nannten."

„Ah!" rief Jehan aus, „die kenne ich schon, ich habe darüber von dem verlausten Propheten bis zum Überdruß gehört! Die kenne ich!"

„Das ist der Äther, die göttliche Strömung!"

„Die Schlange", warf Jehan ein.

„Ganz richtig, die Schlange! Ja, die du auf dem Kreuz neben der Heilquelle gesehen hast, wo die Krüppel ihre kranken Glieder eintauchten."

Jehan machte schweigend zehn Schritte, dann zwinkerte er mit den Augen und grinste:

„Was für eine Menagerie, bei Sankt-Gallus, was für eine Menagerie!"

„Symbole, mein Kleiner!" sagte der Meister in leichtem Ton, „Symbole, die wir wieder und wieder in die von uns konstruierten Gebäude gravieren. Zahlen und Proportionen, die gegen alle Widerstände unsere Baurisse bestimmen, um ewig die Erkenntnisse unserer Meister zu überliefern, die der Humus sind, auf dem der Baum Christi blühen kann, und um alle Menschen davon profitieren zu lassen, die..."

Jehan merkte beim Laufen, oder vielleicht weil er lief, wie ein großes Wohlgefühl seinen Körper durchströmte.

Man hatte das Tal des Armancon verlassen und wanderte nun am Fuß des Gebirgszuges von Cras im Tal der Dandarge entlang. An einer Wegbiegung konnte man in der Ferne einen abgeplatteten Berg mit einer Kuppe so kahl wie mein Knie erkennen, an dessen Fuß sich ein Dorf anklammerte.

„Das ist Alise", sagte der Meister, indem er mit dem Stock darauf hinwies. Alise, das die Römer Alésia genannt haben. Es soll dort eine berühmte Schlacht gegeben haben, die großes Unglück über uns gebracht hat. Aber am wichtigsten ist, und das mußt du wissen, daß das ganze Plateau mit Ansiedlungen und Tempeln bedeckt war, von denen dir das heutige Dorf keine Vorstellung mehr gibt, so kümmerlich, wie es dort am Abhang liegt."

„Es war die heilige Stadt unserer Väter. Sie wurde vom Enkel Japeths gegründet. (Aber du weißt ja nichts von Japeth.) Er ist der gleiche, den wir Kuldeer auch Ogmius nennen. Bei den Griechen, die uns alles abgeguckt haben, hieß er Herakles. Als er durch unser Gallien kam, gründete Ogmius-Herakles Alise, dann ging er weiter nach Süden über Orcival, Conques, Périgueux, hieb mit seiner Keule bei Ronceval das Gebirge in zwei Teile und durchquerte Iberien, um über Cadix (Le Gallo sprach es ‚Gadex‘ aus) in sein Heimatland, den Kontinent Atlantis zu gelangen, wo die Druiden herrschten. Aber als er dort ankam, waren die Länder im Meer versunken. Nur wenige kleine Inseln waren im Ozean verstreut übriggeblieben. Da er nun nicht mehr nach dem versunkenen Atlantis zurückkehren konnte, gründete er die Stadt Tartessos; ich nehme an, um sich dort am Ufer des Flusses auszuruhen, den die Araber ‚L'oued el khebir'[*] nennen, und errichtete etwas weiter südlich die beiden enormen Säulen auf beiden Seiten der großen Bresche, die sich beim Untergang von Atlantis gebildet hatte."

[*] Guadalquivir (A. d. A.)

Jehan hörte den Geschichten dieses merkwürdigen Zimmermanns zu und fragte sich: „Denkt er sich das aus, oder was? Aber er kann das nicht alles erfinden, denn das übersteigt die Erfindungsgabe, und hätte er alles erfunden, so könnte ich es nicht wissen, denn ich kenne alle diese Leute und Länder nicht, von denen er erzählt. Er kann mir also so viel vorspinnen, wie er will. Aber das ändert nichts an der Schönheit dieser Geschichten."

Während er zuhörte, schwirrte ihm der Kopf. All diese Einstürze, diese versunkenen Länder, diese Götter, die hier eine Stadt gründen und dort mit einem Keulenschlag die Welt teilen, brachten sein Hirn zum Kochen.

So kamen sie schließlich im Tal der Brene an. Sie floß in Strudeln und Wasserschnellen, von Erlen überschattet durch mooriges Gelände. An manchen Stellen sprangen die Forellen über die unregelmäßigen Staudämme, die die Biber mit Hilfe von schwimmenden Baumstämmen gebaut hatten; an anderen hüpfte der Fluß über helle Untiefen und Sandbänke, so daß der Talgrund unpassierbar war; der Weg verlief daher auf halber Höhe, auf dem ihnen immer noch Gruppen mit Bannern und Standarten in Kriegsausrüstung entgegenkamen, zwischen die sich Kaufleute mit ihren Fuhrwerken und viele, hauptsächlich junge Vagabunden mit langen verfilzten Haaren, grauer Haut und hageren Wangen mischten. Das waren zweifellos wieder Joachinisten, die alles von der Oberfläche der Erde tilgen wollten, um die Welt zu reinigen, aber noch nicht genau wußten, womit sie es ersetzen sollten. Es war erstaunlich, daß alle einmütig den Weg Richtung Süden hinaufzogen, um das Gebirge an der Quelle der Brene zu überschreiten, von wo aus manche glaubten, in der Ferne schon die Wunder des heiligen Landes erblicken zu können, wie es sich dort, am Ufer des blauen Meeres unter Bäumen mit goldenen Früchten darbot.

Nur die Compagnons entgingen dem Sog dieses Stroms. Sie wanderten jetzt stracks nach Norden und erreichten bald den Ausgang einer kleinen, waldigen Bergschlucht, die sich nach Osten hin öffnete. Le Gallo wies sie auf diesen Weg und sagte: „Und hier ist Fontenay, Gesellen, man erwartet uns dort."

In der Tat, nachdem sie unter hohem Laubwerk an einem eiskalten Bach entlangmarschiert waren, stießen sie auf einen befestigten Weg, an dessen beiden Seiten der Wald gerodet und durch Wiesen ersetzt worden war, auf denen die Kühe bis zum Bug im Gras standen oder auf dem Bauch lagen und wonnevoll sabbernd wiederkäuten. Etwas weiter entfernt in der gleichen Richtung konnte man große Gebäude und die Geschäftigkeit eines Bauplatzes erkennen.

„Das riecht hier nach Mönchen, Kameraden!" bemerkte Jehan, der, vom Lachen der Gesellen ermutigt, jetzt schon laut zu sagen wagte, was er sonst nur leise gedacht hatte. So kamen sie bei der Abtei von Fontenay an, wo sie wie die großen Herren beherbergt wurden. Das war normal, denn man brauchte sie.

Die weißen Mönche (schon wieder sie, es schien Mönche zu regnen!) waren um brandneue Gebäude herum beschäftigt. Die Kirche, höher und gewaltiger als die von La Bussière, erhob sich in ihrem Kleid aus frisch geschnittenen und behauenen rosa Steinen im Zentrum eines großen gerodeten Platzes, wo die Laienbrüder das Wasser des Baches kanalisierten, um mehrere aufeinanderfolgende Stauseen am Ende des Tales anzulegen. Die steilen Hänge an beiden Seiten waren mit Hochwald bedeckt. Ganz unten, mit den Wurzeln im Waser, wuchsen Eschen, etwas höher bis zum Gipfel Buchen und Eichen, von denen die Holzfäller die schönsten für das Zimmerwerk ausgesucht und gefällt hatten. Das Unterholz aus Schwarzdorn- und Haselnußgebüsch bildete eine dunkle Decke, unter der sich helle Felsblöcke und Geröll versteckten.

Der starke Nordwind, der ihnen den ganzen Weg lang in die Ohren gebissen hatte, heulte auf dem Plateau, aber hier, in dem von Pflanzen gepolsterten kleinen Tal, herrschte

Ruhe und Schweigen. Zahlreiche Baracken und feste Häuser gruppierten sich in einem großen Viereck um Kirche und Kloster herum, das sich talabwärts auf einen Behelfsbrunnen und eine Brücke hin öffnete, die über den von der Höhe des Plateaus herabfließenden Bach führte. Meister Gallo sah sich das alles an, wobei er die Hände in die Hüften stemmte und zustimmend mit dem Kopf nickte:

„Ah, diese Schlauberger! Sie suchen sich immer die besten Plätze aus!"

Die Kirche war fast fertig. Es fehlte nur noch das Dach, und Jehan le Tonnerre begriff, daß man auf sie, die Zimmerleute, gewartet hatte, um das Gebäude zu decken.

Bevor sie anfingen, bemerkte er auch, daß man es bisher unterlassen hatte, die Werkzeuge zu überholen. Der Grund dafür war, daß es in Fontenay den besten Werkzeugmacher und den besten Schmied der ganzen Zisterziensergemeinschaft gab. Das war ein Laienbruder, dessen Haut und Haare ebenso dunkelbraun wie seine Kutte aussahen. Die harten Hände waren rußgeschwärzt und voller roter Schwielen, wie bei allen Meistern von Eisen und Feuer. Er war ein Mann, der mit einem Blick erkannte, wie scharf die Schneide eines Werkzeugs oder ob sein Öhr verbogen war und wo man Metall zugeben mußte. Besonders gut verstand er sich auf das Härten des Eisens, und wenn man ihn dafür lobte, lächelte er und antwortete: „Das ist nicht mein Verdienst, sondern der des Wassers!"

Ja, es war das Wasser, dieses neckische kleine Wasser, das die Hänge so gut auswusch, hatte magische Kräfte, gerade die richtige Temperatur, gerade die richtige Prise Fluor und Kalzium oder andere Beigaben, die bewirkten, daß die Klingen gehärtet wurden, ohne brüchig zu werden oder ihre Elastizität zu verlieren.

Es war eine Freude, dem Bruder mit seinen drei Novizen zuzusehen, wie sie das Eisen hämmerten, es rotglühend erhitzten, um dann damit zuerst nur vorsichtig die Oberfläche des Wassers zu streifen, das unter dieser streichelnden

Berührung seufzte und zitterte. Dann wurde die Klinge in einer langsamen Bewegung nach und nach immer tiefer eingetaucht, wobei vom Grund des Beckens ein dumpfes, kraftvolles Grollen aufstieg. Der reife Mann, der das mit ansah, konnte nicht anders, als an den Orgasmus zu denken. Wasser und Eisen fanden Lust aneinander.

Vielleicht dachte Bruder Joachim auch daran, aber er ließ es nicht merken. Er beobachtete genau das Eindringen des Werkzeugs ins Wasser und überwachte aufmerksam den Wechsel der Rottöne von Kirschrot, über Himbeerrot bis zum Dunkelrot des schwarzen Johannisbeersaftes und das kurze, dunkelgelbe Aufglimmen, das ihm zeigte, wann er den Prozeß unterbrechen mußte.

Ja, das Wasser hatte Zauberkraft, und Bruder Joachim war der Zauberer, und man kam von weit her, um ihm die Werkzeuge zu bringen. Der „Alte Hund" und Jehan blieben acht Tage an seiner Seite, um die Äxte, Dexel und besonders die Breitbeile zu schärfen, zu härten und zu verstärken. Man muß wissen, daß Meister Gallo sich sein eigenes Breitbeil nach einem Geheimverfahren hergestellt hatte. Der Winkel der Schneide war dabei genau kalkuliert, indem die flache Wange nicht ganz flach, sondern in leichter Kurve gebogen war und etwas nach rechts von der Schwingungsachse abwich, wodurch man mit möglichst geringem Kraftaufwand eine perfekte Glättung der Balken erreichte.

Meister Gallo sprach sonst nicht darüber, aber Jehan erklärte er eines Tages diese Dinge und fügte hinzu:

„Ich weiß nicht, ob andere damit arbeiten können, aber ich kann nur mit diesem Eisen schlichten, das hängt von den Armen ab."

Diese berühmten Breitbeile trugen ins weiche Eisen an der schmalen Stelle der flachen Wange das Zeichen Le Gallos eingraviert, das er auch, wie Jehan wußte, mit dem Stechbeitel in alle Balkenlagen ritzte. Es war eine Spirale aus zweieinhalb rechtsdrehenden Windungen, wie ein Schneckenhaus, das das ewige Leben symbolisierte.

Er besaß drei Breitbeile: ein kleines, ein mittleres und ein großes. Als sie an der Reihe waren und der Bruder Schmied sie sah, sagte er:

„Ah, die gehören Meister Gallo, faßt sie nicht an, bevor ihr ihm Bescheid gesagt habt!"

Man holte den Meister, und er überwachte die verschiedenen Operationen von Anfang bis Ende, wobei er das Schleifen der Schneide selbst besorgte. Als die Arbeit beendet war, strich der Meister mit dem Ballen seines Daumens über die erneuerten Schneiden und streichelte mit der Hand die Oberflächen der Wangen, dabei rief er in ganz verliebtem Ton: „Oh, das schöne, kleine Wasser!"

Dann wandte er sich an Jehan: „Wußtest du, daß dieses und das Wasser der Arroux in ganz Burgund am besten für das Schärfen und Härten geeignet sind?"

Das war wieder eine sehr nützliche Sache, die der Lehrling hier erfuhr.

Am achten Tag ihres Aufenthaltes in Fontenay wagte er schließlich in die Kirche hineinzugehen. Wie ich schon erwähnt habe, war der Innenraum fertig. Es fehlte nur das Dach über dem Gewölberücken. Die inneren Gerüste hatte man bereits abgebaut, und das Schiff war frei überschaubar. Man sah das reine, nackte Tonnengewölbe. Er trat durch das Haupttor ein, und sofort fühlte er sich so ergriffen und verwandelt, daß er schon nach zwei Schritten wie versteinert stehenblieb. Etwas drang durch die Fußsohlen in ihn ein, stieg an der Innenseite seiner Schenkel auf, umgab seinen After und seine Geschlechtsteile, bemächtigte sich seiner Lenden, dann seines Nackens, und schließlich schien es ihm, als ob ein Strom warmen Blutes seinen Schädel überflutete.

Er ging langsam das Schiff entlang, wobei er den Blick fest auf das höchste Fenster in der Mitte der Chors richtete. So machte er mit geschlossenen Fingern und nach vorn gewendeten Handflächen zwei, dann vier, dann zehn Schritte. Er hörte nichts mehr, sah nichts mehr, und es schien ihm, als ob seine Füße kaum den Boden berührten, der noch aus gestampfter Erde bestand, denn man hatte mit der Fliesung erst begonnen. Je weiter er auf die Vierung zukam, um so stärker fühlte er die Verzauberung. Sie erreichte ihren Höhepunkt an einer Stelle, wo sich ungefähr die Achsen des Haupt- und des Querschiffs kreuzten. Oder vielleicht auch etwas weiter dahinter, genau dort, wo die Mönche ihren Behelfsaltar aufgestellt hatten, um die Wandlung von Brot und Wein in Leib und Blut zu vollziehen. Er blieb dort steif wie ein Stock stehen, aber er fühlte sich erhoben, als ob er einen Meter über dem Boden schwebte.

Als er zu seinen Compagnons zurückkehrte, die auf dem Boden die Projektionen der großen Gebinde des Dachstuhls anrissen, sagte er ihnen begeistert:

„Ich bin unter dem Gewölbe gewesen!"

Sie schauten ihn einen Moment lang an, und als sie weiter mit Zirkel und Winkelmaß hantierten, beteuerte er laut:

„Und es funktioniert! Es funktioniert, ich habe es bis ins Knochenmark gespürt!"

Aber niemand achtete darauf, oder sie taten so, als ob sie das ganz natürlich fänden. Erst bei der Vesperpause, als die Laienbrüder ihre Hacken hinlegten und sich zu den Patres gesellten, um in die unfertige Kirche zu gehen und das Vespergebet zu singen, traf sich Meister Gallo mit dem Baumeister, einem gewissen Oiselet, der auch das Zeichen des Gänsefußes trug. Sie setzten sich unter den Architrav des Hauptportals und knabberten an ihrem Käse. Die Gesellen waren von den Gerüsten herabgestiegen und hatten sich mit gleichgültiger Miene hinter ihnen versammelt, wo sie schweigend, denn sie hatten den Mund voll, aber ungeniert kauten. Jehan war auch dabei und lehnte mit zugeschnürter Kehle am rechten Sockel des Portals. Er war wie hypnotisiert von dem feurigen Leuchten der großen Kerzen, die die weihrauchschwenkenden Mönche an diesem kalten und klaren Frühlingstag am Äquinoktialpunkt auf dem Altar entzündet hatten. Alle standen im Kreis in der Apsis um den

Priester mit seinen Diakonen und Meßdienern herum. Ein junger Novize schwenkte das Weihrauchfaß an den Ketten wie eine Mühle im Kreis. Als das Rascheln der Gewänder aufgehört hatte, hörte man sie leise und wie in einer von den Kerzenflammen erzeugten Ekstase zwei Responsorien murmeln, und dann stimmte plötzlich der Abt mit klarer Stimme das „Deus in adjutorium meum intende – Herr eile mir zu Hilfe" in freudigem Ton an, der wie ein Schrei des sicheren Vertrauens klang, das nirgendwo so stark zur Geltung kommt wie am Anfang der klösterlichen Vespergesänge. Jehan fühlte ein leichtes Zittern in den Beinen, als alle Mönche jetzt im gleichen hohen Ton mit dem „Domine, ad adjuvendum me festinat" antworteten.

Unter dem Gewölbe, das nach dem Aufgang des Abendsterns am Himmel ausgerichtet war, traf in diesem Moment alles auf der Äquinoktialachse zusammen: Das Licht und das Wort, das ich eigentlich in Großbuchstaben schreiben müßte. Ja, „es funktionierte", wie Jehan es naiv formuliert hatte. Das Instrument übte seine Wirkung aus.

Meister Gallo jedoch murrte in seiner Ecke, er schien nicht ganz zufrieden zu sein, und Jehan fragte sich warum. Er erfuhr es, als er ihn in der Dämmerung in der Nähe des Feuers mit dem Baumeister zusammenhocken sah. Er rückte in ihre Nähe. Le Gallo schimpfte auf die Kapitelle, die glatt waren wie das Schambein eines kleinen Mädchens, und das straff wie eine Armbrust gespannte Portal; er bedauerte, daß einer der großen Orden die mystischen Bildhauer lähmte. Der andere sagte zu ihm:

„Das ist doch nicht wichtig, wir leisten trotzdem gute Arbeit."

„Ja, Jehan le Tonnerre hat uns vorhin gesagt, daß er es spüre…"

„Jehan le Tonnerre? Wer ist das?" fragte der Baumeister.

„Einer meiner Lehrlinge, ein Waldroder, den ich aus den Bergen an der Ouche mitgebracht habe. Er war der

Schüler von einem der Unsrigen, der sich dorthin zurückgezogen hat. Er ist ein junger Kerl, sensibel für die Wuivre
wie eine Haselrute. Er ist heute in die Kirche gegangen und
wurde in Trance versetzt. Er kam ganz aufgeregt heraus
und hat gesagt ,es funktioniert'!"

Sie schwiegen. „Er ist bis jetzt nur ein Lehrling", fügte Le
Gallo hinzu, aber ich verlasse mich auf ihn, wie auf mich
selbst."

Der andere dachte schon nicht mehr an Jehan Le Tonnerre, er verfolgte beharrlich den Hauptgedankengang:

„Ja, ich denke, daß wir gute Arbeit leisten", sagte er,
„was man auch sagen mag, ich bin Bernhard von Fontaine
dankbar, daß er uns die Möglichkeit dazu gibt, wenigstens
für das Wesentliche des Werkes. Er will unsere Symbole
nicht, gut, wir behalten sie für uns, sie sind nicht das Wichtigste. Aber alle unsere Parameter übernimmt er."

Nach einem erneuten Schweigen sprach der Baumeister
sehr leise weiter:

„Er ist sogar sehr froh, daß wir sie bei seinen Bauten
beachten, er will unserer Tradition verbunden bleiben. Er
gründet überall Abteien und läßt sie ohne Ausnahme auf
unsern alten druidischen Heiligtümern errichten und nicht
auf irgendwelchen, Bruder, sondern auf denen, die am
kraftvollsten und bekanntesten sind. Er ist gut unterrich-
tet!"

Er lachte leise und fuhr fort:

„Er ist glücklich, daß er uns gefunden hat, die wir ihm die
Orte zeigen können, und wenn er einen entdeckt hat, beeilt
er sich mit der Klostergründung, wahrscheinlich weil er
fürchtet, daß ein anderer ihm zuvorkommen könnte. Er hat
mir neulich erst gesagt, als er hier war, um in alles seine
Nase zu stecken, daß er die Einweihung von Fontenay auf
den 27. September festgelegt habe. Er hat mir auch gesagt..."

Das Murmeln seiner Stimme wurde nun vom Complet-
gesang übertönt, der aus der Kirche durch die leeren Fen-

sterhöhlen drang, denn die Glasscheiben waren noch nicht eingesetzt. Um ihr Gespräch fortführen zu können, mußten die Meister nun lauter sprechen, und Jehan konnte den Faden wieder aufnehmen.

„Das ist wie sein Orden der Tempelritter", sagte Oiselet, „immerhin hat er ihm die Regel gegeben. Er hat die sieben ersten Ritter, unter ihnen seinen Onkel, den Herrn von Montbard, hier in der Nähe um sich versammelt, und der Teufel soll mich mit Haut und Haaren fressen, wenn diese Männer, die auf ihrem Schild unseren achtstrahligen Kristall tragen, nicht unsere Brüder sind..."

„Sagen wir lieber: unsere Cousins", unterbrach ihn Le Gallo mit säuerlichem Lächeln.

„Brüder oder Vettern, ich halte sie für die Erben der Tradition, genauso wie wir. Wir – auf dem Gebiet der Überlieferung und der Konstruktion. Sie – auf dem der Politik und der Orthodoxie. Bernhard ist mit ihnen, wie mit uns. Man hat mir gesagt, daß ihr Großmeister unseren Abakus, unseren Stab der Baumeister trägt."

Jehan hörte zu, aber er verstand nicht alles. Wütend bedauerte er seine große Unkenntnis all dieser Worte und Dinge. Der Meister Oiselet fuhr fort:

„Ich war auch beim Bau der Abtei von Loc-Dieu bei den Ruthenen dabei, und dort hat er fest darauf bestanden, daß der Grundriß kein lateinisches Kreuz, sondern ein griechisches Tau darstellen sollte. Ich bin sicher, er wollte nur zeigen, daß er nicht der Lakai Roms ist. Ich habe es von ihm gehört, ich war dort. Ein toller Kerl!"

Ohne zu verstehen, genoß Jehan das Zuhören. Ihm schien, als ob er diese Worte, die nicht seine gewohnte Nahrung waren, wie durch Zauber doch verdaute, und eine Art Enthusiasmus überkam ihn, der wie eine Erweiterung seines Fleisches und all seiner Fasern auf ihn wirkte. Die zwei Meister fuhren mit ihrem privaten Festival fort, und ich glaube, daß es gut ist, wenn ich in unserer heutigen Sprache das Wesentliche ihrer Unterhaltung berichte, denn man findet darin sowohl den Nerv meiner Erzählung als auch den roten Faden, der Jehans Entwicklung durchzog.

Er sprach von Bernhard von Fontaine, dem zukünftigen heiligen Bernhard von Clairvaux:

„Mit ihm und den Tempelrittern können wir unsere Erkenntnisse benutzen, um die Konstruktion der Tempel zu modifizieren und sie noch besser zur Erneuerung und Veränderung der Menschen – aller Menschen – tauglich zu machen. Das, was wir überall in den Abteien realisiert haben, ist nur der Anfang, ein Entwurf, von dem schließlich nur einige Mönche, einige privilegierte Menschen profitieren. Wir müssen größer, umfassender bauen, um auf die Massen einwirken zu können, auf die vielen Menschen, die seit Urzeiten zu diesen Orten gekommen sind und weiter kommen werden. Was wir auf dem Hügel von Vézelay geschaffen haben, ist schon ein Erfolg. Leider hat man es benutzt, um diesen Wahnsinn zu predigen. Aber das Instrument ist da, und es wird seine Aufgabe bei der großen Pilgerschaft erfüllen. Aber wir müssen es noch verbessern und die Dimensionen erweitern. Natürlich unter Beibehaltung der Ausrichtung und der Zahlenverhältnisse, damit das Instrument seine Beziehung zur Erde, zum Himmel und zum Menschen nicht verliert und die Erkenntnisse unserer Lehrer erhalten bleiben und weiter vererbt werden, von Ewigkeit zu Ewigkeit, Amen. Wir müssen daher unsere Technik verbessern und unser Gewölbe aufbrechen, wie wir es schon am Giebel der Fassade von Vézelay vorgebildet haben. Die braven Leute glauben, das sei nur eine Spielerei, dabei ist es ein Entwurf, ein Vorläufer des zukünftigen Gewölbes, wie wir es erträumen. Aber um es verwirklichen zu können, müssen wir einen Weg finden, um die Kräfte gleichmäßiger zu verteilen." „Ich", fuhr Oiselet, wie vom Geist der Prophezeiung ergriffen, fort, „ich sehe ein wunderbares Gebäude, das sehr tief in der Erde gründet und sehr hoch in den Himmel aufstrebt, um noch weiter ins Licht und die großen Erdströme im Boden einzutauchen.

Ein Athanor! Eine perfekte und riesengroße Retorte, deren Gewölbe aus beachtlichen Höhen auf Tausende von Pilgern alle Schwingungen reflektiert, die von diesen Steinen, die wie das Holz einer Laute gespannt sind, aufgenommen werden. Und man muß sie überall an Stelle der alten Heiligtümer bauen, wo einst unsere Vorväter die Mutter-Erde verehrt haben, denn dort sind die stärksten Strömungen."

„Bernhard wird sie wahrscheinlich der Jungfrau Maria weihen", warf Le Gallo maliziös lächelnd ein, aber Oiselet sagte verärgert:

„Ah, bloß keine Mönche bei diesem Unternehmen! Das sollen Volkstempel werden, gebaut von den Patriziern der Städte für die Bevölkerung. Die Kleriker sollen das Mysterium der Wandlung vollziehen und soviel Liebe predigen, wie sie wollen, einverstanden, denn all das entspricht dem Sinn der menschlichen Erneuerung und Verwandlung, die wir so nötig haben. Wir verwirklichen vollkommen diese doppelte Erneuerung, die unsere, welche sich die Kraft der Elemente zunutze macht, und die ihre in Liebe und Brüderlichkeit, die die Kirche anbietet."

Jehan hätte nicht sagen können, ob diese seltsamen Reden aus dem Mund der beiden Baumeister kamen, oder ob er sie träumte. Ganz betäubt hörte er noch, wie der Meister des Werks sagte, wobei er aufstand:

„Einige Kameraden haben wie ich ihre Ideen..."

„Werdet ihr mich einweihen?" fragte Le Gallo bescheiden.

„Selbstverständlich! Natürlich!" sagte der andere. „Du weißt wohl, daß wir ohne euch Zimmerleute nichts machen können. Stell dir vor, daß wir das Gewölbe zwei- oder dreimal höher erheben wollen! Also müßt ihr eure Gerüste einige hundert eduensische Ellen hoch aufrichten."

Nach einer Denkpause, in der er sich den Kopf kratzte, murmelte Le Gallo:

„Aber, wenn ich es mir überlege, die Konstruktion mit dieser Riesenmasse von Steinen unter Spannung, von der du sprichst, wird sehr teuer werden. Ich sehe nicht, woher man so viel Geld bekommen kann."

Oiselet lächelte spöttisch und blieb stehen, um Le Gallo auf seinen dicken Bauch zu tippen, dabei sagte er leise:

„Die Meister des Templerordens sind reich!"

Er ging schweigend weiter, und Le Gallo sagte:

„Also das interessiert mich sehr!"

„Sprich doch darüber mit deinem Schüler, deinem Jehan le Tonnerre, der die Wuivre erschnüffeln kann", scherzte der andere.

„Bah, der hat noch nicht ausgelernt, er ist noch beim Zurichten von Zapfen und Löchern, aber ich setze große Hoffnungen in ihn."

„Und beim Bauriß, wie weit ist er da?"

„Ich habe ihn bis jetzt noch nicht richtig darin unterwiesen. Wir werden unterwegs damit anfangen, beim Marschieren auf der Straße lernt man am besten, die Projektionen zu kauen und zu verdauen."

Beim Abendbrot, das sie nicht am gemeinschaftlichen Tisch, sondern in einzelnen Gruppen einnahmen, die standen oder mit dem Napf auf den Knien bequem auf einem frisch abgezimmerten Balken saßen, befand sich Jehan in der Nähe des Baumeisters, dessen voller Name L'Oiselet le Breudeur war, was „der Bruder" bedeutete. Le Gallo saß neben ihm auf einer Firstpfette, und Jehan zögerte nicht, sich zu ihren Füßen hinzukauern.

„Ich habe euer Gespräch vorhin mitangehört", sagte er ohne Umschweife zwischen zwei Happen. „Es hat mir die Gedärme bewegt, aber ich habe bei weitem nicht alles verstanden."

„Vielleicht ist das auch besser so", sagte Oiselet, „man empfängt nur, wenn man bereit ist zu empfangen. Vorher ist es wie ein Korn, das man zwischen die Brennesseln wirft."

„Andererseits fühle ich mich wohl bereit, dieses Korn zu empfangen."

„Wir hören", sagte der Meister des Werks.

„Also ich wollte wissen, wo ich, Waldroder der Kommune Sankt-Gall und Zimmermannsanwärter, in eurer menschlichen Erneuerung meinen Platz habe?"

Es folgte ein Schweigen, so daß man die Suppenschlucke in den Bauch von Le Gallo plumpsen hörte.

„Du? Glaubst du, daß es nötig ist, sich besonders mit dir zu beschäftigen? Aber wenn du es wissen willst, du bist am Ursprung. Alles Schöne, was in dieser Welt gemacht worden ist, ist durch die Hand entstanden. Die griechische Welt ist zusammengebrochen, weil sie diese Hände verachtet hat. Platon hat im Phaidros (Jehan kannte weder diesen Platon noch die griechische Welt, aber er hörte gierig zu). Platon hat im Phaidros eine Klasseneinteilung der Menschen vorgeschlagen. Ganz oben auf der Leiter stand der Philosoph, auf der zweiten Stufe der König, auf der dritten der Politiker, der die Stadt verwaltete, und der Rest war Finkenrotz und Kuckucksscheiße, der Arzt, der Dichter und ganz, ganz weit unten erst der Handwerker und der Bauer. Xenophon hat auch gesagt: ‚Die Berufe, die man Handwerke nennt, sind übel angesehen und das mit Recht!' Und sieh, was von der griechischen Zivilisation übriggeblieben ist – nichts, nur Ruinen. Eine Zivilisation, die die Hand verachtet, ist dem Untergang geweiht."

Jehan versuchte nicht weiter zu erfahren, was diese berühmte griechische Zivilisation nun eigentlich war. Er glaubte Oiselet sowieso aufs Wort, aber er sagte mit erhobenem Zeigefinger: „Christus war Zimmermann!"

Oiselet nickte mit dem Kopf: „Zimmermann wie ihr! Und wen wählte er als Apostel? Ich frage dich? Alles Arbeiter! Nicht einen einzigen Philosophen, keinen Politiker, keinen einzigen Theoretiker! So ist es! An der Spitze der menschlichen Pyramide: Der Handwerker. Die Hand. Und dort ist dein Platz. Das, was ich dir sage, muß dir im Moment genügen. Jetzt iß dein Ragout, bevor es kalt wird und in deinem Bauch gerinnt!"

Jehan senkte seinen Kopf über seinen Napf, den er laut ausschlürfte und am Ende, wie gewohnt, blankleckte, damit nichts umkam, und dann half er weiter beim Einrüsten, was er gerne tat, denn das bot Gelegenheit, noch einige Reste zu ergattern und am Nachschlag für die Aspiranten teilzuhaben. Er traf zwei kleine Novizen, mager wie Spatzen, die er jeden Tag um die Küche der Compagnons herumschleichen sah, sie wurden von den Düften nach Speck und gebratenem Fleisch angezogen, die ihnen grausam zu fehlen schienen.

Im Liegen oder Sitzen kann man nichts Rechtes schaffen", sagte L'Oiselet, der Bruder. „Nur der stehende Mensch leistet Arbeit, und beim Laufen denkt er geradeaus! Hüte dich davor, mit dem Hintern auf dem Stuhl oder dem Bett etwas zu machen, es sei denn zu essen, zu schlafen oder auszuruhen! Wenn du etwas begreifen, vernünftig besprechen, dir etwas vorstellen, deine Gedanken ordnen, etwas erfassen oder entscheiden willst – lauf, lauf und du wirst sehen!"

Und er lief, der Bruder, er lief wie ein junger Gott. Die Compagnons marschierten singend mit den wandernden Wolken, den langen Stock in der Hand, diesen Stab, den der Bruder ,penbâ'* nannte und den sie manchmal benutzten, um das Lumpengesindel, das ihnen begegnete, zu verprügeln. Aber alle drei Meilen bestiegen sie wieder ihre Maultiere, während der Bruder die ganze Zeit mit Le Gallo an seiner Seite, die Nase nach Norden gerichtet, voranschritt. Er ging und redete. Ein wahrer Sokrates.

Jehan folgte ihnen auf den Fersen. Er hatte die Leine des Maultieres seines Meisters an seinem Gürtel befestigt und seine Ohren nach vorne hin verlängert, um von den Lektionen nichts zu verlieren. Wenn der Bruder allerdings etwas zu sagen hatte, was er nicht in der Luft hängen lassen wollte, blieb er stehen, ließ sich alle um ihn versammeln und machte mit der eisernen Spitze seines ,penbâ' eine Zeichnung auf den Boden. Er wiederholte seine Erklärungen so lange, bis Jehan durch ein Kopfnicken zeigte, daß er es nun behalten, wenn auch nicht immer begriffen hatte.

Denn begreifen war für ihn schwierig, merken dagegen leicht. In seinem frischen Gedächtnis eines einsamen Holzfällers prägte sich alles unvergeßlich ein. Manchmal kam es vor, daß er zwei Meilen weiter das Gesagte verstand, wenn es durch den Marschrhythmus durchgerührt, gefestigt und geklärt worden war. Und dann empfand er es wie eine Offenbarung. Aber meistens merkte er es sich einfach und

---

* penbâ von dem bretonischen penn – baz (A. d. A.)

konnte es auswendig hersagen, während sie ihren Weg fortsetzten.

Sie hatten noch kaum den hohen Turm des Schlosses von Mont-Bard aus den Augen verloren, als der Meister schon mit der Aufzählung und Demonstration der dreizehn Anwendungen des goldenen Schnittes begann. Dreizehn Strophen eines ausgezeichneten Marschliedes, dessen Refrain lautete:

*Ebensowenig wie man Gott mit klaren Ausdrücken definieren und mit Worten erklären kann, können wir auch die göttliche Proportion nicht in konkreten Zahlen noch durch eine rationale Quantität ausdrücken. Sie bleibt immer mysteriös, geheim und irrational.*

Wenn er eine Strophe pro Tag lernte, so würde er in dreizehn Wandertagen den ganzen Zyklus der Söhne des Lichtes durchlaufen haben, aber man war erst fünf Tage unterwegs, in denen die ebenen Flächen der Champagne die hohen, bewaldeten Kuppen abgelöst hatten, als Jehan unter dem bleiernen Himmel den dunklen Saum eines Waldes erblickte, der immer näher rückte und bald die Hälfte des Horizontes einnahm. Das war der Wald von Grand-Orient.

Gerade in diesem Moment erklärte der Meister die fünfte Wirkung der erhabenen Proportion. Die fünfte und nicht die geringste, denn sie schreibt dem Himmel die Form eines Dodekaeders zu. Ein Körper, den man sich nur schwer vorstellen konnte, wenn man unvorbereitet den Betrachtungen des großen Meisters folgte. Einen Körper mit zwölf Flächen, deren jede ein reguläres Fünfeck bildete und der in eine Kugel eingeschrieben war, konnte man so ohne weiteres nur schwer begreifen.

Es war schon undenkbar, sich ein Bild davon zu machen; ihn aber auch noch zu konstruieren? Das schien Jehan le Tonnerre unmöglich zu sein. Und doch behauptete Meister Gallo, daß die alte Wissenschaft der Projektion es beinahe zu einem Kinderspiel mache.

Man erreichte den Waldrand des Grand-Orient auf dem breiten, triumphalen Reitweg, der in ein seltsames Labyrinth im Herzen dieses immensen Eichenwaldes zu führen schien. Jehan war schneller gegangen, um ganz in die Aura des Meisters zu gelangen, und sagte in ein Schweigen hinein:

„Ich habe erlebt, wie Ihr die schwierigsten Gebinde geschiftet habt, aber ich bin neugierig zu sehen, wie Ihr hier mit der Spitze Eures Stocks einen Dodekaeder in eine Kugel einschreibt."

„Man braucht dazu bloß Stock und Zirkel", bekräftigte der Bruder, „aber immer mit der Ruhe, Kleiner, damit fängt man nicht an. Bald beginnen wir mit dem leichtesten: der Konstruktion eines Tetraeders in einer Kugel!"

„Eines Tetraeders? In einer Kugel?" wiederholte Jehan verständnislos, während die Gruppe auf einer Lichtung anlangte, wo Ritter Reiterübungen machten. Etwas weiter, hinter dem Vorhang der großen Bäume, erkannte man neue Gebäude. Bärtige Reitknechte striegelten dort die Pferde.

Man sah eine Mauer, die von einem Graben umgeben war, und eine Truppe von Reitern in weißen Mänteln, die über die herabgelassene Zugbrücke galoppierten.

„Wieder die Tempelritter!" dachte Jehan, während er beim Weitergehen im Abendlicht zwischen den Bäumen noch andere wahrnahm und in einiger Entfernung Laternen, die sich bewegten.

„Aha! Hier scheint ein Nest zu sein! Sie kommen ja überall hervor, die Weißmäntel!"

Aber er war nach dem zwölfstündigen Marsch auf den Fersen der erhabenen Proportion mit einem störrischen Maultier an der Leine so müde, daß er nur noch wie im Traum etwas aß und am nächsten Morgen auf einem Strohlager in einem großen Saal erwachte, in dem sich der Schweißgeruch von Menschen und Pferden vermischte. Er blieb einen Moment still mit den Händen im Nacken liegen, und wie er die Augen hob, stieß er einen Schrei der Bewunderung aus. Über ihm entfaltete sich eine Holzkonstruktion, die in einem Zug ohne Querbalken bis zum First in zwanzig Meter Höhe aufstieg. Er bewunderte, mit welcher Sachkenntnis man die Sparren zu Gebinden gefügt hatte. Alle diese Sparrengebinde waren durch eine Firstpfette und einen Kehlbalken miteinander verbunden, die auf Stützen ruhten. Die Pfetten und Pfosten wiederum hatte man durch Kopfbänder miteinander verbunden, und der Firstpfosten war (man wußte nicht warum, aber Jehan dachte, daß es so eleganter oder vielleicht kühner wirken sollte) zwischen zwei kleinen Bundsparren aufgehängt, die sich auf einen Stichbalken stützten, der an die Bundsparren angeblattet war.

Dieser ganze luftig-leicht wirkende Dachstuhl ruhte auf zwei parallelen Fußpfetten, mit welchen die Sparrenenden der Gebinde schwalbenschwanzförmig verblattet waren, und die Verbindung zwischen den beiden Schwellen wurde durch ebenfalls schwalbenschwanzförmig angeblattete Streben hergestellt.

Jehan war von Freude und Bewunderung ganz überwältigt. Er konnte sich nicht enthalten, in der schönen Stille des frühen Morgens laut zu sagen:

„Diejenigen, die das gemacht haben, waren nicht die ersten besten!"

Der Compagnon, der an seiner linken Seite noch zu schlafen schien, drehte sich um und sagte lachend:

„Da hast du recht! Das waren wir!"

So hatten also die Jakobsbrüder für die Tempelritter gearbeitet, die sie überdies gut zu kennen schienen. Das ging Jehan durch den Kopf, bis er Le Gallo traf, zu dem er sagte:

„Die Templer! In der Kommune haben wir über sie gesprochen, aber ohne sie jemals gesehen zu haben, und jetzt treffe ich an einem Abend mehr als in meinem ganzen bisherigen Leben. Sie scheinen mir komische Christen zu sein. Sind sie nun Priester, Diakone, Mönche, Soldaten, Gendarmen oder was? Ich finde mich da nicht zurecht."

„Es sind Mönche, die sich ‚Soldaten Christi' nennen!"

„Aber Christus braucht doch keine Soldaten!"

„So, glaubst du?... Aber stell dir vor, er hätte bewaffnete, mutige Leute um sich gehabt statt seiner feigen Jünger, so hätte man ihn nicht verhaften können!"

„Schon möglich", erwiderte Jehan, der ebenso schnell wie scharf schalten konne, „er wäre nicht verurteilt und gekreuzigt worden und hätte nicht auferstehen können!..."

„Bald wirst du noch wie Rathramnus sagen, daß Judas das für das Erlösungswerk Christi notwendige Werkzeug war!"

„Ja, ungefähr so würde ich antworten, wenn man mich danach fragte."

„Und wie unser Bruder Gislebert von Autun würdest du Judas auch am Abendmahlstisch vom Gründonnerstag darstellen?"

„Na klar! Er war doch dabei? Nirgendwo steht, daß er es nicht war. Und Jesus hat ihm sogar Brot und Wein wie den anderen gereicht, stimmt doch?"

Le Gallo sprang zur Seite und schlug die Hände über dem Kopf zusammen:

„Oh! Du bringst dich noch eines Tages auf den Scheiterhaufen, wenn du solche Sachen erzählst, mein Kleiner!"

„Wirklich? Dann höre ich sofort auf zu plaudern! Ich fürchte das Feuer!" rief der Lehrling. „Aber unter uns, Meister, ist es nicht trotzdem widerwärtig, daß unser göttlicher Heiland es nötig hatte, sich von einem scheußlichen kleinen Angeber verraten zu lassen, um uns retten zu können?"

Le Gallo erwiderte darauf: „Wir, die Kuldeer, haben auch einen Helden, den großen Kuchulinn, der seine Unsterblichkeit einem seiner Freunde verdankt, einem kleinen Miesling, der anschließend Selbstmord verübt hat."

„Möglich, aber könnt ihr das schlucken?" ereiferte sich Jehan.

Le Gallo schwieg. Er senkte die Lider und schaute den jungen Mann durch die fast weißen Wimpern an.

„Um auf diejenigen zurückzukommen, die man die Tempelritter nennt, so weiß ich nicht genau, ob sie Priester, Diakone oder Laienbrüder sind, aber eins kann ich dir sagen, diese ‚armen‘ Ritter Christi vom Tempel Salomonis sind gute Ratgeber und gute Bankiers! Und ich bin froh, daß sie mit uns am gleichen Strang ziehen!"

Dann rieb er seine großen Hände aneinander, was sich anhörte, als ob man Holz raspelte: „Es läuft gut, mein Junge, wir kommen voran!" und wandte sich zum Gehen.

Dieser Aufenthalt bei den Templern von Grand-Orient hatte scheinbar einen besonderen Grund, den man wohl als finanziell einstufen konnte. Es handelte sich um eine geschäftliche Konferenz ‚auf höchster Ebene‘, wie man heute sagt. Der Baumeister machte mehrfach dunkle Andeutungen, und wenn man auch hier und dort etwas zimmerte, so diente das nur als Vorwand und um die Gesellen zu beschäftigen.

Nach acht Tagen, in denen die beiden Meister mehr Zeit mit ‚Gipfelgesprächen‘ in den großen, eiskalten Hallen des Ordens als auf den Baugerüsten verbracht hatten, zog man weiter.

Als Meister Oiselet eines Abends Anweisung gab, die Maultiere zu bepacken, jubelte Jehan:

„Die Compagnons sind immer in Bewegung!"

„Ja, wie das Pendel des heiligen Salomon!" warf der „Alte Hund" ein.

„Der jüdische König Salomon?" fragte Jehan, der allmählich von diesem König und der ganzen jüdisch-biblischen Sippschaft nichts mehr hören wollte, bei der er weder die Seinen noch seine Vorstellungen oder seine Hoffnungen wiederfinden konnte.

„Nein, nicht Salomon der Jude", antworteten die Compagnons, „sondern Sankt Salomon, unser alter bretonischer König, dessen Fest wir bald, am 25. Juni, feiern."

„Und der ebensowenig heilig ist wie ich", bemerkte Le Gallo, „sondern ganz einfach ein großer Wanderer zwischen den Weltkreisen!"

„Noch einer, den die Kirche uns abgenommen hat", grollte der „Alte Hund".

„Kenn ich nicht!" sagte Jehan. „Nein, alle diese Typen kenne ich nicht!"

„Natürlich kennst du sie nicht. Wer hätte dir auch von ihnen berichten sollen? Wer hat dir gesagt, daß derjenige, den man den heiligen Benedikt von Aniane, Erneuerer des Benediktinerordens nennt, in Wirklichkeit Witizza, Leiter der Druidenschule war? Wer hat dir gesagt, daß Sankt Colomban ein Barde war? Wer hat dir gesagt, daß die Nonnen der heiligen Brigitte weiterhin beim Gesang der Psalmen das ewige Feuer von Kildare hüten? Wer hat dir gesagt, daß sich der heilige Seefahrer Sankt Brendan und unser Bran, Sohn von Frebal, wie ein Tropfen Weihwasser dem anderen gleichen? Wer hat dir gesagt, daß Kuchulinn selbst auferstanden ist, um vor Sankt Patrick die Glaubwürdigkeit des Christentums zu bezeugen? Wer hat dir gesagt?..."
Der Meister war beim Aufzählen aller Legenden, die für ihn unantastbare Wahrheiten und Dogmen waren, außer Atem geraten.

„Wer könnte es dir erzählen außer uns, den Kuldeern, he? Wer anders würde es dir jemals sagen können?"

In der Stimme des Meisters schwang Zorn und Verbitterung mit, aber er beruhigte sich schnell, denn das Fieber des Aufbruchs hatte nun auch ihn ergriffen. Sie zogen schon vor dem Morgengebet los, und die Sonne ging in ihrem Rücken auf, als sie durch ein Dorf kamen, das der Meister ‚Gwenndobre'* nannte, was ‚weißer Fluß' heißt, wie er sagte. Jehan fragte nicht einmal, welche Sprache das war, es konnte nichts anderes als keltisch sein.

Die Hähne krähten zum dritten Mal, als die Mädchen des

* Gwenndobre heißt heute Vandoeuvre (A. d. A.)

Dorfes, angelockt vom Getrappel der Maultiere und dem Gesang der Gesellen, plötzlich alle eine Arbeit vor dem Haus verrichten mußten. Sie kamen mit von der Nacht zerzausten Haaren heraus, aber ihre Augen leuchteten frisch, und die Compagnons begrüßten sie mit ihren schönsten Pfiffen.

Nachdem Jehan in den letzten zwei Wochen keine einzige Frau erblickt hatte, war ihm die Kehle wie zugeschnürt, und als sie das Dorf passiert hatten, hielt er sich ganz am Ende des Zuges und marschierte rückwärts, um sie noch länger zu sehen. Besonders eine, die natürlich Reine ähnelte, schien ihm Zeichen zu geben.

Man rief ihn zur Ordnung. Er kehrte in die vordere Reihe zurück und sinnierte traurig:

„Ach, wozu ist mein Leben gut, wenn ich nie in meinem Bett meine einzige, wirkliche Freude haben kann – ihren Mädchenkörper, der sanft und warm ist wie die Brust einer weißen Gans?..."

Hundert Schritte weiter und um zehn Jahre älter, dachte er: „Der ist wahrhaft tot, der nicht in seinem Herzen die Süßigkeit der Liebe spürt!"

Als ihn der Meister so sah, rief er ihn an seine Seite, um mit dem versprochenen Unterricht über die ‚regulären Körper' zu beginnen, der die Erklärung und Einführung in das beinhaltete, was die Compagnons als ‚Bauriß' bezeichneten (der eine besondere Art der kotierten Projektion ist), und es ermöglicht, den Raum in allen Dimensionen zu teilen und zu schneiden.

Der Meister verlor keine Zeit mit langen theoretischen Einführungen nach Art der Alten. Er war ein Sohn des Lichtes. Seine Geometrie (aber war es Geometrie?) war ganz anschaulich und pragmatisch, und der goldene Schnitt war für ihn keinesfalls eine Gewähr für Ästhetik. Er ließ jeden hören, der es wollte, daß all dies für einen Anfänger nutzlos sei und daß nur die Größten, wie er, davon profitieren könnten, weil sie sich hüteten, ein Rezept daraus zu machen. Er war ein Schlüssel – kein Passepartout –, der nicht alle, sondern nur eine Tür öffnete. Er ging sogar soweit, während sie sich den Grenzen der Champagne näherten und die frischen Wasser der Yonne schnüffelten, zu sagen, daß es ohne Zweifel noch andere Proportionen als die ‚erhabene' gäbe und nannte nachlässig, ohne weiter darauf einzugehen, die Verhältnisse, die sich aus der ‚harmonischen Teilung' und dem ‚ägyptischen Dreieck' ergeben. Aber das Zentrum seiner eigenen Überzeugung war das Fünfeck, das er für ein magisches Modell hielt, weil seine Seiten und Diagonalen im goldenen Verhältnis zueinander stehen.

Ja, diese Figur, in die man überdies den menschlichen Körper einschreiben konnte, strahlte Magie aus.

L'Oiselet marschierte also mit erhobenem Kopf voran, gefolgt von Le Gallo, der seine Worte zustimmend nickend aufnahm, und von Jehan, der sein Maultier hinter sich herzog. Der Weg, der gerade wie ein Zimmermannsrichtscheit über die Hochebene der Champagne führte, schien dabei weniger langweilig zu sein.

Zahlen? Die benutzte er niemals. Vielleicht existierten sie irgendwo, aber Jehan war ihnen in der Kommune nie begegnet, und scheinbar hatten auch Le Gallo und Meister Oiselet sie noch nie gesehen. Der Mensch kann sehr gut ohne Zahlen leben, schaffen und zeugen. Die Zahl ist eine Erfindung des Teufels. Ganz sicher ist sie die Frucht vom verbotenen Baum, und die Gerichte, die man aus ihren Kombinationen zusammenbrauen kann, sind tödliches Gift. Die Wissenschaft, die die Araber aus ihrem Land der Skorpione einzuführen gewagt haben und die sie ‚al djebra' nennen, ist der Samen des Teufels.

Als sie später den Wald von Othe erreichten, der dicht und in sich geballt wie ein schwarzes, schleichendes Tier vor dem burgundischen Horizont lag, nutzte der Meister die Wegkreuzung an einer Quelle, um mit seinen Belehrungen zu beginnen, die von nun an unaufhörlich seinem Mund zu entspringen schienen.

Er setzte sich auf einen Baumstumpf, nahm seinen Zirkel, zeichnete im Sand einen Halbkreis und seinen Durchmesser an der Basis. „Ich nehme den Durchmeser AB des Kreises, in den ich genau einen Kubus einschreiben will, wie ich es versprochen habe. Bei einem Drittel des Durchmessers zeichne ich die Senkrechte CD. Ich zeichne die Strecke AD und behaupte, daß AD eine der Seiten des Würfels ist, den ich in die Kugel mit dem Durchmesser AB einschreiben will. Das ist alles."

„Seit zwei Wochen zerbreche ich mir vergeblich den Kopf, wie man einen Würfel genau in eine Kugel hineinbringen kann, und Ihr, Meister, zeigt mir das in einem Augenblick mit zwei Zirkelschlägen!"

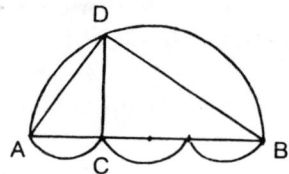

Die andern lachten, während sie aßen. Dann beugten sich alle über das Loch, wo das klare, frische Wasser den Himmel widerspiegelte. Sie tranken, wischten sich die Lippen mit dem Handrücken und machten sich wieder auf den Weg, nicht ohne den Leuten, die in der Nähe singend mähten, freundschaftlich zuzuwinken.

Während sie nun die Südostrichtung einschlugen, ging L'Oiselet mit Leichtigkeit zur Konstruktion des Tetraeders in der Kugel über. Der Tetraeder ist ein komischer Körper, der aus vier gleichen Dreiecken gebildet wird. Er nahm die Gerade AB als Durchmesser der Kugel, in die er den Tetraeder einschreiben wollte. Er teilte AB in drei gleiche Teile und markierte den Punkt C so, daß AC doppelt so lang war wie BC. Er schlug einen Halbkreis über AB, fällte das Lot auf C und markierte Punkt D. Nun zeichnete er die Strekken DA und DB. Dann schlug er einen zweiten Kreis mit dem Radius CD um den Mittelpunkt E. In diesem konstruierte er das gleichseitige Dreieck FGH auf die einfachste und bekannteste Weise, wie sie, nehme ich an, schon einem Säugling von sechs Wochen geläufig ist. Vom Zentrum E zeichnete er die Strecken EF, EG, EH und errichtete als Senkrechte zur Oberfläche des Kreises FGH die Strecke EK. Sie hatte die gleiche Länge wie die Strecke AC des ersten Kreises. Schließlich zog er die Hypothenusen KF, KG, KH. Dann hob er den Kopf und die rechte Hand in die gleiche Stellung wie sie der Gott-mit-der-langen-Hand auf dem Tympanon von Vézelay einnimmt, lächelte triumphierend und sagte mit einer Stimme, die keinen Widerspruch zuließ:

„Und ich behaupte, daß ich so die Pyramide mit den vier dreieckigen Flächen konstruiert habe, die man Tetraeder nennt und der genau von der Kugel mit dem Durchmesser AB umschrieben wird."

Ich, der Erzähler Vincenot, habe das, was ich hier aufschreibe, nicht nachgeprüft, denn dazu bin ich nicht in der Lage. Ich beschränke mich, wie es meine Aufgabe ist, lediglich darauf, das weiterzugeben, was Jehan le Tonnerre, ebenso wie ich selbst, kritiklos für eine fabelhafte Offenbarung ansah.

Er bemerkte nicht einmal, daß sich, als sie die Hänge der Othe hinabstiegen, alles veränderte: der Horizont, die Farbe und der Geruch der Luft, und ebensowenig, daß sie sehr genau von einigen Gendarmen kontrolliert wurden. (Man war an der Grenze des Herzogtums Burgund angelangt.)

Als man den Gänsefuß auf ihren Mänteln entdeckte, ließ man sie aber frei passieren, nur Jehan kam ihnen verdächtig vor, weil er sich noch nicht das Zeichen auf sein Kasel gestickt hatte. All dies hatte wenig Bedeutung, denn der Meister sprach nun davon, daß er ihm die Einschreibung eines Oktaeders in eine Kugel erklären wollte, d. h. eines Körpers, der sich aus acht Dreiecksflächen zusammensetzt. Und so begann er:

   „Ich nehme als Durchmesser eines Kreises die Linie AB,
die ich im Punkt C in zwei gleich lange Strecken teile. Ich
zeichne den Halbkreis ABD und errichte auf C die Senkrechte CD. Ich verbinde D mit den Endpunkten des Durchmessers und zeichne ein Quadrat, dessen Seitenlänge gleich
BD ist. Dieses Quadrat sei EFGH, in das ich die zwei Durchmesser EG und FH einzeichne. Sie schneiden sich im Punkt
K. Jeder dieser Durchmesser hat die Länge AB. Nun errichte
ich über K die Senkrechte KL, sie steht lotrecht auf der Oberfläche des Quadrats und hat die gleiche Länge wie EG oder
FH. Jetzt zeichne ich die Hypothenusen LF, LG, LH, LE. Wir
haben also eine Pyramide aus vier dreieckigen Flächen und
gleichen Seiten, und diese Pyramide ist die Hälfte des Körpers mit acht Flächen, den man Oktaeder nennt, in eine Kugel eingeschrieben." Er sagte dies in doktoralem Ton. Die
Mittagshitze lastete schwer wie ein Kardinalsumhang. Sie
setzten sich im Schatten von vier Eschen nieder, die schon
von alters her die vier Himmelsrichtungen anzeigten.

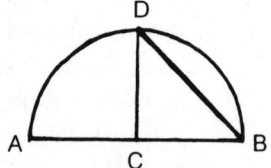

Am Abend erreichten sie die Ufer des Armançon bei Saint-Cydroine, wo die neue achteckige hohe Kuppel der Propsteikirche mit ihrer Ziegeldeckung in der Abendsonne rot leuchtete, während ihre Basis schon nachtblau dunkelte. Sie schlugen in einem der Nebengebäude ihr Lager auf, aber bevor die Sonne ganz versank, gingen die Compagnons noch in diese seltsame Kirche, an der manche in ihrer Jugend mitgearbeitet hatten. Sie wollten mit ihren großen Pfoten die Gewölbe streicheln, deren Lehrbögen sie gezimmert hatten, und der Meister wollte Jehan das einmalige Kirchenschiff zeigen und das Chorjoch, das durch schmale Durchgänge mit den Seitenschiffen verbunden war, die, ebenso wie der Chor, in alter Weise durch halbrunde Apsiden abgeschlossen wurden. Aber vor allem sollte Jehan sehen, wie man den Übergang vom Quadrat des Sockels zum Achteck der Kuppel mit Hilfe von zwei kleinen übereinandergesetzten Bögen, die in den Ecken der Vierung angebracht waren, geschaffen hatte. Der Meister nannte dies ‚Doppeltrompen' und betonte mehrmals, daß diejenigen, die diese Zwickel kalkuliert hatten, keine heurigen Hasen gewesen seien. Während die Nacht allmählich ins Kirchenschiff eindrang, ließ der Meister Jehan mit diesem Meisterwerk aus Wissen und Können allein, und Jehan stellte fest, daß die Kuppel derjenige Ort im ganzen Tal war, der den letzten Sonnenstrahl empfing. Er drang durch eines der acht Fenster ein, während der Junge einen seltsamen und fast unmerklichen Schauder spürte, der ihn von den Fußsohlen her durchdrang und ganz erfüllte. Er war nun schon daran gewöhnt und dachte nur, daß er sich hier am ‚Treffpunkt' befand, wo, wie ihm der Prophet gesagt hatte, die zwei Komponenten Licht und Leben von dieser seltsamen Maschine aus gespannten Steinen aufgefangen wurden, die am richtigen Ort von Eingeweihten erbaut worden war. Er schlief ein, indem er sich mit aller Macht das Eindringen eines Würfels in ein oktogonales Prisma vorzustellen versucht, wobei ihm der Meister mit merkwürdigem Blick zusah und plötzlich auflachte, weil ihm das nicht gelingen wollte.

Am frühen Morgen, als das erste Tageslicht durch das Sonnenwendfenster direkt in die Kuppel fiel, sah er, daß die acht von oben einfallenden Lichtstrahlen auf den Bodenfliesen ein Rad mit acht Speichen bildeten – das Kreuz der Tempelritter!

Man rief ihn von draußen, aber er blieb dort in Gedanken versunken unter dem sehr langen und engen Gewölbe der Apsis, das ihm die ganze Nacht eine schützende Schale gewesen war. Man suchte ihn, und plötzlich schrie der Meister:

„Bei Gott! Natürlich! Ich weiß genau, wo er ist!"

Er riß brutal die Kirchentür auf und sah den Lehrling, der noch in seinen Kasel eingewickelt war und den Kopf zu den vier Spitzbögen erhoben hatte, die das Querschiff eröffneten. Mit vor Staunen weit aufgerissenen Augen hatte er entdeckt, daß diese Bögen nicht ganz gleichmäßig waren. Er zeigte sie wortlos dem Meister, der vor sich hin brabbelte:

„Ich hätte es mir gleich denken können! Wo sollte er denn sonst die Nacht verbringen, unser Donnerkerl? Das ist typisch für ihn!..."

Dann aber schaute auch er nach oben und verstand Jehans Verwunderung. Er lächelte: „Aha, du hast die Hufeisenbögen bemerkt? Das ist ein kleines Geschenk der Araber!"

„Von den Araber? Den Ungläubigen?"

„Ja, du mußt nicht denken, daß wir mit ihnen immer nur auf Kriegsfuß standen. Wir und die Mozaraber haben auch zusammen gearbeitet! Aber das werden wir später sehen; ich werde es dir zeigen! Los jetzt! Wenn du hier weiter bleibst, verwandelst du dich noch in Stein! Die Straße erwartet uns!"

„Sich in Stein verwandeln!" dachte Jehan. „Wenn ich das nur im Tode erreichen könnte."

Als sie aufbrachen, waren ihre Taschen mit einfachen Nahrungsmitteln gefüllt, die ihnen die kleine Gemeinschaft der Mönche gegeben hatte, welche dort ganz zurückgezogen im Gebet lebten und von denen man nicht wußte, woher sie gekommen waren.

Sie schlugen eine schnelle Gangart an. „Frisch auf!" sagte der Meister, „keine Müdigkeit vorschützen, Jungs, zur Vesper wollen wir in Pontigny sein!"

Sie passierten den Armançon auf einer Brücke, die die Brüder Brückenbauer erst vor kurzem über der gallischen Furt errichtet hatten, dann wandten sie sich nach Süden und erreichten den Serein, dessen klare Wasser im gleichen Tonfall wie Jehans Reden dahinplätscherten. Das war nicht verwunderlich, denn ihre Quelle war nur eine Meile von seinem Geburtsort Sankt-Gall entfernt.

Die Mönche von Pontigny sangen das Vespergebet, als die Compagnons die große Kirche vor sich sahen, deren weißes, majestätisches Mittelschiff kieloben über den Wiesen aufragte, durch die das Wasser aus dem burgundischen Bergland floß.

Man sattelte die Maultiere ab, und während sich die Gesellen splitternackt und schreiend im Wasser des Flusses tummelten, näherte sich Jehan dieser steinernen Blume, die ihn anzog wie einen Schmetterling. Der Meister beobachtete ihn aus den Augenwinkeln. Er sah, wie er erstarrte und trat näher:

„Na, mein Junge, das haut dich um, wie?"

Dann machte er eine weitausholende Geste:

„Hier siehst du, wovon ich neulich in Fontenay gesprochen habe und was du nicht verstanden hast. Hier siehst du, wohin unsere Erkenntnis uns führt. Beachte die Zweigeschossigkeit und das Spitzbogengewölbe des Kirchenschiffs. Das ist es, was wir anstreben müssen, und dies ist nur ein kleiner Schritt in dieser Richtung. Wir werden noch viel weiter gehen, mein Kleiner!"

Sie näherten sich dem Innern der Kirche: „Die Seitenschiffe sind einfach durch Kreuzgrate überwölbt, die die Schub- und Druckkräfte besser aufnehmen, aber bestimmt kann sich der Mensch auch darunter aufrichten, um sich…"

„…im Strom zu baden?"

„Vielleicht – aber du wirst es erleben, wenn wir die Gerüste abgenommen haben."

Dann rannte der Meister hinaus, um seine Leute zusammenzuholen.

„He, ihr Gänsefüße! An die Arbeit! Ihr seid hier nicht hergekommen, um euch die Eier zu baden! Wir rüsten ab!"

„Aber doch nicht noch heute abend!" sagten die Frechsten.

„Heute abend bereiten wir die Arbeit für morgen vor! Bei Sonnenaufgang fangen wir an!"

Es handelte sich um diejenige Gruppe der ,Gänsefüße', die der Meister oft die ,Goaten' nannte und die ein Jahr zuvor die Holzgerüste dieser großen Abteikirche gebaut hatten, auf die der Meister nicht wenig stolz war. Er hatte hier einen Teil seines Traumes, den er im Schatten des Nußbaumes von Fontenay dargelegt hatte, verwirklichen können, der eine Erhöhung des Gewölbes und seine Brechung zum Spitzbogen voraussah, um dadurch die Druckkräfte so in die Höhe zu richten, daß es himmelwärts zu streben schien.

Über den Lehrbögen hatten die Compagnons das Gewölbe gemauert. Jetzt, wo die Steine an ihrem Platz lagen, der Mörtel trocken war und das Mauerwerk sich gefestigt hatte, handelte es sich darum, die Holzgerüste zu entfernen, die im ganzen die innere Form des Gewölbes bildeten. Der Meister wollte allein die Verantwortung übernehmen, denn es war sehr gefährlich, wenn sich die Mörtelfugen unregelmäßig oder zu plötzlich zusammendrückten.

Wieviel Gewölbe waren schon durch ungleichmäßige Abrüstung eingestürzt, und vor allem solche, die zu den höchsten gehörten? Aber der Meister hatte seine eigene Technik.

Von vier Uhr morgens bis zum Abend war die ganze Gruppe am Werk, und die Arbeit sollte länger als einen Monat dauern.

Man muß es sich vorstellen: Das riesige Bauwerk war im ganzen siebzig Meter lang und bestand aus zehn Jochen zu je sieben Metern. Sechs Joche bildeten das Schiff und vier den Chor, der sich ohne Radialkapellen majestätisch auftat. Der Schlußstein war zwanzig Meter über dem Boden. Die Aufgabe bestand nun darin, Joch für Joch das Holzgerüst abzubauen.

Aber Vorsicht! Das konnte man nicht so einfach machen wie eine Frau, die ihr Korsett aufhakt und es ablegt! Dieses ganze enorme Zimmerwerk ruhte auf Pfosten, die auf ledernen, zusammengepreßten Sandsäcken standen. Man öffnete vorsichtig den Sack und schaufelte behutsam, praktisch teelöffelweise, den Sand heraus. Dadurch wurde allmählich das Sandkissen immer dünner, und die Lehrbögen lösten sich im Tempo von ungefähr einem Millimeter pro Stunde vom Gewölbe ab. Die Schwierigkeit bestand nun darin, alle Sandsäcke gleichzeitig zu leeren, damit sich die Pfosten symmetrisch und regelmäßig senkten. Man verminderte das Risiko, indem man ein System aus entgegengesetzt abgeschrägten Keilen zu Hilfe nahm, die die Compagnons durch sanfte Klüpfelschläge zum Gleiten brachten.

Das alles wurde mit der gleichen Sorgfalt ausgeführt, die ein lombardischer Jude beim Goldstaubwägen aufwendet. Die Meister standen oben in den Bogenrüstungen und gaben die Kommandos. Ihre Rufe ließen das gesamte Innere wie den Resonanzkörper einer Laute vibrieren, und langsam, allmählich, unmerklich, löste sich das Holzschiff ächzend, Joch für Joch von dem Schiff aus Stein ab, das gespannt im Himmel blieb, wie zwei aneinandergelegte Hände, die sich im Zenith berührten. Und allen Compagnons klopfte das Herz bis in die Schläfen, als sie mit erhobenen Köpfen beobachteten, wie nach und nach die gespannte Laibung der Gewölbe sichtbar wurde. Auch die

Mönche waren dort und lobten Gott, der unsichtbar die Konstruktion solcher Herrlichkeiten leitete.

„Gott? Gott!" rief Jehan le Tonnerre unwillig aus. „Aber in erster Linie wohl doch die Compagnons, soweit ich sehe!"

Als man das Holzgerüst vom Stein getrennt hatte, wurde es demontiert, was ein Spiel für Lehrjungen war. Die Teile wurden heruntergelassen und am Boden zur Weiterverwendung am Bau der Klostergebäude sortiert.

Wenn ich all dies hier erzähle, so nicht, um mein Wissen hervorzukehren, das klein und simpel ist, sondern um zu erklären, warum die Gruppe den Rest des Sommers in Pontigny blieb. Einen langen, heißen Sommer hindurch, der schwer auf Jehans Schultern lastete, der diese Jahreszeit nicht liebte, sondern ihr die drei anderen vorzog und besonders den Winter, der die Seele der Bäume bloßlegte.

Die Gruppe verließ Pontigny an einem Herbstabend und wanderte zunächst an den Ufern des Serein Richtung Süden, dann verließen sie ihn, um nach Sacy zu kommen, wo L'Oiselet ,etwas' wiedersehen wollte.

Es war die Kirche von Sacy, wo er vor längerer Zeit die Zimmerarbeiten und ein Kreuzrippengewölbe gemacht hatte. Er zeigte Jehan, mit welcher Ungeschicklichkeit der Baumeister und er sich an ihrem ersten Kreuzrippengewölbe versucht hatten, das auf komische Art mit einer Kuppel und dem Grat der Gurtbogen verbunden war. Er zeigte Jehan die Fehler, beeilte sich dann aber entsetzt, das Gebäude wieder zu verlassen, befahl den Abmarsch und ärgerte sich, daß er einen Umweg von drei Meilen gemacht hatte, um dieses schmerzliche Zeugnis der Irrtümer seiner Jugend wiederzusehen.

Sie folgten weiter dem Lauf des Serein, der sich immer tiefer ins Tal einschnitt. Jehan, der nach seiner Gewohnheit laut dachte, fühlte sich veranlaßt zu sagen:

„Aber ihr habt eure Kirchen überall hingebaut! Man kann keinen Schritt tun, ohne nicht über eine oder zwei zu stolpern!"

„Und das ist noch gar nichts!" antwortete Meister Gallo. „Du wirst sehen, weiter im Süden des Herzogtums ist die Erde damit übersät!"

„Aber was hat das für einen Sinn?"

„Es dient zur Erneuerung des menschlichen Seins, mein Junge, wie oft soll ich das noch wiederholen?"

Sie wanderten durch das Tal an dem kühlen Fluß entlang, der sie in vier Tagen nach Notre-Dame-Trouvée führte. Von dort war es bis Chateauneuf und Sankt-Gall nur noch ein Katzensprung.

Sie sahen das neue, rosige Schloß auf seinem Bergsporn und erreichten auf dem Pfad, der das Gebirge von Solle überquerte, den ,Weg des Lebens', die ,Silberquelle', und kamen schließlich über dem Tal an, in dem sich die Abtei befand, der nur noch das Dach fehlte.

Jehan leinte die Maultiere an und kehrte die Polsterung der Tragsättel nach außen. Ohne die Abendsuppe abzuwarten, kletterte er bei einbrechender Nacht wie ein Verrückter auf dem kürzesten Weg in den Wald zur Gemeinschaft hinauf. Die Undankbarkeit seiner Jugend trieb ihn nach einjähriger Abwesenheit weder zu seinem Vater noch zu seiner Mutter, sondern zuerst zu Reine. Sein Herz klopfte wie ein Schmiedehammer. Er ging um die Einfriedung herum, beruhigte die Hunde, die ihn zu fressen drohten, stieß die Tür auf und trat strahlend wie ein Auferstandener ein. Man umarmte und küßte ihn lachend, aber er fühlte, daß sie nicht mit dem Herzen dabei waren.

Es gab dort einen Kerl, den er nicht kannte. Man sagte ihm, daß er ein neues Mitglied der Gemeinschaft sei, der ihn ersetzt hatte. Als er ihn wie die anderen begrüßte, kam Reine herein. Sie hatte die Hühner in den Stall getrieben. Bei seinem Anblick schrie sie kurz auf und machte eine Fluchtbewegung. Da sah er, daß sie schwanger war. Ihr Bauch hob Rock und Schürze ausladend in die Höhe. Unsere Reine war schwanger bis zur Gurgel! Und nicht nur zum Spaß! Es gab ein eisiges Schweigen, das allen lang vorkam. Schließlich sagte der Vater:

„Aber setz dich doch an den Tisch. Du siehst doch, daß es noch zwei freie Plätze gibt, die wir noch nicht gefüllt haben."

„Ja, aber ich sehe, daß man trotzdem einen gefüllt hat!" schrie er und zeigte auf den Bauch seiner Verlobten. „Mit dieser Füllung hat man sich beschäftigt! Und ich sehe, daß man mich wohl ersetzt hat! Guten Abend!"

Er drehte sich um, zog den Zapfen aus dem Türriegel und rannte wie ein Windstoß davon.

Er fühlte sich versucht, noch einmal stolz zurückzukehren, den berühmten Überwurf auszuziehen, ihn Reine vor die Füße zu schmeißen und zu sagen: „Hier nimm das zurück, du wirst es brauchen, um den warm zu halten, den du mir vorgezogen hast!" Dieser Impuls entsprach dem tief-

verwurzelten Hang seiner Rasse zu stolzen und großsprecherischen Gesten, aber er beherrschte sich noch rechtzeitig,
indem er daran dachte, daß man weder die Schwangere noch
das arme kleine Wesen aufregen sollte, das ganz warm in
ihrem Bauch reifte. Vielleicht war es aber auch die Aussicht
auf den kommenden Winter und der Gedanke, daß ihm der
Kasel, wenn er auch schon ziemlich abgenutzt war, bei der
nahenden Sankt-Martinstag-Kälte noch gute Dienste leisten
konnte.

Er überquerte erneut die Schlucht der Arvault und bestieg
den gegenüberliegenden Hang mit der Geschwindigkeit
eines jungen Hirsches auf der Flucht. So erreichte er völlig
atemlos und schweißgebadet die Grotte des Propheten. Er
stürzte ins Innere und ließ sich auf das Lager aus Stroh und
welken Blättern fallen. Er stöhnte vor Wut. Tebsima glaubte
zweifellos, daß er verletzt sei, denn sie kam zu ihm, streichelte seine Stirn, wischte ihm den Schweiß mit ihrem
Schleier ab und versuchte ihn wie ein Fohlen zu beruhigen,
indem sie Worte in ihrer Muttersprache murmelte und ihm
mit einem hohoho begütigend den Nacken klopfte.

Dabei verströmte sie ihren wilden Mädchenduft, und Jehans Nase war, wie man weiß, schnell erregbar, so daß ihn
ihr weibliches Parfüm gleich wieder auf die Beine brachte:
„Der Prophet?" fragte er.

Sie öffnete die leeren Hände und bedeutete ihm durch
Zeichen, daß er ausgeflogen sei.

„Aber wann? Und seit wann?"

Sie zeigte zwei Finger und sagte: „Dzoj... zwei!"

„Zwei was? Zwei Tage?" „Nein." „Zwei Wochen?"
„Nein, zwei Monde!"

Er schaute sie an. Sie war frisch und rund, die Augen klar
und die Haut glatt. Er fragte, wie sie es anstelle, so alleine zu
überleben. Sie fing an, in ihrer Sprache zu erzählen, trotzdem
begriff er, daß sie sich von den Vorräten an Beeren, Äpfeln,
wilden Birnen und Wurzeln ernährte, die der Alte reichlich
gesammelt hatte, auch fing sie Igel, von denen sie Flöhe

bekam. Zwei Ziegen gaben ihr Milch, und eine war tragend. Sie hatte auch Hühner, die noch ein paar Eier legten. Sie lächelte strahlend. Diese Kost bekam ihr sehr gut, und die Einsamkeit in dieser Wildnis störte sie nicht. Sie hatte sich daran gewöhnt.

Sie vermied es, in die Dörfer des Tales herabzusteigen, weil sie fürchtete, wieder von einem wackeren Kreuzritter wie dem, der sie aus dem Orient mitgeschleppt hatte, aufgegriffen zu werden.

„Und warum nicht?" fragte Jehan verwundert. „Ein schöner, stattlicher Herr, der ist doch besser als dein alter Narr!"

Aber es schien so, als ob sie den alten Narren vorzog, Nein, sie wollte keinen dieser Räuber, sie verfluchte sie und spuckte auf den Boden. Sie liebkoste Jehan ein wenig, weil sie sah, daß er Kummer hatte, aber er brach mehr aus Vorsicht als aus Neigung fast ebenso plötzlich auf, wie er gekommen war, denn dieses Mädchen mit seinen schrecklich schönen, grausamen Augen zog ihn gleichzeitig an und jagte ihm Angst ein.

Er ging über den Gebirgskamm durch das dichte Buschwerk zurück, in dem sich nur die Wildschweine wohl fühlten, und war gerade am Punkt, von wo aus er den Hang hinabsteigen wollte, als er sich dem Propheten gegenübersah, der aus einem Gebüsch hervorkam und sich vor ihm aufpflanzte.

„Deine Tebsima erwartet dich seit zwei Monaten!" sagte Jehan.

„Sie kann lange auf mich warten! Es ist mir auf die Dauer unmöglich, mit einer Frau zusammenzusein. Ich bewundere diejenigen, die ihr Leben mit dieser Brut zubringen können."

„Aber sie wird in diesem Winter vor Kälte und Hunger umkommen!"

„Bestimmt nicht, mein Kleiner! Sie ist zäh wie ein Marder und ebenso fähig wie ich, überall ihre Nahrung zu finden. Die ist kernig, die könnte auch in einer Steinwüste überleben! Und du mein Sohn? Ich sehe, daß du Kummer hast?"

Jehan rief aus: „Prophet! Prophet! Reine bekommt von einem anderen ein Kind!"

„Na und? Was alle diese Mädchen wollen, ist ein Mann! Egal was das für ein räudiger Hund sein mag, Hauptsache er macht es ihnen gut! Du bist fortgegangen. Schön! Eines Tages kam ein Typ nach Chateauneuf, der in den Schlössern und auf den Plätzen sang. Schön! Er sprach ein teufliches Kauderwelsch, aber sie hat ihn derart gefesselt und eingewickelt, daß der arme Sänger, der am liebsten von Ort zu Ort zog und dem sein Faulpelz als Mantel diente, dort hängenblieb. Jetzt muß er als ‚Parsonnier' und Waldroder der Gemeinschaft von Sankt-Gall arbeiten wie ein roter Ochse. Er ist bis zum Tod ins Joch gespannt! Das wird dauern, solange es dauert. Eines schönen Tages wird er sich wieder seine Laute umhängen und vergessen, nach Sankt-Gall zurückzukehren. Tschüß, ihr Maulwürfe! Ich entfalte wieder meine Schmetterlingsflügel!"

„Glaubst du?"

„Sicher! Diese Rasse stammt vom Nordwestwind ab, das ist bekannt."

„Aber was wird aus Reine?"

„Also mach dir vor allem keine Sorgen um diese Pinkel-Susi!"

„Aber sie hatte mir . . ."

„Was hatte sie dir? Ich sehe dich auf einem schlechten Weg, mein Junge, genau das habe ich befürchtet!"

„Was hast du befürchtet?"

„Daß du schöner, stärker und klüger zurückkehrst, deine Einfältigkeit abgelegt hast und bereit bist, den Weg der Sterne zu gehen und dann von einem Flittchen festgehalten wirst."

„Den Weg der Sterne? Ich? Auf der großen Pilgerstraße zum heiligen Jakobus?"

„Das ist dein Ziel, Kleiner! Du bist nun für die Einweihung vorbereitet, und ich sage dir, was du machen wirst: Du wirst im Winter warm und gut gefüttert zusammen mit den Compagnons die Abteikirche abrüsten. Während dieser Zeit besorge ich uns Geld, um im Frühjahr nach Compostela aufbrechen zu können. Die große Initiation! Das große weiße Pferd. Die große Kabbala! Am Ende des Weges die Sterne!... Und danach kehrst du gerade zur rechten Zeit zurück, um Chartres wieder aufzubauen..."

„Chartres? Was ist das schon wieder?"

„Das ist das große Heiligtum der Carnuten, der heilige Hügel! Die alte Kirche wird bald brennen, mein Junge, das ist unabwendbar, sie ist nicht nach den Regeln gebaut."

„Ach ja? Und woher weißt du das?"

„Ich weiß es eben, wie ich alles weiß! Das ist ein altes Gebäude, das vom Feuer radikal gereinigt werden muß, wie alle alten Körper, die nichts mehr nützen. Glaub mir, das ist vorprogrammiert! Danach wird man alle Jakobsbrüder zusammenrufen, um endlich das richtige Himmelstor zu bauen, die wahre Retorte, den großen Athanor nach den Regeln der Kinder des Meisters Jakob und mit dem Gold der Tempelritter!"

„Du träumst!"

„Natürlich träume ich! Der Traum inspiriert die Unvernunft, die zu den allein richtigen Schlußfolgerungen führt. Und ohne Mönche, mein Lieber! Ja, das ist sicher – bei dieser Sache wird es keinen einzigen Mönch geben! Nur wir werden dort bauen, wir allein!

Hör mir gut zu: In zwei Jahren, nicht später, wird man von dem Wiederaufbau Chartres' reden. Zeit genug für dich, um an der Quelle zu trinken und zurückzukehren.

Jehan wechselte das Thema und fragte: „Und du? Wo bist du untergekrochen?"

„Kümmere dich nicht um den Propheten, mein Junge, er schläft im warmen Schoß der Erde, wo niemand ihn finden kann. Geh jetzt schlafen. Morgen reden wir weiter."

Jehan ging zur Abtei zurück. Er wühlte sich ins frische Stroh, aber er dachte die ganze Nacht an die Pilgerfahrt nach Santiago wie an einen rettenden Ausweg. „Aber ja", sagte er am Morgen zu sich selbst, „ja, natürlich! Genau das muß ich machen – abhauen – egal wohin! Nur weg von hier, und ebensogut dahin wie dorthin!" Von nun an dachte er nur noch an das Fortgehen und den Weg nach Compostela.

Man rüstete die Abteikirche ab, während die Meister den Plan des Klosters entwarfen und die Maurergesellen die Mauern der Klostergebäude errichteten, die bald die Hütten ersetzen sollten, in denen noch immer die Patres, Laienbrüder und Bauleute in stinkiger Enge hausten, ohne sich zu beklagen.

Auf den ersten Blick war der Plan des Klosters sehr einfach. Man hatte das Viereck markiert, das die äußere Begrenzung darstellte, dann parallel dazu ein inneres Quadrat gezeichnet, dessen Seiten halb so lang wie die des äußeren waren. Dieses bestimmte die innere Begrenzung des Kreuzganges. Sah man aber genauer hin, so schien es, als ob dies alles auch noch voller symbolischer Bedeutungen war, die Jehan nicht verstand und wobei auch die Zahlenverhältnisse eine Rolle spielten, wie z. B. die Anzahl der Bögen, die in Beziehung zur Höhe des Gewölbes stand, wenn man die eduensische Elle als Maßeinheit zugrunde legte. Dadurch befanden sich die Mönche, die im Kreuzgang in Richtung des Sonnenlaufs wandelten, in einem feinen Netz astronomischer und tellurischer Einflüsse, bei denen auch der goldene Schnitt und die göttliche Proportion mitwirkten. Es konnte einem schwindlig davon werden!

Man konstruierte auch das Hauptgebäude, wo die Zimmerleute die Lehrbögen für ein sechsteiliges Tonnengewölbe, das auf einer sieben Meter hohen Mittelsäule ruhte, errichten mußten. Diese war von einer fast beängstigenden

Feinheit, aber die Schub- und Druckkräfte waren so gut berechnet, daß sie sich gegenseitig aufhoben, so daß man sogar ohne den Mittelpfeiler ausgekommen wäre. Jedenfalls behauptete dies der Baumeister, und Jehan konnte sich darüber vor Staunen kaum wieder beruhigen.

Wenn er abends am Ofen hockte, sprach Jehan mit dem Propheten, der an seiner Idee festhielt. Ungeduldig fragte er: „Aber wann werden wir die Pilgerfahrt zum heiligen Jakobus antreten?"

„Geduld!" sagte der Alte, „ich sehe keine Möglichkeit, das Land der Arverner vor der Schneeschmelze zu passieren. Wenn man durch Aubrac kommt, kann man erfrieren oder von Wölfen gefressen werden. Und das Geld? Ich weiß wohl, daß die ‚Pédauques' in allen Klöstern, Propsteien, Spitälern und den Herbergen der Templer Aufnahme, Essen und Pflege finden. Es gibt sie überall entlang der Pilgerroute, aber man braucht Geld für die Fährleute an den Flüssen, und für die Gauner... und noch und noch..."

„Aber wo finden wir dieses Geld?" fragte Jehan schließlich.

Der andere zwinkerte mit den Augen: „Du wirst schon sehen, wirst es erleben, das ist so einfach wie eine Kniebeuge."

„Betteln?" „Das nicht, Kleiner! Man muß den Leuten einen Dienst erweisen." Und als der junge Mann ihn ganz erstaunt ansah, erzählte er ihm eine Geschichte, die sie während der fünfzig Wachen unterhielt, die sie im Wärmeraum verbrachten.

„Ich muß dir", begann er an einem Adventsabend, „über den wahren Weg nach Compostela, dem wir folgen werden, das große Geheimnis anvertrauen, warum und wie er eingerichtet worden ist. Und glaube nichts anderes! Zunächst sollst du wissen, daß die heutige Pilgerfahrt nach Santiago ein Betrug ist!"

„Nicht möglich!"

„Doch. Man erzählt jetzt, daß der Apostel Jakobus, den man den Älteren nennt, um ihn von dem Jüngeren zu unterscheiden, der Sohn von Zebedäus und Maria Salome und der Bruder von Johannes dem Evangelisten, dem Donnersohn, deinem Namenspatron gewesen ist. Alle waren Freunde von unserem Bruder Jesus, dem Zimmermann. Unser Jakobus predigte überall das Evangelium und kehrte dann nach Judäa zurück, wo ihn Herodes Agrippa am achten Tag der Kalenden des April enthaupten ließ. Merk dir dieses Datum! Nach der Hinrichtung raubten seine Schüler während der Nacht seinen Körper, brachten ihn auf ein Boot ohne Mast, Ruder oder Steuer, gingen selbst an Bord und ließen sich treiben. So verließen sie die Küste Judäas. Hörst du mir zu? Am achten Tag der Kalenden des August landeten sie ohne Segel, Ruder, Steuer an der atlantischen Küste von Galicia. Verstehst du? In einem treibenden Boot ohne Steuer und Segel durchquerten sie in vier Monaten das Mittelmeer in seiner längsten Ausdehnung, passierten die Säulen des Herkules zu Füßen des Djebel Altar und fuhren die ganze atlantische Küste Iberiens hinauf bis zu dem Kap von Galicia, wo das Festland endet. Kannst du dir diese Reise vorstellen?"

„Nein." „Das ist wahr, du weißt ja nicht einmal, wo Judäa liegt. Ich sage dir daher, daß sie in vier Monaten ohne Segel, ohne Ruder, ohne Steuer wenigstens zweitausend Meilen zurückgelegt haben! Also, sie gingen an der Mündung des Flusses Ulla an der äußersten Spitze des Baskenlandes an Land, zogen die Barke ans Ufer und legten den Kadaver des Heiligen (ich frage mich, in welchem Zustand der Auflösung der nach viermonatiger Seefahrt gewesen sein muß), sie legten ihn also auf einen großen Stein, der sich unter dem Körper des Heiligen von selbst aushöhlte und einen Sarkophag bildete, und ein Stern, der letzte Stern der Milchstraße ·fiel herab und senkte sich auf den Grabstein. Zu diesem ‚Campo del Estella‘, dem ‚Sternenfeld‘, geht nun die Pilgerreise zum Grabe des Apostels Jakobus, der, o Wunder! auf mirakulöse Weise von Judäa nach Galicien gelangte – in vier Monaten – ohne Ruder, ohne Segel und ohne Steuer!"

Der Prophet ließ ein lautes, blasphemisches Lachen hören. Aber Jehan lachte nicht mit:

„Das ist eine wunderbar schöne Geschichte", sagte er.

Der andere lachte noch lauter:

„Im Erfinden schöner Geschichten zu ihrem Vorteil sind die Kuttenträger großartig, das kann ich dir sagen! Aber lassen wir sie, Hauptsache, sie verbreiten die Frohe Botschaft." Dann wurde er wieder ernst:

„Aber in Wirklichkeit haben sie gar nichts erfunden; sie haben nur die Wahrheit ein bißchen in ihrem Sinne verändert."

„Nun, ich denke, daß du, Prophet, die einzig richtige Wahrheit kennst", sagte Jehan spöttisch.

„Hier ist sie, mein Junge: Seit Zehntausenden von Jahren sind die Menschen den Wegen gefolgt, die an die extremen Punkte der Erde führten, zum ‚Ende der Welt', also besonders zu den ‚Finis terra', wie wir sie z. B. in Cornwall, Irland, Armorika und Galicia finden. Die Pilger kamen von weit her, aus dem Land der Sueben und Skythen, also ich sage dir von überall. Massen auf dem Marsch, die mit ihren Füßen den Boden fest stampften und so die Pfade bahnten, die man jetzt die ‚Wege des heiligen Jakobus' nennt. Sie haben sie sogar durch die großen Steine, die Menhire, markiert, sie mit Zeichen und Namen versehen, die man heute noch findet und die man nun anglotzt wie der Ochs das neue Tor..."

„Wo aber gingen diese Leute-die-von-überall-kamen hin? Und was wollten sie finden? Sag's mir!"

Der Prophet machte eine Geste, eine große Geste, mit der er das schrecklich riesige Ausmaß dieser Sache andeuten wollte. Schließlich sagte er ernst:

„Sie kamen, um das Erbe anzutreten!"

„Das Erbe von wem und von was?"

Der Prophet räusperte sich, spuckte, schluckte seinen Adamsapfel, der scheinbar hochsteigen und in seinem Mund zerspringen wollte, und säuselte dann mit seiner Fistelstimme:

„Die Erbschaft der großen Menschen, die vom Meer gekommen waren."

„Was sind das nun wieder für Christen?"

„Christen? Ach du Dummerjan, das ereignete sich tausend und tausend und abertausend Jahre vor der Geburt von Christus, dem Zimmermann! Und diese Menschen damals, die groß waren, sehr groß, wirklich riesig, und die so viele Dinge wußten, kamen aus dem Meer, verstehst du? Sie kamen aus dem Meer!"

„Also waren es Fische?"

„Nein, Menschen, schöne Menschen, die die Geheimnisse des Universums kannten, sie kamen vom Meer…"

„Wie in der Geschichte von Gargantua?" fragte Jehan auf gut Glück.

„Aber Gargantua war ja einer von ihnen, denn sein Name bedeutet: ‚Kerl der großen Steine'. Also machen wir's kurz – sie bewohnten eine große Insel, die plötzlich im Meer versank, wer weiß warum? Entweder begann das Wasser zu steigen, weil die weit entfernten Gletscher abschmolzen, oder es hatte sich am Grund des atlantischen Meeres eine Spalte aufgetan – auch möglich. Einige konnten der Katastrophe entgehen. Sie hatten Hals über Kopf all ihre Erkenntnisse und Reliquien auf ein Schiff gebracht, und ab ging die Fahrt. Sie erreichten das Festland (fest – wie lange noch?), wo sie von unseren halbtierischen, vom Ungeziefer zerfressenen Vorvätern empfangen wurden, die noch nicht einmal wußten, wie man Rüben sät. Denen haben sie ihr Wissen übergeben, und dies ist es, was die Pilger dort in den Ländern am Ende der Erde wiederfinden wollen: die Offenbarung, das Wissen und die Männer, die es hergebracht haben."

Indem Jehan le Tonnerre ein Scheit und einen Kloben Holz ins Feuer des Ofens legte, wie es seine nächtliche Pflicht war, um die Wäsche im Winter zu trocknen, sagte er zum Alten:

„Erzähle, los, erzähle deine Geschichte, sie interessiert mich, hör jetzt nicht auf! Zum Beispiel hast du mir gesagt, daß es mehrere Orte gab, wo die großen Menschen gelandet sind, in Cornwall, Armorika..."

„Und noch an anderen, wie Stonehenge, Carnac, Locmariaquer, Wales, Irland, von wo Sankt Columban und die andern zu uns gekommen sind..."

„Also warum pilgert man jetzt nur noch an den Ort, wo man den heiligen Jakobus verehrt?"

„Ja, mein Junge, du legst den Finger auf den wunden Punkt! Und ich werde dir antworten." Dann fuhr er mit leiser Stimme fort:

„Weil man dort noch die Abkömmlinge der Männer, die vom Meer kamen, finden kann. Sie sind noch dort und bewachen den Übergang."

„Es gibt sie noch?"

„Ja, die großen Männer haben unsere Mädchen gesehen und sie schön gefunden. Sie haben sich mit ihnen verbunden und eine besondere Rasse gezeugt. Eine außerordentliche Rasse, die noch die Sprache der Atlanten spricht. Sie sind die einzigen auf der Welt!"

„Wirklich? Wenn ich dahin komme, werde ich sie sehen?"

„Zum Teufel! Natürlich wirst du sie am Ende der Reise sehen und so schöne Mädchen, wie du dir kaum vorstellen kannst. Es ist die Rasse der atlantischen Druiden!"

„Und wie nennt man sie?"

„Basken!" „Die Basken? Aber man hat mir gesagt, daß sie Roland in einer Felsenschlucht erschlagen haben!"

„Gewiß, und sie haben es gut gemacht, denn sie verteidigten den heiligen Weg gegen die Barbaren!"

„Barbaren? Roland?"

„Ja, die Franken, die Burgunder und all dieses Gesindel, das gekommen war, um sich bei uns einzunisten, und das wir mit Mühe zivilisiert haben. Später unterwarfen sie sich scheinbar dem Papst, um uns besser beherrschen zu können..."

Jehan le Tonnerre betrachtete jetzt den Propheten wie ein Fabeltier. Was war das für ein unglaubliches Wesen? Sagte er egal was, nur um sich interessant zu machen, oder überlieferte er eine höhere Wahrheit? Ach, man mußte sich ein eigenes Urteil bilden. Man mußte das selbst vor Ort, dort unten in Galizien sehen! Wann würde man aufbrechen?

„Wann brechen wir auf?" fragte er aus diesen Gedanken heraus, indem er von seinem Sitz aufstand.

„Langsam, langsam", murmelte der Alte, der schon am Einschlafen war. „Immer mit der Ruhe, und vor allem erzähle diese Dinge nicht herum. Verdammt noch mal, wenn du das weitersagst, werden sie dich auf einem schönen Scheiterhaufen grillen! Für alle andern pilgerst du zum Grab des heiligen Herrn Jakobus, um für dein eigenes oder das Seelenheil des Herren von Montaigut und für die Heilung seines Sohnes zu beten. Du grölst brav die Hymne des heiligen Herrn Jakobus, du küßt die Füße des heiligen Herrn Jakobus, du legst deine Hand in den Abdruck der Hand des heiligen Herrn Jakobus, du atmest den heiligen Herrn Jakobus, du gibst deine Spende dem heiligen Herrn Jakobus, aber das ist alles. Das hindert dich nicht, zu denken was du willst. Aber sag es nicht laut, wenn dir dein Leben lieb ist!"

Auf diese Weise wurde Jehan die Pilgerfahrt nach Compostela an einem Winterabend in der Wärmestube der Abtei von Labussière im burgundischen Wald dargestellt, und während der ganzen Adventszeit und der Oktave nach Weihanchten ließ der Prophet keine Gelegenheit aus, um noch einiges hinzuzufügen, so daß der Compagnonanwärter schließlich den Kopf voll davon hatte.

Bevor er einschlief, fragte Jehan jeden Abend:

„Wann geht es los, Prophet, wann brechen wir auf? Ich will endlich dieses Tal verlassen, wo die Erinnerung an Reine mir Nächte voll Schweiß und Tränen bereitet!"

„Geduld, Geduld!" antwortete der Druide jedesmal. „Wir müssen erst genug Geld auftreiben."

„Ja, aber wie?"

„Laß mich nur machen."

Am Vorabend vom Dreikönigstag schließlich, als die Sonne eine Kerbe weiter östlich aufging um anzukündigen, daß das Licht auf die Welt zurückkehrte, tauchte der Prophet nach dreitägiger Abwesenheit wieder im Wärmeraum auf:

„Der Herr von Marigny will uns sehen", sagte er zu Jehan mit munterem Ton.

„Uns? Aber um Himmels willen – warum?"

Sie gingen zum Schloß des Marigny, das eine Meile von der Abtei entfernt lag, und der Herr von Marigny sagte ihnen ungefähr folgendes:

„Ich würde gern mit meiner Frau die Pilgerfahrt nach Compostela machen, aber meine Geschäfte und der Dienst beim Herzog halten mich hier zurück. Ich hätte es daher gern, wenn ihr die heilige Reise an unserer Statt unternehmen, für uns zum heiligen Jakobus beten und einige Opfergeschenke von uns den heiligen Hütern des Grabes übergeben würdet. Hier ist ein voller Beutel mit Geld, der es euch ermöglichen wird, die Fährgelder zu bezahlen und euch vor Hunger und Kälte zu schützen. Wenn ihr dort seid, bittet für uns um die Heilung unseres lieben gelähmten Sohnes, denn man hat mir berichtet, daß eine seit zwanzig Jahren vollkommen verkrümmte Frau, die sich nach Compostela tragen ließ, sich dort plötzlich aufgerichtet hätte und zu Fuß den Heimweg antreten konnte. Bittet statt meiner für ihn. Ihr könnt von mir alles fordern, was ihr nötig habt, um dieses Unternehmen durchzuführen. Besonders die Maultiere!" fügte der Herr von Marigny hinzu. „Wollt ihr jeder ein Maultier für die Reise?"

„Warum nicht auch eine Sänfte?" rief der Prophet aus. „Es sind die Füße, mit denen man das Paradies gewinnt!"

Als sie fortgingen, sagte der Prophet:

„Nun siehst du, wie es mir gelungen ist, das fehlende Geld für die Reise aufzutreiben!"

Sie setzten sich etwas weiter auf einen Baumstumpf unter einen Wacholderbusch, um ihr Vermögen zu zählen.

„Das ist nicht viel!" meinte der Prophet. „Die Heilung seines Sohnes ist dem Marigny keinen großen Preis wert."

„Das ist doch viel!" sagte Jehan dagegen, der noch nie in seinem Leben Geld gesehen hatte, denn in der Kommune wurde nichts gekauft, was man brauchte, erhielt man durch Tausch, und bei den Pédauques arbeitete er für seinen Unterhalt in der Gemeinschaft ohne individuelle Lohnzahlung.

„Wir werden noch anderes finden", meinte der Prophet, „die Leute sind derart leichtgläubig!"

Dann kümmerte man sich um die Pässe. Nachdem er von Meister Gallo die Erlaubnis erhalten hatte, die Bruderschaft zu verlassen, fertigte der Abt nach Le Gallos Angaben ein Zertifikat auf Ziegenleder aus.

„Wir brauchen keine Pässe", schrie der Prophet, „ihr wißt doch, daß der Gänsefuß überall passieren darf!"

„Nehmt ihn trotzdem", sagte der Schreiber. „Zwei Stöcke sind besser als einer!" Also nahmen sie ihn.

Der lateinische Text sagte in einfacher Sprache etwa folgendes:

„Ich, der Vorsteher der Abtei von La Bussière, Tochterkloster von Citeaux, gebe hiermit allen und jedem bekannt, der diesen Brief liest, daß (es folgten die Namen der zwei Pilger. Der Prophet nannte sich ‚Benedikt Hugues', warum, das wußte er nur selbst) durch keinen kirchlichen Bann gebunden sind noch den Makel falscher Lehre oder Häresie an sich tragen, daß sie das aufrichtige Bekenntnis der heiligen Religion abgelegt haben und aufgrund ihres guten Leumunds, der Ehrbarkeit ihrer Familie und der Perfektion ihrer Kenntnisse als Zimmerleute sehr zu empfehlen sind. " Darunter war ein schönes Siegel aus rotem Wachs und eine kleine hübsche Zeichnung, die noch durch viele Schnörkel verschönt wurde.

Der Prophet hatte sich noch einmal aufgeregt, als man darauf bestand, auch seinen Namen in den Paß einzutragen. Er schimpfte:

„Ich brauche ihn nicht! Man läßt mich über alle Gebirgspässe! Was denkt ihr? Man kennt mich! Ich mache die Tour schon zum dritten Mal!"

Das schien zwar nicht zu stimmen, hörte sich aber gut an.

Danach kümmerte man sich um die Beschaffung fester Pilgertaschen und zweier Quersäcke, die man über der Schulter tragen konnte. Man stopfte sie mit feinem Leinen, um die Füße darin einzuwickeln, Wäsche zum Wechseln und Nähzeug.

„Reisen wir mit leichtem Gepäck", sagte der Alte, „auch kleine Last wiegt schwer auf langen Wegen!" Und er warf die Hälfte von dem, was der Junge eingepackt hatte, wieder hinaus.

Auf die weiten Kapuzenmäntel, die ihnen die Pédauques schenkten, stickten sie mit starker roter Wolle das Zeichen des Gänsefußes, ebenso auf ihr Obergewand und sogar auf den berühmten wollenen Kasel, in dem noch immer Reines eingewebte Haare glänzten. Sie nähten sich jeder einen Leibgürtel mit mehreren Taschen, in die sie die Geldstücke des Marigny und das Pergament des Abtes steckten. Auf Rat des Priors beichtete Jehan und wusch sich den ganzen Körper. Von der Absolution und dem Wasser gereinigt, fühlte er sich plötzlich unfähig, die große Reise anzutreten und dieses Gebirge zu verlassen, wo er jedoch nur noch Lüge und Betrug spürte.

Im letzten Moment erklärten sich noch zwei Compagnons mit dem Gänsefuß bereit, mit ihnen zu ziehen. Sie stammten aus Lescar im Béarn, wo sie Frauen und Kinder hatten, und sie ergriffen diesen frommen Anlaß, um jene wiederzusehen. Aber wer weiß, vielleicht wollten sie auch dort bleiben? Sie hielten es jedoch für klüger und würdiger, sich nicht nur auf den Gänsefuß, sondern auch auf den heiligen Jakobus zu berufen.

Die zwei ersten Joche des Kirchenschiffs wurden in der ersten Fastenwoche abgerüstet, und Jehan sah, ehe er fortging, noch die freigelegten Laibungen, d. h. die sichtbare Innenfläche des Gewölbes. Das war für ihn ein unvergeßlicher Augenblick. Im gleichen Maß wie das Zimmerwerk verschwand, erschien die Membrane des gespannten Steins, von der die Meister sprachen. Dieser parabolische Reflektor, dessen Bestimmung es war, die Menschen, die darunter zu bestimmten, vom Lauf der Sonne abhängigen Stunden herumwandelten und das Lob des Zimmermanns und Meisters der Liebe Jesus Christus sangen, zu überwölben und zu erneuern. Als Jehan das von seinem Holzkorsett befreite Gewölbe zum ersten Mal sah, das sich wie ein Baldachin über ihren Köpfen spannte, fühlte er sich glücklich. Danach zog er die Stiefel an, die ihm der Bruder Schuster gemacht hatte, und erklärte sich zum Abmarsch bereit. Aber man führte sie noch in die Kirche, wo die Mönche nach dem Frühgebet eigens für die vier Pilger eine Hymne sangen, die das Licht und den heiligen Geist auf sie herabflehte. Nach dem Segen des Abtes machten sich die vier Männer bei Sonnenaufgang am siebten Tag des Monats Februar, am ersten Fastensonntag, auf den Weg, und die Buchsbäume, die zu blühen begannen, erfüllten die Luft mit ihrem Parfüm einer erregten Frau. Sie stiegen am Ouche aufwärts, um das Joch von Santosse zu erreichen, und kamen an Beligny vorbei, wo der Prophet sie natürlich auf den Hügel hinwies, wo einmal der alte Tempel des Belen gewesen war, an dessen Stelle man nun eine christliche Kirche errichtet hatte, deren Glocken- und Vierungstürme ganz neu erstrahlten.

Da sie am Morgen aufgebrochen waren, wunderte es sie, daß sie noch vor Mittag das Santossajoch erreichten, wo

sie, nachdem sie zehn Meilen ohne sich umzusehen zurückgelegt hatten, zum ersten Mal halt machten, um den weiten
Blick über den Morvan zu genießen, der die gute Hälfte des
nördlichen Horizonts einnahm. Jehan zog die Schuhe aus,
denn die neuen Stiefel drückten ein wenig, rieb sich die
Füße zuerst mit einem Bund Stroh und danach mit einer
Speckschwarte ab, die er von einer Frau erbettelt hatte, die,
wie sich herausstellte, die Cousine eines Laienbruders der
Abtei war. Jehan umwickelte sich die Füße mit weißen Leinenbinden, und nachdem sie drei gebratene Hähne, die ein
Geschenk vom Bruder ‚Kikeriki' waren, und einen Topf
voll gekochter Bohnen gegessen hatten, machten sie sich
wieder auf den Weg.

Jehan marschierte vorneweg. Er rannte fast, zwanzig
Schritte hinter ihm folgten ruhig die zwei Gesellen. Noch
weiter hinten trottete der Prophet. Die anderen dachten:
„Wie dumm, uns mit diesem Alten zu belasten, der sicher
nicht einmal bis Aubrac durchhalten wird." Jehan rief:

„Wenn wir so weiterlaufen, sind wir übermorgen abend
in Compostela!" Die zwei Compagnons stießen sich nur
mit dem Ellenbogen an, während der Prophet kicherte:
„Lauf, lauf und du wirst sehen."

Nach Santosse überschritten sie den Bergkamm, der das
nördliche Gallien vom südlichen trennt, kurz nachdem sie
an der römischen Säule vorbeigekommen waren, die der
Prophet mit starkem Strahl reichlich angepißt hatte. Sie
stiegen Richtung Nolay herab und folgten eine Zeitlang
dem Tal der Conzanne, die, wie ihr Name sagt, einen tiefen
Einschnitt bildete, und nach vierzehn Meilen erreichten sie
noch vor Einbruch der Dämmerung die Herberge der
Tempelritter, wo sie schliefen. Man versorgte sie ebensogut wie die eigenen Pferde, was viel heißen will.

Frisch wie die Fische starteten sie schon vor Anbruch des
nächsten Tages, um am Himmel noch die milchige Spur
des Sternenweges zu erkennen. Sie sahen, daß sie deutlich
nach rechts von der Richtung abwich, in die der Prophet sie

geführt hatte, indem er der Schlucht der Conzanne gefolgt war. „Das ist nicht der richtige Weg", sagten die zwei Pédauques, „wir gehen zu weit nach Süden."

„Laßt mich nur machen", sagte der Alte, „es ist für den Kleinen, er muß Cluny und anderes sehen. Er ist aufgebrochen, um zu *sehen*, hört ihr? Sehen und nochmals sehen! Glaubt mir, er wird sehen, Ehrenwort des Benedikt Hugues! Und wir kommen schon bald auf die französische Route nach Compostela, wartet es ab!"

„Zu Befehl, Sir Hugues!" antworteten lachend die Gänsefüße.

Als sie den Fluß Dheune auf der Brücke von Cheilly überschritten hatten, sahen sie wie im Traum die Prozession der neuen Kirchen in ihren Kleidern aus hellen Steinen vor sich: Die von Chamilly in der Nähe von Aluze (von dem die Compagnons aus Spaß behaupteten, daß es das alte ‚Alésia' sei, um den Propheten zu ärgern, der ‚sein Alésia' im Tal der Brenne situierte), darauf folgte die Kirche von Châtel-Moron, dann die von Sainte-Hélène, dann Sassangy, Gersot, Bissy, Germangny und die von Saint-Maurice. Man besichtigte sie alle, hob die Nasen hoch, um die gebogenen Schenkel der Wölbungen zu erschnuppern und bewunderte die großartige Arbeit, bei der man die Last der Steine benutzt hatte, um Kuppeln und Gewölbe daraus zu formen und sie wie Deckel auf die Pfeiler zu legen. Der Prophet ging jedesmal langsam auf der Achse des Mittelschiffs rückwärts bis zum Hauptportal, kontemplierte die Doppelreihe der Säulen, die das enorme Gewicht der Gewölbekappe trugen und murmelte in Ekstase:

„Der gedeckte Gang! Der Dolmen! Der perfekte Dolmen!"

Man verlor so mit Bewunderung und Kommentaren sehr viel Zeit, besonders da man noch im Zick-Zack die Quellen der Talie, der Guye, der Orbize und der Arconce passierte. Auf diesem Wege kamen sie auch an den Kirchen von Saint-Gengoux, Saint-Clement, Malay, Saint-Ythaire und schließlich Chapeize vorbei. Chapeize! Wo sie unter den äußerst rätselhaften Strukturen schliefen. Rätselhaft für jedermann, aber nicht für den Propheten. Bevor er einschlief, sagte Jehan wie im Traum:

„Genug, genug, Prophet! Mir schwirrt schon der Kopf! Warum gibt es gerade hier so viele Kirchen?"

„Weil", antwortete der andere, der immer alles wußte, „hier die Erde so stark zusammengepreßt worden ist, daß sie sich in Falten und Brüchen verworfen hat, darunter im Erdinnern waren unglaubliche Kräfte angesammelt, die nun aus den Spalten hervordringen. Wir, die Baumeister, wollten in der Nachfolge der Erbauer der großen Steinsetzungen diese Kräfte auffangen und sie in Steingewölben konzentrieren... natürlich zum Ruhm des Zimmermanns Jesus und seiner heiligen Mutter, Amen."

Am nächsten Morgen zog der Prophet schon vor Sonnenaufgang die Gesellen an den Füßen:

„Los, los, aufstehen! Wenn wir heute abend in Cluny sein wollen, dann lauft, was ihr laufen könnt!"

An der Wegkreuzung im Wald von Denier umgingen sie den Hügel von Suin, der zwischen zwei Kirchen lag, die den Platz der alten Megalithen einnahmen. Am Vordersteven befand sich die von Ameugny, aus rot-braunem Gestein und gedrungen, am Heck die von Taizé, deren Kleid einen warmen Ockerton zeigte und die wegen ihres Turmjochs unter den Glocken und ihrer halbrunden Apsis „einen Besuch wert war", wie der Prophet sagte.

„Hier hatten wir viele Schwierigkeiten", bemerkte er, denn im Zweifelsfalle hatte er hier auch mitgearbeitet. Als die anderen lachten, sagte er zu ihnen:

„Zum Beweis, Compagnons, ich habe mein Zeichen in Mannshöhe auf dem Schaft der Säule eingraviert, die ihr da drüben seht!" Ein Zeichen, das ein wenig einer Mandel ähnelt, mit zwei gekrümmten Linien, die an den Spitzen zusammenliefen.

„Und was bedeutet dein Zeichen, Prophet?"

„Du siehst es doch, Compagnon, es zeigt die Spalte, durch die du gekommen bist, als du aus deiner Mutter krochst. Es ist die Vulva der Welt! Ich habe das Zeichen gewählt, weil es den Ursprung der Menschheit symbolisiert, du Dummkopf!"

Wo er das alles nur herhatte?

Schließlich, als sie an der Grosne entlanggingen, die Hochwasser führte und die Wiesen überschwemmt hatte, erblickten sie bald die spitzen Türme und dann die großen Ziegeldächer von Cluny am Fuße der bewaldeten Berghänge. Selbst von weitem sah das so groß und mächtig aus, daß Jehan sich atemlos verschluckte, als er einen Jubelschrei ausstoßen wollte und sofort seine Geschwindigkeit verdoppelte.

„Warte! Warte!" schrien die andern, „du hast es ja sehr eilig, zu den schwarzen Mönchen zu kommen!"

Im Näherkommen beschrieben die Compagnons, von beruflicher Begeisterung für den Bau erfaßt, dieses Wunder schon im voraus:

„Stell dir vor: Ein Grundriß von 570 Ellen Länge, dominiert von einem Chor mit Chorumgang und fünf Radialkapellen. Zwei Querschiffe, die nach Osten zu durch Chorkapellen erweitert werden, deren jede ein richtiges Schiff von 220 eduensischen Ellen Tiefe bildet. Die Vorhalle ist so groß, daß jede der Kirchen, die wir gestern gesehen haben, mit Leichtigkeit hineinpassen würde. Die zwei Vierungstürme sind 150 Ellen hoch..."

„Ein gewaltiges Gebäude!" fügte der Alte ganz außer Atem hinzu. „Alle Dimensionen ergeben sich aus der Multiplikation des Basismoduls, der eduensischen Elle★ mit drei, fünf, sieben und neun, den musikalischen Intervallen! Den vollkommenen Zahlen der druidischen Mathematik! Alle diese Maße sind außerdem durch sieben teilbar! Es ist wirklich ein großes Werk!" Dem Propheten lief das Wasser im Munde zusammen.

Sie meldeten sich an der kleinen befestigten Pforte an, die zu den Gebäuden der Laienbrüder in der Nähe der Herberge führte, wo sie nicht weit von den Latrinen, die Jehan für eine schöne Tränke hielt, ihr Unterkommen fanden.

Am nächsten Morgen paßten die Mönche ihr Erwachen ab. Sie wollten, wie sie sagten, sie um eine kleine Gefälligkeit bitten. Es handelte sich um die Ausbesserung einer Holzverbindung im Zimmerwerk des zehn Hektar großen Daches, das sich hochmütig über dem Tal ausdehnte.

Das gab ihnen wenigstens Gelegenheit, sich im Gewimmel der heiligen Ameisen frei zu bewegen und alles zu sehen. So konnten sie auch in die große Kirche eintreten, wo sie wie versteinert stehenblieben. Ja, zwischen diesen Sonnensteinen fühlten sie sich selbst zu Stein werden – zu Stein und Musik.

Das Gebäude strahlte im Glanz der Neuheit, und seine Höhe war überwältigend. „Zweimal so hoch wie breit", bemerkten die ‚Gänsefüßler', die gegen Ende der Bauzeit hier etwas mitgearbeitet hatten. Das Gewölbe hoch oben wirkte immateriell.

Der Prophet murmelte in höheren Sphären schwebend:

„Hier übersteigt alles die alten Normen! Es ist eine neue Art, mit Masse und Raumvolumen umzugehen, aber dennoch das Basismodul zu bewahren."

Man konnte glauben, daß der Alte davonfliegen wollte. Er schwankte mit großen Augen und ausgestreckten Händen hin und her, die wie die Flügel einer Gans in Verzük-

★ Ungefähr 30 cm (A. d. A.)

kung zitterten. Die zwei Pédauques, ernst wie die Raben und schweigsam, wie es ihrem Wesen entsprach, hörten ihm kaum zu. Sie besahen und betasteten wortlos die Steine.

„Es ist komisch", sagte Jehan, „mit den zwei Querhäusern und der runden Apsis ähnelt dieser Grundriß genau unserm Hopse-Spiel, das wir auf den Boden der Scheune gezeichnet und das ich mit meinen Brüdern gespielt habe. Mit seiner ‚Hölle', die hier dem Narthex entspricht, und seinem ‚Himmel', der vom Halbrund des Chores dargestellt wird."

„Du hast ja so recht, mein Junge", antwortete der Alte.

Mit dem Kopf im Nacken betrachteten sie die Figurenkapitelle, wo der begeisterte Prophet alle Symbole seiner lieben Druiden wiederfand. Ihre ganze Tier- und Pflanzenwelt von der Sonne, der Axt, der Lilie, dem Pferd, dem Hahn, der Schlange, der Mistel, der Eiche, dem Schellkraut, dem Wildschwein, der Erle und dem Bären bis zur Wuivre, mit und ohne Flügeln, dem Pelikan, sogar den zwei Pelikanen, die die zwei Offenbarungen, die keltische und die christliche, darstellten, wie sie aus der gleichen Quelle der Erkenntnis trinken.

„Man sieht, daß unser Meister Witizza recht daran getan hat, die Druidenschule zu verlassen und sich unter die kleinen Druiden des Benediktinerordens zu mischen. Er hat ihnen unser Licht gebracht!"

„Du schwatzt zuviel, Prophet!" sagten die Gänsefüßler. „Halt den Mund und schau!"

Die Arbeit war in vier Tagen gemacht, und sie brachen wieder auf, diesmal aber in Begleitung von drei anderen Pilgern, die wie sie die französische Route gewählt hatten und sich ihrem Zug anschließen wollten, weil sie sich vor den großen Wäldern fürchteten, die sie durchwandern mußten. Es waren drei Pilger mit Jakobsmuscheln und Rosenkränzen, die zur Vergebung ihrer Sünden und zum Heil ihrer Seelen dort hinabzogen, um das Grab des Heiligen zu berühren, Gottes Loblied zu singen, bei jeder Gelegenheit die Füße der sehr heiligen Jungfrau und Gottesmutter zu küssen, ebenso wie die Knie des heiligen Rochus, das Haupt der heiligen Fides, das Gewand von Sankt-Nimmerlein und dabei „O Herr! O allmächtiger Gott!" herzzerreißend zu stöhnen. Sie gingen so lange barfuß, wie sie noch im Umkreis der Klöster waren, in denen sie Aufnahme zu finden hofften, aber für die weiteren Strecken zogen sie ihre Sandalen wieder an.

„Kleinmütige Pilger", sagte der Prophet, „ohne jede Einsicht. Sie tragen die Jakobsmuschel aus Angst vor der Hölle, sie haben überhaupt nichts begriffen!"

Obgleich diese frommen Leute es eilig hatten und ganz genau an der vorgeschriebenen Route festhalten wollten, folgten sie doch den Gänsefüßlern auf den labyrinthischen Umwegen, die der Prophet sie durch das Brionnais führte, um die Kirchen von Anzy-le-Duc, von Montceau-l'Etoile, von Varennes-l'Arconce, Bois-Sainte-Marie, von Semur-en-Brionnais und noch zwanzig andere ‚perfektionierte Dolmen' nicht zu verpassen, die gedrängt, einer am andern, wie die Eier im Nest lagen, und wo die Baumeister schon mit dem Tympanon über dem Westportal, das Christus in der Mandorla umgeben von den vier Evangelisten darstellte, den Wissenden sagen wollten, was der Prophet selbstverständlich so erklärte: „Der Mensch, der aus der Vulva der Welt hervorgeht, ist von den vier Elementen umgeben und bezeichnet damit den Eingang zum Dolmen der Erneuerung."

Sie brauchten für die Besichtigung vier Tage anstatt zwei, aber schließlich erreichten sie doch die Loire bei Iguerande, wo ein starker Nordwind wehte, der nach Schnee roch. „Dieser Name bedeutet auf gälisch ‚die Wassergrenze'", versicherte der Alte großspurig. Anscheinend war der Fluß die Grenze des Landes der Eduenser. Von hier an betrat Jehan fremden Boden, wo man sich auf alles gefaßt machen und entsprechend auf der Hut sein mußte.

Allerdings war die erste Etappe in der Herberge von Bé-nissons-Dieu sehr gut, obgleich die Füße von Jehan derartig schmerzten, daß er schon daran dachte, aufzugeben und dort zu bleiben, wo es genug Arbeit für Zimmerleute gab. Aber der Alte, der sich leicht wie ein Schmetterling und, wie er sagte, um dreißig Jahre verjüngt fühlte, ließ ihn von einer Art Hexenmeister massieren, der vor den Türen der Herberge bettelte und mit dem er einen Preis ausmachte, den er noch drückte, indem er dem Heiler versprach, für ihn in Compostela zu beten.

Am nächsten Tag nahmen sie auf ihrem Weg, der von Renaison bis zu den Quellen der Aix führt, die Berge der Madeleine in Angriff.

Und hier gerieten sie in ein Schneegestöber.

„Das ist Kuckucksschnee", trällerte der Prophet, „er kündigt den Frühling so sicher an wie der Hahn den neuen Tag."

Jeder wußte, daß die Berge von Forez mit ihren großen schwarzen Wäldern kein Vergnügen boten. Sie waren noch nicht einmal am höchsten Punkt der ersten Steigung ange-langt, als die Erde schon unter dem Schnee verschwand. Die armen Pilger jammerten, die zwei Gänsefüßler, die ge-wöhnlich schwiegen, begannen nach altem Brauch Lieder zu singen, deren Melodien von den Barden stammten, de-ren Texte aber die Compagnons im Lauf der Zeit selbst er-funden hatten und die Jehan mitsang.

Die Schuhe sogen sich allmählich voll Wasser und mach-ten bei jedem Schritt ‚quietsch'. Der Prophet beobachtete die andern, wobei er spöttisch in seinen bereiften Bart gluckste, der ihm seit zwei Wochen mit erstaunlicher Ge-schwindigkeit wuchs, was ein Zeichen für seine Kraft und Männlichkeit war, wie er sagte. Die Haare hingen über den Kragen seines Gewandes und füllten schon seine Ohren. „Das ist wie bei den Wildschweinen im Gebirge, ihnen wächst auch das Fell, wenn die Kälte kommt."

Dort bat er dann plötzlich die beiden Gänsefüßler, mit

dem Unterricht Jehans im Bauriß, den man im Sommer begonnen hatte, fortzufahren. Daraufhin lehrten die beiden Kuldeer, sich abwechselnd, Jehan die ‚Erhabene Proportion‘, das ‚Goldene Dreieck‘ und das Seil mit den 13 Knoten. Wenn die Worte nicht ausreichten, was öfter vorkam, machte man eine Pause, um die Sache im Schnee aufzuzeichnen, während die drei bedauernswerten Bürger zur Seite gingen und vergeblich versuchten, ein Feuer zu entzünden.

Für Jehan entsprach die Einschreibung eines Ikosaeders in eine Kugel genau dem Weg, den sie zwischen Le Puy über den Paß des Noirétable und durch das Tal der Durole zurücklegten, die sie bei Chabreloche überschritten.

Drei Tage lang wiederholte sich Jehan murmelnd die Konstruktion des Ikosaeders mit seinen zwanzig gleichschenkligen Dreiecksflächen, eingeschrieben in eine Kugel mit dem bekannten Durchmesser AB. Die Konstruktion begann, indem man einfach AB in vier gleiche Teile teilte. Es war auch leicht, die Senkrechte CD und dann BD zu zeichnen. „Das kann ein sechs Wochen altes Kalb!“ sagte der Prophet. Dann zog man den Kreis EFGHK mit dem Zentrum L und dem Radius BD.

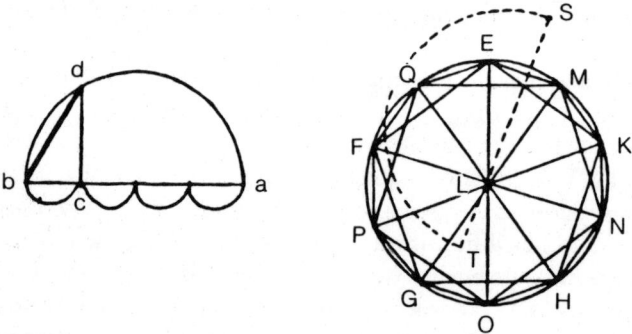

Darin konstruierte man mit Leichtigkeit im Kopf das Fünfeck EFGHK. Man verband dessen Ecken mit dem Mittelpunkt und hatte so die Strecken LE, LF, LG, LH, LK.

Entsprechend konstruierte man das zweite Fünfeck MNOPQ und zeichnete die Strecken ML, NL, OL, PL, QL, die alle die gleiche Länge hatten wie BD. All dies war einfach und folgte aufeinander, wie man beim Gehen einen Fuß vor den anderen setzt. Der Gänsefüßler beschrieb weiterhin im Laufen die Seiten des Fünfecks MNOPQ und des eingeschriebenen Zehnecks. Aber da kam Jehan nicht mehr mit. Man mußte jedesmal der ganzen Kompanie Halt gebieten, um die Zeichnung im Schnee neu zu machen, LR und LT zu konstruieren, (RS und LT hatten die gleiche Länge, wie die Seiten des Zehnecks), wobei man sich die Linie TS als Senkrechte zur Ebene des Kreises mit dem Mittelpunkt L vorstellen mußte. Das wurde durch den Schnee erleichtert, der gerade ausreichte, um in L schön senkrecht einen Stock einzustecken, den man auf die Länge ST zurechtgeschnitten hatte.

Man konnte sich dann die fünf Linien vorstellen, die über dem Schnee S mit jeder der fünf Ecken eines der beiden Fünfecke verbanden, und fünf andere, die unter dem Schnee von T zu den fünf Ecken des anderen Pentagons führten. Mit Hilfe des Schnees hatte man so den Körper mit zwanzig gleichseitigen Dreiecksflächen, von denen sich zehn unter der Schneedecke und zehn darüber befanden, darstellen können.

Der Prophet, der so tat, als ob er das alles schon seit viertausend Jahren wüßte, erhob sich in diesem Moment, gab das Zeichen zum Aufbruch und sagte:

„Und da haben wir den edlen Körper, den man Ikosaeder nennt. Der Schnee kam gerade zur rechten Zeit. Ohne ihn wäre der Ikosaeder ebenso verschwommen wie eine Theorie von Abälard geblieben."

So zog man weiter, wobei die heiligen Pilger versicherten, daß sie gerne auf den Schnee verzichtet hätten; aber das Tal der Dore öffnete sich bald zu ihren Füßen. In den Niederungen gab es keinen Schnee mehr, dagegen reckten sich die Höhen des Livradois, die den südlichen Horizont versperrten, mit weißen Hängen und schwarzen eisigen Wäldern.

Die Dörfer im Tal, die sie durchwanderten, wärmten sie wieder auf. Das Tal der Dore war lebendig wie ein Rattennest. Sie folgten ihm zwei Stunden lang bis Courpière, wo sie das Wasser überquerten. Am Zusammenfluß mit der Auzelles beim Dorf Sauviat bogen sie nach rechts ab, um Saint-Dier-d'Auvergne und Saint-Jean-des-Ollières über eine Abkürzung zu erreichen. Dadurch vermieden sie das östliche Bergland des Livradois, wo die Wölfe, wie man ihnen sagte, auf den Misthaufen der Dörfer heulten. Sie brauchten nun nur noch eine Zeitlang im kleinen Tal der Ailloux bis Sugères und Sauxillanges hinabzusteigen, um auf einem nicht enden wollenden Weg, der hier und da auch als Flußbett diente, zum Hügel von Usson zu gelangen, von dem aus sie Issoire vor sich sahen, wo die Basilika Saint-Austremoine sich am anderen Ufer der Allier erhob. Ihr achteckiger, zweistöckiger Turm richtete sich vor dem Amphitheater auf, welches die fünfzehn Vulkankegel der Dores-Kette vor ihnen bildeten, und die von der hinter dem Brunnen von Montchal untergehenden Abendsonne scharf beleuchtet wurden.

Bei diesem Anblick stimmten sie am Montjoie-d'Usson ein Lied an, das sie erst beendeten, als sie in die Stadt hineinstürmten und nahe der runden Apsis ankamen, die wie eine Glucke von ihren Küken, von vier runden Radialkapellen und einer viereckigen Chorkapelle umgeben war, die wie eine Ente unter den Hühnchen wirkte. All das wurde von dem schweren, massiven, unregelmäßigen Viereck beherrscht, aus dem der Kuppelturm emporwuchs.

Sie fanden dort einen Bauplatz mit einer netten Bande von Compagnons, die zum größten Teil aus Burgund stammten. Zum Feierabend waren sie vom Gerüst herabgestiegen und hatten sich in der Stadt verteilt. Als sie durch das Westtor die vier Gänsefüßler ankommen sahen, begrüßten sie diese laut und herzlich und schleppten sie, ohne das Fastengebot zu beachten, in ein Wirtshaus. Die Wärme dieser Kameradschaft tat ihnen nach der großen Wildnis der schwarzen Wälder wohl. Die drei Pilger waren zwar mitgekommen, schliefen aber nach dem ersten Glas fest ein. Man legte sie sanft neben die Pferde auf ein gutes Lager aus trockenem Stroh.

Wie schon erwähnt, waren hier die Burgunder in der Überzahl, freie Maurer und Steinmetze, die auf den Gerüsten nach Herzenslust mit Schlegel und Meißel arbeiten konnten, denn hier gab es keine Zurückhaltung, keinen Abt Bernhard, der ihren Elan bremste. So schmückten sie jedes Kapitell mit Szenen und Figuren.

Leider hatten sie aber nicht den schönen rosigen, burgundischen Kalkstein zur Verfügung, der einem erlaubte, Falten und Blumengewinde frei zu gestalten. Statt dessen mußte man hier das Gestein der Vulkane bearbeiten, das hart wie die Schädel der Auvergnaten war, und sich damit begnügen, die Formen hervortreten zu lassen sowie Nase und Augen der Personen und grobe Massen von Laubwerk und Tieren herauszubilden.

Die Symbole verloren dadurch an Präzision, gewannen aber an Frische und Kraft. Außerdem war dieser Stein fast schwarz und traurig, daher diskutierte man heftig die Frage, ob man ihn unter Farben und Vergoldungen verstecken sollte. Scheinbar stellte sich dieses Problem in allen Kirchen aus dunklem Gestein, in denen es auch an einem hellen Sommertag Nacht blieb – wie im Grab – wie in Brioude.

Sie erzählten, daß sie weiter nach Brioude gehen wollten. Brioude! Das war ein Wort, das man hier nicht aussprechen durfte!

„Geht auf keinen Fall nach Brioude!" schrien die Einheimischen. „Wenn ihr die Kirche von Issoire gesehen habt, ist es überflüssig, die von Brioude anzuschauen, die ist Scheiße, ein falscher, blasser, lächerlicher Abklatsch!" Man muß wissen, daß Brioude zehn Meilen südlich von Issoire liegt und daß die beiden Städte seit Jahrhunderten verfeindete Schwestern sind.

Von der Verpflegung der Brüder gestärkt und durch kräftiges Schulterklopfen ermuntert, war man bereit wieder aufzubrechen. Als sie aber ihre Absicht äußerten, das Tal des Alagnon über Massiac aufwärts zu wandern, um den Paß von Lioran zu erreichen, riefen alle:

„Mensch, seid ihr verrückt? Der Schnee liegt ab Murat zwölf Ellen hoch! Ihr wißt doch, daß man mit dem Wetter noch nicht rechnen kann! Der Paß von Lioran ist zugeschneit. Der Schnee reicht bis auf die Höhe vom Puy Mary! Es gibt keinen Weg zum Lioran! Das Wetter ist unberechenbar!"

„Ich wollte eigentlich diesen jungen Mann durch den Vulkan wandern lassen", sagte der Prophet. Er meinte damit den enormen Krater des Plomb du Cantal, den der schwierige Weg über den Lioran in der Mitte durchquerte. „Ich wollte ihn im großen Strom des Erdfeuers baden, wo uns der heilige Jakobus bei Blats erwartet. Dort bin ich bei jeder meiner fünf Pilgerreisen nach Compostela hindurchgegangen, und seht euch die Wirkung an – ich bin 82 Jahre alt!"

Man gab also den Weg nach Saint-Jacques-des-Blats durch den Vulkan auf, verließ das Tal des Alagnon, um durch das des Arcueil zu wandern und auf die Planèze zu steigen, weil man die Herberge von Saint-Flour nicht verfehlen wollte, die einen ausgezeichneten Ruf hatte.

Aber nachdem sie Brugeilles hinter sich gelassen hatten und durch die Schlucht des Alagnon unter der Basaltorgel von Blesle entlanggingen, blieb der Prophet etwas zurück, wahrscheinlich um die Hosen herunterzulassen. Die zwei Pédauques marschierten vorne, und Jehan folgte mit den drei Pilgern an seiner Seite ungefähr zwanzig Schritt dahinter; der feuchte Schnee reichte ihnen bis zur halben Wade.

Sie drehten sich um, und als sie den Alten nicht mehr

sahen, riefen sie ihn, aber die schwarzen Wildwasser, die noch durch den Beginn der Schneeschmelze verstärkt wurden, rauschten so laut, daß sie die Stimmen übertönten. Sie hielten an. Niemand kam. Beunruhigt gingen sie zurück, und jetzt hörten sie Schreie. Sie rannten so schnell sie konnten und erblickten vier Männer, die einem hosenlosen Propheten arg zusetzten, der wie am Spieß schrie. Sie brüllten beim Rennen: „Halt aus! Wir sind schon da!"

Aber wie soll man es gegen vier schwarze, behaarte, bärenstarke Kerle aushalten, wenn man 82 Jahre alt ist? Als sie ihn erreichten, lag der Alte mit blutender Stirn, bloßem Hintern, zerrissenen Hosen da und zeigte seinen nackten Bauch:

„Verfolgt sie! Verfolgt sie! Sie haben meinen Gürtel gestohlen! Schnell ihnen nach! Mein Gürtel!"

Die Räuber waren irgendwo zwischen den Walcholderbüschen verschwunden, außer einem, der noch rannte. Jehan holte ihn ein, und als der andere sich zur Wehr setzte, schlug ihn Jehan mit dem Knauf seines Stockes nieder. Er drehte und wendete ihn, um den Gürtel, der die gute Hälfte des Geldgeschenks vom Marigny enthielt, zu finden und ihm wieder abzunehmen. Aber die Moneten waren nicht da. Sie steckten in den Taschen der anderen, und es war nicht daran zu denken, diese zwischen den Buckeln und Vertiefungen der Steilwände wiederzufinden.

Man stellte den Alten wieder auf die Füße, aber ihm versagte das Herz, und er fiel wieder hin. So trugen sie ihn zum Dorf Blesle hinauf, wo die Damen von Blesle, die dort eine Art Klostergemeinschaft zur Pflege der Kranken und besonders der Jakobspilger, von denen nur die härtesten dort vorbeikamen, gebildet hatten.

Die Damen sagten: „Was ist das für eine Idee, in dieser Jahreszeit durch die Schlucht zu wandern! Man muß wärmeres Wetter abwarten! Und warum nehmt ihr diese Route im Winter? Das ist doch der Sommerweg!"

Der Prophet gewann die Bewunderung der Damen, indem er stolz antwortete:

„Es ist meine Aufgabe, den Kleinen zu initiieren. Man macht keinen Eingeweihten, indem man wärmeres Wetter abwartet. Es ist doch Fastenzeit, nicht wahr? Der Weg nach Compostela ist kein Spaziergang!"

Am nächsten Morgen zogen sie wieder weiter, nachdem man den braven Mann verbunden hatte. In Massiac angekommen, verließen sie den Alagnon der Räuber, um im Tal des Arcueil, der von der Margeride herunterkam, weiterzuwandern und dann den Kammweg zu nehmen, auf dem das Eis brach und der Schnee vom Westwind weggeschmolzen wurde. Auf dem Suc-de-Védrines rieselte das Wasser von allen Seiten unter der Schneedecke. So marschierten sie mit dem Wind im Gesicht über Videt und die Kreuzung von Rézentières und Peyrefite, wo, wie der Name sagt, große Steinmale aufgerichtet waren, die die Kuldeer aufmerksam betrachteten.

Man konnte nicht daran denken, jemand nach dem Weg zu fragen, denn man traf niemanden. Und wenn man einem begegnet wäre, so hätte weder er noch sie etwas von dem Gesagten verstehen können.

Am Ende dieses Leidensweges, „das ist weder der letzte noch der schlimmste", sagte der Prophet, „lauf, lauf und du wirst sehen", tauchte die hohe Silhouette von Saint-Flour mit Mauern und Türmen auf. Vom Kalvarienberg des Montjoie aus sahen sie vor und hinter sich, zu ihrer Rechten und Linken die ganze Auvergne mit ihren riesigen schwarzweißen Buckeln.

In der Herberge von Saint-Flour, wo man sich so gut es ging aufwärmte, zählten der Alte und Jehan das Geld vom Marigny, das um mehr als die Hälfte verringert worden war. Da der Prophet nun nichts mehr hatte, teilte Jehan das, was ihm noch übrigblieb, in zwei Teile und gab ihm den einen, wobei der Alte sagte:

„Die ‚Teilung' ist eines der Gesetze des Zimmermanns Jesus. Du siehst, daß der Weg nach Compostela dich etwas lehrt, schneller als alle Predigten der Mönche."

Sie hatten den Plan, im Brausen der Wildwasser, die sich überall bildeten, zwischen den zwei schrecklichen Wüsteneien, der von Aubrac zur Linken und der des Cantal-Massivs zur Rechten, hindurchzuwandern.

„Beobachte dieses Wasser", sagte der Prophet, „es fließt uns nicht mehr entgegen, sondern mit uns zur Garonne."

„Aber woher weißt du das alles?"

„Ich komme hier schon zum siebten Mal vorbei!"

„Jedesmal, wenn du darüber sprichst, ist es einmal mehr", sagte Jehan, worauf der Alte ärgerlich bemerkte:

„Ich werde dir beweisen, daß ich das Wasser hier kenne! Schau da hinüber (er zeigte etwas nach links), dort ist eine Gegend, wo es so heiß aus der Erde kommt, daß man ein Ei darin kochen kann."

„Wirklich?" „Und selbst die Bewohner dort wärmen sich seit hunderttausend Jahren mit diesem Wasser."

„Aber woran erkennst du, das es an jenem Ort ist?"

„Sieh, dort drüben ist der Dolmen, den sie ‚Table-au-Lou' nennen, und da, der Pierre-Plantade, ein Menhir am rechten Ort, und hier der Menhir von Seriers! Das sind die großen Steinmale der Triangulierung. Glaub mir, mein Junge, hier geht etwas vor, und die Riesen der großen Steinsetzungen wollten es markieren. Die kochenden Wasser sind nicht weit!"

Der Weg führte zur Südflanke. Man überquerte die Truyère auf der Brücke von Lanau und stieg am linken Uferhang wieder aufwärts, so kamen sie zum Dorf Chaudesaigues, wo die Leute zur Quelle gingen, um ihr Wasser für die Bettpfannen und zum Kochen zu holen.

„Hier", belehrte ihn der Prophet, „wirst du mir vielleicht glauben, daß sich da drinnen (er schlug mit dem Absatz auf den Boden) etwas tut. Hier kannst du es fühlen. Klug ist der, der es zu nutzen versteht! Man braucht nur dem großen Malzeichen zu folgen..."

Jehan und die andern wollten die Hände in das dampfende Bassin tauchen.

„Laß das, du Tolpatsch! Man würde dich sofort ins Krankenhaus von Echaudés bringen müssen! Das ist kein Spaß!"

Sie reinigten sich im Waschhaus, wo das warme Wasser fröhlich dampfte, und zogen dann weiter, vermieden aber auf den Aubrac zu steigen, der zu ihrer Linken einen großen Buckel machte. Schon der Anblick der Schlucht von Remontadou nahm ihnen die Lust dazu. Sie wanderten aufs Geratewohl Richtung Vialard, weil dort, wie man ihnen sagte, eine Brücke über den Levandes an seinem Zusammenfluß mit der Truyère führte, dem sie auf dem Fuhrweg am Abhang bis Tréboul folgten. Danach waren sie gezwungen, höher zu steigen, weil der Taleinschnitt des Flusses unpassierbar wurde. Und noch einmal mußten sie auf dem Fuhrweg von Cantoin durch ellenhohen Schneematsch, wobei sie sich in der Wildnis verliefen, bis sie glücklicherweise auf eine kleine verlorene Kapelle stießen, in der sie schlafen konnten. Danach ging es weiter über Sainte-Geneviève, Benaven, Saint-Gervais und Montezic. In dieser unglaublich menschenfeindlichen Gegend am kahlen Steilufer der Viadène gingen sie in Kälte und eisigem Regen einen wahren Kreuzweg, der der Bitternis der Fastenzeit entsprach.

Die zwei Gänsefüßler, die in den zwanzig Tagen seit ihrem Abmarsch aus Iguerande in Burgund keine hundert Worte geäußert hatten, fanden ihre Sprache wieder; sie meinten, daß man verrückt sei, diesem alten Wilden noch weiter zu folgen und vom normalen Weg abzuweichen, um hier in dieser schwarzen, kalten Hölle zu erfrieren. Auch die anderen machten so ein Spektakel, daß Jehan glaubte, sie würden ihn steinigen.

„Geduld! Geduld!" wiederholte der Alte, „du wirst sehen, du wirst sehen!"

„Du wirst unsern Tod sehen, das wirst du!"

„Es ist doch für den Kleinen!" verteidigte sich der Prophet, „es ist zu seinem Besten, du wirst sehen, lauf!"

Schließlich kamen sie auf dem Serpentinenweg von Volonzac in Entraygues an, wo sie hofften, etwas menschliche Wärme zu finden. Sie hatten die Hälfte ihres Gewichts verloren, und als sich Jehan im Wasser der Tränke spiegelte, sah er um sein Kinn einen Bart, der bis zu den Augen reichte. Einen kleinen goldenen Bart, der auf seinen Knochen klebte.

Man erholte sich ein wenig im Schutz des heiligen Georg, des Ritters mit der Lanze, dessen Aufgabe es war, das Land zu behüten.

Aber das war nicht alles. Der Alte hatte noch etwas anderes vor: „Du wirst sehen, du wirst sehen, lauf!"

Beurteilt es selbst: Statt dem Lauf des Lot zu folgen, läßt er euch die steilen Abkürzungswege nach Espeyrac hinaufklettern, die schroff sind wie die Disziplin der Tempelritter.

„Wo führst du uns nun wieder hin?" fragten die andern. „Wir kehren um, wir laufen dir nicht länger nach!"

„Los kommt! Ihr werdet sehen!"

Eine Meile von Espeyrac nach Senergues, eine Meile (du wirst sehen, wirst sehen) von Senergues zum Puy Saint-Marcel, eine Meile (du wirst sehen, du wirst sehen) und noch zwei schreckliche Meilen, um sein Elend zu schleppen (lauf, lauf, du wirst sehen), und plötzlich das Tal der Dourdou, das sich zu ihren Füßen auftat, und da auf der kleinen Flanke der Schlucht das Wunder einer Apsis aus braunem Stein und ein achteckiger Turm über der Vierung. Das Ganze richtig orientiert und ausgespannt in der Unendlichkeit – „Conques!" rief der Alte.

„Heilige Fides bitte für uns!" sangen die Pilger. Und alle diejenigen, die ihn am liebsten getötet hätten, stimmten ein ‚Hallelujah' an, dann unterbrachen sie sich sogar und warfen ihm vor:

„Und du alter Heide, du singst nicht?"

Sie verbrachten die Nacht und den Tag damit, die Steine zu beschnuppern und die Säulen nach ihrer Gewohnheit zu betasten, während die Pilger Gebete murmelten.

„Auf geht's, Compagnons!" Man wanderte zehnmal

stärker als vorher weiter und war erstaunt, sich beim Marschieren singen zu hören. Der Alte lachte in seinen Bart und wurde nicht müde zu wiederholen: „Lauf, lauf und du wirst sehen, wirst sehen!"

Über l'Embrousse, die Kapelle von Sommet und Flagnac kamen sie schnell an den Lot (oder Olt, wie sie dort unten sagen), an der Stelle, wo er seine Schleife um Livignac macht. Man brauchte nur dem Fluß auf dem Uferweg zu folgen, um den Verkehr der Fuhrwerke und die Wärme der Häuser wiederzufinden.

„Lauf, lauf, und du wirst sehen, du wirst sehen!"

Einer der schönsten Flüsse der Welt, wie der Prophet meinte, zierte und wand sich wie eine Kokette zwischen den Hängen, von denen der Westwind nach und nach den Schnee wegfraß. Je weiter man ihnen folgte, um so mehr kam man ins Licht. Nach der Schleife bei Capdenac setzte sich der Frühling durch, und als sie den Wasserfall von Mounine und das Runddorf Cajarc hinter sich gelassen hatten, war er vollends ausgebrochen, davon zeugten die Kirschbäume am rechten Ufer, die im Weiß ihrer Blüten prangten.

An jeder Windung des Flusses entdeckte man ein Dorf, das auf einem Felsen horstete und dessen Fischerhäuschen am Ufer zu seinen Füßen lagen. In Saint-Cirq, ‚la Popie' genannt, rief Jehan begeistert: „Ist das Compostela?"

„Warte, so schnell noch nicht! Lauf, lauf, und du wirst sehen!"

So ging es weiter bis Cahors, das am dritten Tag nach Capdenac im Glanz des Sonnenuntergangs auftauchte, der die Wasser des Lot vergoldete.

Hier kamen sie wieder auf die französische Route, die von den meisten Pilgern benutzt wurde. In der Herberge wurden sie von Geistlichen jeder Art und Laien zusammen mit anderen Jakobspilgern empfangen. Es gab eine kleine, laute und rotbäckige Gruppe aus Flandern, eine Kohorte aus Deutschland, die nicht aufhörte, im Chor Loblieder zu singen, und auch die üblichen Spielleute, Jungen und Mädchen mit langen, fettigen Haaren, die sich für Philosophen hielten und die Gesellschaft verändern wollten. Im Gästesaal vereinigten sich die verschiedenen Gerüche dieser Rassenmischung und bildeten einen Mief, an dem sich die frommen Damen der Stadt gütlich taten. Zu Ehren des heiligen Jakobus und um der Liebe unseres Heilandes willen taten sie dort abwechselnd Dienst.

Sie ergriffen den Propheten und Jehan, stießen sie in die Badestube und riefen bewundernd:

„Der arme Mann! Seht nur in welchem Zustand seine Haare sind! Und seine Füße! Oh, seine armen Füße! Gott der Barmherzige!"

Sie zogen ihnen sofort die Sachen aus, die an ihnen nur noch aus Gewohnheit hingen, rieben ihre Haut mit Quekkenbündeln und edlem Vergnügen, während ihre Sachen entlaust wurden. Sie hatten allerdings keine Läuse, weil sie den Weg über die hohen Einöden gewählt hatten, wo die Läuse erfroren, wie man sagte. Im Gegenteil, hier fingen sie sich erst welche von den anderen ein, die aus den Karawansereien der warmen Länder kamen, und der Prophet schimpfte auf diese kleinmütigen Pilger, Bettler des Paradieses, Psalmenmurmler, die dem Geist von Compostela ebenso fern standen wie die Lieferanten und Verteiler von Buße und Ablaß im Priesterkleid. Der Beweis dafür war, daß sie die Heiligtümer an ihrem Wege als Unterschlupf vor der Witterung benutzten. Diese armen Unwissenden glaubten, daß sie mit jedem Schritt, den sie taten, einen Tag weniger im Fegefeuer verbringen müßten. Sie kauften sogar geweihte Muscheln, die ihnen eine glatte Reise garantieren sollten!

Man beschloß daher, sich von diesen Speichelleckern des lieben Gottes, diesen Schummlern des Glaubens, diesen Paradiesgewinnlern zu trennen und alleine weiter zu ziehen. Sie konnten knapp ihren Hunger stillen, aber auch nicht mehr, indem sie eine Schale Suppe und ein rundes Brot für den doppelten Preis ihres Wertes kauften. Man bot ihnen auch für viel Geld Kleidung, Kreuze, Heiligenbilder, die den hl. Jakobus darstellen sollten und glückbringende Medaillen an, die ihnen angeblich eine gute Flußüberquerung sicherten.

Ihre Füße waren nun zwar entspannt, aber so von Wasser und Seife aufgeweicht, daß sie Mühe hatten, wieder auf die Beine zu kommen; sie wollten jedoch nicht länger warten und verließen so bald es ging die breite Straße, wo die Massen Schritt für Schritt ihr Heil gewannen.

Bei Castelnau–de–Montratier wagten sie sich in ein Labyrinth von Pisten zu ihrer Linken, die den kleinen Tälern der Barguelonne und dem Lemboulas folgten und sie direkt nach Moissac führten, das schön im Warmen auf dem hohen Ufer des Tarn lag. Der Tarn führte Wasser, das so rot war wie das frische Blut der Gänse, die man auf den Wiesen erblickte.

„Oh", sagte der Prophet, „die Röte hier bedeutet, daß der Schnee auf der roten Erde der Viadène schmilzt!"

„Erzähl mir nichts mehr von diesem Land des Teufels!" sagte Jehan, der sich noch an seine Frostbeulen erinnerte, und man beeilte sich, um zur Abteikirche von Saint-Pierre zu kommen, wo die Bruderschaft der Steinmetze damit beschäftigt war, einen Zug von einzigartigen Personen zu ergänzen, mit dem sie vor zehn Jahren begonnen hatten, und in dem die zwei Gänsefüßler und der Prophet ihre teuersten Traditionen wiederfanden.

Die Benediktiner beherbergten sie einen Abend und eine Nacht, aber schon vor Tagesanbruch standen sie an dem roten Meer, das vom Tarn am Zusammenfluß mit der Garonne gebildet wurde. Es sah wirklich wie ein Meeresarm aus mit Dörfern und Häusern darin, denen das Wasser bis zum Heuboden stand, und Menschen, die auf den Dächern saßen. Im Strom sahen sie mit der Geschwindigkeit eines trabenden Pferdes Baumstämme, Zimmerungen, ein totes Pferd und selbst einen Schrank vorbeitreiben, auf den sich ein ganzer Hühnerhof geflüchtet hatte. Während sich die Hühner in einem Knäuel zusammendrängten, stand der Hahn aufrecht, krähte und schlug großartig mit den Flügeln.

Auf der anderen Seite sah man schon die rosa-grüne Hügelkette der Lomagne: das gelobte Land!

Tiefbetrübt glaubten sie, daß sie das Abschwellen des Flusses abwarten müßten, um übersetzen zu können, aber als sie noch darüber nachdachten, sahen sie ein Boot, das vorbereitet wurde, um Leuten Hilfe zu bringen, die auf ein Dach gestiegen waren und Zeichen gaben. Sie boten dem Fährmann naiv an, mit ihm zusammen die Rettung zu versuchen, doch dieser antwortete in seinem Jargon: „Rüber kann ich, aber ich warne euch, ich kann nicht zurückkommen. Die Strömung des Tarn ist zu stark, sie würde mich an das andere Ufer der Garonne bei Saint-Nicolas treiben!"

Das war genau das, was sie gehofft hatten. So sagten sie: „Das ist egal, es soll uns recht sein."

„Das ist euch so recht, daß ihr mir den Fährlohn gleich hier zahlen könnt."

Sie feilschten länger als einen halben Tag, und noch immer riefen die Menschen auf dem Dach um Hilfe. Schließlich, zu Ehren des heiligen Nikolaus, einigten sie sich auf einen Preis, der ausgereicht hätte, das Boot, die Ruder und alle Gänse des Kantons zu kaufen.

„Schließlich riskiere ich dabei mein Material und mein Leben!" sagte der Mann. Jehan gab einen Großteil der Geldstücke des Marigny aus, die ihnen noch geblieben waren, und dann stieß man, jeder mit einem Ruder in der Hand, ab. Aber die Strömung war so stark, daß sie das überschwemmte Haus verfehlten, wo die armen Opfer der Flut ohnmächtig und heulend zusehen mußten, wie sie pfeilschnell vorbeiflitzten. Nach einem zweistündigen Kampf strandete man schließlich vier Meilen flußabwärts am Ufer der Lomagne, nicht weit von der Einmündung des Arrats, der ebenfalls ein gelbliches Hochwasser führte.

Nun konnte man wieder festen Fußes weitermarschieren, um den Hügel Richtung Fleurance zu überschreiten. Es war eine staubige Straße, auf der sie in der ersten Märzhitze an jedem kleinen Fluß, den sie überquerten, die steilen Uferböschungen hinauf- hinab- und wieder hinaufklettern mußten. Hundert Flüsse: Den Camason, den Arrats, die Auroue (und ich zitiere nur die größten), den Gers, die Ousse, die Guzerde, die Oustère, die Auloue, die Baise, die Osse, die Guiroue, die Auzoue, die Douze, die Riberette, den Midour, dann den Arros und schließlich den Adour.

Rauf, runter, rauf, runter. In den Tälern der Matsch und die Schwierigkeiten beim Durchwaten der Flüsse, und auf den Höhen unter der harten Sonne der Karwoche der trockene Staub, der im Umkreis von dreißig Meilen um Armagnac zu finden ist.

Die richtige Zeit, um beim Marschieren auf Compostela die Konstruktion des Dodekaeders in einer Kugel zu wiederholen.

Der Dodekaeder ist ein Körper, der aus zwölf kongruenten, regulären Fünfecken besteht und der in eine vorgegebene Kugel eingeschrieben werden kann. Er ist der fünfte und letzte der regulären Körper, der in der Natur vorkommt, dessen Seiten alle gleich lang, dessen Winkel fest, dessen Flächen und Kanten alle gleich sind. So stellten ihn die Compagnons dar, und so lernte es Jehan auswendig.

Nachdem man den Arrats überquert hatte, begann man auf der kleinen Steige, die Saint-Clar umging, mit der Konstruktion des Dodekaeders. Man mußte sich die zwei Flächen eines Kubus in eine vorgegebene Kugel eingeschrieben denken. Eine der Flächen war die obere, die andere eine der seitlichen Flächen des Kubus, und beide sollte man sich von innen gesehen vorstellen. Jehan bemühte sich gerade darum, als man sie in ein Haus am Wege zu einer Erfrischung einlud. Sie nahmen sich nicht einmal Zeit zum Hinsetzen, aßen ein paar Bissen und tranken mit dem Hausherren einen Becher Wein. Es gab da auch eine Tochter, die auf Teufel komm raus mit Jehan zu kokettieren versuchte. Aber der stellte sich die zwei Innenflächen seines Kubus vor und bemerkte sie nicht einmal. Man muß auch zugeben, daß sie nicht besonders bemerkenswert war, höchstens durch die Frechheit ihrer Blicke.

Sie tranken wenig, sie schaute noch immer, er sah sie nicht an. Sie tat so, als ob sie weggehen wollte, versteckte sich aber hinter dem Holzstoß und machte ihm mit Augen und Hüften ein Zeichen. Der Dummkopf folgte ihr, aber tat so, als ob er die Landschaft betrachten wollte. Sie sagte in ihrem Dialekt zu ihm: „Komm doch mal hier rüber!"

„Was findest du an mir? Die Straße hat meine Haut rauh und schwielig, wie die einer Eidechse gemacht."

„Ich mag das!" sagte sie gierig.

„Ich stinke wie alle Jakobspilger und noch mehr, weil wir den Weg der Starken genommen haben..."

„Ich mag das!"

„Ich habe auch Läuse, wie alle Jakobspilger."

„Ich mag das!"

„Ach zum Teufel! Wenn du das alles magst, mußt du krank sein! Ich mag aber keine kranken Mädels!"

Sie sagte: „Na gut", und sie verabschiedeten sich, nachdem sie sich bedankt hatten.

Und Jehan fing wieder mit der Geschichte vom Dodekaeder an: Die zwei Flächen des Kubus, die Mittellinien EF und die andere, halb so lang, GH, gut. Der Mittelpunkt von EF ist K, man verbindet HK...

Aber nun wurde es kompliziert, denn man sollte EF, KF und GH nach dem goldenen Schnitt teilen. Man setzte sich also und zeichnete im Staub die Figur. Aber kaum war man damit beschäftigt, als sie den Mann, der ihnen so freundlich einen Imbiß angeboten hatte, mit drei Gendarmen herankommen sahen:

„Öffnet Euren Quersack, die hintere Tasche!" sagten sie

zu Jehan. Er öffnete ihn, und was sah man am Boden der hinteren Tasche? Einen schönen, silbernen Becher!

„Das ist meiner!" sagte der Mann, „er hat ihn mir gestohlen!" Die Gendarmen ergriffen Jehan, und richteten ihre Hellebarden auf seine Brust.

„Ihr müßt uns folgen, oder sofort eine Strafe bezahlen, dann lassen wir Euch die Freiheit, wenn nicht, ab ins Gefängnis! Diese Landstreicher sind doch alle gleich! Sie sagen, daß sie nach Compostela pilgern, dabei wollen sie nur stehlen und die Mädchen vergewaltigen!"

Man zahlte also die Strafe, sie war saftig! Der Mann und die Gendarmen gingen fort, um sich die Summe zu teilen, und die andern fingen, um vieles erleichtert, wieder mit der Geschichte des Kubus an.

„Das war das Mädchen, während du mit ihr geschäkert hast, hat sie dir den Becher in den Sack gesteckt. Und das ist der gleiche Becher, den man für alle Vögelchen benutzt, die ihr auf den Leim gehen. Aber macht jetzt weiter, auch das ist ein Teil der Einweihung. Lauf, und du wirst sehen!"

Man machte weiter, indem man von L und M das Lot auf die Fläche 1 und ebenso von Q auf die Fläche 2 fällte und dann die Strecken AL, AN, AM, AP, DM, DN, DP, DL, AR, AQ, DR und DQ zeichnete.

„So hat man ein gleichseitiges Pentagon mit den Punkten ANPDR konstruiert", sagte einer der Gänsefüßler. „Und wenn man ebenso ein gleiches Fünfeck auf jeder der anderen Seiten des Kubus zeichnet, so haben wir einen Körper aus zwölf gleichseitigen und gleichwinkligen Fünfecken konstruiert", sagte der andere, „weil der Kubus zwölf Kanten hat", schloß der erste.

Jehan mußte über dies alles erst nachdenken, bevor es ihm einleuchtete, und das dauerte, bis sie nach dreitägigem Marsch, unterbrochen von Wiederholungen und erneuten Staubzeichnungen, in Vic-Fezensac ankamen. Jehan fing an, in jeder Ecke seines Hirns Lote zu fällen, und die Zeichnungen im Sand wirbelten noch im Schlaf durch seinen

Kopf. Wenn sie durch die Dörfer kamen, liefen ihm die Kinder nach und sangen Spottlieder.

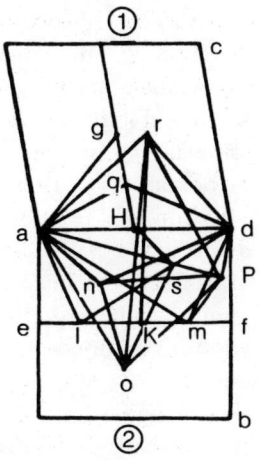

Seit langem hatten sie die automatische Gangart angenommen, die nach fünf- oder sechshundert Kilometern für alle Jakobspilger typisch war. Die Füße hoben sich von selbst und setzten sich einer vor den andern, ohne daß der Kopf es registrierte. Die Arme schlenkerten, die Hände schwollen an, die Lippen verkrusteten, man ging weiter, weil man, wenn man still hielt, überall Schmerzen spürte. Das Beste war, sich fortzubewegen, wobei man in Wirklichkeit sogar eine gewisse Lust empfand.

Entlang des Weges gab es nun im Abstand von sechs oder sieben Meilen kleine Kapellen, die als Etappenziele von Leuten gebaut worden waren, die wußten, was es heißt, so lange zu marschieren. Sie befanden sich immer in Flußnähe oder an einer Wasserstelle, wie die von Saint-Pé, von Bats, von Lupiac vor dem Tal der Douze, die von Montégut in der Nähe von Riberette, die von Mondebat vor dem Midour, von wo aus man quer zur Straße ein großes Tal sah, das sich verbreiterte und durch das der Arros und weiter entfernt die silberne Adour an den Weinbergen von Madiran vorbeiflossen.

In Plaisance wurden sie von einer alten Frau empfangen, die ihnen freundlich Brot, Fleischbrühe und Wein anbot. Es war eine Mutter, deren Sohn auf einer Pilgerreise nach Compostela von der weißen Lepra geheilt worden war. Seitdem erbettelte sie Brot, Fleisch und Wein und erwartete die Pilger auf der Straße, um es ihnen zu geben. Sie ernährte sie nicht nur, sondern bot ihnen auch ein gutes Strohlager in einer geschlossenen Scheune.

Sie überquerten den Adour bei Jû-Belloc und kamen nun ins Béarn. Jehan beobachtete die Leute. Sie sprachen laut und schrill. Man glaubte dauernd, daß sie sich prügeln wollten. Sie schienen ihm voll überschäumender Kühnheit zu sein, er fragte daher:

„Sind das die Basken?"

„Nein, noch nicht, lauf, lauf, und du wirst sehen!"

Das Spiel des Bergauf- Bergablaufens, das einem die Füße kaputt machte, begann nun von Neuem.

Nach dem Turm von Castelnau erblickten sie von einer Art Rundweg aus weit im Süden eine Zackenlinie aus weißen Zähnen, die in den grünen Himmel bissen: Die Pyrenäen! „Sie künden den Regen an", sagten die Leute. Sie überschritten die Furt und die Brücke des Bergons und des Larcis und stiegen jedesmal wieder zur Hochebene hinauf, von wo aus man die Pyrenäen sah, die immer näher zu kommen schienen.

Jehan wiederholte für sich den Körper mit den zwölf fünfeckigen Flächen. Er konnte ihn nun schon im Kopf konstruieren, ohne dabei im Staub zu zeichnen. Außerdem gab es nun keinen Staub mehr, denn es hatte angefangen zu regnen, wie die Pyrenäen es angekündigt hatten.

Man passierte den Lées, den großen Lées, denn es gibt eine ganze Familie von Lées, die alle in nordöstlicher Richtung die Straße überqueren und einen zwingen, immer wieder herunter und hinauf zu laufen.

Nach Lembeye regnete es in Strömen. Die vom Wasser aufgequollenen Wolken wurden vom Nord-Westwind gegen die Pyrenäen getrieben, entluden sich dort und pißten aus, was sie hergaben. Glücklicherweise standen vier Steineichen am Wege, die die vier Himmelsrichtungen markierten. Das war ein Zeichen, das nicht trog. Tatsächlich, ein wenig abseits von der Straße entdeckten sie eine kleine, ganz neue Kapelle, mit einem Schiff, das halbrund wie eine Nußschale war. Im Tympanon über der Tür sah man das Christusmonogramm und den Gänsefuß, der dank der Geschicklichkeit des Compagnons, welcher ihn dort an Stelle des alten Dolmes eingemeißelt hatte, einer Jakobsmuschel ähnelte.

Sie schlugen ihr Lager auf und blieben hier den Rest des Tages und die ganze Nacht. Am frühen Morgen kam eine alte Frau und sagte, daß sie den Jakobspilgern etwas zu essen und trinken bringen wolle. Sie sah ihnen mit Bewunderung beim Essen zu, dann zog sie unter ihrer Schürze eine Münze hervor, gab sie ihnen mit den Worten: „Gebt dies von mir denen, die das wundertätige Grab des heiligen Jakobus bewachen", und lief so eilig wie eine Hühnerdiebin davon.

Jetzt am Morgen regnete es nicht mehr, und man sah auch die Pyrenäen nicht mehr. Bevor sie losgingen, betrachtete Jehan das aus dem Stein des kleinen Tympanons herausgearbeitete Christusmonogramm. Er hatte schon andere gesehen, ohne sich genau zu erinnern wo, und dieses mysteriöse Zeichen machte ihn neugierig.

„Dieses Zeichen da, wie soll ich es verstehen?" fragte er.

„Du siehst, es sind drei Linien, die sich kreuzen, wie bei unserm Gänsefuß. Es ist das Zeichen der Kuldeer im Rad. Die Mittellinie zeigt den Stand der Sonne am Morgen der Äquinoktien. Diejenige, die nach links weist, bezeichnet den Sonnenaufgang zur Sommersonnenwende, und die rechte den zur Wintersonnenwende. Ursprünglich war es also ein Sonnenzeichen, und das kleine Würmchen, das sich unten an der Mittellinie krümmt ist..."

„...die Schlange!" fiel Jehan ein.

„Ganz richtig, hier findest du die Schlange wieder, und das Ganze war einfach das Grundschema für den Bau der Kirche."

Der Prophet lächelte verschmitzt: „Ich nehme an, daß die Mönche, die schlau sind, so ganz nebenbei ein griechisches alpha und omega hinzufügten, und wo sie schon dabei waren, auch noch der Mittellinie einen kleinen Hut aufsetzten. Dann sagten sie: ,Seht her, das ist das Monogramm des Wortes ,Christus' auf Latein, oder ,Krestos' auf Griechisch – wer weiß?"

„Aber alpha und omega, was soll das bedeuten?"

„Das ist noch ein Trick der Mönche, um sich die Sache anzueignen, denn Christus hat gesagt: ,Ich bin das Alpha und das Omega', also haben sie das alpha auf der einen, und das omega auf der anderen Seite eingeritzt, und damit war alles auf Gott und Christus hingelenkt."

Der Prophet dachte nach: „Es könnten aber auch unsere Kuldeeischen Bildhauer gewesen sein, die das gemacht haben, damit ihr Gänsefußzeichen des Lichtes vor der Nase der Mönche zum Teil ihres Werkes wurde, ohne daß diese, die nur den Rauch sahen, es bemerkten."

Er brach in Lachen aus. Jehan sah den Alten wie ein seltsames Tier an und dachte:

„Altes Schlitzohr, in was für Verwirrungen wirst du mich noch führen?"

Man ergriff erneut den Wanderstab und zog weiter. Es

ging bergab, sie überquerten die Furt eines Lées, der seine Wasser über runde Kiesel rollte, und stiegen wieder aufwärts. Sie überquerten noch einen Lées, aber diesmal auf einer Brücke, weil es der große Lées war, dann kletterte man erneut bergan. Danach ging es wieder runter, um diesmal über den Gabas zu kommen, dann über die Souye, dann über den Luy-de-France, und so erreichten Sie Morlaas, mit seiner ganz neuen lila Kirche, deren Portal auf jeder Seite von zwei steinernen Männern bewacht wurde. Man sah es an den Symbolen, die die Compagnons mit den Händen berührten, bevor sie ihren Rundgang durch die Kirche machten, daß hier eingeweihte Bildhauer am Werk gewesen waren.

Schließlich kamen sie nach Lescar, das auf einem Hügel zwischen dem Gave und der Aulouze liegt. Die zwei Gänsefüßler erkannten den Weg wieder, denn man näherte sich ihrem Zuhause, und fingen fast zu rennen an, wie Pferde, die ihren Stall wittern. Sie zeigten voll Stolz ihre massive Kirche, an der ihre Väter und sie selbst gearbeitet hatten, wie sie erzählten.

Jehan wollte durch die große Tür eintreten, aber die Pédauques hielten ihn schnell zurück. Sie zogen ihn zu einer kleinen, sehr niedrigen Seitenpforte und sagten:

„Das hier ist unsere Tür, unser persönlicher Eingang und unser Weihwasserbecken. Und wage es niemals, mit deinem Gänsefuß durch eine andere hier hineinzugehen!"

„Ihr habt einen besonderen Eingang, und ein besonderes Weihwasserbecken?"

Sie antworteten nur: „Ja", und das war alles.

Sie gingen ernst das ganze Mittelschiff bis nach vorne und wieder zurück, dann schritten sie im nördlichen Seitenschiff bis zum Chor, wo sie niederknieten, und im südlichen Seitenschiff wieder zum Haupteingang, danach gingen sie noch einmal im Mittelschiff mit sehr langsamen Schritten bis zur Vierung, wo sie innehielten und lange verweilten, den Blick auf die Rundung der Apsis gerichtet.

Eigentlich machten sie es immer so, wenn sie eine Kirche besuchten. Sie nannten es ‚das kleine Labyrinth machen‘. Jehan ahmte sie nach, und jedesmal spürte er eine große Bewegung, als ob sich in ihm etwas entspannte, seinen ganzen Körper erfüllte. Aber hier war es vielleicht noch stärker als jemals sonst. Es war wie in Fontenay, in Chapeize, in Cluny und in Conques.

Er teilte dies seinen Kameraden mit, die ernst ihre zustimmenden Worte abwägten, bevor sie nach einem Schweigen sagten:

„Ja, das ist Eine unserer Besten!"

Sie gingen wieder durch die kleine Pforte hinaus.

Im hellen Licht des Vorplatzes flüsterte ihm der Prophet ins Ohr:

„Aber Vézelay! Du wirst sehen, du wirst sehen!" Und dann murmelte er:

„Und erst Chartres! Chartres – du wirst sehen, du wirst sehen!"

Und in Chartres! Ja, in Chartres wirst du sehen! Wirst du sehen!"

Kaum, daß sie den Gard zwischen Lescar und Artiguelouve überschritten hatten, legten die zwei Compagnons ihr Gepäck ab. Ja, dort war ihr Haus, wo die Frauen und Kinder schweigend die vier Pilger empfingen. Sie alle waren ziemlich klein, blond oder hellbraun in diesem Land der Dunkelhaarigen, und alle wirkten verschlossen und ängstlich in diesem Land der Lachenden und Lebensfrohen. Ihr schöner Schwanenhals, der allerdings auch bei den jungen Frauen etwas zu stark gewölbt war, wirkte bei den Matronen kropfig. Es schien, als ob sie sich immer bückten, um durch die kleine Tür der Kathedrale von Lescar hindurchgehen zu können. Als eine besondere, geheimnisvolle und menschenscheue Rasse lebten sie für sich, wie in Quarantäne, weil sie die Hüter eines schweren Geheimnisses waren, das sie seit Jahrtausenden mit sich schleppten und mit niemandem teilen wollten. Sie heirateten nur untereinander, wodurch ihre Blutmischung verarmte, und sie versagten sich jede andere Arbeit, außer der des Maurer- und Zimmerhandwerks. Der Prophet betrachtete sie wie eine Geheimsekte, die sich freiwillig isolierte, ihre Besonderheiten eifersüchtig bewahrte, sich durch Verwandtenheirat selbst auslöschte, um in einem mysteriösen Traum und langer Sklaverei gefangen zu bleiben. In den anderen Dörfern nannte man sie ,Kretins'.*

Von hier aus wanderten Jehan und sein Prophet alleine weiter. Jehan fragte immer wieder: „Und die Basken?"

Und der Alte anwortete jedesmal: „Warte! Lauf, lauf, du wirst schon sehen!

Auf diese Weise, angetrieben von Jehans Begierde, mehr zu sehen, um mehr zu wissen und Compostela möglichst

---

* Ich habe erfahren, daß man sie im 15. Jh. ,cagots' nannte, was ,Kopfhänger', aber auch ,Scheinheilige', ,Mucker' bedeutet. (A. d. A. und d. Ü.)

nach der nächsten Kurve zu entdecken, kamen sie schnell voran. Im Gegensatz zu dem, was er gedacht hatte, steigerte sich mit der Erregung die Geschwindigkeit, und die Müdigkeit verschwand, als ob sie wie die wandelnden Mönche in den Kirchen ‚ihr Labyrinth' machten. So kamen sie schon am Nachmittag durch Monein und schliefen in einer Hütte am Wegrand bei Castet (das Wetter war schön) auf einem Bett aus trockenen Farnen, die sonst wohl von Schäfern benutzt wurde.

Die Kälte des frühen Morgens brachte sie wieder auf den Weg, der sie über den Gipfel eines Hügels, dann hinab nach Lucq-en-Béarn führte und weiter über den Bach von Oloron bei Préchacq. Sie schliefen am Abend im Hospiz von Saint-Blaise, das verloren zwischen den hohen Farnwedeln des Wald- und Heidelandes lag. Man wollt ihnen gleich die Füße waschen (eine Manie der Herbergsleute). Sie lehnten das ab und marschierten mit einem Schlag Suppe und einem Stück Brot im Magen weiter, umrundeten den bewaldeten Hügel von Chéraute und gingen nach Licharre* hinunter, das inmitten seiner grünen Schüssel an einem Sturzbach lag. Vorher hatten sie noch an der Kapelle von Hocquy Halt gemacht. Der Alte hatte Jehans Arm ergriffen, um ihm das Panorama zu zeigen, das von den niedrigen Hügeln Nieder-Navarras im Westen bis zum Pic d'Anie weit im Südosten reichte. Mit seinem üblichen Pathos breitete er die Arme aus und sagte: „Das Land der Basken! Der Wächter des Weges!"

Also war man endlich da!

„Und Compostela? Morgen? Übermorgen?" fragte Jehan.

„Ach du armer Tropf! Wir haben gerade erst die Hälfte der Reise hinter uns!" sagte der Prophet. Als sie kurz danach den Friedhof von Licharre erreichten, entdeckten sie an allen Gräbern ein Kreuz – das Kreuz der Druiden, mit

---

* Licharre ist das heutige Mauléon (A. d. A.)

den drei Kreisen von Gwenved, von Abred und von Anioum, dessen Balken etwas verlängert über den Kreis von Gwenved hinausragten.

Jehan war sofort ganz begeistert, weniger von der Landschaft, die er kaum wahrnahm, obgleich sie sehr schön war, als von den Einwohnern. In der alten baskischen Provinz Soule waren sie noch mittelgroß, lebhaft und wendig, aber als die Pilger den Kamm von Osquich überschritten hatten, nahmen sie eine Veränderung wahr. Die Schäfer, die sie in eiskalter Nacht in ihren großen, trockenen Hütten beherbergten, waren groß und knochig, sie hatten breite Schultern, längliche Gesichter, ein vorspringendes Kinn und gerade Nasen mit hohem Rücken. Der Prophet fand, daß sie dem ‚Schönen Gott‘ von Vézelay und den Figuren, die die Kinder des Meister Jakob gestaltet hatten, ähnelten.

Jehan dachte laut: „Die Atlanten!"

„Nur ihre Bastarde, aber höre ihnen zu, sie sprechen deren Sprache."

Sie befanden sich in dem Teil des Baskenlandes, das heute Nieder-Navarra genannt wird.

Eisiger Nebel hüllte sie schon beim ersten Abstieg vom Col d'Osquich ein. Man tauchte in einen Abgrund aus Watte, so daß Saint-Jean-Pied-de-Port ganz unvermutet auf dem Steilufer der Nive in rosa-weißen Farben vor ihnen erschien.

Dort in der Herberge hatten sich eine Menge Jakobspilger versammelt, die einen, um gemeinsam den Weg durch die Berge anzutreten, die andern, die mit Magengeschwüren, schorfiger Haut, Wunden und Beulen auf dem Rückweg waren. Man gab ihnen einen Teller voll Suppe, einen halben Laib Brot, und sie konnten auch einen Becher Wein kaufen. Sie schliefen im Kirchenschiff, wo vielleicht hundert Pilger mit ihren Ausdünstungen die Luft verpesteten, und am Morgen kam ein Priester, um die Messe zu lesen.

„Komm schnell!" sagte der Prophet.

Sie gingen hinaus, kauften ein Brot, ein Stück Schinken und zogen los. Diesmal wollten sie an der kleinen Nive entlang den Kamm von Arnéguy erreichen. Je höher Jehan stieg, um so dichter wurde der Nebel. Man berührte mit dem Kopf den Himmel.

Von nun an konnte Jehan le Tonnerre nichts mehr sehen, er sah nicht die Berge von Navarra, die man erst entdeckte, als sich plötzlich nach dem Paß von Roncesvalles der Nebel lichtete. Er sah auch nicht, daß der Weg ‚el camino‘, wie ihn alle nannten, das Tal des Rio Urrabi verließ und hinter Burguette, wo man ihnen eine Hungermahlzeit teuer verkaufte, nach rechts zur Sierra de Labia und zum Tal des Rio Erro abbog, um über den Rio Arga Pamplona zu erreichen. Sie brauchten übrigens nun nicht mehr ihren Weg zu suchen, denn sie waren auf der Straße niemals länger als eine Meile weit allein. Entweder kreuzten sie Jakobspilger, die auf dem Rückweg waren, oder sie hörten die Stimmen von anderen, die irgendwo in der Nähe die Hymnen des heiligen Jakobus sangen. Der Weg war von Einheimischen gesäumt, die auf ihren Fersen hockten und ihnen die Eier ihrer Hennen oder den Käse ihrer Ziegen anboten. Wenn ich sage: ‚anbieten‘, so meine ich, daß sie dies um der Liebe des heiligen Jakobus willen teuer verkauften, und dabei waren es noch mehr als 600 km bis zum Heiligtum!

Jehan sah nicht einmal Pamplona, wo sie in einem Kloster voller Wanzen nächtigten, die aber die Einheimischen nicht zu stören schienen.

Sie zogen auf der breiten Straße weiter nach Pinta la Reina, wo sie nicht Halt machten, sondern über Uterga und Muruzabal auf eine merkwürdig runde Kirche zugingen, die aber eher achteckig war, wie der Turm von Saint-Cydroine oder von Issoire, und die ganz einsam auf einem ebenen Feld stand.

„Das ist Eunate!" sagte der Prophet, „Eunate, das im Baskischen ‚hundert Türen‘ bedeutet."

„Türen zu was?" fragte Jehan.

„Komm mit hinein, geh mit mir herum, das genügt!"

Sie traten ein und machten einen Rundgang im Deambu-latorium der Kirche (das war die Art, wie man das Laby-rinth in den Rundkirchen machte), der Laut ihrer Schritte erzeugte ein bis ins Unendliche widerhallendes, dunkles Echo.

„Hörst du?" fragte der Alte, „hörst du das Echo der Wölbung? Atme tief ein, mein Junge, fülle dich!"

Und Jehan ging im Kreis, atmete diese ein wenig abgestandene Luft und nahm das Licht auf, das durch die Alabasterplatten filtriert wurde, die die engen Fensteröffnungen abschlossen.

Ein wenig weiter, sie waren kaum eine Meile von der runden Kirche Eunate-der-hundert-Türen entfernt, wurden sie von einer Patrouille strenger Gendarmen angehalten. Man sagte ihnen, es handele sich um eine Kontrolle.

Sie hatten mehr als zwanzig Pilger eingefangen, die sie zu einer Hütte etwas abseits vom Wege brachten. Dort mußten sie sich einer Art Musterungskommission stellen. Man entkleidete sie und führte sie in ein Nebenzimmer. Als der Prophet und Jehan an der Reihe waren, begann der Alte aus dem Stegreif eine Rede:

„Liebe Leute! Ich nehme an, es ist eure Aufgabe, die Grenzen zu überwachen. Es können sich so leicht Schwindler und unerwünschtes Pack unter die Pilger mischen, daß ihr wirklich allen Grund habt, diese im Auge zu behalten."

„Wir sind arm in einem armen Land!" sagte der Chef.

Der Prophet öffnete sein Gewand und wühlte in seinem Gürtel:

„Ich verstehe euch gut, und darum erlaubt mir euch eine Spende zu überreichen, um eure Kinder zu ernähren." Er steckte die Hand in die Geldtasche und fuhr fort:

„Auch wir sind arm, aber es ist nur recht, daß diejenigen, die zu Sankt Jakobus pilgern, ihren bedürftigen, christlichen Brüdern helfen!"

Der Chef sagte mit süßlicher Stimme:

„Ach ja, wir müssen von jedem eine kleine Summe fordern. Wir begnügen uns mit der Hälfte der Gesamtsumme, die jeder für seine Bedürfnisse mit sich führt."

„Die Häfte? Aber natürlich ihr braven Leute! Ich werde sie euch sofort geben!"

Er wühlte geschäftig in einer Tasche seines Leibgürtels und holte mit spitzen Fingern einige Münzen hervor, die er dem Chef überreichte und sagte:

„Nehmt es, gute Leute, nehmt, doch, doch! So nehmt es doch, um der Liebe des heiligen Jakobus und unseres Heilandes Jesu Christi willen! Nehmt und lehnt es nicht ab! Ihr würdet mich beleidigen!"

Die bewaffneten Manner nahmen das Geld, fingen an zu lachen und beförderten Jehan und den Propheten mit einem Tritt in den Hintern nach draußen.

Die anderen Pilger, die protestiert und sich zunächst geweigert hatten, ihre Sachen abzulegen, wurden ziemlich brutal geschlagen, dann untersuchte man alle Teile ihrer Kleidung und ihres Körpers, auch die intimsten, zählte ihr Vermögen und nahm rigoros von zwei Geldstücken eines weg. Jehan und der Alte waren längst auf der Straße und liefen, ohne sich umzudrehen.

„Ich habe das meiste gerettet", sagte der Prophet. „Hast du gesehen, wie sie gezählt haben? Sie zählten immer Stück für Stück und nahmen eins von zweien, aber sie nahmen das große und ließen das kleine... Da ich es ihnen selbst anbot, haben sie unsere nicht gezählt."

„Das ist mir egal, bloß erzähle mir nichts mehr von deinen Basken! Das sind schöne Spitzbuben!"

„Basken! Die!" schrie der Alte, „beim Himmel! Hast du sie dir gut angesehen? Das waren Westgoten! Hast du ihre Fressen gesehen? Das waren Westgoten, sage ich dir!"

Obgleich es erst März war, fiel die Hitze über sie her. Die iberische Hitze, die sie am Boden des Beckens von Pamplona niederdrückte, wo die Pilgerroute geradewegs auf das Gebirge von Perdon hinführte, das sie von Punta la Reina trennte. Dort kamen sie auf den großartigsten und außerordentlichsten Bauplatz unter der Sonne, den man sich vorstellen kann.

Es war wie im Brionnais. Eine Kirche folgte auf die andere, bei allen fand man das traditionelle Christusmonogramm und die persönlichen Zeichen der Compagnons auf den Werksteinen der neuen Gebäude. Man baute Brücken über die Flüsse, wie die von Logroño über den Ebro und die von Nájera über die Nájerilla, und zwischen Nájera und Redecilla hatte man Herbergen errichtet.

Bei ihrer Ankunft auf dem Bauplatz wurden sie von einer Gruppe Compagnons begrüßt. Sie zogen die Schuhe aus und ließen sich im mageren Schatten von vier Mandelbäumen nieder, um den anderen bei der Arbeit zuzusehen. Ein Mann kam vorbei, der mit einer kurzen Kutte bekleidet war und die Kapuze so weit in die Stirn gezogen hatte, daß sie sein Gesicht verbarg. Er sah sie und sagte:

„Habt ihr nichts anderes zu tun, als euch die Fußsohlen zu sonnen, wo man hier Leute einstellt?"

Er brachte sie zu den Gerüsten und ordnete an, daß man ihnen Arbeit gab. Er war der Baumeister, ein gewisser Bruder Domingo, der entlang der ganzen ‚Calzada' (so nannte man hier die Pilgerroute nach Compostela) die Straßen, Herbergen und Klöster baute.

Sie arbeiteten dort acht Tage zusammen mit mehr als fünfzig anderen Wandergesellen, die dabei waren, das Gewölbe über einem Dolmen zu bauen, der bis zur Oberkante des Decksteins in der Erde steckte, was den Propheten begeisterte.

Nachdem sie ihre Woche hinter sich hatten, gingen sie wieder auf die Walz, aber diesmal in Begleitung eines Meisters mit seinem Aspiranten, die wie Jehan le Tonnerre nicht als Büßer nach Compostela zogen, sondern um die berühmte ‚Erkenntnis' zu erlangen.

Vier, die zusammen marschierten, das bedeutete zweimal leichter zu sein und flößte Jehan neuen Mut ein, der,
wie er später zu sagen pflegte, bereits an einem Punkt ange-
langt war, wo er sich am liebsten am Straßenrand hingelegt
hätte, um in der Sonne zu sterben.

Nun konnte auch der Unterricht wieder aufgenommen
werden. Der Meister war ein Mönch des Klosters Cluny,
der Lesme hieß und der seine Zunge nicht im Quersack
hatte. Der Prophet ging voran, und hinter ihm die beiden
Lehrlinge, einer zur Rechten und einer zur Linken von Meister Lesme, der mit ihnen alle Lehrsätze des goldenen
Schnitts und des goldenen Dreiecks wiederholte, was für
Jehan ebenso wie die Konstruktion der fünf regulären Körper und ihre Einschreibung in eine Kugel eine Auffrischung
des Gelernten bedeutete.

Aber nachdem sie Burgos hinter sich gelassen hatten,
fügte er eine derart persönliche Erklärung hinzu, daß man
annehmen mußte, er hätte sie selbst erfunden. Er stellte die
Sache an einem Morgen dar, als sie gerade die Berge von
Oca, was die ‚Berge der Gänse‘ bedeutet, überquerten, worin der Prophet einen zusätzlichen Beweis für die symbolische Rolle der Gans auf dem alten Weg der Erkenntnis sah.

Meister Lesme zeigte ihnen eine einfache Formel, eine Art
Rezept, mit dem sie in der gleichen Figur die Seiten der fünf
regulären Körper in eine Halbkugel einschreiben konnten.
In der Sprache der Compagnons, die Jehan nun schon gut
kannte, sagte er, als sie den Vorort von Villa Franca durchwanderten:

„Es handelt sich nun darum, die Seiten der fünf Körper im
Verhältnis zu einer Halbkugel zu finden, die sie genau um-
schreibt und von der uns nur der Durchmesser bekannt ist.

AB sei der Durchmesser der Kugel, der sie alle umgibt.
Wir gehen so vor: Wir teilen diesen Durchmeser in zwei
gleiche Abschnitte, wodurch wir den Punkt D erhalten,
dann in drei gleiche Teile und markieren den Punkt C. Von

diesen zwei Punkten errichten wir die Senkrechten DF, CE und verbinden nun E mit A und F mit B. Ich behaupte, daß AE eine Seite der Figur aus vier gleichseitigen Dreiecksflächen, EB eine Seite des Würfels und FB eine Seite der Figur aus acht gleichschenkligen Dreiecken ist…"

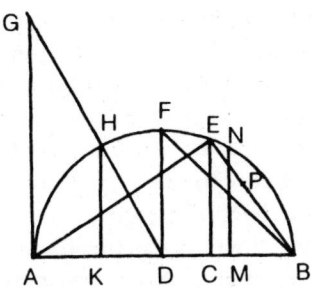

Danach wanderte man eine halbe Meile, um das Gehörte zu verdauen, dann fuhr Meister Lesme unbeeindruckt von Hitze und Straßenstaub fort, ohne auch nur im geringsten sein Marschtempo zu verlangsamen:

„Nun errichten wir die Senkrechte AG, die die gleiche Länge wie AB hat und zeichnen die Strecke GD, welche den Halbkreis in H schneidet. Wir zeichnen HK und MN (DM ist gleich KD). Ich teile EB im Goldenen Schnitt und erhalte den Punkt P. Sicher ist PB eine Seite der Figur mit zwölf Flächen. MB ist die Seite des Körpers mit zwanzig Flächen. Prägt euch diese Zeichnung gut ein. Man nennt sie den Abakus oder die Rechentafel der Pédauques!"

Meister Lesme ging mit großen gemessenen Schritten. Die Strecken, die er nannte, schienen sich vor seinen Augen im Gleichmaß dieser Schritte am Himmel abzuzeichnen, und er sah sie mit solcher Genauigkeit, daß er nicht mehr auf die Steine des Weges achtete und daher zweimal der Länge nach hinfiel.

Im Anschluß bat er Jehan und den anderen Aspiranten, der Aymeric hieß und ein Gänsefüßler aus Toulouse war, das Gesagte zu wiederholen. Er schimpfte nicht schlecht, als der Schüler anhielt und die Figur im Staub aufzeichnete, um sich besser zurechtzufinden: „Keine Zeichnung! Nein, nein! Keine Zeichnung! Ihr müßt die Figur in der Luft vor euch sehen – und dreidimensional, wenn es nötig ist! Ein Compagnon muß immer zugleich die drei Dimensionen sehen können!"

So kamen sie, die Augen ins Leere und die Nase in die Luft gerichtet, über Los Arcos, Logoño, Najera, Belorado nach Burgos. Sie folgten dabei, wie die Ameise auf dem Apfel, dem Lauf der Sonne, um sich vom Rhythmus der Erde und des Universums auf dem Sternenweg im Norden Kastiliens durchdringen zu lassen. Kastilien, das grau- und ockerfarben unter einer bleiernen Sonne lag, mit blauen, kalten Wasseradern und umbrafarbener Erde auf den weiten Ebenen, wo der einsame Pilger, der eine Meile entfernt vor einem dahinzog, enorm und bedrohlich wirkte. Es gab keine Dörfer, nur Haufen von grauen Steinen, die gen Norden gegen die Kälte, gen Süden gegen die Hitze, gen Westen gegen den Regen und gen Osten gegen den Wind abgeschlossen waren.

Die Konstruktion eines Ikosaeders im Raum gewann in dieser Öde ihre volle Bedeutung, und das Laufen, das Einen-Fuß-vor-den-anderen-Setzen wurde zu dem, was der Prophet so beschrieb:

„Die gesündeste, asketischste, berauschendste aller Disziplinen, die wirksamste aller Philosophien! Lauf, lauf und du wirst sehen."

Und Jehan begann zu begreifen, was die Worte ‚Initiation' und ‚Offenbarung' bedeuteten. Aber er hoffte auf Compostela, denn er fing an, wenn auch nicht zu verstehen, so doch in seinem Innern den Sinn der alten Pilgerfahrt zu begreifen, die genau dem, was wir den Breitenkreis der Erde nennen, folgte.

Auch Burgos wimmelte von Compagnons und Männern, die man für Tempelritter halten konnte, von schwarzen und weißen Mönchen, die auf dem Boden geometrische Figuren, Projektionen und Pentagramme anrissen und neben bizarren, übereinandergelegten oder im Boden versunkenen Steinblöcken mit dem Pickel die Erde aufrissen, um auf Grotten zu stoßen, die Stein auf Stein von weisen Übermenschen gebaut worden waren, die der Prophet die ‚Atlanten‘ oder die ‚Riesen der großen Steinsetzungen‘ oder einfach ‚unsere Meister‘ nannte.

Die Gegend Kastiliens, die westlich von Burgos lag (aber war das noch Kastilien?), bot einen freundicheren Anblick. War es die Folge eines dreitägigen, sanften Regens, den man in der Komune den ‚Sprießregen‘ zu nennen pflegte? Oder weil man sich nun der ‚fünften Pforte‘ zu Füßen der Gebirgskette von Cantabrique am Eingang der Berge von Léon durch den Hohlweg von Porquero näherte? Die ‚fünfte Pforte‘ war das Tor zum Reich Dornröschens, erzählte der Prophet, als er die Kürbisflasche leer getrunken hatte, die ihm eine fromme Frau mit einigen Geldstücken anbot, damit er für sie eine Kerze beim heiligen Jakobus entzünde.

„Wir kommen jetzt nach Léon... Léon!" schrie er, „hör zu – nach Léon! Und die Berge von Arro vor dem Kap am Ende der Erde. ‚Finis terra‘, wie die Mönche es nennen, genau wie in meiner Heimat Armorika: das Land von Léon und die Berge von Arrée vor unserem Finisterra, dem Ende der westlichen Welt! Es ist genauso ein Hafenplatz, wo die Riesen, die vom Meer kamen, die Meister, nach dem großen Einbruch an Land gegangen sind."

Als Meister Lesme das hörte, schwieg er, dann beschleunigte er seine Schritte und entwickelte ausführlich eine Theorie über das Verhältnis der Flächen der fünf Körper zueinander und ihre Proportion zum Durchmesser des Kreises, in dem sie eingeschrieben sind. Aber das überstieg die Auffassungsgabe der zwei Schüler, denn nichts von alledem ließ sich zeichnerisch darstellen, sondern nur durch Zahlen und algebraische Berechnungen. So war Meister

Lesmes Rede wie ein Gemurmel, das den Geist einschläferte, aber auch die gleichmäßige Marschbewegung erleichterte.

Sie durchquerten auf diese Weise Léon und schliefen in der Herberge von Orbigo, wanderten wie im Traum in dem Hohlweg von Manzanal durch die Berge von Léon, um im Paradies von Bierzo herauszukommen. Dies war eine fruchtbare Ebene, wo die Tempelritter gerade die riesige Festung von Ponferrada gebaut hatten, um die Zugangswege nach Galicien zu überwachen. Sie wurden in einem Saal untergebracht, wo in dem Türsturz der griechische Buchstabe Tau eingraviert war. Am nächsten Tag endlich erreichten sie den Paß von Pierrafitta, dem ‚aufgerichteten Stein‘, vor dem der Prophet sich hinkniete, dreimal den Boden küßte und grüßte:

„Heil dir keltische Erde! Tempel des Belen! Land des Lug!"

Er umarmte sogar die ersten Menschen, die er traf: „Heil euch, Brüder und Schwestern!" Und er sprang den Frauen an den Hals, um sie zu küssen, was einigen Tumult verursachte, den Meister Lesme aber mit einem Wort beendete. Der Prophet war ganz aus dem Häuschen. Er zeigte die Dörfer mit den runden, niedrigen Hütten, mit braunen Mauern und Strohdächern:

„Genau wie bei uns! Seht nur!"

Dann trampelte er im Matsch herum, denn es hatte in der Nacht geregnet. Über dem Land hingen graue Wolken, und es wehte eine laue, aber steife Brise.

„Schaut nur! Der Matsch von Armorika! Der gleiche Himmel! Der gleiche Wind! Und die Menschen? Die ‚Gallis‘, die ‚Gallegos‘ – Gallier wie wir!"

Ja, die Menschen waren meist blond oder hellbraun, sie hatten blaugraue, manchmal sogar grüne oder nußbraune Augen. Man hörte ihm zu und lächelte mitleidig. Armer alter Narr! Allerdings marschierte er schon seit siebzig Tagen und legte pro Tag acht Meilen zurück! Man war endlich in der Festung, im Tempel des Gottes Loug, von dem er so oft erzählte, und mit dem er mindestens ebenso auf Du und Du stand wie mit dem Zimmermann Jesus und der ihm viel vertrauter war als der heilige Jakobus, den er nie erwähnte. Es war sicher, daß er auf einer anderen Pilgerfahrt war oder auf zweien gleichzeitig, denn er wiederholte wenigstens einmal am Tag:

„In uns fließen zwei Ströme zusammen, der des Druidentums, welcher von den Giganten der großen Steinsetzungen herstammt, und der des Zimmermanns. Es ist die heilbringende Begegnung von Weisheit und Liebe!"

Wenn er darauf zu sprechen kam, ergriff ihn die Begeisterung. Er stieg auf einen Felsen oder Hügel, hob den Zeige- und Mittelfinger der rechten Hand, krümmte dabei die anderen Finger und rief mit der Stimme des Eremiten:

„Die Erneuerung des Menschen! Ja, die Erneuerung des Menschen aus der Erkenntnis und der Liebe!"

Dann zog man wieder weiter. Sie liefen mit über die Stirn herabgezogenen Kapuzen unter dem Sprühregen, der nun vom Meereswind herangetrieben wurde. Alles, vom Mantel bis zu den Fußwickeln, war vom atlantischen Wasser durchweicht, das hier wie in Brocéliande das ganze Land ergrünen ließ.

Eines Tages, es muß wohl der sechsundsiebzigste der Reise gewesen sein, sahen sie den Pigo Sacro, den heiligen Berg, vor sich aufragen. Er hatte eigentlich nur eine bescheidene Höhe, aber Meister Lesme wies trotzdem darauf hin. Er wußte warum, denn kaum hatte er dessen Namen genannt, begann der Prophet, der alles immer aus dem Stegreif zu erfinden schien, zu schreien und stimmte dann das bardische Lied der Compagnons an, das der Mönch und die anderen mitsangen, dabei standen sie aufrecht mit geschlossenen Füßen und hielten die Arme zu beiden Seiten des Körpers mit den Handflächen nach vorne gekehrt. Als man weiterging, verkündete Meister Lesme:

„Der Pigo Sacro und der Pasa del Oca zu unserer Linken über dem Tal des Rio Ulla! Die siebente und letzte Pforte!"

„Pasa del Oca, der Schritt der Gans! Hier seid ihr bei euch, ihr Pédauques, ihr Gänsefüßler!" sagte der Alte. „Ich hoffe, ihr erkennt es wieder."

Sie erkannten natürlich nichts, aber sie schwiegen ergriffen, als wenn ihnen jemand mit der Hand im Innern der Brust das Herz bewegte.

„Der Pigo Sacro", fügte Meister Lesme hinzu, „soll der heilige Berg sein, wo der Apostel Jakobus zunächst begraben wurde, bevor man ihn nach Amoéa brachte, das seitdem Santiago de Compostela heißt – das Feld der Sterne."

„All das ist nur Schwindel!" schrie der Prophet aufgebracht. „Es ist der Ort, wo die großen Überlebenden, die vom Meer kamen, ihr erstes Lager aufschlugen, und euer heiliger Jakobus ist nie dorthin gekommen, nicht mal als Toter!"

Man beruhigte ihn so gut man konnte, aber er war nun in Schwung. Er hatte den alten Schmutzfinken, der aller Welt und besonders den jungen Mädchen seinen Leistenbruch zu zeigen liebte, weit hinter sich gelassen. Es war ein anderer, der jetzt fortfuhr:

„Hört mir gut zu, ihr Gänsefüßler: Seit der großen Landung, vom Anfang der Zeiten an, sind alle hierher gekommen, um die Lehre zu empfangen und den Heiltrank zu trinken... Phönizier, Kreter, Etrusker, Dorer, Ligurer, Pyrenäer, Kelten, Skythen, Sueben, Araber und noch viele mehr, die ich nicht kenne... Alle! Sie folgten der Sonne bei Tag und der Milchstraße bei Nacht..."

Man ließ ihn weiter phantasieren, denn alles was er sagte, tat ihnen auf seltsame Weise von innen her wohl, denn endlich sprach jemand eine unvermutete und unvorstellbare Wahrheit aus.

... Sie marschierten weiter...

Man fühlte, daß es dem Ende zuging, denn in der Luft gab es Salz und Jod und noch etwas anderes, das man nicht erklären konnte. Von dort, wo sie standen, auf dem letzen Hügel, glaubten sie weit hinten den Schimmer des Meeres zu sehen, und davor das Land, das von Hohlwegen, an deren Rändern der Ginster blühte, zerfurcht war, wo die niedrigen Wohnstätten um Höfe voll Schlamm und Kuhfladen herumgebaut waren. Die Leute wateten mit Pantinen, deren Holzsohlen vier Finger dick waren, darin herum. Das Land war in kleine Parzellen aufgeteilt, die durch hohe Erdwälle voneinander getrennt wurden, auf denen die Bauern Kohl pflanzten. Kühe zogen gerade Pflüge und Karren voll Mist. Auf jeder Wegbiegung stiegen die Leute aus der Pampe wie Venus aus dem Meer, und die Hohlwege waren so voller Schlamm, daß man auf die Böschungen klettern mußte, wenn man ihrem Verlauf folgen wollte.

Man konnte sich nirgends auf den Boden setzen. Wenn man sich zum Essen irgendwo niederlassen wollte, mußte man in diese schwarzen Höhlen aus Granitblöcken eintreten, die Häuser waren. Die Bauern lebten dort zwar eingeengt, waren aber großzügig. Sie boten ihnen braunen Cidre, Kohlsuppe und Rüben, zu denen der Speck nicht fehlte, denn Schweine grunzten überall. Man schlief auf Lagern aus Ginster in diesen Behausungen, wo die Tiere mit den Menschen zusammenlebten.

Die letzte Nacht durchwanderten sie, ohne ans Ausruhen zu denken, denn der Himmel hatte sich im zurückweichenden Meer gewaschen und man sah die Milchstraße sehr klar. Am Morgen lag, von der aufgehenden Sonne hell angestrahlt, der ‚Monte del Gozo‘, der ‚Berg der Freude‘ vor ihnen. Es war ein Tumulus, wie eine kleine Treppenpyramide mit einem Steinkreuz darauf, einem schönen, richtigen Druidenkreuz, dessen vier Arme, besonders der vertikale, ein wenig über den Kreis von Keugant hinausragten.

Von dort oben erblickten sie, kaum zwei Meilen entfernt, in einem schimmernden Nebel, aufragend wie ein Leuchtturm, die Basilika von Santiago. Die zwei Aspiranten waren die ersten, die den Höhepunkt erreichten. Sie wollten jubeln, aber die Stimme blieb ihnen in der Kehle stecken.

Ihre Ankunft in Santiago fand keine Beachtung. Wie immer gab es dort eine Menge Menschen. Es wirkte wie ein Jahrmarkt, durch den die Pilger sich den Weg zur Basilika bahnten. Als sie herankamen, sahen sie als erstes neue Gerüste und hörten von oben das vertraute Geräusch von Feilen, Meißeln und das rhythmische Lied der Klöpfel.

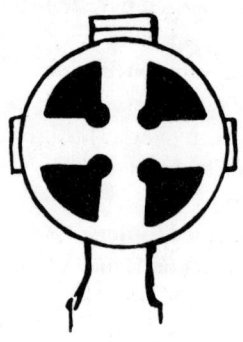

Diese Musik machte ihnen Beine, und sie sahen auf dem Gerüst eine Gruppe von Jakobsbrüdern hocken, die das Portal fertig machten. Der Meister des Werks heiß Meister Mathieu. Er bot ihnen den Gruß der Compagnons und arbeitete ruhig weiter, während die Gesellen Fabeltiere mit Klauen an den Sockeln herausmeißelten. Er war dabei, aus dem rötlichen Gestein eine Figur erstehen zu lassen, die, wie er sagte, den heiligen Jakobus darstellen sollte, aber Jakobus den Jüngeren. Und dieser heilige Jakobus hier, was trug er in seiner Linken? Ihr werdet nie darauf kommen! Einen Stab! Und was für einen Stab, bitteschön? Einen geraden Stock mit geflochtenen Bändern, die genauso gebunden waren wie die nun ausgefransten am Stock der Pilger, ja, es war kein anderer als der Stab der Baubruderschaften.

Und was sahen sie an den Archivolten? Eine Reihe von bärtigen Figuren, die man für die Apostel halten konnte, aber sie hatten Musikinstrumente in den Händen, so daß man dachte, sie wollten das Lob Christi oder Gottvaters oder des heiligen Jakobus singen. Doch jeder hergelaufene Compagnon erkannte bald, daß manche sehr diskret die Retorte und den Stab der Druiden hielten und daß die bärtigen Männer die Alten der Apokalypse darstellten. So fand man hier die Bildwerke der Johannesgilde und die Tradition der Kuldeer wieder, Dinge, die das Herz eines Gänsefüßlers höher schlagen ließen. Der Prophet stieß die Jungen mit dem Ellenbogen an und zwinkerte mit den Augen. Dann gingen sie zur Herberge, wo man sie zuerst entlausen wollte, bevor man sie in den Schlafsaal einließ.

Bevor er an diesem Abend einschlief, stieg in Jehan, dessen Beine wie tot waren, ein innerer Zorn auf. Er biß in den Kragen seines Kasels, den er nicht einmal zum Schlafen oder bei der Morgenwäsche ablegte. Mit zusammengebissenen Zähnen beschimpfte er in Gedanken den Propheten:

„Warum hast du mich mit Gewalt aus meinen Wäldern entführt, mich von meiner Liebsten fortgerissen? (Die Liebste war wahrscheinlich gerade dabei, das Kind eines anderen zu gebären). Mich zwanzigmal in Lebensgefahr gebracht, um mich mager wie ein tollwütiger Hund in dieses verlauste Land zu schleppen, wo es nichts zu sehen gibt? Du wirst sehen, du wirst sehen! Scheiße! Was denn sehen? Diese Kirche reicht an Cluny nicht ran, dieser Berg nicht an den Thuetys, die Tempelritter, die man überall sieht, haben die gleichen Mäntel, die gleichen Bärte, dieselbe überlegene, hochmütige Art wie die von Grand-Orient, und die Compagnons sind die gleichen Jakobsbrüder wie die in La Bussière. Sie formen mit den gleichen Werkzeugen die gleichen Symbole, die weiß Gott woher überliefert sind. Und die Mönche? Genau die gleichen abgedroschenen Predigten über denselben Gott Himmels und der Erden! Also, wo ist deine Erkenntnis? Deine Offenbarung?"

Der Prophet, der auf seinem Stroh die Beine unablässig wie die Mäuse im Nest bewegte, träumte laut und schnarchte. Aymeric, der andere Aspirant, hatte die Augen auf und fragte: „Schäfst du?"

„Nein." „Ich auch nicht." Nach einer Pause: „Dabei fehlt mir weder die Lust noch das Bedürfnis danach!"

„Mir auch nicht." „Also warum?"

Jehan seufzte und enschloß sich zu reden, um sich zu entspannen:

„Ach, diese lange Wanderung hat mein Blut in Wallung gebracht und mein Hirn durchgeschüttelt, ich stelle mir viele Fragen."

„Ich mir auch!" „Und außerdem..." Er schwieg eine lange Zeit.

„Und außerdem?" fragte Aymeric.

„Und außerdem habe ich Mädchen gesehen!"

„Ich auch." „Wer sieht sie nicht? Sie sind überall, und sie halten sich nicht zurück. Sie schauen einen an, sie streifen an dir vorbei, sie schicken ihren Duft in meine Nase, der mich bis in Innerste durchdringt."

„Natürlich, so ist es."

„Und selbst die, die sich unter ihrer Kapuze verbergen, oder die, die schnell in den Häusern verschwinden, wenn man vorbeikommt, und selbst die, die so tun, als ob sie beten, sogar die machen mich heiß."

„Besonders die lezteren", bestätigte Aymeric.

„Das geht nun so weit, daß ich mich frage, ob ich nicht eines schönen Abends einer von ihnen folgen werde... Es gibt auch die Huren, einige sind wirklich hübsch; mit denen wäre es einfach und ohne Komplikationen. Ich denke, daß ein Junge in unserem Alter es vielleicht tun sollte..."

Nach einem falschen Schweigen, in dem der Aufruhr in Jehans Kopf noch lauter tobte als sonst: „Ja ich frage mich, ob es nicht besser wäre..."

„Nein!" warf Aymeric heftig ein, und richtete sich auf dem Ellbogen auf. „Nein!"

Die anderen Schläfer wurden ungeduldig und sagten mit schwerer Stimme:

„Hört das Gequatsche nun endlich auf? Haltet's Maul!"

„Nein", fing Aymeric, diesmal im Flüsterton, wieder an. Er legte seinen Mantel über ihre Köpfe im Stroh, um die Stimmen zu dämpfen: „Nein, man soll es nicht tun, man soll sie und sich selbst respektieren."

„Aber wenn sie sich anbieten?"

„Ja, sie können sich anbieten, aber es ist unsere, der Männer Sache, hier Ordnung zu schaffen! Wenn nicht, so ist man nicht mehr wert, als mit einem Mühlstein am Hals ins Wasser geworfen zu werden."

„Und wenn jetzt eine hierher ins Stroh zu dir käme und würde sich anbieten, würdest du sie nicht nehmen?"

„Nein", sagte Aymeric fest. „Sicher werde ich eines Tages eine nehmen, aber dann vor Gott und den Menschen für immer bis zum Tod, damit sie unsere Kinder zur Welt bringt. Dieser Tag wird für dich wie für mich kommen, aber man muß ihn sich verdienen. Die Frau braucht einen richtigen Mann, kein brünstiges Vieh!"

„Du hast recht!" sagte Jehan, „und ich denke wie du." Er ließ sich das Gesagte durch den Kopf gehen und fragte nach einer Pause: „Aber Reine?"

„Welche Reine?"

„Sie hat sich unter den Lautenspieler gelegt!"

„Na und? Ihr Fehler wird niemals den Deinen entschuldigen. Du bist der Mann, du bist der Chef, du bist der Meister. Du hältst die Ehre der Welt in deiner Hand. Würdest du jemals wie der Lautenspieler handeln?"

Das war wahr. Wenn Jehan den Mädchen nachlaufen und sie umlegen würde, wie dieser hergelaufene Landstreicher, würde er genau das gleiche tun wie das, was er dem anderen vorwarf und was der armen Reine so geschadet hatte.

All dies ballte sich in seinem Kopf zu einem dicken Glokkenklöppel, der, wie er sich im Stroh auch drehte und wendete, unablässig gegen die Knochen seines Schädels schlug.

Aymeric fuhr unbeirrt fort wie ein Erzengel:

„Wie könntest du Meister deiner Technik, deines Handwerks, deines Wissens werden, wenn es dir nicht gelingt, Meister deines Körpers und deiner Seele zu sein?"

Wie gut dieser Mann doch reden konnte! Er sprach das aus, was Jehan im Schweigen der Wanderung immer lauter und immer öfter zu sich selbst gesagt hatte: „Wenn ich ein Meister wie Lesme oder Bruder Oiselet werden will, muß ich zuerst Meister meiner selbst sein. Die Erkenntnis ist erst die logische Folge davon." Und wie konnte man es wagen, sich in seinem Werk zu sehen, wenn man die Frau nicht achtete?


Am nächsten Tag wurden sie von den Mönchen der Herberge fast mit Gewalt zum Badehaus geführt. Hier tauchte man mehr als hundert splitternackte Jakobspilger in Wannen mit warmem Wasser, wobei jeder seine Psalmen grölte. Der Prophet heulte den seinen:

„Nein, nein! Schnell raus aus dieser Bußsuppe, aus diesem Ragout von Sündern auf der Suche nach dem Paradies! Jehan le Tonnerre! Rette sich wer kann!" Er sprang aus dem Bottich, in dem er zusammen mit vier anderen Christen mariniert wurde, und rannte zu den Schüsseln mit den Kleidern, wo er seine aufgeweichten, heißdampfenden Sachen herausfischte. Jehan tat es ihm natürlich nach, denn seit seiner Abreise aus Burgund hatte er sich nie an das unangenehme Gefühl gewöhnen können, das dem Eduenser Wasser im allgemeinen, und warmes Wasser im besonderen bereitet. Was die Seife anbelangt, selbst solche, die mit Segen aufgeladen war (die Mönche spendeten sowohl die eine wie den anderen), so gab sie ihm nach dem Trocknen das Gefühl, als ob seine Haut aufreißen und schrumpfen würde wie das Leder einer alten Kuh.

Kurz gesagt, sie beeilten sich in die Nähe der Basilika zu kommen, wo zu jeder Tages- und Nachtzeit zwanzig Messen gleichzeitig gelesen wurden. Sie traten ein, machten ihr Labyrinth wie gewöhnlich, badeten mit Freude und ohne Zurückhaltung im kosmischen Strom, der, wie man sagen muß, der gleiche wie in Chapeize, Fontenay oder Cluny war, und gingen gestärkt wieder hinaus.

Der Prophet sagte: „Folge mir, junger Mann, denn dieser ganze Zirkus ist nicht das eigentliche Ziel unserer Pilgerfahrt."

Er führte ihn eilig in westlicher Richtung auf den Weg nach Oca.

„Noch vier Meilen, mein Kleiner, und du wirst sehen, du wirst sehen, weiter, immer noch weiter!"

Also war Santiago nicht ihr eigentliches Ziel gewesen? Ja, der alte Narr hatte gesagt, daß die Offenbarung des heiligen Jakobus von der Kirche in unvollkommener Weise auf eine ältere Offenbarung aufgepfropft worden sei.

„Das Ende der Milchstraße ist nicht in Compostela, mein Junge, du wirst sehen, du wirst sehen, es ist noch weiter!"

„Es gefällt dir wohl, andern Verhaltensmaßregeln zu geben, dir, der seine Beule den Mädchen zeigt?"

„Ja, mein kleiner Bruder, du hast recht. Ich bin verdorben, und wenn ich dich nach Compostela schleppe, so ist das mehr für mich als für dich, aber ich rate dir gut, hier alles aufzunehmen, was du finden kannst. Ich bin nur gemeine Dachsscheiße! Aber ich bin auf deinen Weg gestellt worden, um dir als Folie zu dienen und dich erfolgreich zu sehen, wo ich versagt habe."

Sie gingen zum Meer.

Sie hatten es vermieden, in Compostela Proviant für den Weg einzukaufen, denn einerseits waren ihre Beutel fast leer, und andererseits kostete alles im Umkreis des Wallfahrtsortes einen überteuerten Preis. Schließlich muß alles bezahlt werden, auch und besonders die göttliche Gnade, die um das Grab des heiligen Jakobus herum aus dem Boden quoll, das mußte jeder einsehen. Der Preis eines Omeletts war der Beweis.

Der Weg, den sie gingen, war nicht gebahnt. Man folgte der Doppelspur, die die galizischen Karren im Schlamm hinterlassen hatten, der nun, da die Sonne wieder schien, verhärtete. Man erreichte die Mündung des Flusses Oca, sie war ein Meeresarm, der von den Krallen der Felsen ergriffen wurde, die ihn zusammendrückten, als ob sie ihn zerquetschen wollten. Der Prophet irrte herum, kam zurück, drehte sich um sich selbst (war er schon jemals hiergewesen, wie er behauptete, wenigstens ein einziges Mal? Oder richtete er sich nach den genauen Angaben von Pilgern, die er getroffen hatte? Oder folgte er den Eingebungen seiner erleuchteten Träume?)

Jedenfalls begann er in der Nähe von Noya und dann weiter südlich am Rio de Padron in alle Richtungen bis zum Rand der Klippen zu laufen und sagte: „Hier ist es! Hier sind die Meister gelandet! Die Riesen, die vom Meer kamen, unsere Lehrmeister!..."

Man sah zwischen hügeligen Dünen große Steine und Felsen, auf denen man verborgen unter gelben und grauen Flechten einige eingravierte Zeichen fand, dann noch weitere, und schließlich, wenn man viel wegkratzte, eine große Menge Gravuren, die man nicht Graffitti nennen konnte, denn sie waren fest und tief mit tauglichen Werkzeugen in den Fels eingemeißelt worden. Man erkannte konzentrische Kreise, Sonnen, Räder, Spiralen, Radkreuze, den griechischen Buchstaben ‚Tau‘ mit und ohne Häkchen, Schragen, die den Propheten so in Erregung versetzten, daß er fast in Trance geriet. Noch interessanter waren dreizackige Gebilde und Hakenkreuze. Sie waren von Flechten benagt und vom Salzwind verwittert, aber man fand hier viele der Zeichen wieder, die auf den Innenflächen der Steine der Archivolten von La Bussière eingraviert waren.

Zwischen Wacholderbüschen in der Nähe einer Dolmengruppe, die von einer perfekten Trockenmauer umgeben war, streichelte der Prophet schließlich einen großen Stein mit der Hand und schaute Jehan scharf ins Gesicht, der sich lässig auf einem der Felsen ausgestreckt hatte. Er schien plötzlich ein anderer zu sein, wie er dort sehr ruhig aufgerichtet stand und dem jungen Mann in die Augen sah, ohne ein Wort zu sagen.

Jehan machte ihm noch einmal heftige Vorwürfe:

„Also, um diese Klamotten hier zu sehen, hast du mich sechshundert Meilen weit geschleppt? ‚Du wirst sehen, du wirst sehen!' Und was sehe ich, he? ‚Du wirst die Erkenntnis gewinnen!' Und was gewinne ich, he? Was finde ich hier?"

Der Prophet durchbohrte Jehan mit einem Blick, der sich hinter ihm am Horizont des Atlantiks zu verlieren schien. Lange starrte er ihn so an, dann sagte er mit schrecklicher Stimme:

„Aber du bist es selbst, den du gefunden hast, du Dummkopf. Jetzt weißt du, daß du alles überwinden kannst, Kälte, Hitze, Erschöpfung, Unwissenheit und Bosheit! Du mußt es nur wollen! Dein Mut, deine eigene Kraft – das ist die Offenbarung. Und zähle nie auf etwas anderes als auf deine eigenen zehn Finger, du Blödmann!"

Jehan hatte sich aufgerichtet und machte so große Augen, als ob er einem schönen Mädchen begegnet wäre.

Der Prophet profitierte von dem erstaunten Schweigen Jehans, um seine schöne Rede fortzusetzen:

„Die Offenbarung deiner selbst empfängst du, wenn du den Mut hast, über dich selbst hinauszuwachsen. Dann gehört dir die Welt!"

Nach einem Schweigen, während dem Jehan von seinem Stein hinunterglitt und sich stehend dem Meer der Giganten zuwandte, hörte er die Stimme des Alten wie ein Echo:

„Die Straße der Sterne... Ja, binde deinen Wagen an einen Stern!..."

Jehan le Tonnerre blieb unbeweglich mit festem Blick.

Sein Zorn war verraucht. Der Alte sah ihn an und sagte mit veränderter Stimme: „Jetzt sehe ich, daß du es gefunden hast. Wir können heimkehren."

Er machte einige Schritte, drehte sich dann noch einmal um:

„... Denn die Erkenntnis ist auch zu wissen, daß man zurückkehren muß, wenn man angekommen ist, und daß damit nur die halbe Arbeit geschafft ist."

Er wandte sich nun nach Osten, um den zweiten Teil des Initiationsweges anzutreten.

In der Vorstellung der Leute ist der Weg nach Compostela eine Einbahnstraße. Man spricht immer von denen, die hingehen, nicht von jenen, die zurückkehren. Dabei ist es ein Unternehmen in zwei Teilen, und der zweite ist nicht der geringere.

Das sagte auch Meister Wilhelm der Klarsichtige aus der Champagne, von dem sie auf dem Rückweg eingeholt wurden, als sie Léon verließen.

Jehan hatte sich am Wegrand hingesetzt, um seine Stiefel aufzuschnüren und sie über die Schulter zu hängen, denn zwischen der Stiefel- und seiner eigenen Fußsohle gab es fast keinen Unterschied mehr. Dabei sah er zunächst eine flämische Truppe, die stolz ihre Jakobsmuscheln zeigten und ‚Vaterunser‘ abwechselnd mit ‚Beet for uns‘ = bitte für uns murmelten, was für französische Ohren wie ‚bêtes feroces‘ = wilde Tiere klang. Gleich hinter ihnen kam der Meister mit dem Stock der Bauhandwerker und eine Gruppe der Kinder des Meister Jakob, die aus vier Compagnons, einem Aspiranten und einem braunen Mönch bestand, die kräftig ausschritten und drei Maultiere, mit Gepäck und Werkzeug beladen, am Zügel führten.

Jehan erhob sich, als sie vorbeikamen und ihm zu verstehen gaben, daß er sich ihnen anschließen sollte. Sie holten den Propheten ein, der etwas weiter wartend auf- und abging, und setzten den Weg gemeinsam fort.

„Woher seid ihr?“ „Aus Burgund.“ „Ah, Cluny?“ „Nein, aus dem Gebirge, von La Bussière.“ „Eine Tochtergründung von Citeaux, glaube ich?“ „Ja.“ „Kennt ihr Meister Gallo?“ fragte der Meister.

„Das ist mein Meister!“ rief Jehan überrascht.

Sie waren also Brüder und wie sie „auf dem Rückweg“, mehr wollten sie nicht sagen.

In der Zeit, die sie brauchten, um die Neuigkeiten über alles und jeden und alle Bauhütten auszutauschen, gelangten sie bis Quatre-Souris oder Castrogeriz, wie es in der Landessprache hieß.

Als sie Burgos passiert hatten, stellte der Meister fest, daß er zwei Lehrlinge bei sich hatte, und unterbrach die Gesänge des Mönches, der nicht aufhörte, das Lob Gottes im Marschrhythmus zu singen. Er dachte, man sollte zur Abwechslung etwas Unterricht in Geometrie hören. Er fing mit seinen Belehrungen da an, wo Meister Lesme aufgehört hatte. Auch der Mönch hatte einiges beizusteuern, denn er kannte noch andere Dinge als nur seine Gebete, aber er sprach lateinisch und sammelte alle Schlußfolgerungen, um damit die Güte, Größe und Herrlichkeit Gottes zu beweisen, wozu der Prophet nur mit den Achseln zuckte. So lief die Universität auf der Straße herum, lauf, lauf und du wirst sehen!

Auf jeden Fall waren die Darlegungen Meister Wilhelms des Klarsichtigen aus der Champagne viel klarer, weil viel pragmatischer. Ihm hatten sie es zu verdanken, daß sie das schwierigste Kapitel im Handumdrehen begriffen. Es handelte sich darum zu zeigen, wie die fünf regulären Körper einer im andern enthalten waren. Welcher enthielt welchen und wenn nicht, warum? Er begann mit dem Tetraeder und versicherte, das er nur den Oktaeder aufnehmen könnte, d. h. den Körper mit acht dreieckigen Flächen und sechs festen Winkeln. Es gab tatsächlich im Tetraeder keine Seite, keine Fläche, keinen Winkel, auf welche sich die Seiten eines Würfels so stützen könnten, daß seine Winkel oder Flächen den Tetraeder gleichmäßig berührten, wie es ein richtiges Einschreiben erfordern würde. Seine materielle Form, fuhr der Meister aus der Champagne fort, machte es deutlich.

Das war für Jehan keineswegs einleuchtend, und man brauchte nicht weniger als zwei Marschtage, um es ihm zu beweisen, gerade die Zeit, die nötig war, um nach Santo Domingo de la Calzada und nach Logroño zu gelangen.

Man darf nicht vergessen, daß Jehan le Tonnerre nun barfuß lief und die abgenutzten Stiefel über der Schulter trug, um sie für die Etappen im Gebirge von Navarra und Nieder-Navarra aufzubewahren, an die er sich noch genau erinnerte. Das Festtreten des iberischen Bodens mit nackten Füßen macht einen für das Studium des Ikosaeders nicht besonders empfänglich, ebensowenig wie für das des Tetraeders. Wenn man zehn Meilen pro Tag ohne Schuhe läuft, kann man sich nur schwer einen Körper mit zwanzig dreieckigen Flächen im Raum vorstellen, selbst wenn es ein regulärer Körper ist.

Jehan fragte manchmal mutlos:

„Kann man denn ein Zimmerwerk nicht auch ohne diese Faxen errichten?"

„Die Dachkonstruktion eines Hauses, ja, zur Not", antworteten die Compagnons im Chor, „aber das Lehrgerüst eines Gewölbes – nein!"

„Vor allem nicht der Gewölbe, deren Konstruktion wir jetzt planen", fügte der Meister hinzu. „Solche wie du zimmern wirst, wenn du Compagnon und selber Meister geworden bist." Dann ließ er seinen Ideen freien Luaf:

„Hör mir gut zu! Wir haben einen äußerst wichtigen Punkt in der Entwicklung der Baukunst erreicht! Bald werden wir zur Erneuerung aller Menschen beitragen können, indem wir die Dimensionen der Gebäude vergrößern, aber dabei die Proportionen beibehalten und alle Dinge vervollkommnen, damit ein Instrument entsteht, das Himmel, Erde und den Menschen in Einklang bringt. Das Gewölbe muß erhöht und erweitert werden, um der Dolmenkammer weltumspannende Ausmaße zu geben, so daß zehntausende von Frauen und Männern kommen und an der Quelle trinken können. Alle! Männer und Frauen, Reiche und Arme, Mächtige und Elende! Ein gewaltiger Fortschritt für die leidende Menschheit... ein Mittel zu ihrer totalen Regeneration..."

Das war in gehobenem Ton die gleiche Rede, die Jehan schon in Fontenay gehört hatte, als Le Gallo mit Bruder Oiselet unter den Nußbäumen diskutierte.

Danach schwieg der Meister plötzlich, so als ob er fortgerissen vom Rhythmus der langen Wanderung zuviel gesagt oder auf einmal eingesehen hätte, daß sein Traum sich nicht verwirklichen ließ. Er gab vor, sich für ein Maultier zu interessieren, das ausschlug, weil der Gurt seines Packsattels zu fest geschnallt war, oder für eine der kleinen Kapellen am Wege, wo auf einem der Kapitelle ein bestimmtes Zeichen eingraviert war, an denen es nicht mangelte. Dann drehte er sich zu den anderen um und sagte mit einem vielsagenden Lächeln: „Der Weg nach Cluny..."

Er erwähnte diesen ‚Weg' noch einmal, als er eines Tages von ‚dem anderen Weg' sprach. Es schien, als ob er nun diesen gehen wollte, und er unterhielt sich mit dem Propheten und den anderen darüber, während Jehan zuhörte. Er glaubte zu verstehen, daß der Meister aus der Champagne, nachdem er am Weg nach Santiago gearbeitet hatte, nun sein Werk an ‚dem anderen' beginnen wollte.

Dieser ‚andere Weg' führte über Orte, deren Namen ihm fast alle unbekannt waren: Sainte-Odile, Raon, Sion, Vaudigny, Domblain, Louze, Pierrefitte, Chartres (Ah! Chartres!)... Alençon, Domfront, Avranches, Mont Saint-Michel, und an der äußersten Spitze von Armorika die Orte, wo vor Jahrtausenden die ‚großen Männer vom Meer', von denen der Prophet gesprochen hatte, gelandet waren: Kragou, Saint-Renan und Ouessant.

Wenn man genau hinschaut, stellte man fest, daß alle diese Orte auf einem Parallelkreis aneinandergereiht sind, der nach heutiger Einteilung zwischen dem 48. und 49. Breitengrad verläuft, so wie sich diejenigen am Wege nach Santiago zwischen dem 42. und 43. Grad nördlicher Breite befinden; und beide enden am Rande des Ozeans. Jehan jedoch konnte sich hiervon natürlich keine Vorstellung machen.

Sie sprachen auf ihrem Wege noch weiterhin von der Vervollkommnung der Konstruktionstechnik und auch von dem Problem der Finanzierung solcher grandiosen, weltweiten Projekte. Aber wenn sie darauf kamen, beendeten sie ihre Sätze nur halblaut oder zwinkerten sich vielsagend zu, doch Jehan, der das gute Gehör der Holzfäller von Sankt-Gall hatte, glaubte ‚die Tempelritter… die Templer'… zu verstehen, was ihm logisch erschien, denn sie waren Druiden und mächtig reich.

So durchwanderten sie das Baskenland in drückender Hitze, denn die Sommersonnenwende stand nahe bevor. Nach Santa Domingo de la Calzada verließen sie die französische Route und folgten dem nördlichen Weg über Victoria, die Berge von Guipuzcoa, Tolosa und Leiza, den die Flamen, die Bewohner des belgischen Galliens und die Bretonen einschlugen. In Navarra führte er durch das Tal des Ezcurra, Sanesteban, auf die Höhe von Bidassoa und durch das Tal von Baztan, danach über dem Kamm von Goizamendi, den Paß von Otxondo und über den Abhang von Nivelle, über Urdax weiter hinunter nach Dancharinéa, Ainhoa und den Paß von Pinadieta.

Der Prophet und der Meister wiederholten genußvoll diese Namen: ‚Arrizmendi – der Berg der Eichen', ‚Etcheberry – das neue Haus', ‚Etchegaray – Hohes Haus', ‚Sagarspe – unter den Apfelbäumen'…

Sie ließen sich diese Worte, die einmalig auf der Welt waren, auf der Zunge zergehen und behaupteten heimlich, daß sie zur Sprache der Atlanten gehörten. Auch grüßten sie ehrfurchtsvoll die Kreuze der Druiden, die auf allen Gräbern standen.

Sie verließen das Baskenland ung gingen an einem Fluß entlang, der an der Quelle Aran hieß und plötzlich in seinem Verlauf den Namen in ‚La Joyeuse' ‚die Fröhnliche' änderte. Es war schon ein Stück nach Hasparen, als sie am Abend die Abtei von Clairence erreichten, wo der Meister sehr ehrenvoll empfangen wurde.

Von nun ab wandelte sich die Art und Weise der Ausbildung, wie sich auch die Landschaft, die Sprache und das Aussehen der Leute veränderte. Es geschah, als sie am nächsten Tag aufbrachen, um den Adour und die Chalosse zu überqueren.

Sie wanderten gerade über den Hügel von Miremont, von wo aus man, wie der Name sagt, die Bergkette der Pyrenäen im Süden überblicken konnte, als der Prophet, der am Ende des Zuges am Schwanz des letzten Maultieres hing, einen Schwächeanfall erlitt. Es war nichts Ernstes, nur ein schwarzer Fleck vor den Augen. Jehan ging mit dem Meister an der Spitze, der versuchte, ihn die vier Seiten an jeder Ecke des Würfels bestimmen zu lassen, der in einem Körper mit zwölf fünfeckigen Flächen enthalten war, was, wie man zugeben muß, keine einfache Sache ist.

Jehan rannte schnell ans Ende der Reihe, um den Alten zu stützen. Er wollte ihn auf ein Maultier heben, aber der andere lehnte es ab, da, wie er sagte, das Tier schon so viel Werkzeuge schleppen müßte, daß es nicht noch mit seinem Gerippe belastet werden konnte; so ging man weiter, aber Jehan blieb von jetzt an immer bei dem Propheten, faßte ihm unter die Arme, oder um die Taille, so daß er ihn halb trug.

Der andere war nicht mehr derselbe. Seit Ponteverda dort unten in Galicien hatte sich etwas in ihm gewandelt. Als er damals zu Jehan sagte: „Jetzt hast du es gefunden, wir können heimkehren", machte er den Eindruck, als ob er das auch zu sich selbst sagte, als ob auch er etwas gefunden hätte. Immer öfter war er seitdem schwer atmend wie ein ausgeräucherter Dachs am Ende der Kolonne marschiert.

Als sie nach einstündigem Marsch, wie es auch bei den Soldaten üblich war, eine zehnminütige Pause einlegten, brach er wortlos zusammen. Jehan le Tonnerre brachte ihm schnell etwas zu trinken und zu essen und stellte ihn wieder auf die Füße. Beim Weitergehen ließ er ihn nicht aus den Augen und stützte ihn.

Als sie an einem anderen Tag den Mont-de-Marsan passierten, sagte der Alte mit leiser Stimme zu ihm:

„Es wird Zeit, daß ich dir vom Zimmermann erzähle."

„Von welchem Zimmermann?"

„Von Jesus, dem Zimmermann aus Nazareth, der in der Grotte unter dem Stern geboren wurde. Wir haben nicht oft über ihn gesprochen. Man zeigt dir, wie man einen Ikosaeder in einen Würfel einschreibt, gut. Man berechnet dir die Länge eines Stichbalkens oder eines Bundsparrens, gut. Man erklärt dir die Geheimnisse des keltischen Kreuzes und der wichtigsten Symbole unserer Vorfahren, gut. Man spricht dir von dem einen unteilbaren Gott. Man spricht dir von der Muttergöttin, sehr gut! Man bringt dir bei, wie man ein Gewölbe konstruiert, ausgezeichnet! Das ist unsere Offenbarung. Sie ist notwendig, um die Regeneration des Menschen zu erreichen... und so weiter und so weiter. Aber ER? Er, der Zimmermann aus Nazareth interessiert sie nicht so sehr, und dennoch..."

„Ach ja", sagte Jehan, „warum hat man ihn eigentlich getötet?"

„Weil er Dinge gesagt hat!"

„Aber was für Dinge?"

„Sehr viele Dinge – gegen das Geld, gegen die Reichen, gegen die Mächtigen, gegen die Kaufleute, gegen die Soldaten, gegen die Rabbiner, gegen die Priester... Außerdem haben seine Freunde erzählt, daß er die Macht übernehmen und König der Juden werden würde. (Man muß hinzufügen, daß er wirklich der Familie Davids entstammte.) Und das paßte gut zu dem, was die Propheten vorausgesagt hatten. Er sprach sogar über die Neuverteilung der Güter.

Verstehst du? Eine freiwillige Neuverteilung, derjenige, der zwei Gewänder hat, soll eins seinem Nachbarn geben, der keins besitzt. Er predigte die allgemeine Vergebung aller Beleidigungen, aller Übeltaten und die Liebe zu allen Menschen, auch zu unseren Feinden, ja besonders zu unseren Feinden. "

„Besonders zu unseren Feinden? Das ist schwierig!"

„Schwierig? Das ist höllisch schwer, kann ich dir sagen!"

„Ich zum Beispiel müßte diesen Hampelmann lieben, der mir meine Reine geschwängert hat?" fragte Jehan.

„Und ihm verzeihen! Ja, mein Junge! Und siebenundsiebzig Mal verzeihen, hat der Zimmermann gesagt! Das ist seine Offenbarung, das ist seine Initiation... Und das ist natürlich allen lästig, besonders aber den Reichen, Harten und Bösen. Also haben sie ihn kurzerhand abgemurkst und es vorher so arrangiert, daß die Menge, das Volk ihn verdammte. "

„Diese Schweine!"

„Vorsicht! Du sprichst schon wieder schlecht von jemandem, das darfst du nicht!"

„Aber du selbst? Ich habe x-mal gehört, wie du andere als Schweine beschimpft hast!"

„Ja, und ich tat Unrecht, mein kleiner Bruder, großes Unrecht! Ich weiß gut, daß ich der Letzte der Letzten bin. Scheiße vom Dachs bin ich, ja, nichts anderes als Dachsscheiße!"

Und der Prophet fing an zu weinen „uili, uili, uili" wie die Tebsima. Er schlug sich an die Brust und nahm Erde mit beiden Händen auf, um sich damit den Kopf zu bedecken, dabei verrenkte er sich seine Lendenwirbel, so daß er sich nicht mehr aufrichten konnte und Jehan ihn fast tragen mußte, um die Compagnons wieder einzuholen.

Etwas weiter sagte Jehan, dem das alles durch den Kopf ging, denn die weite Ebene des Heidelandes förderte das Nachdenken:

„Aber von all dem sprechen die Mönche niemals...?"

„Sie können nicht darüber sprechen, für sie gilt das Schweigegebot."

„Aber selbst diejenigen, die sprechen! Hör sie dir an, sie singen von der gebenedeiten Jungfrau und Gottesmutter Maria, sie singen von Gott dem Vater, sie singen vom heiligen Jakobus und allen Heiligen des Paradieses, und schließlich singen sie auch von Jesus, dem Gottessohn, aber er ist schön, glorreich, herrlich und alles, jedoch nichts von dem blutenden, geschlagenen Zimmermann! Er ist ein strahlender Gott, gut angezogen, mit einer großen Aureole um den Kopf und einer langen Hand, in der man nicht einmal mehr das Loch des Nagels sieht."

„Mein Lieber, er ist der eingeborene Sohn Gottes!"

„Genau wie wir!" schrie Le Tonnerre, „Gott hat nicht nur einen Sohn, denn er ist unser aller Vater."

In diesem Moment verzog der Alte das Gesicht, ließ seinen Stock fallen, fuhr sich mit der einen Hand über die Augen, faßte mit der anderen an seine Brust und sagte:

„Mein Gott, jetzt packt es mich schon wieder!..."

Vielleicht tat er das auch nur, um den Zorn des Jungen zu bremsen und ihn vor einer Blasphemie zu bewahren. Oder er wollte ihn einfach daran hindern, auf die Schwärme von Mücken zu achten, die sie hier in den ‚Landen‘ bis über die Garonne hinaus blutrünstig angriffen. Aber in Wirklichkeit fühlte Jehan nichts mehr, weder die Müdigkeit noch die feuchte Hitze, die sonst für ihn, den Eduenser der trockenen Hochflächen, die größten Feinde gewesen waren. Die Gewaltmärsche über mehr als vierhundert Meilen ließen ihn alles in einem neuen Licht sehen, und die geometrischen Unterweisungen hatten in ihm eine Art Loslösung von sich selbst bewirkt. Die Askese der Pilgerschaft hatte ihn dort hingeführt, wo er hin sollte. Wie für den Propheten war für ihn nun alles verändert. Seit Bergerac lief er nur noch barfuß. Er hatte seine abgetragenen Stiefel und den leeren Geldgürtel beim Vorbeigehen in die Dordogne geworfen, und neue konnte er sich nicht kaufen. Aber die Hornhaut an seinen Füßen war schon so dick wie eine Schuhsohle geworden, so daß er die Steine des Weges nicht mehr spürte. Er konnte nun frei über seinen Willen und seine Gedanken verfügen, um die folgenden Überlegungen in seinem Kopf zu wälzen:

„Nein! In allen Gebäuden, die die Mönche errichtet haben oder auf der Oberfläche der Erde bauen ließen, sieht man nirgendwo den gekreuzigten Zimmermann. Man sieht Kreuze, gewiß, aber solche, die die Compagnons ‚keltische' Kreuze nennen, also mit gleichlangen Armen, die meist in einen Kreis eingeschrieben und mit Symbolen geschmückt sind, die er nun gut kannte, aber das Marterkreuz und den Martertod findet man nirgends."

Zum Beispiel hatte er sein Labyrinth in Saint–Front–de–Périgueux gemacht. Es war eine schöne, ganz neue, ganz weiße Basilika am Ufer der Isle, mit Kuppeln, wie er sie bisher noch niemals gesehen hatte. Die Compagnons hatten ihn auf die bemerkenswerte Geschicklichkeit aufmerksam gemacht, mit welcher diese Kuppeln und die Trompen aneinandergefügt worden waren, aber von dem armen, gekreuzigten Zimmermann? Nichts! „Ich muß mich bei der ersten günstigen Gelegenheit genauer danach erkundigen", dachte er, „aber ich habe den Eindruck, daß man diese Tür behutsam und nicht mit Gewalt öffnen sollte."

Als sie bei Neuvy-Saint-Sépulcre vorbeigekommen waren, hatten sie sich den runden Tempel, der ihnen wie der von Eunate manches Rätsel aufgab, sehr genau und fachmännisch angeschaut, aber auch hier war der Zimmermann abwesend. Dort sagte er zum Propheten (man hat viel Zeit zum Nachdenken und die Dinge zu besprechen, wenn man zehn Meilen pro Tag wandert):

„Aber, Prophet, wenn jeder jeden lieben und niemanden hassen würde, wie es der Zimmermann gepredigt hat, und wenn alle Reichen mit den Armen teilten, wenn alle Beleidigten den Beleidigern verziehen, dann gäbe es doch weder Krieg, noch Hunger, noch Elend?"

„Bei Gott, nein!"

„Und das wäre das Paradies auf Erden?"

Der Alte schaute ihm tief in die Augen und sagte, während der Mönch mithörte, aber so tat, als ob er die Landschaft betrachte:

„Aber ES IST das Paradies auf Erden für alle, die lieben, vergeben und teilen, und sie verlangen sicher nach keinem anderen."

„Also", beharrte Jehan, „könnte man sagen, daß er der Heiland der Welt ist?"

„Aber ja!" sagte der Prophet mit einem abgrundtiefen Seufzer. Dann fuhr er spöttisch grinsend fort: „Unglücklicherweise massakriert man gerade in seinem Namen Juden, Waldenser, Albigenser und Sarazenen. Oh! Wenn der arme Zimmermann jetzt zurückkehrte und sähe, daß man unter seinem Banner zu Mord und Totschlag aufruft, er würde sicher sehr zornig werden!"

Man folgte just in diesem Augenblick von ferne einer Truppe Soldaten, deren Helme in der Sonne glänzten.

„Langsam, langsam!" sagte der Meister, „wir wollen sie nicht einholen! Ich habe keine Lust, mir die Geschichten von ihren heiligen, glorreichen und blutigen Heldentaten anzuhören."

Dann wandte er sich allen zu und verkündete:

„Übrigens, Compagnons, wißt ihr schon, daß es nun entschieden ist? Wir bauen keine Festungen und keine Wehrgänge mit Pechnasen mehr! Wir legen nur noch für Bauwerke der Liebe und des Friedens Stein auf Stein! So haben wir es auf der Versammlung von Sankt-Jakobus beschlossen!"

„Deo gratias!" sang der Mönch.

Die Truppe, die vor ihnen herumklapperte, war wirklich das, was von dem Aufgebot eines normannischen Herren noch übrig geblieben und zurückgekehrt war, und von wo, frage ich euch? Natürlich aus der weiteren Umgebung von Jerusalem, wo sie die christliche Liebe mit dem Schwert gepredigt hatten. Man folgte ihnen in gebührendem Abstand, aber an der ersten Kreuzung bogen sie nach links auf den Weg nach Châteauroux und Tours ab, während Meister Wilhelm und seine Compagnons geradeaus nach Orléans und Chartres marschierten, der Prophet und Jehan sich aber nach rechts in Richtung Lignières hielten, um den Cher zu überqueren.

Hier trennten sich also die Wege.

Alle umarmten und küßten sich zum Abschied. Der Meister sagte zu Jehan:

„Also wir treffen uns in Chartres. Dort versammeln wir uns alle zu Allerheiligen. Wir bereiten eine große Sache vor!"

„Danke Meister", sagte Jehan, „ich werde kommen, das verspreche ich Euch!"

So gingen sie auseinander.

Nun folgten Jehan und der Prophet wieder allein ihrem Weg, der sie zunächst am Cher entlang und dann über den Teil der Champagne führte, den man ‚Berry' nennt, und der flach und traurig unter der heißen Augustsonne lag. Der Prophet schleppte sich nur mühsam weiter. Jehan hatte ihm seinen dünnen Quersack abgenommen und stützte ihn. Sie kamen nur noch sechs Meilen am Tag voran und mußten immer öfter pausieren.

Nachdem sie die Loire überschritten hatten und sich am Horizont die große, dunkelblaue Zackenlinie des Morvan aufbuckelte, wurde plötzlich aus der kleinen Fliege vor den Augen des Alten ein großer, unbeweglicher, schwarzer Punkt. Die Heimat war dort im Osten der Berge, nur noch zwei Schritte entfernt.

„Ich sehe dich vor Ungeduld trampeln", sagte der Prophet, „laß mich hier am Wegrand und lauf, lauf immer geradeaus, denn da vorne ist Vézelay!"

„Da sei Gott vor, daß ich dich hier im Stich lasse!" schimpfte Jehan. „Ja, noch zwei Tage, dann sind wir in Vézelay, und ich nehme dich mit, wenn es sein muß auf meinem Buckel! Du hast mir schon zu viel davon erzählt, als daß ich ohne dich dort ankommen wollte!"

„Ach laß mich doch hier am Wegrand, mein Kind, ich verrecke hier langsam, wie eine Schnecke in der Sonne."

„Du hast mich nach Compostela gebracht, nach Noya und zu den gravierten Steinen! Da werde ich dich wohl wenigstens nach Vézelay bringen können!"

Er nahm ihn mit Gewalt huckepack, und damit begann der längste Tag seines Lebens. Sie hatten sich ihrer leeren Quersäcke entledigt und gingen so von allem entblößt weiter. In den Dörfern sagte man ihnen:

„Nie werdet ihr auf diese Weise ankommen, das ist bei Gott unmöglich!" Als sie durch die großen Wälder von Bouhy zogen, wurden sie von Köhlern beherbergt, die erstaunt fragten:

„Ihr wandert so schon meilenweit, und niemand hat euch auf seinem Karren mitgenommen?"

„Wir haben niemand gesehen und keinen getroffen", antwortete der Alte.

„Ich brauche keinen Karren!" sagte Jehan und ließ seine Muskeln spielen, „der Alte ist leicht wie eine graue Eidechse, ich merke ihn kaum auf meinen Schultern... und ich habe noch ganz andere Sachen erlebt!" fügte er hinzu, als er ein Mädchen eintreten sah, das zwar schwarz vom Kohlenstaub, aber dennoch hübsch anzusehen war.

Am nächsten Tag setzten sie ihren Weg in gleicher Weise fort, gestärkt durch einen Gerstenbrei mit Pfifferlingen.

Die Arme des Alten schnürten Jehan den Hals zusammen. Er hatte den Eindruck, daß seine Last doppelt so schwer war wie am Vortag, und er stolperte bei jedem vierten Schritt. Auf seine Schulter drückte das spitze Kinn des Propheten hart wie eine Hacke, an seinem Ohr spürte er den Atem des Alten und hörte seine Stimme, die von weit her zu kommen schien:

„Die Offenbarung? Jetzt hast du sie, mein Junge! Weißt du, der Zimmermann von Nazareth hat auch gesagt: ‚Liebe deinen Nächsten wie dich selbst.' Jetzt weißt du, was das heißt!„

Und etwas weiter, während er schwerer und schwerer zu werden schien:

„Man kann sagen, daß deine Reise nach Compostela ein Erfolg war, Jehan le Tonnerre!"

Und wieder weiter, als sie zu ihrer Linken an einem Dorf mit dem klangvollen Namen ‚Breugnon' vorbeikamen, klang es wie eine Litanei:

„Du hast deinen Weg gemacht, nicht wahr?"

„Du hast den Bauriß erlernt...

Du hast die Freundschaft der Compagnons gefunden...

Du hast das Labyrinth gemacht...

Du hast dein Handwerk gelernt...

Du hast gelernt zu leiden, und als du ganz erschöpft warst, hast du den Mut gefunden, und du hast die Liebe zu deinem Nächsten gefunden."

„Aber wer ist denn dieser ‚Nächste', dieser Nächste, von dem du mir die ganze Zeit etwas vorleierst! Zeig ihn mir, damit ich ihn sehe!" sagte Jehan, wobei ihm die Zunge aus dem Halse hing.

„Dein Nächster? Das ist auch dieser stinkende Kadaver, den du auf deinem Rücken trägst, kleiner Bruder, dessen du dich einfach entledigen könntest, und den du doch nicht am Wege sterben lassen willst. Siehst du, das ist dein Nächster..." Und er erzählte ihm das Gleichnis vom barmherzigen Samariter.

Als sie Clamecy vor sich auf dem Hügel am Zusammenfluß der Yonne und des Beuvron liegen sahen, fuhr er fort:

„Du bist marschiert, marschiert, marschiert und hast dabei gelernt nachzudenken, denn beim Laufen hast du dich in der Wuivre gebadet, mein Kind!... Du hast ihren Atem durch alle Poren deines Körpers und die Sohlen deiner Füße aufgenommen. ...Du bist vom Weltgeist durchdrungen worden!"

Der Prophet schrie jetzt fast und bewegte sich heftig:

„Laufen, beim barmherzigen Gott, das ist die Offenbarung des Geheimnisses! Man kann den Menschen, der läuft, nicht unterkriegen!"

Jehan schimpfte völlig außer Atem:

„Aber hör doch auf so herumzuhampeln! Du erwürgst mich ja!"

So kamen sie an Clamecy vorbei.

Auf dem breiten Fuhrweg von Champornot gelangten sie in die Wälder. Jehan atmete tief ein:

„Fühlst du, riechst du es, Prophet? Das riecht nach zu Hause!"

Wirklich, sie hatten Burgund erreicht! Sie brauchten weder Karte noch Kompaß, um es zu wissen. Die Nase roch es, das Auge erkannte es an der Art, wie das Land sich wellte, an seiner Vielfalt, an der Leidenschaft der Bäume, mit der sie sich in den Himmel streckten, in einen Himmel, so fruchtig wie sonst nirgends. Selbst das Wasser des Chamoux, den sie an der Furt von Asnière überschritten, tummelte sich in einer Weise zwischen den Erlenstämmen, die sie freundschaftlich berührte. Man konnte meinen, er wirbelte noch ein wenig aus Spaß herum, um den Moment hinauszuschieben, an dem er dies Land verlassen und zu Tal fließen mußte. Jehan fühlte die Last, die er sich aufgeladen hatte, nicht mehr; er rannte beinahe, ohne genau zu wissen, warum.

Aber es wurde ihm klar, als er aus dem Wald von Chaumots herauskam und plötzlich das Wunder vor sich sah: auf dem heiligen Hügel richtete sich wie ein Palast die rosenfarbene Basilika auf, während sich ihr kleiner Marktflecken an die Flanke des Berges klammerte – Vézelay!

Er ließ den Alten einfach fallen, denn seine Arme entspannten sich von selbst, er reckte sie mit nach Osten gerichteten Handflächen in die Luft, als ob er etwas von hoch oben auffangen wollte, wo dieser riesige Prozessionsaltar vom Licht der Abendsonne verherrlicht wurde.

In Vézelay sieht man nichts, nicht die Häuser des Dorfes, nicht das Panorama, nicht die Menschen, man denkt nur daran, so schnell wie möglich den Gipfel zu erreichen und sich in die Basilika zu stürzen, die einen anzieht wie ein Magnet, der sich am vorbestimmten Ort befindet.

Auch Jehan konnte nicht anders, er ließ den Propheten auf dem Prellstein am unteren Tor zusammengesackt sitzen und rannte den steilen Weg hinauf. Er kam vor der Fassade an, orientierte sich nach der Symmetrieachse, trat durch das Hauptportal ein und machte langsam mit offenen Augen sein Labyrinth, ohne sich dabei auf Einzelheiten zu konzentrieren. Die Erschöpfung fiel von ihm ab wie der Schmutz in Aschenlauge. Selbst die Striemen an Hals und Schultern, wo der Alte sich seit Überquerung der Loire rücksichtslos angeklammert hatte, verschwanden. Er ging wieder hinunter, um den Propheten zu holen, der aufwärts humpelte, wobei er sich mit der Hand an den Mauern abstützte. Und sie gingen zur Pilgerherberge, um zu schlafen. In der Morgendämmerung war Jehan schon wieder oben, um vom Innern der Basilika aus den Aufgang der Sonne zu beobachten, die durch die Fenster der Apsis hereinbrach, an die Gewölbelaibungen stieß, von dort auf die Bodenfliesen fiel und sich hier wie ein Tuch ausbreitete, von dessen Schein das ganze Gebäude überflutet wurde.

Da traten die Mönche ein, die dem Kreuz folgend in Prozession ihr Labyrinth machten, indem sie langsam den Sonnenweg des magnetischen Stromes abschritten. Jehan war so verzückt gewesen, daß er sie weder gesehen noch gehört hatte, so daß der Rauchfaßträger, der den Zug eröffnete, ihn mit dem Griff seines Kreuzes anstoßen mußte, damit er auswich, denn er stand wie hypnotisiert genau auf der Achse der Prozession. Er trat zur Seite, ließ sie vorbeiziehen und folgte ihnen dann, um den langsamen, ekstatischen Tanz mit ihnen zu beenden.

Sie traten in den Chor und begannen mit der Messe vom 17. Sonntag nach Pfingsten, in welcher der Vers gesungen wird: ‚Laß das Licht deines Angesichts über unserm Heiligtum leuchten.'

„Siehst du das Licht?" flüsterte der Prohet, der gerade angekommen war und hinter ihm stand.

In diesem Augenblick schien die Sonne genau durch das Mittelfenster in der Symmetrieachse, denn es war der 21. September, Tag- und Nachtgleiche, und der zweihundertdreiunddreißigste Tag ihrer Initiationswanderung.

Am dritten Tag bemerkte Jehan, der inzwischen die Dinge im einzelnen mit den scharfen Augen der Waldarbeiter im Gebirge betrachtete, die raffinierte Art, mit welcher die Kuldeer (er glaubte fest, daß sie es waren, die alles gemacht hatten) die Gurtbogen im Gewölbe des Kirchenschiffs aus abwechselnd blauen und rosa Steinen gemauert hatten. Er sagte laut:

„Da hatten sie eine famose Idee, das sieht hübsch aus!"

Der Alte fuhr auf und rollte mit den Augen:

„Hübsch? Also glaubst du wirklich, daß hier ein einziger Schlag mit der Maurerkelle getan wurde, um etwas ‚hübsch' zu machen? Du blöder Schlingel! Denk das nur nicht! Hier ist alles wohl durchdacht und hat seinen Sinn."

„Aber der Einfall, immer einen blauen nach einem rosa Stein zu setzen, kann doch keinen anderen Grund haben als…"

Der Alte legte sich mit dem Rücken auf den Boden, seine Füße waren genau auf der Achse der Apsis dem Chor zugekehrt, und blickte nach oben. Er lud Jehan ein, es ihm nachzumachen. Als sie so Seite an Seite lagen und vom Schädel bis zu den Fersen die Fliesen berührten, flüsterte Jehan: „Na und?"

„Laß dich in das Schweigen der göttlichen Offenbarung fallen", sagte der Alte mit einem merkwürdigen Ausdruck. So verharrten sie einige Minuten, bis der Prophet eine Erleuchtung hatte. Als sie heinausgegangen waren, setzten sie sich in das Gras am Rande des heiligen Hügels.

„Die blauen Steine stammen vom Steinbruch bei Prémery, wo sie lange Zeit in einer blauen Wuivre gebadet hatten, die negative Strahlung hat. Die rosa Steine kommen vom Steinbruch von Banot, wo die rote Wuivre fließt, die positiv strahlt. Wenn du die blauen und die rosanen, die positiv und die negativ geladenen Steine abwechselnd nebeneinander legst, so entsteht durch den Kampf der Gegensätze ein Strom, der die Wuivre verstärkt, die aus dem Boden des heiligen Hügels aufsteigt, und das führt zur Erweiterung…"

„Was für ein Narr!" dachte Jehan.

Während drei Tagen wanderten sie in dem Gebäude herum, machten viele Male sehr aufmerksam die Runde, um schließlich festzustellen, daß wirklich nirgends auch nur das kleinste Marterkreuz oder der Gekreuzigte zu finden war, ebensowenig wie eine Darstellung seines Todes, seiner Leiden oder seiner Verkündigung der Liebe, Vergebung und Teilung. Nur an den Altären, wo die Priester einander ablösten, wurde kurz von seiner Gefangennahme, dem Prozeß und der skandalösen Verurteilung des Zimmermanns aus Nazareth gesprochen, auch von dem Mahl, das er vor seiner Festnahme und Kreuzigung eingenommen hatte.

Allein für das große Tympanon brauchten sie einen ganzen Tag der Meditation. Jehan le Tonnerre war von diesem wundervoll tanzenden Riesen mit dem ‚baskischen Profil' (wie der begeisterte Prophet sagte), der aus der Vulva des Lebens hervortrat (der Prophet bestand auf dieser Interpretation, weshalb er diese ‚Vulva' auch zu seinem Handwerkszeichen gemacht hatte), völlig überwältigt.

Er schaute ihn starr an, ohne die Schwärmereien des Propheten zu beachten, der, als er seiner Sinne wieder mächtig war, ihm seltsame Erklärungen gab, bei denen er mit leiser Stimme die Aufmerksamkeit Jehans auf alle möglichen, scheinbar verborgenen Dinge lenkte.

Zunächst diese lange Hand, diese rechte Hand, die zu groß und ohne Wunde nicht die Hand eines Gekreuzigten war und erst recht nicht diejenige eines vom Kreuzestode

Auferstandenen, der nach der Auferstehung seinem Freund Thomas die Wunden zeigte und ihn die Finger hineinlegen ließ.

„Wenn nicht ER, wer ist dann dieser Riese mit der großen Hand?" fragte Jehan in ärgerlichem Ton.

Der Alte antwortete mit sehr leiser, fast unhörbarer Stimme:

„Ich will es dir sagen, diese großzügige, überdimensionale Hand wurde von einem herausgearbeitet, der heimlich an den Gott Loug, Gott des Lichtes mit dem Sonnengesicht gedacht hat... ‚Sklerijen Doué! Dremm Heol'* Man nannte ihn ‚Lange Hand = Dorn Braz', um auf seine immense Geschicklichkeit hinzuweisen, die ein Attribut seiner Göttlichkeit war."

„Aber was hat der Gott Loug hier zu suchen?"

„Weiß du, der Bruder, der dieses Tympanon geschaffen hat, ist einer der Unseren. Ich habe ihn schon als Dreikäsehoch gekannt. Er sollte einen Christus, den Sohn Gottes, den in seiner Glorie triumphierenden Gott darstellen, und er hat ihm die Gestalt von Loug, Gott und Sohn Gottes mit seiner großen Hand, gegeben. So sind die beiden Traditionen im Geiste Sankt Colombans hier vereint worden, um den Eingeweihten zu zeigen, daß dieser Tempel nach den Regeln am richtigen Platz erbaut worden ist, und daß man den einzigen, unteilbaren Gott hier verehrt."

Der Prophet trat einen Schritt zurück, kniff ein Auge zu und sagte mit wichtiger Miene:

„Ja, ja, ja, es ist eine meisterhafte Synthese der keltischen Metaphysik und der hebräischen Theologie! Aber was ich dir hier sage, ist Teil des Geheimnisses, das du, wie du bei deinem Leben versprochen hast, für dich behalten mußt."

„Aber glaubst du wirklich, daß die Kuttenträger dieses Ragout nicht gerochen haben?" fragte Jehan.

---

* Sklerijen Doué – Dremm Heol = Gott des Lichtes, Sonnengesicht in der keltischen Sprache der Armorikaner. (A. d. A.)

„Zweifellos, aber die Kirche hat es aufgegeben, die alten Mysterien ausrotten zu wollen, sie zieht sie eher an sich heran, um sie neu zu deuten und zu benutzen. Das ist viel klüger und wirkungsvoller!"

Jehan war zugleich entzückt und bestürzt. Er fragte sich ernsthaft, ob es klug war, dieses Versprechen zu geben. Würde er nicht, schwatzhaft, wie er nun einmal war, eines Tages dies alles ausplaudern, um damit angeben zu können? Er fragte sich auch beinahe entsetzt, wer dieser Begleiter eigentlich war, der aus seiner Grotte hervorgekommen war, um ihn nach Compostela zu führen, und warum?

Anschließend kamen sie auf die Sache mit der Aureole zu sprechen. Jehan faßte den Propheten an der Schulter, blieb unter der Tür stehen und betrachtete das Relief des Tympanons. Er zeigte auf die Aureole, diesen Kreis, der den Kopf der großen Zentralfigur umgab, die der Prophet ,den Gott Loug mit der großen Hand' nannte. In diesen Kreis war ein Zeichen eingeschrieben.

„Na, welches Zeichen?" griff der Prophet die Frage auf.

„Ein Kreuz ohne Zweifel, ich sehe drei Arme, und der vierte ist von Kopf und Schultern verdeckt", antwortete Jehan le Tonnerre.

Der Alte ließ ein lautes Lachen hören, das respektlos von dem Gewölbe der Vorhalle zurückschallte. Dann forderte er Jehan auf, dieses Rad, das die Aureole bildete, genau zu betrachten und seine Aufmerksamkeit auf die drei sichtbaren Strahlen zu konzentrieren.

„...die", betonte er, „von einem Zentrum ausgehen, welches, wie du bemerken wirst, der Mund des Giganten mit der langen Hand ist, und sich von dort bis zur Kreislinie fortsezten. Aber es ist deutlich sichtbar, daß die beiden Querarme nicht die Enden des gleichen Durchmessers sind und auch nicht die zwei Arme eines Kreuzes, es sind zwei verschiedene Strahlen, die in einem Winkel zueinanderstehen, der zwei fünftel des Kreises ausmacht. Dieses ,Kreuz' ist ein fünfstrahliger Stern, Compagnon, verstehst du?

Fünf Strahlen! Man hat hier geschickt das kosmische Penta-
gramm der Druiden versteckt, aus dem der goldene
Schnitt, die erhabene Proportion hervorgeht und das die
Schöpfung des Lebens, die sich bis ins Unendliche fortsetzt,
symbolisiert."

Er ließ seinen Schüler zurücktreten, um das Ganze überblicken zu können. Er schwieg einen Moment und murmelte dann voller Bewunderung:

„Das Geheimnis des universellen Heils in Raum und Zeit. Ja, der das geschaffen hat, kannte seine Sache!"

Jehan betrachtete den wunderbaren Halbkreis aus Stein über dem Hauptportal, der so viele Dinge umfaßte. Dann fragte er:

„Aber diese drei Spiralen dort am linken Ellenbogen, am rechten Schenkel und die dritte am linken Knie?"

Der Prophet brach erneut in Gelächter aus:

„Man sagt, das sei ein schlauer Einfall des Bildhauers gewesen, um die Falten des Mantels hübsch zur Geltung zu bringen! Ha, ha, ha!"

Er lachte, bis ihm die Halsvene zu platzen drohte:

„Hast du schon mal solche Falten gesehen?" „Nein."

„Gut, ich, der es weiß, werde dir sagen..."

„Na klar, du weißt alles!"

„Der Bruder Bildhauer hat hier wie nebenbei einen Weg gefunden, um in den hübschen wirbligen Falten eines unserer reinsten Symbole unterzubringen – die Spirale. Die rechtsdrehende Spirale, die die Spirale des Lebens ist. Ja, der das gemacht hat, wußte was er tat! Das Geheimnis des allumfassenden Heils in Raum und Zeit!"

Und dann fügte er wie in Ekstase hinzu: „Ja, unter den guten Arbeiten ist dies eine der besten! Die Synthese der zwei Offenbarungen: der östlichen und der westlichen!"

Aber Jehan, der nichts mehr verstand, platzte heraus: „Östlich? Westlich? Hebräisch? Keltisch? Aber IHN – wo findest du ihn?"

„Wen ,IHN'?"

„Den Zimmermann, den Meister der Liebe, der Vergebung und der Teilung."

„Ach den! Den findest du hier nur, wenn du ihn in dir trägst. Und du würdest ihn nicht suchen, wenn du ihn nicht schon gefunden hättest. Erinnere dich, du hast auf deinem Rücken dreiundreißig Meilen weit mich alten Dreckskerl getragen!"

Dann gingen sie auf der Achse der Basilika in gerader Richtung nach La Bussière zurück. Der Alte schien wieder hergestellt zu sein. Am Pierre-qui-Vire – dem „drehenen Stein", hatte er jedoch eine Art Krise. Er verdrehte die Augen und forderte mit veränderte Stimme, daß sie Halt machten. Er legte sich ins Gras und schlief ein. Wenige Augenblicke später begann er im Schlaf zu schreien:

„Das Feuer! Ja, das Feuer! Ich sehe Feuer!"

„Welches Feuer? Wo?"

„Chartres! Ja Chartres! Chartres brennt! In Chartres geht alles drunter und drüber!"

In diesem Moment wurden sie von einer berittenen Schwadron eingeholt, die aus sechs weißen und einem schwarzen Tempelritter bestand, die zwei Lastpferde mit sich führten. Sie hielten an und sagten:

„Hallo Compagnons!"

„Ach, wieviel Mühe macht es doch, nach Hause zu kommen!" seufzte der Alte, der aufgewacht war.

„Wo ist das – euer Zuhause?"

„In der Abtei von La Bussière."

„Wir kommen fast daran vorbei", sagte der mit dem schwarzen Mantel. Man machte ihnen auf den beiden Lastpferden etwas Platz, und zum ersten Mal seit zweihundertsiebzig Tagen kamen sie voran, ohne einen Fuß vor den anderen setzen zu müssen. Beim Herabbaumeln an beiden Seiten der Pferde schwollen ihre Füße sofort an, und in den Beinen hatten sie ein Gefühl, als ob ihnen Ameisen bis zu den Knien hinaufkrabbelten.

„Der Alte hat phantasiert!" erklärte Jehan lachend, „er sagte: ‚Feuer! Feuer! Es brennt in Chartres! Ja, Chartres brennt!' Da könnt ihr sehen, wie weit es mit ihm nach zweihundertsiebzigtägiger Pilgerschaft nach Compostela gekommen ist!"

„Sag das noch einmal!" sagte der schwarze Tempelritter, „es brennt in Chartres?"

„Ja, das war es, was er weinend sagte."

„Wer hat ihm das gesagt?"

„Oh, das ist der Prophet! Ihm braucht niemand etwas zu sagen, damit er es weiß, und außerdem sagt er alles, um sicher zu sein, daß er alles vorhergesagt hat!"

„Aber Chartres hat wirklich gerade gebrannt! Die Kirche ist völlig zerstört!" sagte der Schwarze.

„Es war der Blitz!" fügte ein Weißer hinzu.

Der Prophet am Ende des Zuges hatte es gehört und schrie:

„Der Blitz! Ah! Ah! Das ist der Wille Gottes! Hosianna! Hosianna!"

Jehan zitterte am ganzen Körper.

„Hosianna, der Meister der Bruderschaft geht mit seinen Jakobsbrüdern nach Chartres! Er wird dort Gelegenheit finden, sein Wissen einzusetzen! Die Zeit ist gekommen! Chartres – die göttliche Erdmutter! Bald wird der heilige Hügel den Dolmen tragen, der seiner würdig ist!"

Die Templer lachten aus vollem Halse, was ihnen nicht oft passierte.

In dieser gehobenen Stimmung kamen sie vom ‚drehenden Stein' bis auf die Höhe von Saulieu, dem Ort der Sonne mit seinem großen Tierkreis im Wald; dann, auf der Höhe von Château-Benoît, öffnete sich das Tal des Serein vor ihnen wie ein Laib Brot, und aus dem Gebirge ragte der Mont-Saint-Jean auf. Schließlich an der Kreuzung von Sausseau erblickten sie die dunkle Linie der heimatlichen Berge, die sich wie eine Mauer vor den Reitern aufrichteten. Und darüber, winzig in der Entfernung, sahen sie Chateauneuf, das genau auf der rechten Seite des Durchbruchs der Vandenesse angepinnt war, um die Passage zu überwachen.

Die zwei Lastpferde trabten nun an der Spitze der Kolonne. Wenn die beiden Pilger, die sie ritten, Sporen gehabt hätten, wären sie sicher galoppiert. Das Wiedersehen mit seiner Heimat nach dem Abenteuer der Pilgerreise, dem Schnee des Cantal, den Nebeln von Ronceval, der Glut des alten Kastilien und allem anderen gab Jehan das Gefühl, als ob sein Mund bis zum Überlaufen mit Zuckerwasser gefüllt wäre.

Bei dieser Geschwindigkeit erreichten sie über die Berglehne von Uros bald Chateauneuf und schließlich die Schlucht von Arvault, auf deren anderen Seite im Tal die Abtei lag. Im Trab ging es den Hang hinunter.

Plötzlich hielt der Prophet an:

„Sieh doch!"

„Was soll ich sehen?"

„Dort!" Und mit dem Finger zeigte er auf den Giebel des Satteldaches über der Apsis, und was sah man dort auf dem Ehrenplatz ganz oben auf diesem Giebel, herausgehauen aus dem Stein an der Spitze?

Das keltische Kreuz!

Sie stießen einen Freudenschrei aus, und Jehan begann zu jodeln:

„O lira liro...liraliro..."

Von allen Seiten kam das Echo, und die Compagnons, die gerade dabei waren, die letzten Kragsteine des Gesimses zu vermauern, hielten mit erhobener Kelle inne und schauten nach oben. Sie antworteten, und alle rannten hinab ins Tal.

Es gab stürmische Umarmungen, und Jehan sagte, indem er auf das Kreuz wies:

„O ihr Jakobsbrüder! Ihr habt es also trotz allem dort angebracht?"

„Ja, mein Sohn", antwortete Le Gallo. „Wir haben in der ganzen Kirche kein einziges Bildwerk gemacht, aber wir haben es dennoch geschafft, das da oben anzubringen, und der Vater Abt hat es sehr schön gefunden. Er hat nur gefragt: ‚Aber warum habt ihr dieses Kreuz mit einem steinernen Kreis umgeben?' Und du ahnst nicht, was ich geantwortet habe! Ich habe ihm gesagt: ‚Wir wollten es damit besser festigen. So eingefaßt ist es weniger zerbrechlich, mein Vater!' Und er hat mir zugestimmt: ‚Das hast du gut gemacht, mein Sohn!'"

Und alle lachten.

Jehan nahm sich nicht einmal die Zeit, einen Becher von dem Birnenwein zu trinken, den man ihm anbot. Er kletterte sofort mit klopfendem Herzen zum Gemeinschaftshof hinauf. Als er durch die Umzäunung eintrat, jaulten die Hunde vor Freude und leckten ihm das Gesicht, da sah er im Halbschatten der jungen Ulmen bei dem großen Stein, der als Bank diente, eine Wiege.

Sein Blut durchpulste hart seinen Körper, er näherte sich und sah das Kind. Es war sicher ein Junge, man erkannte es an seiner Stirn und dem kräftigen Kinn. Ein Junge, der nicht viel älter als einen Monat sein mochte. Und der sonst so lebhafte Tonnerre blieb ganz still, wie mit gefesselten Füßen stehen. Er wußte nicht, was er empfand, war es Freude, Schmerz oder Haß?

Dann bemerkte er jemanden hinter seinem Rücken und hörte, wenn auch weiter entfernt, tiefes Atmen. Er drehte sich schnell um und sah hinter dem Holzstoß Reine, die Arme mit Holzscheiten beladen und weiß wie ihre Haube.

Er hatte Lust wegzurennen oder irgendetwas kaputt zu schlagen, aber er beherrschte sich. (Und das war merkwürdig, denn es lief seiner Natur zuwider.) Er öffnete die Hände, die sich im Zorn verkrampft hatten, weil ihm ein Satz des Zimmermanns von Nazareth durch den Kopf ging.

Schließlich überraschte er sich selbst mit einem Lächeln:

„Ist das deiner?" fragte er und zeigte auf das Kind. Sie nickte mit dem Kopf. Da packte er sie bei den Schultern und zwang sie so, ihm ins Gesicht zu sehen:

„Aber warum? Warum hast du mir das angetan? Ich hatte dich lieb, du wußtest es, du hast mich mit deinen Haaren an dich gefesselt, die du in die Wolle meines Kasels eingewebt hast. Du wußtest es! Also warum?"

„Ach, du fragst mich, warum? Aber ich kann dich fragen: Warum bist du zu deiner Tebsima gegangen?"

„*Meine* Tebsima? Aber sie ist nicht ‚meine'! Es war der alte Prophet, der ihr an die Wäsche gegangen ist!"

„Lügner! Du bist doch zur Grotte hinaufgestiegen, oder etwa nicht? Und da hast du deine Sarazenin befummelt!"

„Aber hör doch endlich damit auf! Ich habe niemals im Leben eine Frau angefaßt!"

„Du kannst mir viel erzählen! Zuerst hast du sie nur mit Blicken verschlungen, dann hast du ihre Oberschenkel gestreichelt, und eines schönen Tages hast du sie..."

„Aber das ist nicht wahr!"

Du hast dich sogar danach in der Quelle gewaschen!"

„Aber..."

„Und du bist noch oft zu deiner Maurin zurückgekehrt!"

„Aber..."

„Also habe ich mich gerächt! Nun weißt du warum!" Und sie fing an zu weinen.

„Aber das ist alles Lüge!" brüllte Jehan. Er richtete sich auf, wandte sich der untergehenden Sonne zu, hob die rechte Hand und schwor:

„Ich schwöre es bei der Mutter des Heilands und beim Kreuz von La Bussière!" Sie hörte auf zu weinen und sah ihn mit großen Augen an:

„Das ist nicht wahr?" schrie sie. Er wiederholte seine Geste:

„Ich schwöre es!"

Sie verharrte mit offenem Mund, irren Augen und zugeschnürter Kehle:

„Also?... Also ich?..."

„Du? Du bist eine dumme Kuh! Ja, das bist du!"

Sie schluchzte: „Aber ich!... Aber ich..."

Er wartete, bis sie sich beruhigte, und sagte sich, daß nur der Prophet diese Lügen verbreitet haben konnte. Schließlich mußte er erneut lächeln.

„Das ist deiner?" wiederholte er sanft und zeigte auf das Kind. Sie nickte, ließ das Holz fallen und flüchtete in das Gemeinschaftshaus. Er folgte ihr. Sie warf sich bäuchlings auf das Bett des Meisters im Alkoven und blieb dort, den Kopf in die Decke aus Schafsfellen eingewühlt, still liegen.

Die Frauen pahlten Bohnen aus und schlugen Butter. Alle schrien vor Überraschung auf, und die Männer kamen gerade zum Abendbrot herein.

Man begrüßte ihn freudig. Man stellte Fragen: „Was hast du gesehen? Was hast du gemacht? Was hast du gesagt? Und wie ist Compostela?"

„Nicht so schön wie Vézelay!"

„Und die Leute?"

„Welche? Es gibt mindestens hundert verschiedene Arten von hier bis nach Galicien..."

„Mein Gott! Ist das möglich!" sagten die Frauen und schlugen die Hände zusammen.

„So viel verschiedene Menschen: schwarze, rote, Zwerge, Riesen – und die Basken!"

„Und die Mönche?"

„Die Mönche, die sind sich immer gleich, von einem Ende zum andern, die sind ganz schön schlau und aktiv!"

Er hielt inne, schaute alle an, warf sich mit einem breiten Lächeln in die Brust und sagte:

„Aber überall, überall sind die Compagnons. Die Kinder vom Meister Jakob, Wandergesellen, aber alle vereint wie die Finger einer Hand."

Wieder sah er einen nach dem andern an: „Die Wandergesellen! Die das Wissen weitertragen! Versteht ihr?"

Sie sagten ‚Ja' aber verstanden nichts.

„Hast du für uns wenigstens in Compostela gebetet?"

„Beten? Was soll das heißen?"

„Um Gnade für unser Heil bitten!"

„Euer Heil? Das ist das, was ihr selber schafft, liebe Leute! Ihr habt alles dafür in euren eigenen Händen!"

„Aber die Vergebung für unsere Sünden?"

„Eure Sünden? Man muß dafür bezahlen, das ist alles!"

„Aber wie?"

Jehan sagte im Tonfall des Propheten:

„Du sollst siebenundsiebzig Mal vergeben, das ist die Vergebung! Du sollst deinen Nächsten lieben wie dich selbst, das ist die Liebe. Wenn du zwei Hemden hast, und dein Nachbar hat keins, so gib ihm eins ab, das ist die Teilung. Und all das zusammen ist die Gnade, die uns gegeben worden ist." Dann schaute er auf die Tischgemeinschaft, der die Meisterin die Suppe servierte. Man bekreuzigte sich, murmelte das Tischgebet und setzte sich hin. Bevor er selbst zu essen anfing, fragte Jehan:

„Aber ich sehe hier nicht meinen Bruder, den Lautenspieler, den Vater von Reines Kleinem?"

Man warf sich gegenseitig Blicke zu. Jehans Vater, Martin der Schönredner antwortete: „Pöh! Der ist mit seiner Laute und seinen Spielereien am zweiunddreißigsten Tag nach seiner Ankunft wieder abgehauen. Das ist nun neun Monate her!"

Trèbeulot fügte hinzu: „Das war kein Mann, aus dem man einen Waldroder machen konnte! Der war gerade gut genug, um Tändeleien zu singen und die Mädchen zu schwängern! Mehr nicht!"

„Kein Mann!" sagte Daniel der Unschuldige mit finsterer Miene, „wenn ich den treffe, zerquetsche ich ihn!"

„Den siehst du niemals wieder, mein kleiner Daniel. Der ist schon weit und wärmt sich den Hintern im Wanzenland. Ich weiß wirklich nicht, was sie in diesen Ländern finden!"

Reine lag noch immer steif, das Gesicht ins Fell gepreßt, im Alkoven. Jehan rief ihr zu:

„Was ist denn los, Reine? Komm doch essen! Du mußt dich pflegen, um ihn gut zu nähren! Das ist nicht der richtige Moment, um zu fasten!"

Sie blieb wie ein Klotz liegen.

„Übrigens, wo ist der Kleine eigentlich? Wir wollen ihn sehen!" sagte er, stand auf, ging zur Laube, nahm die Wiege und kam zurück. Reine erhob sich sofort, wie eine Katze, deren Kleines man anfaßt.

„Hier habt ihr den männlichen ‚Parsonnier‘, der mich ersetzen wird. Das ist er!" sang Jehan im Ton des ‚Jube Domine‘, das die klösterliche Complet eröffnet. Er hob die

Wiege über seinen Kopf, als ob er sie dem Himmel darbringen wollte, während Reine auch die Arme ausstreckte, um sie aufzufangen, wenn er sie fallen ließe. Dann stellte er sie auf den Tisch, schaute das Kind an, verjagte zwei Fliegen von seinen Augenwinkeln und sagte schließlich: „Es ist egal. Hier ist ein kleiner Kerl, der einen Vatr braucht. Der möchte ich gerne sein, wenn ihr nichts dagegen habt."

Reine rannte durch die Tür hinaus und verschwand.

Da sie bis zum Ende der Mahlzeit nicht wiederkam, ging Jehan hinaus, um sie zu suchen. Sie war natürlich an der Wegkreuzung, dort, wo sie ihm den Überwurf geschenkt hatte. Sie kauerte wie ein verwundetes, junges Reh auf dem Stamm einer dicken Eiche, den die Männer zum Verbrennen dort gelassen hatten, denn er war krumm gewachsen und hatte zu tief angesetzte Äste, um als Bauholz zu taugen. Jehan sagte:

„Komm Reine, gib mir einen Kuß!"

Sie schüttelte den Kopf.

„Reine, stell dich nicht so an, gib mir einen Kuß."

Er wartete, sie hob das Gesichtchen und lugte unter den Ellenbogen hervor.

„Komm doch!" wiederholte er und streckte ihr die Hände entgegen.

„Also du bist mir nicht böse?" schniefte sie.

„Der Groll kann eine dreihunderttägige Wanderung in Schnee und Hitze nicht überleben. Der Weg nach Compostela läßt einen viele Dinge in einem anderen Licht sehen. Das ist die Offenbarung!"

Sie erhob sich und ging auf ihn zu. Sie reichten sich die Hände, und er konnte wieder ihren Duft spüren. Aber dieser hatte sich verändert, jetzt roch sie nach Milch. Es war der Duft einer Frau, die ein Kind stillt, und den der Mann vielleicht deswegen lieber hat, weil er ihn an seine Verantwortung und an seine tieferen Wünsche gemahnt.

Er sagte mit ruhiger Stimme: „Von jetzt an ist der Kleine

mein Sohn, wenn du dir einen Vater für ihn wünschst. Und wenn seine Mutter einen Mann haben will, den sie braucht, um ihn zu erziehen, so will ich dieser Mann sein."

„Aber erst, wenn ich aus den Wochen bin!"

„Natürlich, du Dummchen, davon rede ich jetzt nicht. Dazu kommen wir später. Ich spreche von ihm. Eine Mutter kann einen Kleinen nicht ganz allein aufziehen, er braucht einen Meister. Das wollte ich sagen."

Sie hörte ihm mit offenem Mund zu. Und er fuhr fort:

„Also werden wir es so machen: Du wartest auf mich. Ich gehe morgen an einen Ort, der Chartres heißt, wo sich die Compagnons versammeln, um den großen Athanor, die Pforte des Himmels zu bauen. Dort treffe ich meine Meister. Ich werde mein Gelübde ablegen und ein ausgelernter Compagnon sein. Und plötzlich, eines schönen Tages komme ich zurück – Kuckuck ich bin's! Und dann kümmere ich mich um deinen Kleinen, um einen tüchtigen Compagnon aus ihm zu machen!"

„Also gehst du wieder fort?"

„Ja, ich muß mit den Brüdern ein Schiff bauen und darauf ein Gewölbe setzen, das hundert eduensische Ellen hoch sein wird. Ich werde mit einem Ring im Ohr zurückkommen!" *

Sie schwiegen.

„Ich wußte, daß sie dich einwickeln würden!"

Er schaute sie vorwurfsvoll an: „Also was soll das? Du willst dich doch nicht etwa darüber beklagen, daß du von einem ‚Compagnon bouclé' geliebt wirst, noch ihm vorwerfen, daß er versuchen will, ein Meister zu werden?"

Sie seufzte immer noch:

„Also gehst du wirklich wieder weg?"

---

* Der Ohrring war das Zeichen des vollkommen ausgebildeten und in alle Geheimnisse eingeweihten Compagnons, er war ein Compagnon bouclé, boucle d'oreille = Ohrring. Man bezeichnet aber auch eine abgeschlossene Sache als ‚chose bouclée'. (A. d. Ü.)

Er hob die Stimme, zwang sich aber, den zärtlichen Ton beizubehalten:

„Ich gehe nicht *weg*! Ich gehe!"

„Und wo gehst du hin?"

„Ich gehe zu meinem Meister – dem Bruder mit dem klaren Blick, um mit ihm das vollkommene Instrument zu bauen!"

„Das Instrument? Was für ein Instrument?"

„Das vollkommene Gewölbe!"

„Ein Gewölbe? Das Gewölbe! So siehst du aus, wie vom Gewölbe behext! Und wozu soll dieses Instrument gut sein?"

„Für die Erneuerung des Menschen!" sagte er weise. Und sie machte nur:

„Äh?"

„Du kannst so oft ‚Äh' machen, wie du willst. Ich gehe dorthin, wie ich dir schon sagte."

„Waren das wieder die Mönche, diese Männer-ohne-Frauen, die dir das in den Kopf gesetzt haben?"

„Laß die Mönche beiseite. Sie werden sicher auch unter unser Gewölbe kommen, um von dem Zimmermann der Liebe, der Vergebung und der Teilung zu predigen. Wir wünschen das von ganzem Herzen. Vorausgesetzt, daß sie es gut und richtig machen und es nicht zu eigennützigem Gebrauch an sich reißen. Sie werden die Kommunion austeilen, zur Erinnerung an das letzte Abendmahl des Zimmermanns. Sie werden uns den Wein und das Brot des Lebens geben. Das ist gut und notwendig. Aber wir, wir bauen das..." Er hielt inne und erinnerte sich an sein Gelöbnis.

„Ich kann dir nicht mehr sagen, ich habe versprochen, mein Leben diesem großen Werk zu weihen."

„Und du verzeihst mir?" fragte Reine in weinerlichem Ton.

„Siebenundsiebzig Mal!" sagte der junge Mann. Er umarmte und küßte sie, dann wandte er sich endgültig ab und rannte quer durch das Gebüsch, um zur Abtei hinabzulaufen, von wo ihm das ‚Magnificat‘ der Complet entgegenschallte.

Der Prophet war zu müde, um noch zu seiner Grotte emporzusteigen, er blieb dort, um die Nacht im frischen Haferstroh zu verbringen. Man erzählte ihm: „Der Kreuzritter ist wiedergekommen. Er war schrecklich wütend, weil er immer noch nach der Frau suchte, die er aus dem heiligen Land mitgebracht und zur christlichen Religion bekehrt hatte..."

„Tebsima? Und weiter?"

„Er hat alle Wälder durchsucht und sie schließlich mitgenommen!"

„Er hat sie mitgenommen?"

„Ja, und weißt du, wo er sie gefunden hat? In deiner Grotte!"

„Nicht möglich!"

„Er hat sie zu sich nach Hause gebracht, wo er, wie man glauben soll, über ihr Seelenheil wachen will. Jedenfalls hat er das gesagt."

„Sehr gut! Sehr gut!" sagte der Alte mit leerem Blick. „So kann ich wenigstens wieder in meine Grotte zurück und für sie beten, und sogar für sie beide, sie und den Herren von Thil. Sie werden es nötig haben, denn sie hat die Syphilis, und es besteht die große Wahrscheinlichkeit, daß er sich angesteckt hat, genau wie ich. Ich werde daran krepieren, aber an irgendetwas muß man ja sterben."

Am 25. September, als die Blätter der Eschen vom ersten Frost gebissen wurden, verließen dreiundzwanzig Compagnons die Abtei von La Bussière, nachdem sie ihre Zimmermanns- und Steinmetzwerkzeuge geölt und eingewickelt hatten. Sie zogen nach Nordwesten zu einem heiligen Ort, den man Chartres nannte, um über dem großen Dolmen der Carnuten an Stelle des kleinen, ausgebrannten Gebäudes das vollkommene Gewölbe zur Regeneration der Menschen zu bauen, wie Meister Gallo sagte. An der Wegbiegung hockte der Prophet auf einem Felsen, um ihnen nachzuwinken. Als Jehan mit seinem beladenen Maultier am Zügel vorbeikam, rief er ihm zu:

„Ich vererbe dir mein Zeichen, es ist von nun an deins, du kannst es benutzen. Erinnere dich: ‚die Vulva der Welt‘!“

„Lieber gleich am ‚Miserere‘* krepieren“, antwortete Jehan. „Deine Vulva kannst du dir sonstwo hinstecken! Ich habe was besseres! Und in den Staub des Weges zeichnete er eine Spirale, diejenige, die er eines Tages bei der bis ins Undendliche fortgesetzten Erweiterung des goldenen Rechtecks gefunden hatte.

---

\* Miserere: Der alte Name für die Bauchfellentzündung als Folge einer Blinddarmvereiterung.

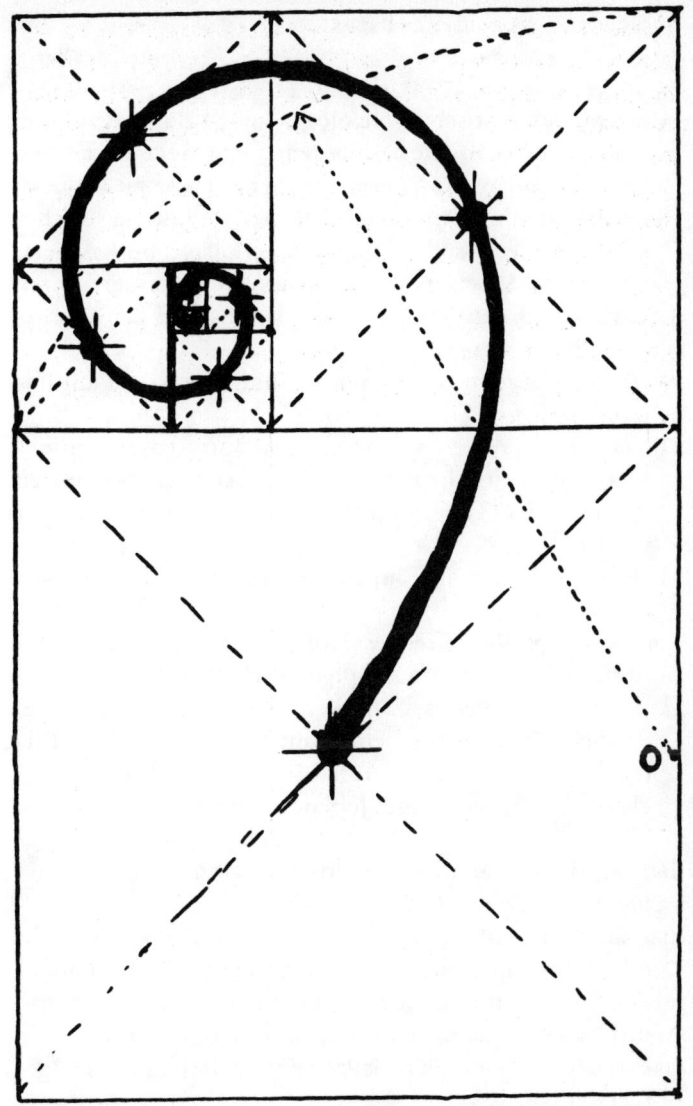

# Glossar

*Abaelard:* scholastischer Theologe, geb. 1079 in Palais bei Nantes. Er eröffnete 1113 in Paris eine Schule, die sich gewaltigen Zustroms erfreute. Seine Liebe zu Héloise, der Nichte des Kanonikers Fulbert, veränderte sein Leben. Von den Leuten Fulberts überfallen und kastriert, trat er als Mönch in St. Denis ein. Einige seiner Lehren wurden auf den Konzilien in Soissons und Sens verurteilt. Er starb 1142.

*Abhängling:* Zapfenförmig herabhängender Knauf am unteren Ende von Hängesäulen.

*Alésia:* Heute Alise-Sainte-Reine in Burgund Befestigter Platz der keltischen Mandubier, der Ort des letzten Kampfes der Gallier unter Vercingetorix gegen Cäsar 52 v. Chr.

*Archivolten:* Bogenläufe im Gewände romanischer und gotischer Portale.

*Aufschiebling:* Versteifendes Holz bei der Dachkonstruktion, das Sparren und Fußpfette verbindet.

*Avallon:* Die ‚Apfelinsel‘. Im keltischen Glauben eine Insel der Seligen im westlichen Atlantik, zu der erwählte Ritter gelangen, um unter Apfelbäumen mit schönen Mädchen die Freuden ewiger Jugend zu genießen.

*Barzaz Breiz:* Sammlung keltischer Mythen, Sagen und Heldenlieder.

*Bauriß:* Übersetzung des franz. ‚le trait‘. Riß- Entwurfs- oder Aufnahmezeichnung von Bauwerken oder Bauteilen, bei der meist mehrere Ebenen in einen Grundriß projiziert werden. Er ist eine Sonderform der kotierten Projektion, die in den Bauzeichnungen der Gotik angewendet wurde.

*Belisa:* In der keltischen Mythologie Mutter, Schwester und Gattin des Sonnengottes Belen.

*Béranger-le-Poitevin:* Chronist des 12. Jhs., der am Konzil von Sens teilgenommen hat.

*Benedikt:* Jedesmal wenn der „Prophet" diesen Namen erwähnt, handelt es sich um den heiligen Benedikt, Gründer des Benediktinerordens.

*Bernhard von Fontaine oder von Clairvaux:* Reformator des Zisterzienserordens. Geb. 1091 in Fontaines unweit von La Bussière. Mönch in Citeaux, Gründer und Abt des Tochterklosters Clairvaux, wo er 1153 starb. Durch die Macht seiner Persönlichkeit, die Kraft seiner Frömmigkeit und seine hinreißende Beredsamkeit übte er einen beherrschenden Einfluß auf sein Zeitalter aus. Er wurde 1174 heiliggesprochen.

*Boqueho:* Ein megalithischer Ort in der Bretagne, wo der Eremit von Boqueho gelebt haben soll.

*Brenne:* Kleiner Fluß, der in Sombernon in der Nähe von La Bussière entspringt und in den Armançon fließt.

*La Bussière:* Abtei, Tochtergründung von Citeaux im Tal der Ouche im burgundischen Bergland. Der Name leitet sich von ‚le buis' = Buchsbaum ab.


*Carolles:* Name eines Ortes in der Bucht des Mont St. Michel, abgeleitet vom keltischen Wort Ker-Heol, was soviel wie ‚Stadt der Sonne' bedeutet.

*Compagnon:* Wird allgemein vom lat. ‚cum' = mit und ‚pane' = Brot abgeleitet, also sind Compagnons diejenigen, die miteinander das Brot essen. Die Baubruderschaften aber hatten eine andere Erklärung. Sie meinten, daß es sich eigentlich ‚compasnion' schreiben müßte, weil es von ‚compas' = Zirkel abgeleitet wäre, und einen Handwerker bezeichnet, der mit dem Zirkel die Baumaterialien anreißt und den Bauriß beherrscht.

*Compagnon bouclé:* ‚boucle' = Ohrring. Von einer abgeschlossenen Sache sagt man im Franz. sie sei ‚bouclé'. Ein Compagnon, der einen Ohrring trägt, gibt damit zu erkennen, daß er seine Ausbildung abgeschlossen hat.

*Cuchulinn oder Cuchulainn:* Keltischer Heros von gleicher Art wie Herkules. Im Barzaz-Breiz wird berichtet, daß er die Größe des Chrsitentums bezeugt und anerkannt habe.

*Dollen:* Bauelemente aus Holz, die dazu dienen, Bauteile gegen seitliches Verschieben, Kippen oder Verkanten zu schützen.

*Eduenser auch Äduer oder Häduer:* Keltischer Stamm zwischen Loire und Saône, deren Hauptstadt Autun war.

*Etienne Harding:* Heiliggesprochener Zisterzienserabt, der aus England stammte. Ordensreformer.

*Fontenay:* Eines der schönsten Zisterzienserklöster in Burgund, in vollkommener Einsamkeit zwischen den bewaldeten Hängen eines kleinen Tales zwischen Montbard und Châtillon-sur-Seine gelegen.

*Gallo, Meister:* Bei der Aufnahme in die Bruderschaft nahm und nimmt noch heute jeder Compagnon einen neuen Namen an, der seine Herkunft und eine seiner Eigenschaften bezeichnet. So kommt in diesem Buch z. B. ,Oiselet-la-Fraternité' vor, was etwa der brüderliche Mann aus Oissel (in der Nähe von Rouen) besagen will. oder ,Champenois-le-Clairvoyant" = der klarsichtige Mann aus der Champagne. Le Gallo trägt keinen Eigenschaftsnamen. Sein Name sagt nur aus, daß er aus dem ,Gallo' stammt, also aus dem Gebiet der Bretagne, wo nicht bretonisch gesprochen wird. (Dep. Ille-et-Vilaine, östl. Côtes-du-Nord, östl. Loire-Atlantique)

*Gargantua:* Legendärer Riese der Vorgeschichte. Sein Name bedeutet ungefähr Riese der großen Steine. Es gibt in Frankreich eine Überlieferung, die besagt, daß einstmals eine riesige, überlegene Rasse aus dem Atlantik, oder von Atlantis(?) gekommen wäre, um hier die megatlithische Zivilisation zu gründen. Jedenfalls glaubten dies der „Prophet" und seine Kuldeer. Drei Jahrhunderte später gab Rabelais diesen Namen der riesigen Hauptfigur seines berühmten Romans.

*Gebinde:* Unverschiebbarer Dreiecksverband einer Dachkonstruktion, der aus einem Sparrenpaar besteht, das mehr oder minder steil gegeneinander gestellt und an den Köpfen verbunden ist. Die Verbindung der Fußpunkte wird durch einen Bundbalken oder eine Fußpfette hergestellt.

*Gislebert von Autun:* Bildhauer, der die Figuren des Tympanons der Kathedrale von Autun schuf.

*Goat oder Koad:* keltisches Wort für Wald, Holz. Ein ‚goatiou' war ein Mann, der das Holz bearbeitete.

*Goldener Schnitt:* Harmonische Teilung einer Strecke in einen kleineren und einen größeren Abschnitt, wobei sich der größere Teil der Gesamtlänge wie der kleinere Teil zum größeren verhält (b : a = c : b).

*Göttliche oder erhabene Proportion:* So genannt nach dem Buch Luca Paciolis: ‚La Divina Proportione', Venedig 1509. Ein Werk, worin er die Proportionen des Menschen, des Alphabets und der Architektur auf das gemeinsame Maßverhältnis des goldenen Schnittes zurückführt. Die geometrischen Zeichnungen in diesem Buch, die Vincenot teilweise übernommen hat, wurden von Leonardo da Vinci, einem Freund Paciolis, angefertigt.

*Gral:* Die Herkunft der Gralssage ist nicht sicher zu bestimmen. Die älteste franz. Fassung stammt von Chrétien de Troyes um 1190. Bei ihm ist der Gral ein Gefäß zur Aufbewahrung der Hostie. Bei Robert de Boron, der um 1200 eine Dichtung ‚Joseph von Arimathia' verfaßte, ist er die Abendmahlsschüssel und zugleich das Gefäß, in dem Joseph v. Arimathia das Blut Christi auffing. In der deutschen Fassung des ‚Parzival' von Wolfram von Eschenbach ist der Gral ein Stein, ein Karfunkel oder Smaragd mit wunderbaren Kräften, der zuerst von Engeln gehütet und später auf einer einsamen Burg vom Gralskönig und den Tempelrittern aufbewahrt wird.

*Grand-Orient (Wald von –):* Im Mittelalter ein ausgedehntes Waldgebiet östlich von Troyes, wo sich ein wichtiger Stützpunkt der Tempelritter befunden haben soll.

*Gratschifter:* Hölzer, die die Fußpfette mit dem Gratsparren verbinden.

*Gugel:* Eine schon im Altertum bekannte Kragenkapuze, die von Bauern und Handwerkern, später auch von Adligen bei der Jagd getragen wurde.


*Hund – Alter Hund:* Gattungsname einer Baubruderschaft, die sich zum Ritus der ,Kinder Salomons' bekannte und im 14. u. 15. Jh. verboten wurde. Vincenot weist darauf hin, daß sich das Sternbild des Hundes am Ende der Milchstraße befindet, also auch am Ende des Sternenweges nach Compostela.


*Jakobsbrüder oder Kinder des Meister Jakob:* Angehörige der Baubruderschaft, die sich dem Ritus des Meister Jakob verpflichtet hatten. Meister Jakob war neben Salomon und Vater Soubise einer der legendären Gründer der Baubruderschaften, die ihren Ursprung vom Bau des salomonischen Tempels herleiteten. Nach dessen Fertigstellung gingen er und Soubise mit zahlreichen Schülern nach Gallien, um hier das Geheimwissen der Zahlen und Proportionen weiter zu überliefern. Zum heiligen Jakobus steht er in keiner Beziehung.

*Joachin:* Agitator des 12. Jhs., der besonders jugendliche Landstreicher in revolutionäre Bewegung brachte, die sich Joachinisten nannten. Er ist wahrscheinlich für den Kinderkreuzzug verantwortlich.

*Johanniter:* Mitglieder einer Sekte, die im Namen Johannes des Täufers tauften und nur das Johannesevangelium anerkannten.

*Kabbala:* hebr. = Überlieferung. Seit dem 13. Jh. Name für die jüdische Mystik. Entstand in der Mitte des 12. Jhs. in der Westprovence und gelangte von hier aus nach Spanien, wo sie ihre klassische Entwicklung nahm.

*Kasel:* Ein in der Antike als Wettermantel getragenes Kleidungsstück, das ein einfacher Umhang mit einem Loch in der Mitte war, wo man den Kopf hindurchsteckte. Im Text daher häufig ‚Überwurf‘ genannt, denn als ‚Kasel‘ bezeichnete man später nur noch das Meßgewand des katholischen Priesters.

*Kehbalken:* Horizonzaler Balken zwischen zwei Sparren.

*Knagge:* Kleines Holzstück, das als Verstärkung zwischen Pfosten und Schwelle eingefügt wird.

*Kopfband:* Kurze Verstrebung am oberen Ende eines Pfostens, die ihn mit dem Deckenbalken verbindet.

*Kuldeer oder Kuldäer:* Keltische Mönche, Kleriker und Laien des 8.–12. Jhs., die einer eigenen zwischen weltgeistlicher und klösterlicher Ordnung stehenden Lebensform folgten und sich nicht dem Primat des Papstes und der röm. Kirche unterordneten.

*Lescar:* Alte Bischofsstadt in der Nähe von Pau.

*Lougarou:* eigentlich ‚Werwolf‘, hier aber ‚Nacheiferer des Gottes Lug‘. Lug war der Gott aller Künste und handwerklichen Fähigkeiten.

*Lugdunum:* ‚Stadt des Lug‘, heute Lyon.

*Mabinog:* Bardenschüler (seine Ausbildung dauerte mindestens 12 Jahre), der die keltischen Mythen zu Beginn des 11. Jhs. gesammelt und aufgeschrieben hat.

*Merlin und Viviane:* Gestalten der Artus-Sage. Merlin war ein Zauberer, Druide und Berater von König Artus. Er verliebte sich in die Fee Viviane, die von ihm all sein Wissen und seine magischen Geheimnisse zu erfahren suchte. Als sie ihr Ziel erreicht hatte, bannte sie ihn an einen unsichtbaren Ort, aus dem er nicht mehr entfliehen konnte.

*Mönche, die schwarzen und die weißen:* Benediktiner, die schwarze, und Zisterzienser, die weiße Kutten trugen.

*Othe:* Waldgebiet im Südwesten der Champagne zwischen den Flußtälern der Vanne und des Armançon.

*Palas:* Wohn- bzw. Saalbau für die Herrschaft einer Burg.

*Parsonnier:* Mitglied in der Waldroder-Gemeinschaft von Sankt-Gall.

*Pédauques:* Bruderschaft von Bauhandwerkern, die als Erkennugnszeichen eine esoterische geometrische Figur auf ihre Kleidung stickten, die dem Abdruck eines Gänsefußes ähnelte. ‚Patte d'oie' = Gänsefuß = (lat. Pedauca).

*Pelagianer:* Anhänger der Lehren des keltischen Mönches Pelagius, der im 4./5. Jh. in England lebte und sich in seinen Kommentaren zu den Paulusbriefen gegen die augustinische Gnadenlehre wandte. Er behauptete die Willensfreiheit des Menschen, lehnte die Erbsünde und Prädestination ab und lehrte, daß der Mensch aus eigener Kraft zum Heil gelangen könnte. Seine Lehren wurden auf mehreren Synoden verurteilt, und die augustinischen Auffassungen setzten sich durch.

*Pfette, Fußpfette, Firstpfette:* Parallel zum First verlaufende Hölzer, die beim Pfettendach auf Querwänden aufruhen und die Dachhaut tragen. Beim Pfettensparrendach liegen sie als First- Fuß- und Mittelpfette auf Stuhlsäulen oder Bundbalken auf und unterstützen die Sparren.

*Pontigny:* Burgundische Zisterzienserabtei im Tal der Serein.

*Präzession* (Der Tag- und Nachtgleichen): Das Vorrücken des Frühlinsgpunktes auf der Ekliptik und die ständige Änderung der astronomischen Koordinaten.

*Rathramnus:* Theologe der Karolingerzeit. Mönch in Corbie, gest. 868. Wendete sich gegen die Prädestinationslehre des Augustinus und lehnte die Wandlung von Brot und Wein in Leib und Blut Christi bei der Meßfeier ab. Statt der realen lehrte er die symbolische Gegenwart Christi.

*Rutenen* oder *Ruteni*: Gallischer Volksstamm, dessen Wohngebiet im heutigen Dep. Aveyron lag.

*Sankt Cydroine*: Dorf am Armançon.

*Schiftung*: Das Ermitteln, Anreißen und Zuschneiden schräger Schnittflächen von Bauhölzern beim Abbund.

*Scotus Erigena*: Frühmittelalterlicher Denker. Geb. 810 in Irland kam er 847 nach Frankreich. Abt eines Klosters. Seine vom Neuplatonismus beeinflußten Lehren wurden als häretisch verurteilt. Er soll von den Mönchen seines Klosters um 877 getötet worden sein. Der „Prophet" behauptet, daß S. sich in ihm reinkarniert habe.

*Stenz* – *Stock:* (Handwerkssprache). Wie die deutschen Handwerksburschen auf der ‚Walz' trugen auch die Compagnons der ‚Tour de France' einen Stock. Er war zugleich Wanderstab, Waffe und, bei festlichen Anlässen mit bunten Bändern geschmückt, das Ehrenzeichen eines freien Standes.

*Stonehenge:* Mächtige und geheimnisvolle megalithische Steinsetzung in England in der Nähe von Salisbury. Sonnenheiligtum.

*Taol-Men:* Keltisches Wort; ‚taol' = Tisch und ‚men' = Stein. Diese Steintische heißen heute ‚Dolmen'.

*Tombelen:* Alter Name von Tombelaine, einer kleinen Granitinsel in der Bucht des Mont Saint-Michel. Ebenso wie der Berg des hl. Michael war sie dem Gott Belen, dem obersten Gott der Gallier, geweiht.

*Transsubstantiation:* Wandlung von Brot und Wein während der katholischen Meßfeier in Leib und Blut Jesu Christi.

*Trehorentic oder Trehorenteuc:* Dorf im Dep. Ille-et-Vilaine. Am Wald von Paimpont, der ein Überbleibsel vom al-

ten Wald Brocéliande ist. Der Name bedeutet wahrscheinlich ‚unsere drei Wege'.

*Triforium:* Laufgang zwischen den Arkaden oder Emporen
und der Fensterzone einer Basilika.

*Tympanon:* Fläche über einem Portal innerhalb des Bogen-
feldes.

*Witiza:* Später Benedikt v. Aniane. Aus westgotischem
Grafengeschlecht, 750 geb., Gründer und Abt des Klosters Aniane in Südfrankreich um 779. Berater Kaiser
Ludwigs des Frommen, der ihm die Aufsicht über alle
Klöster des Reiches übertrug. Von ihm ging die Erneuerung der Klosterzucht im Frankenreich aus. Er starb 821
und wurde später heiliggesprochen.

*Zohar:* Das Hauptwerk der Kabbala befaßt sich mit der
Herkunft des Bösen und der Manifestation Gottes in den
10 Sephirot = den göttlichen Potenzen in der Welt.